कितने जनम
वैदेही

कितने जनम वैदेही

ऋता शुक्ल

प्रभात प्रकाशन, दिल्ली

प्रकाशक • प्रभात प्रकाशन™
४/१९ आसफ अली रोड,
नई दिल्ली-११०००२

संस्करण • २०११

मूल्य • तीन सौ रुपए

मुद्रक • भानु प्रिंटर्स, दिल्ली

KITNE JANAM VAIDEHI *novel* by Smt. Rita Shukla Rs. 300.00
Published by Prabhat Prakashan, Chawri Bazar, Delhi-6
ISBN -81-7315-123-7

ज्ञान, भक्ति और कर्मयोग
के सामरस्य···
पंडित विद्यानिवास मिश्र
की जीवन-संगिनी
श्रीमती राधिका देवी
के सहज वात्सल्य
को अर्पित
यह कथा···
'कितने जनम वैदेही'!

—ऋता शुक्ल

एक दिया उस नाम का!

यादों की इस गहन गुफा में एक दिया उस नाम का!

साँसों में अजपा-जप का स्वर,
अनुभव-चंदन सुरभित अंतर,
तुलसी-गंधा छवि थी उसकी,
मौन तपस्या स्मित उसकी,
एक सत्य जो पलभर में आधार बना संज्ञा के आठों याम का!

शब्द धरोहर प्राण साक्ष्य हैं,
भाव सरोवर, नेह भाष्य है,
ओस धुले पत्तों-सा मन है,
पृष्ठ हथेली, पक्ष्म कलम है,
अश्रु रचित अलिखित शब्दों का काव्य भला किस काम का ?

काल-निशाएँ दहके-से दिन,
जेठ दुपहरी लगता सावन,
पूरनमासी बनी अमावस,
यह तप पूरा होगा कब तक,
उँगली की हर पोर थकी है, उषःकाल कब आएगा इस शाम का!

एक तार का साज जिंदगी,
देह देहरी, प्राण बंदगी,
ऐसी कठिन साधना जिसकी,
जन्मों की उपासना जिसकी,
निर्वासन का दुःख दे फिर भी इंतजार क्यों बार-बार उस राम का!

पुरोवाक्

'कितने जनम वैदेही'—इसे अपनी एक कृति कहूँ या दो वर्षों की जटिलतम ऊहापोह से जन्म लेनेवाली वेदना-सिक्त अनुभूति?

वैष्णवी संस्कारों में पले हुए मन में तर्क-वितर्क का मिथ्या व्यामोह नहीं पनपा था, यह दुराग्रह भी नहीं था कि सिया सुंदरी को नितांत आधुनिकतावादी दृष्टिकोण से परखूँ···! और इतना दुस्साहस कहाँ से हो सकता था कि पीढ़ियों से पूजित 'राम' की ओर अभियोग-भरी तर्जनी उठाऊँ और कहूँ—राम, सीता के समस्त कष्टों का प्रयोजन क्या तुम्हें ही बनना था?

जानती हूँ—यह पूछने की अनुमति श्रीजानकी नहीं दे सकतीं—वे कहेंगी—

यह कष्ट मेरा है, जीवन-संघर्ष भी मेरा है। अभियोग या उपालंभ की मुद्राएँ मेरे तप की दहकन को कलछौंहा बना जाएँगी। ना, राम जैसे भी हैं, मेरे हैं। वे हैं, तभी तो यह अनल प्रवेश, यह रसातल-निवेश भी शुभ है। मत भूलो, उर्विजाओं के लिए वेदना के ये अग्नि-स्फुलिंग ही चंदनी अवलेप हैं—पीड़ाओं के निकष पर कसा हुआ नारी-जीवन का स्वर्णत्व···! और पीड़ा कहाँ नहीं है? जीव का देह-धारण करना ही तो समस्त वेदना का कारण-रूप सत्य है! तब?···सृष्टि की निरंतरता का कष्टसाध्य व्रत और कौन धारेगा?

मेरी चेतना के ऊर्ध्व तट पर हिलोर लेती वैदेही की शुभ्रता आकाश-कुसुम बनकर रह जाए, इसके पूर्व एक युक्ति सधी थी—काशी की गंगा के पावन तुलसीघाट पर मेरी मनोयात्रा ने पहला विराम पाया था—

पूरबी आकाश के माथे पर टँके बाल-सूर्य की अरुणाभा···! ब्राह्म-मुहूर्त्त में छोटी-सी नौका लेकर एक रामकथा-व्रती गंगा मैया की जलराशि पर शांत तिरता चला जा रहा है—'नाना पुराण निगमागम सम्मत'—ऐसी ही एक कथा लिखनी है उसे···!

गोसाईं का चित्त ठिकाने नहीं है—अति लौकिकता के एवज में मिली नारी-भर्त्सना, रत्ना का विछोह, जीवनव्यापी वेदना की झुलसा देनेवाली मनोदशाएँ; और उस अलौकिक को समेट लेने के लिए उत्कंठित अंतर्दृष्टि, जिसे पाने के बाद अलभ्यता जैसी कोई स्थिति रह जाएगी क्या?

तुलसी ने रामकथा लिखी, आदिकवि वाल्मीकि की भावनाओं को अपनी दृष्टि में सहेजने का नवीनतम उपक्रम किया—भाषाबद्धता की संकल्प-शक्ति ने तुलसी की विराट्

चेतना को 'सियाराम मय' को जाने का दिशाबोध दिया।

तब? मेरी इतनी बड़ी सामर्थ्य! मैं उसी सीता को अपनी शब्द-सीमा में समेटने का उपक्रम करना चाहती हूँ?

मेरी विमूढ़ता मुझे एक बार फिर तुलसी की उसी चिरपरिचित स्मृति-वाटिका की ओर खींच ले जाती है। लंबे-चौड़े पाषाण-खंडों की मजबूत चिनाईवाला अस्सीघाट का वह दो-मंजिला आवास! ऊँची खड़ी सीढ़ियाँ चढ़कर दाहिने मुड़ें—अति प्राचीन काले पत्थरों की बनी छोटी-सी चौखट मिलेगी—लोहे का झिर्रीदार कपाट! माथा झुकाकर देखें—भीतर धरी छोटी-सी चौकी पर तुलसी के सखा, पथ-प्रदर्शक बजरंगबली की छोटी-सी मूर्ति समक्ष दिखाई पड़ेगी। गोस्वामीजी इस मूर्ति की आराधना किया करते थे। अपनी कल्पना में बार-बार उभरनेवाले रामभक्त श्री हनुमान की मूर्ति को स्वयं तुलसीदास ने तराशा था।

और बगल में तनिक ऊँचे आसन पर धरी भक्त-शिरोमणि की चरण-पादुका—काठ की खड़ाऊँ—कवि के सुदीर्घ व्यक्तित्व को अपनी औसत से अधिक लंबाई के प्रमाण से प्रतिमूर्त करती हुई…!

मानस के किसी सरस प्रसंग की मनोरम उद्‌भावना में खोए तुलसी इस प्रेम-अटारी के ऊपरी भाग की ओर बढ़ रहे हैं—सँकरी सीढ़ियों का छोटा-सा घुमावदार रास्ता! तुलसी की भावना से जुड़े मनुष्य मात्र के लिए संभवतः सर्वाधिक पुलक-प्रकंप देनेवाला यह संदर्भ है। रामलला, लखनलाल, सिया सुंदरी और परमवीर हनुमान की मूर्तियों से सुसज्जित छोटा-सा पूजन-कक्ष!

दाहिनी ओर उनकी उत्कृष्ट शिल्पकला का प्रमाण देते महावीर युग्म! पूजनकक्ष के दक्षिण-पश्चिमी छोर पर लोहे की काली सलाखों से घिरा चौकीनुमा स्थान!

…तुलसी अपने आराध्य के ध्यान में तन-मन की सुधि बिसराए बैठे हैं।

राम नाम मनि दीप धरु…

राम…! श्री राम…!!

जप की विह्वलता अपने चरम पर है। पूजन-कक्ष के बाहर का वह कोना सहसा आलोकित हो उठता है—

एक दिव्यतम प्रभा-पुंज!

तुलसी निष्पलक, निश्चेतन हुए जा रहे हैं—

श्री रघुनंदन का ऐसा अलौकिक साक्षात्कार—

उठो गोसाईंजी महाराज! भय किसका? मैं जो तुम्हारे साथ हूँ। गंगा के इस निर्मल प्रवाह-सी तुम्हारी कथा शाश्वत होगी।

और राम की वह सच्चिदानंद मूर्ति तुलसी को अकिंचन कर जाती है।

पूजन-कक्ष में शालग्राम के शताधिक विग्रह सहेजकर रखे गए हैं। कवि पर्यटनप्रिय

थे। जहाँ जाते, पाषाण के हृदय में किसी ईश्वरीय सत्ता का स्पंदन तलाश लेते!

—अब तो जीती-जागती जिंदगियों में पाषाणी क्रूरता का समावेश हो चुका है। तुलसी की यह संवेदना किसी कलियुगी देहधारी को भले ही रास नहीं आए; लेकिन काशी का यह तुलसीघाट तुलसीदास की मानवीय संवेदनाओं के सबसे बड़े सत्य का मौन साक्षी है।

सँकरी सीढ़ियों की निचली संधि-रेखा पर गोस्वामीजी के शयन-कक्ष की छोटी-सी किवड़िया है। वृद्ध पुजारीजी साँकल खोल रहे हैं। चौखट से भीतर का एक-एक दृश्य स्पष्ट है।

जर्जर खड़ाऊँ की बगल में गोस्वामीजी के वस्त्र हैं—लाल बेठन में लपेटकर सुरक्षित रखे गए।

पत्थर की पाटी पर शयन करते, राम-कथा में अविरल रमे एक गौरांग ब्राह्मण की तेजस्वी काया मेरे सामने है।

सन् १९९० के नवरात्र का षष्ठ दिवस! मेरे जप के एक मुहूर्त में ऐसी ही मूर्ति मंगल-कलश के पीछे क्षणभर के लिए दीप्त हुई थी—कोई आदेश था? किसी विशेष निदेश को मन-ही-मन धारण करती मैं जड़ीभूत थी।

फिर तीन वर्षों की निरंतर जूझन···काशी के शताधिक घाटों के अकूत अनुबंधों-सा स्त्री-जन्म···

कितनी मनौतियाँ···!

कितनी अनुनय-विनय!!

आकुल-व्याकुल मन का गीलापन अंजुरी-भर गंगाजल में समोती मेरी पुरखिनों ने इन कगारों पर कैसे-कैसे तप किए होंगे?

प्रात दर्शन दीं ए गंगा मइयाऽ!
ससुरा में माँगिले अन धन सोनवा,
नइहर सहोदर जेठ भाई ए गंगा मइयाऽ!
सभवा बइठन के ससुर माँगिले,
मचिया बइठन के सास गंगा मइयाऽ!
रुनुकी-झुनुकी बेटी माँगिले, पढ़ल पंडितवा दामाद,
घोड़वा चढ़ल के बेटा माँगिले,
गोड़वा लागन के पतोह!
अपना के माँगिले अवध सिन्होरवा जनम-जनम
एहवात गंगा मइयाऽऽ!

पौ फटने के बहुत पहले गंगाजी का तट-सेवन करती मेरे जनपद की एक महीयसी तिरिया बैठी है। साध का नन्हा-सा दीया अपनी लौ की उजास फैलाता उसके आगे है।

गंगा मैया! प्रसन्न हो। मेरी विनती स्वीकार करो! मेरे श्वसुर-गृह में अन्न-धन-धान्य की सदा वृद्धि हो। मेरा ज्येष्ठ भाई जिए—भ्रातृ-परंपरा का पोषण हो! सभा में विराजते मेरे श्वसुरजी की पाग सदा ऊँची रहे और मेरी सास मचिया पर बैठी जगर-मगर शोभित रहें! और एक रुनुकी-झुनुकी बिटिया दो, माँ—जिसका वर काशी में पढ़ा-लिखा पूर्ण पंडित हो! घोड़े पर चढ़ा शूर-वीर मेरा पुत्र हो और आज्ञाकारिणी सुकुमारी बहू!

चुटकी-भर सिंदूर से मेरी माँग भरी रहे! जन्म-जन्मांतर अक्षय सौभाग्य का यह वरदान तुम्हीं दे सकती हो, माँ भागीरथी!

वैदेही की अति पुरातन, किंतु चिर नवीन इस कथा में मेरे जनपद की पुरखिनें भी सम्मिलित हैं।

यूँ, इस कथा को एक विराम मिला। एक बड़ा संकल्प था और कितने बड़े-बड़े व्यवधान—कथा जिसकी थी, शक्ति भी उसी ने प्रदान की। सूर्य की प्रखर रश्मियों से जुड़कर धूलि-कण भी हीरक-कण बन जाते हैं।

वैसे तो स्त्री-जन्म को विश्व-भर की पुरुष-दृष्टि ने अलग-अलग साँचे दिए हैं—जैसी दृष्टि, वैसी रूपाकृति—तदनुरूप अभिव्यक्ति, जितनी अनुभूतियाँ, उतनी कल्पनाएँ!

आदिकवि ने उर्विजा के सहज सौष्ठवपूर्ण व्यक्तित्व को प्रतिवाद की प्रबलता से पोषित किया—

'मनसा कर्मणा वाचा यथा रामं समर्चये।
तथा मे माधवी देवी विवरं दार्तुमर्हति॥'

यदि मेरा हृदय केवल राम में ही रमा हो; तो धरती माता मुझे अपनी शरण प्रदान करें!

नारी की निष्कलुषता के शत-सहस्र प्रमाण टटोलते पुरुष की सनातनी संशय-वृत्ति···।

और अपनी ममता से युग-युगांतर तक विश्व-चेतना को अनुप्राणित करता नारी का पामर तन—कुंती, द्रौपदी, सीता, अहल्या—जितनी नाम-संज्ञाएँ, उतनी ही यंत्रणाएँ।

···चिता काठ की हो या कलंक की, दाह अपनों का हो या दूसरों का—सुलगती त्रिया-जाति ही है।

पुरुष की अतिरेकवादी तर्जनी ने नारी को युगों तक अभिशप्त रखा और नारी की सहिष्णुता ने सबकुछ नीरव सहेजा।

—राम, कृष्ण, बुद्ध, गांधी, शंकराचार्य, तुलसी, कबीर जैसी अद्वितीय अस्मिताएँ नीहार-कणिकाएँ नहीं, जो शून्य से टपक पड़ी हों! दस मास जिस चादर को बुनने में लगे हों; उस पर लोकोत्तर कीर्ति की कसीदाकारी उरेहनेवाली मातृ-परंपरा का एक-एक मुहूर्त विश्व-मानव-कल्याण के निष्काम तप से सधता-सँवरता है, तभी तो आप्त-वाक्य शास्ति दिया करते हैं—

कुपुत्रो जायेत् क्वचिदऽपि

कुमाता न भवति…!

मैंने कलिकाल के चरम बौद्धिक पदों को सुशोभित करनेवाले ऐसे तथाकथित उच्चवंशीय पुरुष-शिरोमणियों को निकट से देखा है; जिनकी कलुषित अभ्युक्तियों का पहला और आखिरी माध्यम स्त्री मात्र हुआ करती है। …श्वेत वस्त्र मंडित, दंत-नख-गलित, व्याघ्र-वासनाओं के ये पुतले किसी-न-किसी माँ की कोख से कढ़े होंगे न! इन जन्म-लोलुप सहस्राक्षों को यह नहीं पता कि इनके ऐसे दुराचरण से माँ की कोख लांछित होती है, प्रकृति का सामरस्य क्षुब्ध हो उठता है और ऐसी अहैतुकी जिंदगियाँ अपने पाप-बोध से भरी अंततः भग्न उल्का-खंड बनकर रह जाती हैं।

श्रीजानकी को लोकापवाद के भय से निर्वासित करनेवाले राम का 'रामत्व' लोक-हित की कसौटी पर भले ही शत-प्रतिशत उतरा हो, लेकिन आत्महंता मुद्राओं के शिकंजे में जकड़ा उनका परितापी मन सरयू की अथाह जलराशि में मौन विलयित हो जाने के सिवा कोई निदान नहीं ढूँढ़ पाया। …राम अपूर्ण हैं; अपूर्ण रहेंगे—जब तक वैदेही की अनल-दीप्त अस्मिता का स्मरण उनके साथ-साथ नहीं किया जाए। यदि पुनरवतरण को विश्वास का आधार प्राप्त हो, तो वैदेही ने न जाने कितने जन्म धारण किए होंगे।

…युग-संधियों का अतिक्रमण करती लक्ष कोटि नारी-भंगिमाएँ! अपनी करुणा के ताप से पिघलती, अपनी सार्थकता के चिर-उज्ज्वल प्रमाण सहेजती भूमिजाएँ!!

सच कहूँ—इस सनातन नारी-जन्म का ऋण-भार साँसों की पोटली में सहेजती मैं अवसादजड़ित थी—इस कथा का 'अथ' कहाँ से हो?

और अनल कोर-सा ज्वलित वर्ण; प्राण-शिराओं में प्रतिध्वनित वह मंगल स्वर—

तुम सीता की कथा लिखो।

कौन-सी सीता?

—क्या वे; जो भूमि का वरदान बनकर फलित हुई थीं?

क्या वे; जो राजर्षि जनक की प्राण-तनया थीं?

क्या वे; जो राम की भार्या थीं?

क्या वे; जो रावण की बलात् अपहृता थीं?

क्या वे; जो कलंकिनी अथच अनलधारिणी थीं?

क्या वे; जो वाल्मीकि की पोषिता पुत्री और लव-कुश की जननी थीं?

क्या वे; जो धरती की कोख में सिमटना ही अपनी अंतिम नियति मान चुकी थीं?

इस पूरी ऊहापोह का समाधान बनी मेरी अल्पसाक्षरा माँ का सहज जीवन-बोध मेरे सामने था—

अपनी पितामही को बिसरा बैठी?…पैंतीस वर्षों तक पति के साथ एक छत के नीचे रहती सधवा होती हुई भी संन्यासिनी का व्रत धारती राधाकांत शास्त्री की पुत्री

जागेश्वरी देई! तेरी इस कथा का 'अथ' उन्हीं से होना चाहिए बचियाऽ!

मुझे स्मरण है—मेरे गँवई लेखन को अपनी अरुचि का विषय बनाते निबकौरी के स्वाद का-सा अनुमान देते मेरे एक बौद्धिक मित्र ने फतवा दिया था—

अपने दादा-दादी, नाना-नानी के सिवा इन्हें कुछ आता भी है? ऊपर से ऐसी भाषा-शैली…! राम भजो…!!

मेरे पास एक सहज मौन के सिवा कुछ भी तो नहीं!

आज इस रचना की पूर्णाहुति पर काशी के तुलसीघाट से जुड़ी निष्पलक देख रही हूँ—

वय:शीला नारियों का गरिमामय गंगा-स्नान…कार्तिक महोत्सव…, चढ़ते हुए सूर्य की वंदना के साथ गंगा मैया का पराती (प्रभाती) गान और डूबते हुए भुवन-भास्कर की अंतिम लालिमा से पुलकित मातेश्वरी गंगा की लहरों को दीप-दान!

वट-पत्र की हथेलियाँ जलते हुए मृत्तिका-दीपों को अपनी ओट देती गंगावतरण कर रही हैं—धीरे-धीरे……!

संसार में फैले निविड़ पातक तम की 'इति' हो; सबका कल्याण हो!

अपने गीले वस्त्र-खंड सहेजती, घर की ओर लौटती पुरखिनों की यह टोली मेरी दृष्टि में विराट् है।

मँझरिया गाँव की जागेश्वरी देई अकेली कहाँ हैं? पृथ्वी-तनयाओं का एक अनंत विस्तार है—सारी पितामहियाँ, मातामहियाँ!! और ऐसी ही निर्विकल्प मातृ-मूर्तियों के मौन तप से संरक्षित, इन्हें ही समर्पित यह शब्द-सृष्टि—

'कितने जनम वैदेही'!

—ऋता शुक्ल

टैगोर शिखर पथ,
मोराबादी,
राँची

कितने जनम वैदेही

मेरे गाँव के उत्तरवर्ती गंगा का स्रोत प्रवाहित है। उत्तर से क्रमशः पूर्व की ओर मुड़ती हुई धारा कटि-प्रदेश के पास तनिक कृश होकर डमरू की शक्ल अख्तियार कर लेती है। डमरू—नटराज शिव का प्रिय वाद्य!

कहते हैं, सती का शव अपने कंधे पर उठाकर विरहोन्मादी महादेव ने जब त्रैलोक्य की क्रुद्ध परिक्रमा की थी, तब उनके डमरू की रौद्र 'डमक' सुनकर सारी सृष्टि थर्रा उठी थी। महाप्रलय का नाद देती शिव के उसी डमरू-सी मेरे गाँव की गंगा नदी…!

इसके ऊँचे तटबंध पर गंगा-स्नान के लिए आई किसी प्रौढ़ा स्त्री का भजन-पूजन बड़े मगन भाव से चल रहा है। नन्ही-नन्ही लहरियों की तरह सोहर के कटे-कटे-से पारंपरिक बोल कभी गुनगुनाहट के तौर पर, तो कभी अत्यंत मुखर होकर सुनाई पड़ रहे हैं—

गंगा के ऊँच अररवा तिरियवा एक तप करे होऽ

गंगा अपनी लहर हमें दिहितू त हम डूबि मरिती होऽ

गंगा के ऊँचे तट पर खड़ी भोजपुर की त्रिरिया का यह कैसा तप… ? मातेश्वरी गंगे! अपने आँचल की ओट में, अपनी लहरों में हमें समेट लो। हमें डूब मरने की शक्ति दो…माँ…!

अपने जीवन को स्वेच्छा से निःशेष कर देने की इतनी कातर प्रार्थना? पर क्यों? किसलिए?

समस्त भोजपुर जनपद के लोक-संस्कारों में प्राण-सत्त्व की तरह बसी गंगा की एक बूँद का श्रद्धा-भक्ति सहित आचमन करके अपना निर्जल व्रत तोड़नेवाली जागेश्वरी आजी से पूछना होगा।

नंदिनी जानती है, आजी उसके अटपटे सवालों से कैसी अस्त-व्यस्त हो उठती हैं। चश्मे की कमानी मोड़कर रुईदार कपड़ेवाले खोल में जतन से रखती रेहल सरकाती खुरदुरे कंबल की आसनी बिछा देती हैं—

हमें सब पता है, तुझे शांत नहीं कर दिया तो आज बालकांड का पारायण संभव नहीं—आ बैठ जा धिया, अच्छा बोल, ध्यान से सुनेगी; फिर से भूल तो नहीं जाएगी…!

और नंदिनी की सारी देह में कान ही कान उग आते हैं जैसे—

त्रेतायुग की कथा है यह…। रानी कौसल्या को कोई संतान नहीं थी—

रनिवास के, सारी अयोध्या के ताने-तिश्ने झेलती दुःख-भरी रानी ने निश्चय किया—माँ गंगा की लहर के सिवा अब दूसरा कोई आसरा नहीं। वे जानती हैं, गंगा मइया की कृपा जनम-जनम फलदायी है, उनका तप कभी वृथा नहीं जाएगा। पीली साड़ी, लाल नग जड़ी नाक की बड़ी-सी नथ, कानों में चाँद-सूरज जड़े कर्णफूल…माथे पर गुलाबी चादर का घूँघट! गंगा की झर-झर झहरती बीच धार में रानी अविचल खड़ी है—

माता, अपना दया-दान दो, नहीं तो अपनी शरण में ले लो…!

गंगा की दूधिया धार पर एक दिव्य देह हिलोर लेती उभरती है—जाओ बेटी, तुम्हारा तप पूरा होगा। चैत्र की नवमी तिथि को तुम्हारी कोख भरेगी—सैकड़ों सूर्यों का प्रकाश बालक के मुख पर होगा। उसे लेकर फिर हमारे पास आना।

और जागेश्वरी आजी की बरौनियों पर अटके करुणा के दो तरल मोती उनके कंठ की कोमलता में झिलमिला उठते हैं—

जनि रोअऽ ए तिरिया, जनि रोअऽ जनि रोइ मरहु होऽ
तिरिया चइत के शुभ नवमी श्री राम जनम लीहें हो…

गंगाजी की मनौती मानती, लहरों को बार-बार सीस नवाती रानी प्रसन्न मन बिदा होती हैं…

आइबि ए गंगा आइबि मनसा पुजाइबि होऽ
गंगा मइया गोदिया में लिहले बलकवा पूजन हम करबि हो…

और जागेश्वरी आजी…! रेहल पर धरी मानस पोथी को बेठन में सहेजती दहिवर की मटमैली रोशनीवाली अपनी कोठरी में बैठी स्मृतियों की न जाने किन लहरों में डूबने-उतराने लगती हैं।

गंगा असनान के आपन एगो सुफल होला बचियाऽ।

भजन और जप के स्वर जैसे साधक को स्वतः साध्य में बदल जाने की महाशक्ति देते हों; कुछ उसी प्रकार आजी की दुबली-पतली श्यामवर्ण काया गंगाजी के घाट का प्रतिरूप बन जाती है—

आपको डर नहीं लगता आजी! अच्छा बताइए तो, उफनती धारा के उलटे बहाव में भी आप कैसे तैरती रह जाती हैं?

भोजपुर के तिरिया जनम बचियाऽ, —जिनगी बहाव के उलटा बहे खातिर साँस साधत कटेला। अइसन उलटवाँसी राग गावे में कम खतरा बा?

मँझरिया गाँव की जागेश्वरी आजी के अनुभवों की आँच में दिन-दिन परिपक्व होती नंदिनी को अच्छी तरह मालूम है—बड़का बाबा की आवाज सिद्दू लोहार की भाथी बनकर बाहरी दालान से आजी की चौखट पर मौके-बेमौके घनघना उठती है—

महापंडित राधाकांत शास्त्री की इस बेटी से कोई पूछने वाला है—हमारी दालान में क्या करने गई थी…? दुबारा…संदूकची से रुपए निकालने की हिमाकत की तो…

आजी दम साधे दुबकी बैठी रहतीं। तूफान के गुजर जाने का आभास तब मिलता, जब जगदानंद बाबा अपनी बंकुड़ी खटखटाते तेज-तेज चाल से बरम बाबा के चबूतरे की ओर निकल जाते···।

स्वामी सुरेश्वरानंदजी का प्रवचन चल रहा है—राम से पहले सीता स्मरणीया हैं—भक्ति, निश्छलता, संयम, सौम्यता—नारी की विश्वश्रुत गरिमा का प्रतीक यह नाम···

जागेश्वरी देवी जानती हैं—चौपाल की उस हद तक पहुँच पाना उनके वश की बात नहीं। गंधकी रंग में टहकार रँगी हुई धोती, लाल चारखाने का गमछा, पीली जनेऊ, कसैली और आटा-चावल-गुड़ की भरपूर दक्षिणा···वे परात-भर दान-सामग्री सजाकर रामायणीजी को कहाव भिजवाती हैं—श्री रामनाम संकीर्तन से अपना ओसारा भी पवित्र होना चाहिए···पधारिए बाबा···

जय सिया राम···जय-जय सियाराम···कीर्तन का सुर खड़ताल की बाँह थाम और भी ऊँचा उठता है···छोटका बाबा को यह सब एकबारगी नागवार गुजरता है—तिरिया जात और पोथी-पुरान—दोनों की सोहबत हो जाए, तो घर बिगड़ा ही समझो···! बड़का भइया कलकतिया ठहरे···एक दिन घुड़केंगे, दूसरे दिन रेल पर सवार यह जा, वह जा···। सब कुछ भुगतना तो हमीं लोगों को पड़ता है न···। नंदिनी को दुलार सहित वापस भेजकर वे पोथी उठा लेती हैं—सीता के जन्म की कथा—

उर्विजा सीता, राजा जनक के हल की फाल पर कढ़ी सोने की दिव्य प्रतिमा सीता···वेदना की पैनी धार पर चढ़ी तिरिया के जन्म की कैसी अद्भुत प्रतीक—कथा! कितनी सटीक कितनी शाश्वत···

卐

ऐसा प्रबल दुर्भिक्ष! धरती से लेकर आकाश तक जिधर दृष्टि जाती, बस धूलि का तपता हुआ अंबार ही अंबार दिखाई पड़ता। सूर्य देवता के प्रचंडतम कोप की आरक्त वेदना से धरती प्रकंपित थी···जितने वृक्ष थे, सब अपने म्रियमाण होने का प्रमाण देते हुए-से···! माटी की अतल गहराई में उनकी प्राण-शिराएँ जीवन-रस का संधान करती अहरह विकल थीं···! लताओं के अंग-अंग में प्रसाधित पराग-कणों की सुरभि मरघट बने बियावान वन-प्रदेश में सिर धुनती मौन हो चुकी थी। जल की एक बूँद के लिए जीव-जंतुओं का जीवन विकल था···!

महाराज मिथिलाधीश···! बड़े दानी, बड़े पुण्य-प्रतापी बनते थे आप···! कहाँ गया आपका प्रजावत्सल शील, क्या हो गया है आपके लोकानुरागी मन को···! क्या आप देख नहीं पा रहे हैं? वसुंधरा की रसवंती देह कैसी क्षत-विक्षत हुई जा रही है। जन्म-दरिद्री किसी मनुज की एड़ियों में दुर्गंध-भरी बिवाइयों का अंबार हो जैसे···ताप-तप्त धरती की समूची काया दरारों के व्रण से कैसी बीभत्स हुई जा रही है!

इंद्र सारथि मातलि क्या इधर का पथ भूल गए? दूर-दूर तक आकाश की निस्तब्धता

में मेघ-खंडों का कहीं कोई नामोनिशान नहीं! छोटे-छोटे ग्राम भूख-प्यास की व्यग्रता लिये बंगदेश की ओर पलायन करते जा रहे हैं। वृषभ, गौएँ, स्त्री-पुरुष, बाल-वृद्ध···तृषित, क्षुधातुर सब-के-सब···!

जनकपुरी के समस्त ऐश्वर्य को जैसे ग्रहण की काली छाया अपने क्रूर बाहुबंधन में जकड़ती जा रही थी। दुर्भिक्ष की ऐसी काल-निशा···!

रत्नजटित सिंहासन पर सशरीर सोच बनकर बैठे विदेहराज ने चिरपरिचित कोमल पग-ध्वनि सुनकर धीरे-से मस्तक ऊपर उठाया था—सुनयने, तुम···?

दो दिन हुए, अन्न का एक ग्रास भी आपने नहीं छुआ···! राजभवन के परिचारक-परिचारिकाएँ सब कातर हो रहे हैं। स्वामी! उठें, आपके भोजन कर लेने के पश्चात् ही···

राजा सीरध्वज ने दाहिने कंधे से नीचे सरक आए उत्तरीय को तनिक सँभालते हुए राजमहिषी की ओर देखा-भर था। उस दृष्टि में कैसा भयावह अंतर्दाह छिपा हुआ था—ज्वलित मरुदेश की मृगमरीचिका में जैसे कोई थका-माँदा पथिक अनायास घिर गया हो। चारों तरफ तपती हुई बालुकाराशि, जल की एक बूँद का नामोनिशान तक नहीं! ओह कैसी असह्य तृष्णा?

महाराज के मौन में दहते ज्वालामुखी को स्नेहशीला सुनयना नहीं थाह पाई थीं क्या? तभी तो···रत्नखचित कामरी बिछाकर जल के अवलेप से भू-शुद्धि करतीं हुई वे भोजन का सरंजाम जुटाने में व्यस्त हो उठी थीं—

आपको मेरी सौगंध है। कुछ नहीं तो यह थोड़ा-सा आम्ररस ही सही···।

अरे···, प्रकोष्ठ के बाहर यह विचित्र रव कैसा? जनक के हाथों में स्वर्ण-पात्र धीरे-से काँपकर छलक उठा था।

शैशव काल की वृद्धा परिचारिका शीलमती ने सूचना दी थी—कुलपुरोहित मुख्यद्वार पर खड़े हैं, भीतर आने की अनुमति चाहते हैं।

उन्हें सादर लिवा लाया जाए···!

महारानी के हाथ से वस्त्र-खंड लेकर अपने श्वेत उत्तरीय पर छलक आए आम्ररस को पोंछते हुए विदेहराज मंत्रणा-कक्ष की ओर झटपट चल पड़े थे···

चरण वंदन करता हूँ आचार्य···!

राजन्, सुखी रहें···! उन्होंने स्पष्ट देखा था—कुलगुरु के शुभ्र ललाट पर चिंताओं का संकुचन जाल था, तिलक की चंदन रेखाएँ बेतरतीब थीं, उनके वस्त्रों की ईषत् मलिनता किसी गहरी पीड़ा का परिचय दे रही थी।

उस घोर विषाद के समय भी दूज के चंद्रमा-सी एक क्षीण मुसकान जनक के मुखमंडल पर धीरे-से उभर आई थी—गुरुवर, विधाता का ऐसा विकराल क्रोध हम मिथिला निवासियों पर ही क्यों···? आप तो सिद्ध पुरुष हैं, शास्त्रज्ञ हैं—कह दीजिए कि पोथी-पत्रा सबकुछ व्यर्थ है—सारे आप्त वाक्य झूठे हैं। देख रहे हैं न आप—मेरी प्रिय

प्रजा अन्न-जल के अभाव में कैसी-कैसी यंत्रणाएँ भुगत रही है! राजकोष रिक्तप्राय है। आर्यावर्त्त में जिसकी सुख-समृद्धि की कथाएँ विख्यात थीं, वह जनकपुरी दुर्भाग्य की ऐसी चपेट में पड़ी है। महारानी सुनयना का व्रत-उपवास, आपकी यज्ञशाला में गूँजनेवाले मंत्र···सब इस कदर व्यर्थ हो जाएँगे···!

कुलगुरु ने अपनी सुदीर्घ भुजा उठाकर राजा को प्रबोध देना चाहा था—

यह सच है कि मृगशिरा की तरह हम सबका जीवन दाह-दग्ध हो रहा है—यह भी ठीक है कि प्रतिवेशी सभी प्रदेश अब और अधिक सहयोग प्रदान करने में असमर्थ हैं; पर महायोगी जनक, मैं यह क्या देख रहा हूँ···! जो स्वयं जीवन्मुक्ति का प्रतीक है, जिसकी पावन ज्ञान-साधना से इस मिथिलांचल का एक-एक कोना आलोकित है, उसके पलक-पक्ष्म पर टँके हुए ये तरल मुक्तादल कैसे···? क्यों महाराज, निरासक्त की यह वेदना कैसी?

एक अव्यक्त हाहाकार सिर धुनता हुआ राजा जनक के शब्दों में गुंफित होने लगा था—हाँ, मैं विरक्तमना हूँ, यह सच है। लोग मुझे गृही संन्यासी कहा करते हैं···! संसार यही समझता है कि सुख-दु:ख में सम बने रहना ही मेरे शील का शीर्ष वैशिष्ट्य है···। किंतु आचार्य, मेरा एक प्रश्न केवल आपसे है! कृपया बताएँ—

विधाता-पुरुष ने जिसके प्राणों को ज्ञान का अक्षय कोष सौंप दिया हो, क्या लौकिकता से उसका कोई प्रयोजन नहीं होना चाहिए···? परम तत्त्वज्ञानी बनकर मैं केवल पुरोवाक् देता हूँ और विपदाओं की इस झंझा में मेरी लक्ष-कोटि मानस संतानें निस्सहाय भटकती रहें···! अन्न-जल की तलाश में आत्मनिर्वासन का अभिशाप झेलते कितने ही ग्रामवासी मिथिलादेश छोड़कर चले गए···आपको पता है, दुधमुँहे बालकों का तृषा-रव मुझे काल-निशाओं में अतृप्त प्रेतात्माओं के चीत्कार-सा प्रतीत होता है। यह अनिद्रा मेरे ज्ञान-गर्व को बालू की भीत-सी ढाती मुझे भयकंपित करती रहती है—

मिथ्या है तुम्हारा निरासक्त योगदर्शन जनक—अपनी प्रजा को समय रहते दुर्भिक्ष के महाजाल से उबार नहीं सके—धिक्कार है तुम्हारी स्थितप्रज्ञता को···। अपने दायित्व का संपूर्ण निर्वाहण करने में जो असमर्थ हुआ करते हैं, वे मनुष्य ही ऐसी ओढ़ी हुई निर्लिप्तता का स्वाँग भरते हैं···मैं भी उन्हीं कापुरुषों की शृंखला में अपना स्थान देख रहा हूँ गुरुदेव···

राजन्···अपने चित्त को शांत करें···! आपकी मनोदशा का पूरा अनुमान मुझे था। मैं नवरात्र की विशेष साधना में था, तभी महारानीजी का संदेश मिला।

आत्मस्थ राजा ने पहली बार मस्तक उठाकर कुलगुरु को ठीक से देखा—

अरे, सत्य ही तो···कुलगुरु के ये खुले पाँव, व्रत से कृश हुए शरीर पर इकहरा पीतांबर व एकमुखी रुद्राक्ष के मनकों पर सधी हुई दाहिनी हथेली···!

अपनी उद्भ्रांत अवस्था पर मनस्ताप करते राजा जनक ने निवेदन करना चाहा

था—

आपने अबतक आसन ग्रहण नहीं किया—गुरुदेव, मुझसे भूल हुई। कृपया···इस स्वर्णपट्टिका पर विराजमान हों···। मैं तो···

नहीं राजन्···मैं नवाह्न-व्रतधारी हूँ। और देखिए न, आज तो अपनी कुशा भी वहीं उपासना-वेदी के पास ही भूल आया···। लीजिए यह आचमनी और यह भोग-प्रसाद।

मेरी सांध्य-साधना का समय हो रहा है, अक्षय-पुष्करिणी के पास कुवलय और मलय मेरे दोनों शिष्य आवश्यक उपादानों के साथ मेरी प्रतीक्षा कर रहे होंगे। मैं केवल यही कहने आया हूँ विदेहराज···मन-प्राणों की करुणा का संवरण करो, बस चार दिन और···नवमी तिथि को मेरे व्रत की पूर्णाहुति है। माँ भगवती ने चाहा तो···इस आपद्-मुक्ति का कोई-न-कोई पथ अवश्य सामने आएगा।

卐

राजा जनक की दुर्बह मनोव्यथा को निःशेष करने की कैसी युक्ति ढूँढ़ निकाली थी—कुलगुरु अभयाचार्य ने···!

राजा···! आपके भीतर छिपी प्रजावत्सलता में कहीं कोई संदेह नहीं···! आपका संन्यस्त मन ऐश्वर्य की विपुलता के बीच भी पद्म-पत्र-सा निरलस, निर्विषण्ण बना रहने वाला है।

मिथिलांचल पर दुर्दिन छा गया है और आपकी मनोव्यथा का कोई उपचार नहीं है। फिर भी···मेरा एक निवेदन है···।

समस्त प्रजाजनों के समक्ष आपकी महार्घ्यता चिर-श्लाघ्य है। सच्चे पितृभाव से आपने अपने देशवासियों की अहर्निश कल्याण-कामना ही तो की है। मेरा एक परामर्श है···

राजा जनक के उत्तप्त नेत्रों में आशा की एक क्षीण रेखा छलछला गई थी—

यह रसवती धरित्री, सूर्य देवता, वरुण देव···इंद्रादि समस्त देवों की अस्मिता का सबसे अधिक स्फूर्त प्रमाण है। यह भूमि हमारे लिए साक्षात् मातृरूपा है। राजन्, आपको इस मातृशक्ति का आवाहन करना होगा। श्रमस्वेद से लथपथ कृषक जब ओड़ी और कुदाल उठाकर वृषभों के पीछे-पीछे भू-कर्षण के लिए जाते हैं तब मेड़ की धूलि माथे चढ़ाकर मन-ही-मन व्रतबद्ध हुआ करते हैं—हे धरती मैया, दुःख, सुख, हानि-लाभ, पाप-पुण्य सबका लेखा-जोखा तुम्हें सौंपते हैं। तुम जनकल्याणी हो···तुम्हारी कोख में पड़ा अन्न का एक दाना सौ-सौ क्षुधितों के प्राणों को तृप्ति देता है। माँ, हम तुम्हारी आराधना करने आए हैं। प्रसन्न हो माँ! लहलहाती शस्य संपदा का रत्नखचित आँचल हम कृषकों के माथे से कभी नहीं हटे! हम तुम्हारे पुत्र हैं! जननी, हमारा कल्याण करो···!

राजन्, बाहर चल रही झंझा के उन्मद आवेग को देख रहे हैं न···भयंकर कोपाग्नि बरसाता हुआ यह भुवन-भास्कर और सूखे तृण-सी झुलसती जन-चेतना। इस असह्य

दाह से मुक्ति का एक उपाय अब भी शेष है। आपको कृषक-व्रत साधना होगा। भू-पूजन, तत्पश्चात् भू-कर्षण···अपने श्रम-सीकरों से मातृभूमि का सिंचन करें, महाराज, धरित्री अवश्य प्रसन्न होंगी···! देव-पितरों की आशीष सरस जल-वर्षण के रूप में फलित होगी! मेरा पूर्ण विश्वास है कि···

कैसा विलक्षण वेश था राजा सीरध्वज का—रेशमी धोती घुटनों से ऊपर बँधी हुई···पीत वर्ण उत्तरीय के दोनों छोर दाहिने कंधे को समेटकर वाम कटिभाग पर मजबूती से बँधे हुए···रक्त-माणिक्य के चारों तरफ गजमुक्ताओं की लड़ियों से सुशोभित राजमुकुट, बाजूबंद, कटि-मेखला···

महारानी ऐसे निष्पलक क्यों निहार रही हैं? क्या मेरी यह देह···आज···

रानी सुनयना ने कुलगुरु की उपस्थिति को मान देते हुए संकोचवश अपनी पलकें झुका ली थीं, वे कहना चाहती थीं—

महाराज निराभरण भी आपका यह व्यक्तित्व देव-ऋषियों से कहीं अधिक दिव्य है। ऊँचे ललाट की यह अरुणाभा, प्रशस्त वक्ष पर झूलती स्फटिक की दो लड़ी···श्वेत चंदन खचित प्रलंब बाहुओं का मनोरम सौष्ठव, दाहिनी भृकुटि पर उन्मुक्त लहराता केशगुच्छ—उन्होंने धीरे-से अपने नेत्र-द्वार मूँद लिये थे—

सदा सर्वज्ञा कुलदेवी, मेरा सौभाग्य सूर्य ऐसे ही जगमग करता रहे···मिथिलांचल के प्राण मेरे स्वामी की मान-मरजाद सबकुछ आपके हाथों है, माँ!

महारानी सुनयना भी व्रतधारिणी थीं। राज्य के सर्वश्रेष्ठ कृषक की गृहस्वामिनी का उत्फुल्ल भाव सहेजती, रंग-बिरंगी चंगेरियों में पंचान्न की पोटली सँभालती, खुले पाँव स्वामी के पदचिह्नों का अनुसरण करती वे पहली बार बिना किसी शिविका या रथ के मस्तक झुकाए राजमार्ग पर आगे बढ़ती जा रही थीं। जनकपुर निवासियों के विस्मय-सुख की सीमा नहीं थी—कुलगुरु अभयाचार्य वृद्धत्व के भार से ईषत् झुके, ज्ञान-गर्व से झिलमिल करते माथे पर गोरोचन लगाए सबसे आगे··· बीच में राजा जनक दोनों भुजाएँ उठाकर मार्ग-शीर्ष पर खड़े जनसमुदाय का अभिवादन स्वीकार करते क्षीण मुसकान में अपनी करुणा को छिपाकर प्रत्येक नर-नारी को आश्वस्ति देते हुए-से—

निर्भय होकर राष्ट्र-मंगल की कामना करें! प्रजाजनो···! यह विदेह जब तक देहधारी है, आपकी आँखों से अश्रुपात नहीं होने देगा। आपकी पीड़ा मेरे लिए नर्क की रौरव यंत्रणा के समान है। आइए, इस महासंकट के क्षण में धैर्य खोए बिना भू-देवी की वंदना करें···वे ही हमारा-आपका—सबका कल्याण करेंगी···!

卐

पुष्करिणी का जल न जाने पाताल के किस गर्त्त में समा गया था। शुभ्र तरंगों से उमगित चतुष्कोणीय सोपान स्मृतियों में उलझे धूलि-धूसरित थे। अतीत की तरल आर्द्रता का कहीं कोई अवशिष्ट चिह्न नहीं···! योजन-भर की परिधि तक मिट्टी सूखकर बिलकुल

काली पड़ चुकी थी। श्वेत हंस-युग्म आकाश की अनंत नीलिमा में न जाने किस ओर विलीन हो चुके थे। वक, सारस, कीर, पंडुकी, चक्रवाक युगल की सुख-विह्वल पुकार कहीं नहीं थी। हमेशा जल पर निथरे रहनेवाले हरित शैवालों का सुंदर वितान सूखी तृण-राशि में परिणत हो चुका था। ताप की भयावहता से म्रियमाण पीत कमल श्रेणियाँ काष्ठ नलिकाओं जैसे ठूँठ बेड़ों की आकृति में पुष्करिणी की शुष्क सतह पर जहाँ-तहाँ छितराई पड़ी थीं…!

पुष्करिणी के पश्चिमीय कोण पर ताल वृक्षों के जीर्ण-शीर्ण परिसर में मंगलदेव का आवास था। बाँस की बल्लियों के सहारे टिकाया गया पुआल का आस्तरण। गेरूखचित मृत्तिका प्राचीरों से बने घर की चौखट पर पिसे हुए चावल से चौक पूरती साँवली-सलोनी भानुमती…! तिरहुत की उस धीवर-कन्या की पुतलियों का तेज किसने चुरा लिया था? ऊखल-मूसल के साथ सुर मिलाकर बजनेवाले रजत कंगनों का गान कहाँ खो गया था? ढेंकी पर चढ़कर मानो धान कूटती, पुष्करिणी से निकाली गई मछलियों को गिन-गिनकर टोकरे में समेटती एक-एक मछली के भार का अनुमान अपनी दोनों हथेलियों पर लगाती मादक हँसी हँसती, तो सखुए की धरन बिहँस पड़ती—

मंगलदेव, सचमुच कितने भाग्यशाली हो तुम…किन्नरी-सा रूप-गुण पाया है तुम्हारी इस वधू ने…!

पुष्करिणी के दग्ध हृदय की छाया भानुमती के जीवन पर भी पड़ी थी। कृष्णा, धवला—दोनों गायों के थन सूखते गए थे…घर में अन्न का एक दाना नहीं! पुष्करिणी की जलती हुई कोख पिशाचिनी बनकर अपनी ही मत्स्य संतानों को निगल गई हो जैसे…!

भानु, सुना तुमने…राजर्षि जनक राजभवन से भू-कर्षण के लिए निकले हैं…। पुष्करिणी के दक्षिणी तट पर हमारे खेतों में ही उनके हल की पहली फाल गिरेगी…उठो…भानु, यह समय ऐसे चुपचाप बैठे रहने का नहीं…! चलो, हम आगे बढ़कर अपने राजा की अभ्यर्थना करें…!

… … …

भानु…? भानुमती…! तुमने सुना नहीं?

कृश हथेलियों से सूखे सेवार जैसे केशों का उलझाव समेटती भानुमती सूनी आँखों से पुष्करिणी का झुलसा हुआ विस्तार देखती मौन बैठी रही थी—

नहीं, वह कहीं नहीं जाएगी। राजाधिराज भू-कर्षण करने चले हैं…! उपासना के नाम पर इतना बड़ा आडंबर—आखिर किसलिए…? इतने दिनों तक हम सब संतप्त रहे, पुष्करिणी छीजती चली गई, हमारे जीवन को दारिद्र्य का यह महारोग क्या एक ही दिन में लगा है? प्रतापी राजा को यह भी नहीं मालूम था कि प्रजा की सुख-शांति बवंडर में उड़ते हुए तिनके की तरह शून्य में विलीन होती चली जा रही है। क्या बचा है हमारे पास…? आप कहते हैं, मैं अक्षत-कुंकुम की परात सजाऊँ…खील-बताशे बिखराकर

राजा की अभ्यर्थना करूँ···! नहीं, मुझसे ऐसा नहीं हो सकता।

मैं जानता हूँ, भानु, तुम्हारा हृदय शोकमग्न है! तुम समझती हो···मैंने अपनी स्वर्ण-पुतली मीनाक्षी को भुला दिया है? नहीं···प्रिये···मीन जैसे बड़े-बड़े नेत्रोंवाली हमारी वह सुकुमार पुत्री···अच्छी तरह स्मरण है, तोतले स्वर में 'पिता' कहकर लड़खड़ाते पैरों से मेरी ओर दोनों बाँहें पसारकर कैसी उमगती हुई दौड़ पड़ती थी वह! अँधेरी रात की निस्तब्धता में उसकी पैंजनी की आवाज मुझे आँख तक नहीं झपकने देती···तृषा विकल उसकी वह अंतिम पुकार—माँ···जल दो···दूध नहीं है माँ···? ओह पिता···मेरा कंठ सूख रहा है—

पुत्री के सद्यःवियोग की वेदना मौन हाहाकार बनकर भानुमती की सूखी दृष्टि में सिमट आई थी—

श श शश···चुप हो जाओऽ! कितने यत्न से उसे सुला पाई हूँ। ना, अभी भीतर मत जाओ। तुम उसका पालना जरूर छुओगे! मेरी प्राण-पुतली जागते ही दूध-भात के लिए हठ करेगी···! नहीं, उसे थोड़ी देर वैसी ही सोई रहने दो···।

मंगलदेव जानता था, अर्द्धविक्षिप्तता के इस दौरे से भानुमती को अनायास मुक्ति मिलने वाली नहीं थी। ग्रामवैद्य ने आते ही संज्ञाहीन बालिका की नाड़ी टटोली थी—सर्वनाश···! इसकी दशा कब से ऐसी है?

भानुमती अपने उमड़ते हुए अश्रुओं को छिपाकर किसी तरह बता पाई थी—आज चौथा दिन हुआ! घर में भोजन के नाम पर कुछ भी नहीं था। इसकी विकलता देखी नहीं गई। पुष्करिणी के गँदले जल में थोड़ी-सी खाँड़ मिलाकर घूँट-भर ही तो पिलाया था, फिर न जाने क्या हुआ···इसकी सारी देह आग-सी तपने लगी। तब से मेरी बच्ची ने आँख तक नहीं खोली। वैद्य महाराज, जैसे भी हो, मेरी बच्ची की जीवन-रक्षा करें···!

शोक-विजड़ित भानुमती को भग्न चौखट पर छोड़कर मंगलदेव संभ्रमित-सा आगे बढ़ आया था—राजपुरोहित अभयाचार्य उसे ही संबोधन दे रहे थे···।

पावन पुष्करिणी के शुष्क अधरों पर पीड़ा का तप्त राग था··· अपने प्रिय राजा की उस कृषक-भंगिमा को देखकर मंगलदेव के शोक-संतप्त मुख पर असीम कातरता की रेखाएँ अंकित करती एक क्षीण मुसकान कौंध गई थी···

स्वामी···! उसके हृदय का हाहाकार वायु की उत्तप्त तरंग बनकर राजा के चरणों से लिपट जाना चाहता था।

जनक की आँखों में करुणा-सिक्त वत्सलता प्रतिबिंबित थी—

उठो मंगल···! जो भी अघटित घटित हुआ है, उसे विधाता पुरुष की इच्छा मानकर ही स्वीकार करना होगा। इस जड़-चेतन जीव-जगत् की संपूर्ण सत्ता का सूत्रधार कोई और है। हमें निरभिमानी मन से इस सत्य को स्वीकार करना ही होगा!

लेकिन प्रभु···, मेरी फूल-सी बच्ची मीनाक्षी ने उस विधाता पुरुष का कौन-सा

अहित किया था? अपने छोटे-से जीवन के दूसरे कुसुमित वसंत की प्रतीक्षा थी उसे···। दुर्भिक्ष काल बनकर मेरी चौखट पर खड़ा हो गया। अरे, उसे बलि ही लेनी थी तो मेरी ले लेता···! मेरे देखते-ही-देखते मेरा स्पप्न-नीड़ उजाड़कर···क्या मिला उसे···?

राजा की दाहिनी भुजा मंगलदेव के पुष्ठभाग पर आश्वासन के अनुरागी स्पर्श से बँधी हुई थी—तुम्हारी मीनाक्षी इस पूरे राष्ट्र की धरोहर थी, वत्स···! नन्हे बिरवे का, कोमल शिशु का और उमड़ती हुई नवल जलधार का अपघात सृष्टि के शुभ विधानों का क्रूर अतिक्रमण हुआ करता है। अपने शोक में मुझे सहभागी मानो···आओ, मेरे साथ-साथ आओ···मंगलदेव···!

समुद्र वसने देवि! पर्वत स्तनमंडले
विष्णु पत्नि! नमस्तुभ्यं पादस्पर्श क्षमस्व मे!

कुलगुरु अभयाचार्य ने दूर्वादल से मंगल घट के जल की बूँदें इधर-उधर बिखराते हरिद्रासिक्त अच्छत से धरती को पावन करते राजा जनक को आदेश दिया था—आगे बढ़ो, राजन्···धरती पर तुम्हारी कुदाल का पहला स्पर्श हो···! हल की मूठ थामकर कर्षण-व्रत का शुभारंभ करो

卐

जागेश्वरी आजी का हृदय करुणा से पसीज उठा है। भागवंती के भाग फूट गए। चार बरस पहले गनेशी रोजी-रोटी की टोह में पछाँह चला गया···। फिर नहीं लौटा। गोतिनी ने लड़-झगड़कर बाँट-बखरा करवा लिया—आँगन के बीचोबीच माटी के गिलावे की पोरसा भर ऊँची दीवार···भागो का अभाग—नइहर में मुसम्मात महतारी के सिवा और कोई नहीं। वह अपना दुःख कहे भी तो किससे···!

साँझ के झुटपुटे में हाथ-भर घूँघट खींचती, सिटपिटाती जब-तब जागेश्वरी आजी की चौखट पर खड़ी हो जाती है। आसरा बाँधे···टुकुर-टुकुर निहारती—राउर हुकुम होए त घर के कुटिया-पिसिया—सब हम सँभार देब काकीजी···कौर भर रोटी मोहाल हो गइल बा!

आजी को पता है—छोटकू देवरजी को यह सब तनिक नहीं रुचेगा।

उनकी मरजी के बिना सींक भी नहीं डोल सकती···

बरजा गाँववाली जब-तब नाक की बुलाक चमकाकर कहती है—

बड़की दीदीजी के हिम्मत के लोआ माने के पड़ी—

बाघ के माँद में बइठल ओकर खिलाफत करत रहेली। का जाने रामजी कवन ताकत देके भेजले बाड़न! तिरिया जात के अइसन करेजा हम ना देखलीं, ए बहिनी···!

भागवंती ओसारे में बैठी धान की ढेरी सहेज रही है। खरपात निकल जाए, आँगन गोबर-माटी से लीप ले, तो ढेंगी सँभाले! काकीजी का हुकुम है—उतरती बेला तक धान कूटकर ओसारा साफ-सुथरा कर ही देना है।

घर में खुशहाली ठहरी—पाँच-पाँच लगहर गाय, बथान पर बँधे मजबूत पुट्ठोंवाले तीन-तीन बरध, छोटकू की बोरिंग मशीन पूरे गाँव की खेती का आधार है। बड़कू कलकत्ते के मालगोदाम में काम करते हैं। जागेश्वरी आजी की दोनों बेटियाँ खाते-पीते घरों में ब्याही जा चुकी हैं। और यह नंदिनी! विरक्ति के आवेश में दस वर्ष पहले घर छोड़कर किसी अदृश्य स्थान की ओर निकल जानेवाले छोटकू के पुत्र मधुसूदन की अकेली निशानी···

आजी, मेरे बाबूजी देखने में कैसे थे··· ?

एकदम किसुन कन्हाई जैसे बचियाऽ!

और उनका स्वभाव···

गंगाजी की लहर जैसा—इतनी मीठी बोली थी हमारे उस पूत की···।

नंदिनी हठ करके पूछती—हमें बताओ न आजी, बाबूजी हमें छोड़कर क्यों चले गए···अम्मा दिन-रात रोती क्यों रहती है ? छोटकी आजी कहती हैं कि हमारे कारण ही···

वे ज़ानती थीं, छोटकी ने नंदिनी को कभी दुलार-भरी नजर से नहीं देखा, सुहासिनी बहू के प्रति भी उनका व्यवहार साँप की दंश-भरी सर्द छुअन-सा रहा।

छोटकू ने भी उनकी हाँ-में-हाँ मिलाई थी—जवान-जहान कनिया खाली बैठेगी तो मतिभरम होगा, मन बहकने न पावे, घर के छोटे-बड़े कारज का सारा भार इसके मत्थे डालो···

जागेश्वरी आजी की ममता शीतला गाय के थनों से उफनती दूध की धार बनकर सुहासिनी की रूखी-सूखी काया पर बिखर जाती—

कनिया, छोटकी अपने नइहर गई है—छोटकू बक्सर बाजार से रात-बिरात लौटेंगे—आ धिया, सब कारज छोड़कर तनिक पास बैठ।

तेरी साड़ी कैसी तार-तार हुई है—और बाल कैसे जोगिनी के जटा-जूट से! ला नंदिनी, भंडारघर से कड़वा तेल का कनस्तर उठा ला तो; और वह छोटी काठ की मलिया भी···।

सुहासिनी का रोयाँ-रोयाँ डर से सिहरा रहता था—

रहने दीजिए बड़की अम्माजी, कोई देख लेगा!

तो क्या कर लेगा ? हमारे रहते तेरी देह को कोई छूकर तो देख ले। इतना डरते नहीं कनियाऽ! तेरी कोख से ढेला-पाथर नहीं जनमा। तूने सोने की पुतरी-सी इस नंदिनी को जनम दिया है—कैसा जानकीजी जैसा रूप है हमारी नातिनी का! ठाकुरजी ने भाग में जो दुःख लिख दिया, उसे सहना तो पड़ेगा ही; लेकिन धीरज धरकर यह बिपद काट ले, कनिया, मेरा मन कहता है—मधुसूदन जरूर लौट आएगा।

卐

घर छोड़ने के महीनों पहले मधुसूदन अकारण गुमसुम रहने लगे थे। कोई कुछ

पूछता तो टाल जाते, बाहरी दालान में रोटी लेकर छोटकी जातीं तो बैरंग लौटा देते—मुझे भूख नहीं, अम्मा!

सुहासिनी ने अकेले में फरियाद की थी—हमारा नहीं, तो कम-से-कम इस अभागिन बेटी का तो ध्यान धरो। आखिर हमने ऐसा कौन-सा गुनाह कर दिया है जो···

निरंतर मौन ही मधुसूदन का रक्षाकवच बन गया था। कोई संगी-साथी नहीं, भीतर-बाहर किसी से कोई मतलब नहीं···।

जागेश्वरी आजी ने करुणा-विकल प्रश्न किया था—छोटकी ने तुम्हें जनम दिया है; लेकिन अपनी ममता के अधिकार से हम पूछती हैं—

तुम्हें कौन-सा क्लेश है बचवाऽ? हमें बताओ···

कनिया में कोई खोट है?

घर में किसी का बेवहार अखर गया है?

मधुसूदन ने पहली बार सकारा था—मेरा मन मेरे वश में नहीं है बड़की अम्माऽ! दुनिया की हर चीज से ऐसा विराग होता जा रहा है कि···घर की दीवारें मुझे लोहे के वज्र-कपाट-सी लग रही हैं। इस मधुसूदन की देह में न जाने किस विरागी की आत्मा ने शरण ले ली···? आज तुम्हारे सामने कबूल रहा हूँ—बाबूजी की तृष्णा, अम्मा का मोहजाल, सुहासिनी की अपरूप सुंदरता—नंदिनी की भोलीभाली हँसी—सबसे विरक्ति का उन्माद मेरी शिराओं में खौल रहा है। जानता हूँ कि मेरा यह आचरण असहज है; लेकिन अपनी विवशता में बँधा हुआ मैं···क्या करूँ, बड़की अम्मा, तुम्हीं बताओ, मैं क्या करूँ?

तत्त्वज्ञानी पिता राधाकांत शास्त्री की विदुषी कन्या जागेश्वरी देवी ने स्नेह-भरी आश्वस्ति दी थी—

धन-दौलत के मायाजाल में बँधने वाली तुम्हारी आतमा नहीं है बचवा, छोटकू चाहकर भी आढ़त की चाकरी तुमसे नहीं बजवा सकते···।

हमने तुम्हारे मरम को पहचान लिया है। कनिया की कच्ची उमिर का सोच है; लेकिन होनी को टालनेवाले हम कौन होते हैं भला? तुम्हारा जी चाहे तो काशी जाकर हमारे नइहर के गुरु महाराज से मिलो। उनके संग कुछ दिन रहो—वे परम पावन तपस्वी पुरुष हैं, तुम्हारे मन की ऊहापोह को ठीक-ठीक समझेंगे···

शाम के झुटपुटे में अपनी पोथियों का थैला और दो जोड़ी कपड़े सँभालकर मधुसूदन चुपचाप गृह-त्यागी हुए थे—

सुहासिनी ने रो-रोकर बुरा हाल कर लिया था—

सारी चीज-बतुस ज्यों-की-त्यों हैं। कुछ भी तो नहीं ले गए···।

दुःखभार से नीरव जागेश्वरी आजी के चेहरे पर रामरेखा घाट का सूनापन था। गीता के अक्षर उस गहन मानसिक संताप से मुक्ति दिलाने के लिए उनके जेहन की पोर-पोर में उग आए थे—

प्रजहाति यदा कामान्सर्वान्पार्थ मनोगतान्।

आत्मन्येवात्मना तुष्टः स्थितप्रज्ञस्तदोच्यते॥

अपने-आप को मथती हुई वे निःशब्द आँसुओं की गंगा बनकर रह गई थीं—स्थितप्रज्ञ होना इतना सहज है पुत्र…?

मधुसूदन ने चुपके से उनकी पगधूलि ली थी—बड़की अम्मा, तुम मेरी जन्म-जन्मांतर की जननी हो। सुहासिनी और नंदिनी का भरण-पोषण तुम्हारे जिम्मे! आशीर्वाद दो, जब यह भटकन समाप्त होगी तभी तुम्हारी सेवा में आ पाऊँगा।

छोटकू जाल में बँधे चीते की तरह महीनों तड़पकर निढाल पड़ गए थे—उस खुदगर्ज इनसान का नाम भी मत लो छोटकी—वह पूत नहीं, महाव्याध निकला। ऐसी कुठाँव चोट मार गया कि न जीते बनता है—न मरते!

उत्तर दिशा की ओर जानेवाली गाड़ी में मधुसूदन सवार हुए थे—बक्सर स्टेशन से गाड़ी छूटी थी। जिला-जवार, खेत-खलिहान, पखेरू सब पीछे छूटते गए थे, केवल एक स्मृति, बंद पलकों के भीतर सहेजा सुहासिनी का एक लाज-भरा स्वप्न…

सुनते हो, अम्माजी खूब नाराज हो रही थीं—

क्यों भला?

हमें क्या पता और पड़ोस की सावित्री ननदजी भी कैसे-कैसे अटपटे सवाल पूछ रही थीं—

कैसे-कैसे यानी…

ओह—ऐसे बन रहे हो जैसे कि कुछ भी नहीं जानते…

हमारे गौने को यह चौथा साल बीतने जा रहा है। अम्माजी को शक है कि…वे किसी डाक्टरी इलाज की बात कर रही थीं…

देखो सुहासिनी, तुम बड़की अम्मा से सलाह लिया करो। वे मेरी अम्मा भी हैं और गुरु भी, तुम्हारी हर बात का उत्तर उन्हीं के पास…

जागेश्वरी आजी ने अपनी सूझ-बूझ से सबको परास्त कर दिया था—कनिया सरसों के फूल-सी कोमल है—दो-चार बरिस में कोख फलेगी—वह क्या बाँझ है, जो उसे इस तरह…और छोटकी, तुम्हें याद नहीं क्या, कम उमिर में मधुसूदन को जनम देते ही कैसी दशा हो गई थी तुम्हारी, उस गोरी मेम डाक्टरनी ने घर भर को किस बुरी तरह से फटकारा था—

दुबारा संतान हो यह काबिलियत तुम दोनों अपनी इसी तरह की जल्दबाजी के कारण गँवा बैठे…

और सुहासिनी का वह सम्मोहक हाव-भाव—

बड़की अम्माजी, आपकी सौंह, उनसे मत बताइएगा, हमें थोड़ी-सी कच्ची इमली ला दीजिए न, और अम्माजी का घइलावाला आम का अचार भी…! मधुसूदन ने सुहासिनी

को गौर से देखा था—चेहरे पर हलदी घुला लाल अबीर उड़ेल दिया हो किसी ने! धीरे-से कानों में कुछ कहती, तो अमृत की बूँदें निचुड़ जातीं…

तुम कितनी अच्छी लगने लगी हो, सुहास…!

बक्सर अस्पताल की सुमंगला नायर ने बड़ी सुदक्षता के साथ सब कुछ सँभाल लिया था—

जागेश्वरी आजी प्राणपण से तत्पर थीं—

मधुसूदन, इधर आओ बचवा, हमारी सिया सुंदरी का मुँह तो निहार लो…।

जनम होते ही जनक पहले देखे…सारा नक्षत्र दोष कट जाता है…। क्या समझे?

अरे, ऐसे गुमसुम क्यों हो…? तुम प्रसन्न तो हो न बबुआ?

卐

और राजा जनक ने सूखी धरती पर पूरी शक्ति के साथ प्रहार किया था—खट खट खटाकऽ…

कृषि यज्ञ की कैसी श्रम-साध्य वेला थी वह। जनकपुर के ग्राम प्रांतर में एक ही आशादायी संदेश प्रसरित था—स्वयं राजा विदेह ने कृषक का बाना धारण किया है…योग साधक के ओज भरे मुख पर परिश्रम के मुक्ताहल हैं…सशरीर कर्म-दीप बने वे सबका पथ प्रोज्ज्वल कर रहे हैं—

मंत्रिगण, सभासदो, नागरिक समाज, कृषक बंधुओ, सुनो…

जीवन-पथ पर विसंगतियों का घटाटोप अँधेरा छा जाए, मृत्यु के आसुरी मुख में समस्त जिजीविषा के समा जाने का खतरा उत्पन्न हो जाए, तब भी एक विकल्प शेष रहता है। अपने अनूठे भुजबल से प्रकृति की सभी शक्तियों को अनुकूल बना लेने का विकल्प!

आओ, हम सब मिलकर इस धरती की उपासना करें। स्मरण रहे, माँ की कोख कभी बंजर नहीं होती—रत्नगर्भा वसुंधरा माँ के पास हमारे प्राणों के हर संताप की ओषधि विद्यमान है। सचिव, राजगुरु—मंत्रिपरिषद्—सभासद्गण—सबने अपना राजसी बाना उतार फेंका था—मिथिला की आन सुरक्षित रहे, इस मखमली लिबास का क्या है, रहे-न-रहे, यही वह सही समय है बंधुओ!

सुविधाओं के शीशमहल में बौराई हुई काया को श्रम का कसाव दो…राजा जनक ने बिलकुल ठीक कहा—इस राष्ट्र का एक ही धर्म है—अनवरत श्रम! सदा स्मरण रखो, दैहिक, बौद्धिक संघर्ष के अग्निकुंड में तपी हुई मानवता का पथ सदैव प्रोज्ज्वल रहता है—निश्शंक, निर्विवाद…।

कृशकाय वृषभों ने मानवी चेतना की स्फूर्तता से अपने आपको एकाकार कर लिया था क्या? मंगल, विपुल, सिद्धराज, तपोधन, यशोधर…अपने-अपने उटजों से निकलकर आए कितने ही जीवनोत्सुक चेहरे…वृषभों की ग्रीवाओं में बँधी चाँदी की घंटियों की समूह-ध्वनि पूरे वायु-पथ में संचारित होने लगी थी। जीवन की पहली कष्टसाध्य, किंतु

सुखद अनुभूति थी वह···अश्वत्थ की सघन छाँह तले सुस्ताते हुए राजर्षि जनक और उनके पैरों के फफोलों पर आँचल से हवा करती अपनी हथेलियों का चंदन-स्पर्श देती—महारानी···सभी मवेशियों को काँसकुश के बीच यथासाध्य आहार लेने के लिए उन्मुक्त छोड़ दिया गया था। राजा की विश्रांत देह सहसा पूर्ण स्फूर्त हो उठी थी—

उआँऽ उआँऽऽ

महारानी, आप कुछ सुन रही हैं? किसी नवजात का रुदन-स्वर नहीं है यह?

अधूरे वात्सल्य की तरल वेदना महारानी को चिहुँका गई थी—

आपने ठीक कहा स्वामी, लेकिन इस वीरान क्षेत्र में···

अरे वह देखिए-–मंगलदेव और तपोधन तेजी से डग भरते इधर की ओर···मंगलदेव की गोद में मुरझाए हुए पीत कमल-से मुखवाली एक नवजात कन्या···

तपोधन, क्या बात है? छिपाओ मत, खुलकर बताओ···

उस सूने उटज के भीतरी प्रकोष्ठ में जल की प्रत्याशा लेकर गए थे हम···वहाँ कोई भी नहीं था··· किसी दरिद्र की कुटिया, सारी वस्तुएँ दीना-हीना, अस्त-व्यस्त गूदड़ पर इस बालिका को विकल क्रंदन करते देखा···

राजा जनक ने अपनी प्रलंब भुजाएँ आगे बढ़ा दी थीं—दो इस शिशु को, मुझे दे दो···।

महारानी निकटतर हो गई थीं—आह, कैसी अपरूप छवि है इस जीव की···! विधाता, यदि ये दोनों एक पहर विलंब से जाते तो क्या यह बच्ची जीवित रह पाती?

धर्मपरायण राजा के मुख पर आस्था का आलोक था—जीवन देनेवाले ने इस बालिका के लिए कोई-न-कोई आश्रय-स्थल पहले से तय कर रखा होगा, प्रिये, इसकी आयु शेष है—इसके अंश का सुख-दुःख इसे ही तो धारण करना होगा न···मंगलदेव-तपोधन—तुम दोनों जाओ, बालिका के लिए कहीं से थोड़े गोरस का प्रबंध करो।

महारानी के लालायित नेत्रों की भाषा पढ़कर राजा धीरे-से मुसकरा उठे थे—लो, इसे तुम्हीं सम्हालो···

महारानी सुनयना की पलकों पर अश्रु-बिंदु झिलमिला आए थे। नन्ही-नन्ही बंद मुट्ठियोंवाली मक्खन की वह प्रतिमा उनके वक्ष से सिमटी सुख की नींद सो रही थी। पल भर में महारानी का संसार बदल गया हो जैसे···

卐

जागेश्वरी आजी ने नंदिनी को सुहासिनी की गोद में देते हुए कहा था—पूत हो या धिया, संतान ही माता की असली धरोहर होती है। कनिया, इसका पालन-पोषण करना, इसकी नींद सोना-जागना, इसे हीरे-मानिक से कम नहीं समझना; बस, आज से यही तुम्हारी जिनगी हुई समझो।

卐

महारानी नवजात कन्या को अपने अंक में समेटे राजमहल की ओर चल पड़ी थीं! पाँवों में पवनदेव ने अपना सारा वेग उड़ेल दिया हो जैसे···

धात्री, रुई के कोमल फाहों का आस्तरण तैयार करो। चाँदी के दुग्ध-पात्र में धारोष्ण दुग्ध···

और हाँ, हरिद्रा, अजवायन की वर्त्तिका घृत में डुबोकर अंजन तैयार करना होगा। मेरी बच्ची को कोई कुदृष्टि नहीं लगे···

सुनयना माँ के आँचल तले किलकारियाँ भरती नन्ही जानकी, पिता की सारी अभिलाषाओं का ऐकांतिक प्रतिरूप जानकी—कुलदेवी की कठिन मनौतियाँ मानकर मैंने तुझे पाया है, पुत्री, तू मेरी चेतना का अंश है।

उन दुर्लभ क्षणों का स्फूर्त स्मरण है मुझे—तेरे पिता ने, उनके पुरजनों-परिजनों ने समवेत भू-कर्षण किया था। सूखी हुई मृत्तिका के गह्वर समतल हो उठे थे और तेरे तृषा-विकल क्रंदन ने तो जैसे पूरे ब्रह्मांड को विचलित कर दिया था। मेरी बच्ची, तेरी क्षुधा जैसे पूरे साम्राज्य की वेदना का रूपांतरण हो उठी थी। स्मरण है, आकाश को भेदती हुई कज्जल-वर्ण मेघों से फूटती वह अजस्त्र जलधारा! धरती-अंतरिक्ष, वनस्पतियाँ—सबकुछ जलमय। मेघों के बीच तड़ित नर्त्तन का आकुल-व्याकुल आवेग! वे मेघ यूँ ही वापस लौट जाने के लिए नहीं आए थे। जीवन की अनिवार्यताओं के अभाव से विक्षुब्ध जनमानस के आह्वान पर इंद्र के सार्थवाह बनकर आए थे—

जगे हुए मनुष्य, तुमने मिट्टी की पूजा की है, उसकी महिमा को पहचाना है, उसकी कोख अंतरिक्ष के इस वरदान से निश्चय फलित होगी, तुम्हारा श्रम सिद्धि पाएगा।

卐

नंदिनी को अपनी गोद में लेकर जागेश्वरी आजी ममत्व-विभोर हो उठी थीं—

उठो कनिया, आज पहले नहान का दिन है—चोटी-पाटी, चुनरी-टिकुली, सोलह सिंगार करो और बच्ची को गोदी में सँभालकर बचवा के साथ इस आसनी पर बिराजो। हमें कुलदेवी की पूजा करनी है, काली सरसों और मिर्च से धिया सुकुमारी की दीठ उतारनी है।

छोटकी ने झमककर जवाब दिया था—

बड़की दीदीजी की तो हर बात निराली ठहरी! बेटी के जनम पर छठी-छिलहरी मनाने चली हैं···। नहीं, टोला-मुहल्ला किसी को नेवता नहीं जाएगा। गोतिया-दयाद को बुलवाकर अपनी हँसी करवानी है क्या?

अकेली भागवंती ने जागेश्वरी आजी के साथ मिलकर घर-आँगन एकसार कर दिया था—

चान-सूरुज की जोत है—हमारी धिया, सदा सबको आनंद देगी, इसका नाम

नंदिनी रखेंगे···क्यों मधुसूदन बबुआऽ ? हम तो इसके बियाह में यही गीत सबसे पहिले गाएँगे—

का तू सजन हो लोगवा
निरेखेल रे पुतरियाऽ
हमरो नंदिनी हो बेटी
आँखि के रे पुतरियाऽऽ !

आँखों की पुतली-सी वह नंदिनी सगे दादा-दादी की एक ठंडी अवमानना के बीच बड़ी होने लगी थी। छोटी आजी देखते ही नाम सिकुड़ा लेतीं—

बजर परुई (वज्र गिरे) केतना भूख लागेला रे। जब-देख, तब हहास बँधले सबकुछ लीलो खातिर तइयार···

सुहासिनी की गोद में चिपकी नन्ही नंदिनी की काली बड़ी पुतलियों में हर क्षण आशंका की गहरी छाया मँडराती रहती। छोटकू की खड़ाऊँ खट-खट बजे, इसके पहले नंदिनी को वागेश्वरी आजी की कोठरी में पनाह मिल जाती थी—डर मत बचियाऽ, डरनेवाले पर माँ शारदा की कभी कृपा नहीं होती—भीतरी ताकत हो तभी दुःख सहने की औकात मिलती है। आ, तुझे जगज्जननी सीता मइया की कथा सुनाएँ—

卐

राजा जनक के हर्ष का पारावार नहीं था। देशव्यापी विपदा का भयावह चक्रवात धीरे-धीरे थमने लगा था—

पुष्कर, कूप, सरिताएँ, बावड़ियाँ—जल की तरलता का उछाह सर्वत्र···दुर्भिक्ष की काली छाया धीरे-धीरे कटने लगी थी—तपस्वी जनक का कर्म-यज्ञ धारासार वृष्टि का वरदान बनकर फलित हुआ था—

छोटे-से पर्यंक पर सुख की नींद सोती सौंदर्य की उस पुतली को वात्सल्यमुग्ध दृष्टि से निहारते जनक ने चौंककर पीछे की ओर देखा था—मधुर विनोद-भरी हँसी छिटकाती महारानी समक्ष थीं—

क्यों महाराज, चुपके-चुपके बिटिया को दीठ लगाई जा रही है ! कोई बात नहीं, जी भरकर देखिए अपनी दुलारी को। हमने इसे अंजन का दिठौना जो लगा दिया है।

अरे··· आप किस चिंता में डूब गए··· ? कोई नई समस्या ?

इतने बड़े भू-क्षेत्र की व्यवस्था सँभालनी हो तो समस्याओं की चिंता कैसी ?

महारानी की प्रश्न-खचित भृकुटियों की भाषा पहचानकर राजा धीरे-से मुसकरा उठे थे—

और कुछ भी नहीं, नियति के अद्भुत न्याय की परिभाषा को थाहने चला था मैं··· ! हल की फाल से उकेरी गई देश-मृत्तिका ने यह कैसा अलभ्य रत्न सौंप दिया हमें···नीलमणि-सी पुतलियों प्रवाल-सी हथेलियोंवाली इस कन्या को तुम्हारे शील-संस्कार मिलेंगे··· !

तपःपूत आचरण ही इस शुभ्रवसना का जीवन-लक्ष्य होगा। भविष्य की कथा मैं नहीं जानता—पर सुनयने, तुम्हारे रिक्त-अंचल को इस भूमिजा ने ममत्व का अमृतोपम फल दिया है, इसे पाकर मेरे सीरध्वज नाम को सार्थकत्व मिला है, मेरी प्राणप्रिया पुत्री!

रानी ने बड़ी कोमलता से पति की बाम भुजा पर अपनी हथेली रख दी थी—

अपनी इस पुत्री का नामकरण-संस्कार नहीं संपन्न होगा स्वामी…? मेरी अभिलाषा है कि गुरुदेव को अभी ही बुलवा भेजें…!

हाँ शुभे, तुमने एकदम उचित कहा, आनंद-कार्य में विलंब कैसा?

लेकिन ठहरो…एक आशंका मेरे मन में है। पहले हम दोनों ही परस्पर चिंतन द्वारा इसका निवारण करें…

यह पुत्री हमारी नहीं, सभी नागरिक इस तथ्य से भलीभाँति परिचित हैं।

पर, इसे स्वीकार करनेवाला भी तो कोई नहीं था, स्वामी! हमने अपने प्राणों का अंश समझकर इसे ग्रहण किया है।

यह सत्य है—जन्मदायिनी माता से बढ़कर तुम्हारे ममत्व ने इसे सँभाला है। तुम्हारी वत्सलता इसे पाकर क्षीरसागर-सी उमड़ आई है। तुम्हारे मुख की यह नई अलौकिक आभा क्या मुझसे छिपी हुई है? तब भी एक प्रश्न अनुत्तरित रह गया है…

महारानी की आँखें किसी अज्ञात पीड़ाभार से तरल हो आई थीं—

अपना तात्पर्य ठीक-ठीक समझाएँ, प्रभु…

राजा जनक के मुँदे हुए नेत्रों में आशंका एक विचित्र संदृश्य बनकर उभर आई थी—प्रभात के पुष्कर स्नान से भवन की ओर वापस लौटते राजा जनक पंक्तिबद्ध याचकों के बीच अन्न, वसन, धन का वितरण करते जा रहे हैं। गुरुवर, महारानी, सचिव सब साथ-साथ हैं।

शीलमती की उँगली थामे उनकी बालिका तनया कोकिल के मीठे स्वर का अनुसरण करती बाल-मृगी-सी कुलाँचें भर रही है। सहसा कोई दीन-हीना स्त्री अपनी मलिन बाँहें फैलाए महारानी के समक्ष खड़ी हो जाती है—

यह संतान मेरी है, दुर्भिक्ष का अभिशाप मुझे इससे दूर ले गया था। इसे मुझे दे दो…

महारानी सुनयना भयातुर होकर बालिका को अपनी गोद में छिपा लेना चाहती हैं। नहीं…मैं इसे किसी को नहीं दूँगी, यह मेरी संतान है, केवल मेरी!

महारानी रोती हुई सुता को उठाकर अपने हृदय से लगा लेती हैं—आपकी मर्म-कथा समझ रही हूँ, महाराज! एक-एक क्षण इस श्रीमुख की रेखाओं में निष्पलक बँधी मेरी आँखें आपकी हर मनोदशा को पढ़ना सीख चुकी हैं। मेरा अनुमान विश्वास की हद तक सुदृढ़ हो चुका है, महाराज, इस बच्ची को जन्म देनेवाली त्रिया अब इस संसार में नहीं है। प्रारब्ध ही इसे मुझ रिक्त-कुक्षि तक खींचकर ले आया है। फिर भी…आप गुरुवर से, सचिव देवरजी से परामर्श कर लें—

पूरे प्रदेश में मुनादी हो—

राजा सीरध्वज की भू-कर्षण वेला में जो नवजात कन्या महारानी सुनयना को प्राप्त हुई है, यदि उसके माता-पिता में से कोई भी जीवित हों, तो वे उसे···

महारानी के अंतिम शब्द उनके अश्रु सने कंठ में अवरुद्ध होकर रह गए थे। वे शीघ्रता से बच्ची को उठा दूसरे कक्ष में चली गई थीं।

संकल्प से शक्ति द्विगुणित होती है और शक्तिमान होना निर्भयता का पर्याय है। मिथिलाधीश ने सहधर्मिणी के ममत्व में संकल्प का निर्धूम आलोक देखा था, अपना उत्तरीय सँभालते आश्वस्त भाव से वे सभाकक्ष की ओर बढ़ गए थे।

राजगुरु इष्टदेवी की उपासना हेतु प्रस्तुत थे—

पूर्वाभिमुख काष्ठ-पीठिका पर बैठी महारानी सुनयना पीत-वसना बाल-ज्योत्स्ना को अपनी दोनों बाँहों में बारंबार सँभालती···पिता जनक की गोद में जाने के लिए मचलती पुत्री को छोटी-सी पुत्तलिका देकर बहलाने का प्रयास किया था रानी ने!

ओ-हो···हमारी बिटिया हमारे पास आना चाहती है, आइए, हमारी गोद में आ जाइए···!

धात्री शीलमती के कृश कपोल उनकी पोपली हँसी से खिल उठे थे—इसकी दीठ आपके पास रखी लाल मखमली म्यान पर है, प्रभु···राजकुँवरि अभी से युद्धकला प्रवीणा होना चाहती हैं!

दधि-गोरोचन, अच्छत-चंदन से अभिषिक्त बालिका को अग्नि के समक्ष बिठाकर गुरु ने ओजशाली मंत्रोच्चार किया था—

दुग्ध-धवला ज्योत्स्ना-सी सर्वांग छविवाली इस कन्या जानकी को अपने कृषि-यज्ञ की सर्वोत्तम सिद्धि माननेवाले हे राजन्! इसकी संज्ञा होगी—

सीता···।

अंजलिबद्ध राजा जनक ने सपत्नीक गुरु के चरणों में शीश झुकाकर उनकी अपार प्रतिभा को सम्मान दिया था। सीते, आज हमारी इच्छाएँ ही तेरे वेश में वपुधारिणी बनी हैं, पुत्री···! आ, तुझे वक्ष से लगाकर मैं अपने प्राण शीतल करूँ!

卐

ज्योतिष-विद्या के प्रकांड ज्ञाता, अनुभूतिशील पिता के पांडित्य में रची-बसी जागेश्वरी आजी ने नंदिनी के पालन-पोषण का दाय सँभाला था—आज से तेरी पाठशाला हमारी यह कोठरी है, बचियाऽ, आ तुझे पंचतंत्र की वह कथा सुनाएँ—

अस्ति मगध देशे—

मगध देश के चंपकवती कानन-क्षेत्र में बड़े सुख से निवास करते थे एक मृग और दूसरा काकराज···मृग की सुंदर-कांतिवाली देहयष्टि को देखकर शृगाल ने सोचा—इस कोमल देह का आस्वाद किस तरह मिलेगा। उसने मृग से मित्रता कर ली। दोनों चंपावत

वन में आए, काकराज ने युक्ति दी—

अज्ञात कुलशीलस्य वासो देयो न कष्यचित्

नंदिनी ने बीच में टोक दिया था—लेकिन बड़ी आजी, हमने भी तो भागवंती काकी को अपने घर में जगह दिया है। वे भी तो हमेशा कहती रहती हैं, उनके माता-पिता न जाने कौन थे—आप उन्हें बरमपुर के मेले से उठा लाई थीं और···

हाँ, नंदिनी की दूधिया आब से भी ज्यादा दमकती हुई वह सचाई जागेश्वरी आजी की जिनगी का अकाट्य अंश थी—

महाशिवरात्रि के दिन ब्रह्मपुर मेले की चौतरफा भीड़ में इक्केवान ने अचानक रास खींच दी थी—

मलकिनी, कवनो पापिन अपना धिया के निरधार छोड़ गइल बिआ। पूजन-सामग्री और फूलडलिया धरी-की-धरी रह गई थीं, घोड़े के उठे हुए पाँवों के बीच धुक-धुक करती छाती में जिनगी की आस सिहर रही थी।

जलालुद्दीन बचवा, इक्का गाँव की ओर मोड़ लो, इसुर महादेव ने हमारी अगिन-परीच्छा लेने के लिए ही यह लीला दिखाई है। जैसी ठाकुर की मरजी···!

उन्हीं दिनों बड़का आजा फतेहपुर से महीने-भर की छुट्टी लेकर गाँव लौटे थे। बड़ी दालान के सामनेवाले चौबाटे में नीम की सघन छाँह तले सरपंचजी, बड़े मास्टरजी और छोटकू के साथ शतरंज की गहमागहमी लिये बैठे ही थे कि घर के भीतर से फूटती बच्ची की रुलाई ने ध्यान तार-तार कर दिया था—

यह क्या···?

छोटकू ने कानाफूसी की थी—

भउजी बरमपुर गई थीं—वहीं से एक नया बवाल उठा लाई हैं—न जात का पता, न महतारी-बाप का···। रात को दालान में दोनों भाइयों की पंचायत के सामने आजी की पेशी हुई थी—

चाँदी का नक्काशीदार गुड़गुड़ा तमतमा उठा था—

घर में तीन-तीन त्रिजटाएँ कम थीं? यही महापुण्य बटोरने गई थीं तुम···?

... ...

मँझरियावाली, बोलो, जवाब दो···! घर में क्या ऐसी हून बरस रही है। किसका अंश काटकर खिलाओगी इसे···!

जागेश्वरी आजी कहना चाहती थीं—

आप दोनों भाई निश्चिंत रहें। वह अपना करम लेकर आई है—उसे किसी का अंश नहीं चाहिए···।

वे अच्छी तरह जानती थीं—फिरंगियों की तहसील के फरमाबरदार हाकिम जगदानंद को प्रतिवाद की हलकी-सी आँच भी अमान्य थी—

क्या कहा, घर में फूटी कौड़ी नहीं। लगान कौन देगा तेरा बाप··· ? घर में बीवी की पहुँची तो होगी। चल निकाल तेरी···

फूहड़ गालियाँ गोत्रोच्चार की लय में कढ़ती चली जातीं और हंटर से पीठ की खाल उधड़ जाए, इसके पहले गरीब की पोटली का सबकुछ तहसील की मेज पर बिखर जाता—

देखा, तुलसी बाबा क्या गलत कह गए हैं—

बिनु भय होहिं न प्रीति···

अपने हाकिम पति की प्रीत का वह अनमोल भाव जागेश्वरी आजी को अच्छी तरह मालूम था—

तुमने उस कोढ़ी ससुरे को हमारी धुली हुई धोती दे दी और निचले टोले की उपधाइन बुढ़िया को ढाई सेर सीधा··· ! ऐसी अनोखी दान-दच्छिना तुम्हारे जोतिषी बाप के यहाँ चलती होगी। खटकर कमानेवाले हम गिरहस्तों के घर का चाल-चलन समय रहते नहीं सीखा तो···

जागेश्वरी आजी का एक ही रक्षाकवच था—मौन। छह वर्ष छोटी देवरानी जब-तब फब्तियाँ कसती—ऐसी भगताई किस काम की—जब देखो, तब भाईजी का किरोध जगा देती हैं। सुना था कि कुंडली के अठारह गुण मिलाए गए थे—तब भी रोज की यह चिख-चिख किसलिए—हम तो बहिनी, बस एक ही बात जानती हैं, तिरिया जात का माथा उसकी एड़ी तक निहुरा हुआ होना चाहिए··· । मरद-मानुस से बहस! राम कहो, तभी न दिन-रात ओखल-मूसल की नाईं कुटाई होती रहती है।

जागेश्वरी आजी की अल्पजीवा माँ ने एक ही मंत्र दिया था—सौ वक्ता एक चुप हरावै! चुप्पी साधकर ही उन्होंने भागवंती का पालन-पोषण किया था—उनकी बड़ी बेटी सुलक्षणा तब दस वर्ष की थी—उन्होंने उसे परितोष दिया था—यह तेरी धर्म बहिन हुई बच्ची, ललिता और रुक्मिणी से भी बढ़कर तेरी दुलारी। तुम तीनों इसे अपने से विलग कभी मत मानना।

पंचतंत्र की काक-मृग-शृगाल कथा उस दिन अधूरी रह गई थी। जागेश्वरी आजी की चेतना न जाने किन जन्मों के गवाक्ष खोलती उन्हें राजनंदिनी सीता के निकट खींचती चली जा रही थी—तिरिया-जनम की कैसी अबूझ कहानी!

सिरजन हारे ने पहली बार जब यह देह बनाई होगी—तब क्या कुछ नहीं सोचा होगा?

माटी की महनीयता, जल का तारल्य, अग्नि की उत्तप्त वेदना, शून्य का गांभीर्य, वायु की चंचलता को आत्म-संयम का शोध देती, सूर्य-चंदादि ग्रह-नक्षत्रों से बारंबार उपमित होती यह कमनीय काया, दीवट पर धरे दीये की पहली लौ की छुअन का सिहरा देनेवाला आवेग—

अद्य-प्रभृति अहम् तव दासास्मि···अपनी-अपनी गौराओं के प्रति प्रणयोन्मत्त देवाधिदेवों के कैसे-कैसे शृंगार साधित उद्गार···!

आकाश का ओढ़ना, नदियों की झाँझर और पारिजात की मदिर गंध से देह-प्राण को सहेजकर वह तिरिया-जनम कैसी-कैसी भटकन झेलता है—पिता-पति-पुत्र—ये पुरुष संज्ञाएँ समाज-व्यवस्था के नाम पर तिरिया-सोच की हर संभावना को आवेशों के वज्रकपाट में जकड़ डालें और भूमिजाओं का हर दिन एक नई अग्नि-साधना का दिन हो, हर साँस सुविधाओं की राजदेहरी पर निर्वासन का डंक झेलती कटे—क्यों, किसलिए?

जागेश्वरी आजी ने नंदिनी को अपनी अँकवार में भर लिया था—

उगते हुए सूरज की जोत तेरी आँखों में है। अपनी राह आप चुने, इस जोग तुझे बना देना ही मेरा धरम है धिया—आ, अगली कथा सुन···

卐

राजदुलारी सीता को प्रवर पंडित शीलभद्र स्वामी से पहला अक्षर-ज्ञान मिला था।

मेरे साथ-साथ बोलो पुत्री···ॐ पूर्णमदः पूर्णमिदं···बालिका सीता की जिज्ञासा सलज्ज प्रश्न बनकर स्फुरित हुई थी—

पूर्णता की परिभाषा क्या है, गुरुदेव···? मनुष्यता अक्षुण्ण रहे, इसके लिए करणीय क्या हो सकता है?

गुरुवर विस्मय-सुख से आपूरित थे—किंशुक वर्णा हस्तरेखाएँ सीता के परम वैदुष्य का प्रमाण थीं—चतुर्थ स्थान केंद्र में बैठे हुए वृहस्पति लग्नेश, बुध पंचम भाव में—इस जातिका का पृथ्वी-तत्त्व प्रधान है—शीलभद्र ने जन्मपत्री का सूक्ष्मावलोकन कर चुकने के बाद एक दीर्घ निश्वास छोड़ा था—सर्वगुणशील संपन्ना स्वजनों की प्राण-दुलारी, तब भी जीवन में कोई सुख नहीं···और दोनों पाँवों में ये चक्र—दर-दर भटकाव की नियति है इस जनकनंदिनी की···? विदेह ने सबकुछ जानकर अपनी मनोवेदना को निस्संगता का उत्तरीय ओढ़ा दिया था—

मेरी पुत्री सीता सुख-दुःख में समभाव धारिणी है—संसार के हानि-लाभ से वीतराग है। इसे, राजवैभव के बीच भी बाल तपस्विनी-सी दिनचर्या बितानेवाली अपनी जानकी को भलीभाँति पहचानता हूँ मैं! इसे महारानी सुनयना के संस्कारों ने गढ़ा है पंडितवर, सीता हर अनुकूल-प्रतिकूल परिस्थिति में महनीया होगी—ऐसा मेरा अटल विश्वास है।

गुरुदेव, आपकी इस ध्यानमुद्रा का क्या तात्पर्य लगाऊँ? पुष्कर में तिरते राजहंसों-सी धवल हँसी तुरत ही एक सलज्ज मौन की तरलता में तिरोहित हो गई थी···

कुछ नहीं पुत्री, हाँ, तुमने जो प्रश्न पूछा था, उसे फिर से दुहराओ तो···गुरुवर शीलभद्र कक्ष से बाहर जा चुके थे और सीता उनके शब्दों को आत्मचिंतन के सूत्र में पिरोती गंभीर बैठी रही थीं।

卐

जागेश्वरी आजी जानती थीं—उनकी पराचेतना ने शीलभद्र को अपने पिता के रूप में पहचान लिया था—पूर्णता इस संसार में कहीं नहीं है बचिया, सर्वत्र एक अधूरापन है—निर्वाण को पूर्णता का पर्याय मान लें, तब भी बुद्धि विचलित होती रहती है—जन्म-पुनर्जन्म—इस त्रिगुणात्मक सृष्टि में कर्म का लेखा-जोखा ही सबसे बड़ा सत्य है। हम अपने शुभकर्मों में शाश्वतता पाते हैं, अपने अशुभ आचरण के व्याज से रोज एक नई मृत्यु मरने के लिए बाध्य होते हैं।

शुभ और अशुभ की पहचान कैसे होगी, बाबूजी?

मन के आँगन से स्वार्थ, निष्करुणता, दंभ, लोभ आदि के खरपात को हर क्षण बुहारने के लिए तत्पर रहो—संयम-साधित आचरण के कपाट मजबूती से बंद हों, तो आसुरी अशुभता के जीवन में प्रवेश की संभावना नहीं रहती। लेकिन जागेश्वरी बचियाऽ, इसके लिए जरूरी है विवेकसम्मत ज्ञान की निर्मलता! ज्ञानी तो रावण भी था—महापांडित्य का प्रतीक! उसके अशुभ कर्मों ने ही उसे प्रवंचना दी, उसकी पाप-पंकिल काया बार-बार छिन्न-भिन्न होती रही, उसका दानवी उन्माद नए-नए मस्तिष्कों की कुटिल रचना करता रहा। कुंडलिनी साधक था वह असुर-पति! अपनी ही अपावनता के हाथों विनाश को प्राप्त हुआ।

जागेश्वरी आजी ने अपनी चेतना को लगातार मथित करके वह अंतर्ज्ञान प्राप्त किया था। विवाह-वेदी के मंत्रों में दोनों कुलों के पितर आहूत थे—धरित्री की समस्त सिद्धियाँ अंतरिक्ष की सकल शक्तियाँ वेणु-मंडप के बीचोबीच धरे हिरण्य घट के सप्ततीर्थोदक में सिमट आई थीं। सूर्य, चंद्र, अग्नि को साक्षी मानकर कुश-कंडिका सहित प्रजापति विधाता के समक्ष वे मनसा वाचा कर्मणा पार्श्व में स्थित वरवेशी जगदानंदजी के प्रति समर्पित थीं—

पंडितद्वय ने वर से उच्चार करवाया था—

मदीय चित्तानुगतं···मदाज्ञा परिपालनं च···।

तुम्हें हर अनुकूल अथवा प्रतिकूल परिस्थिति में मेरी अनुगता होकर रहना होगा। मेरे आदेशों के निर्वाहार्थ तत्पर रहना होगा।

बैलगाड़ी का ओहार तनिक उठ गया था—जगदानंद की एक झलक देख पाई थीं वे!

फिर पुआल बिछे हुए छोटे-से तख़्त पर उठंगे हुए जगदानंद की रोबीली आवाज का पहला सुर सधा था—इहाँ आओ!

... ...

सुना है, तुम्हारे पंडित बाप ने बड़ी आलिम-फाजिल बिद्‌या दी है तुम्हें···! और गले मढ़ने के लिए यह तहसीली मुलाजिम ही सबसे अधिक माफिक आया!

गुलाबी मलमल के गोटदार पल्लू की ओट से क्षण भर के लिए तो वे कुछ भी नहीं समझ पाई थीं—मातृहीना जागेश्वरी को पिता ने ही बिदासंदेश दिया था—

व्यवहार मृदुल हो, सहने की शक्ति भरपूर हो तो हर अभाव भाव में बदल जाता है। अपने घर-आँगन-सी सुगंध न भी मिले तब भी हताशा का कोई कारण नहीं···दिन बीतेंगे और वही अनजानी देहरी अपनी हो जाएगी—इतनी अपनी कि इस वृद्ध पिता का स्मरण भी नहीं आएगा तुझे···

अपनी पाग की तहों में आँसुओं की गंगा-जमुना समेटते पिता पीछे छूट गए थे···कालीथान, शिवाला और बरमबाबा का चौतरा आँख से ओझल हो चुका था···भजन-कीर्तन के मनोमय जगत् से बिछुड़कर कौड़ियों की माया के इस नए संसार का वरण करना था उन्हें···!

अरे, यह क्या, स्नान-ध्यान कुछ नहीं, ठीक से मंजन भी नहीं···और रसोई में पाँत बिछ गई? तुलसीचौरा की माटी सूखकर बड़ी-बड़ी दरारों में तब्दील हो गई थी।

मिसरानीजी ने बताया था—बड़की मलकिनी जियत रही, तबतक नेम-धरम रहे, बड़कू-छोटकू के राज में सब चउपट, एगो चउपड़बाजी के उस्ताद—दोसर पहलवानी के, भात-रोटी के जोगाड़ एकदम भोरे ना होई त···

उन्होंने पहली बार उस घर का नियम उलाँघा था, दोनों जने नहाकर ठाकुरद्वारे में माथा टेक आइए—आज हमने एक नई चीज बनाई है।

छोटकू की आँखों में कौतुक का भाव था—देखा भइया, मिसरानी मउसी टोकती थी तो परात-हाँड़ी बजाने लग जाते थे! अब बोलो···

जगदानंद के पैरों में सनक समा गई थी—

मँझरियावाली तुम चुपचाप अपनी कोठरी में चली जाओ, नहीं तो हम···

उमेठी हुई मूँछों के भीतर क्रोध की थरथराहट थी—अरे, न घबड़ाहट, न डर, कैसी तिरिया है यह? रसोई की चौखट पर शांत खड़ी नई-नवेली जागेश्वरी ने अपनी दोनों बाँहें फैला दी थीं—

हम आपसे ही कह रही हूँ छोटकू, आप तुरत नहाकर आइए, वरना···

जगदानंदजी का उबाल एक हलका-सा सनाका खाकर रह गया था—

वरना···वरना क्या? भौंहों की तिरछी कमान साधकर हलकी मुसकान से पति को परास्त करती वे लकड़ियाँ सुलगाने में व्यस्त हो गई थीं—

वरना—हमारा हर दिन एकादशी-व्रत का दिन होगा—क्या समझे···?

नंदिनी उनका आँचल पकड़कर ठुनक रही थी।

काल की खिंची हुई प्रत्यंचा संजीवनी शक्ति का संधान करती सुदूर अतीत की ओर लक्ष्यबद्ध थी—और वर्तमान नित्य नए रूप में चुनौतियाँ देता हुआ उनके सामने था।

जागेश्वरी आजी के प्रोज्ज्वल प्राणों को काल की अखंडता मंद्र-सप्तक से निनादित

कर रही थी, हाड़-मांस की बनी तिरिया नहीं थीं वे···युग-युग की अभिशप्त मानवी-शक्ति की अभिनव मुक्ति का लक्ष्य बनी तिरस्कृता पौत्री नंदिनी के जीवन-निर्माण की संकल्परूपिणी आभा का वरण करने चली थीं—नहीं, विश्रांति की वेला नहीं···यह···! साँस के अंतिम सुर तक तपना है··· विसंगतियों की रेत में दहकती सीपी जैसी नंदिनियों को अपनी ममत्व की छाँव में मुक्ताहल बनकर उमगने का सुयोग देना है। जीवित जलती सीताओं के दंश का अनुमान बनकर सुलगना होगा उन्हें!

छोटकू ने कैसे ठंडे स्वर में फरमान जारी किया था—आपकी जिद से दसवीं तक की पढ़ाई पूरी कर ली इसने। अब इसका बाहर जाना बंद! कल से रसोई-पानी में अपनी माँ का हाथ बँटाए, खलिहान बुहारे और घर-आँगन की लिपाई-पुताई का काम शुरू कर दे···।

जगदानंदजी ने पत्र भेजकर छोटे भाई के प्रस्ताव पर अपनी मुहर लगा दी थी—

छह महीने चाकरी के और रह गए हैं—फिरंगी बहादुरों के बाद अब काम-काज में मन नहीं लगता—सोच रहे हैं, जल्दी पेंशन कबूल हो और हम गाँव वापस आ जाएँ···नंदिनी के लिए कोई सुपात्र ध्यान में हो तो फौरन लिखो··· बल्कि जाकर नातेदारी की बात तामील कर आओ···।

सुहासिनी ने रो-रोकर जागेश्वरी आजी के पाँव पकड़ लिये थे—बड़की अम्माजी, आप हमारे लिए माँ-पिता दोनों हैं। हमारी बच्ची को अभी से दुःख की भट्ठी में झोंक देंगे ये लोग··· । इसे बचाइए···

धान की भूसी सहेजती भागवंती ने नंदिनी की माँ को अभय दिया था—तू घबड़ा मत भउजी, अपना बड़की अम्माजी पर भरोसा कर···। मधुसूदन भइया जवन जिम्मेवारी देके गइल बाड़े ओकरा खातिर हमार जागेश्वरी माई के फिकिर तहरा से बढ़ि के बाऽ।

कुशाग्र बुद्धि नंदिनी ने पंचतंत्र की काक-शृगाल-मृग वाली कथा का अधूरा श्रवण किया था—विपत्ति की इस गहन वेला में अज्ञात कुलशीला भागवंती मौसी का दृढ़ निश्चय उसे अपनों से भी बढ़कर दिलासा देनेवाला लगा था। उसने खुद्दी चावल से भरा सूप परे हटा दिया था और भागवंती की गोद में चिपक गई थी···।

जागेश्वरी आजी की निष्पलक आँखों के सामने सिया सुंदरी की कंचन-देह थी।

卐

महारानी सुनयना माधवी लता की तरह दिन-दिन सयानी होती सीता के लावण्य को निहारतीं बेसुध गुनगुना उठतीं—

जेकरा ही घरे स्वामी धियवा कुँवारी
से कइसे सोवे निरभेद···।

जनक की प्राण दुलारी सीता ने उर्मिला, श्रुतिकीर्त्ति और मांडवी के साथ अपनी शैशव की क्रीड़ाओं का संसार पार कर लिया था—शुक की स्वर्ण-शलाकाओं का द्वार

खोलकर सामवेद की ऋचाएँ दोहरातीं तो पर्वत प्रदेशीय पीतमुखी सारिका का मान-भरा स्वर अपनी ओर खींच लेता—

सीते, यहाँ आओ···मेरे पास! उर्मिला सरल परिहास करती—क्यों दीदी, तुम्हें दाड़िम-चंचु यह शुक अनायास इतना प्रिय हो उठा है कि तुम···

मांडवी सीता का पक्ष लेतीं—उर्मिला दीदी, सचाई तो यह है कि तुम्हारे हृदय में कोई अव्यक्त शुक-सारिका संवाद चल रहा है।

श्रुतकीर्त्ति इन शब्दों का मरम बूझे बिना सावधान करती—चुप दीदी, बड़ी माता अन्य माताओं के साथ इधर ही आ रही हैं···। और वह अत्यंत चतुराई-भरी चपलता के साथ वार्त्तालाप का क्रम बदल देने की चेष्टा करती औचक पकड़ी जाती—

श्रुति, इधर आ पुत्री···

आज्ञा बड़ी माता···!

क्या संवाद चल रहा था—चारों भगिनियों के बीच···हमारी निंदा हो रही थी···?

श्रुतिकीर्त्ति की दंतमुक्तावली सहसा चमक उठती, बाल शशक-सी जिह्वा निकालकर प्रतिवाद के लिए कैसी तत्पर हो उठती थी—

आपकी शपथ बड़ी माँ, विश्वास न हो तो सीता दीदी से पूछ लो, सत्य क्या है, बता दूँ—

यह दक्षिण देश का शुक और यह सारिका दोनों आपस में उलझ पड़े थे कि बड़ी दीदी किसे सबसे अधिक मान देती हैं। उर्मिला दीदी ने कहा, निश्चय ही शुक को···क्योंकि वह···

वसंतोत्सव के लाल गुलाल-सी अरुणिम लाज सीता के कर्ण-कपोलों को सिक्त कर गई थी—शुक उन्हें प्रिय तो था, तो क्या वे माता से मिथ्यावादन करतीं कि···

महारानी सुनयना ने पास खड़ी सुदक्षिणा को कौतुक-भरी दृष्टि से देखा था और दोनों धीरे-धीरे संलाप करती राज उद्यान की ओर बढ़ गई थीं—

सीता ने वे शब्द सुन लिए थे—

मेरी एक ही चिंता है, बहन, सकल विद्याओं में निष्णात इस प्राणाधिक प्रिय सीता के लिए सुयोग्य वर का संधान···।

स्वामी से इंगितवश भी कुछ कहती हूँ तो वे प्रसंग परिवर्तन कर देते हैं—पुत्री के क्षीर-दंत तो गिरे नहीं और तुम्हारा सनातन भय मस्तक उठाने लगा। सीता मेरी पुत्री है, महारानी, उसके विकारमुक्त मन का पूरा परिज्ञान है मुझे···!

छोटी रानी सुदक्षिणा ने स्मरण दिलाना चाहा था—सीता हमारी ज्येष्ठा कन्या है, प्रभु! तत्पश्चात् तीन कन्याएँ और। इनके ऋण से शोध पाना भी तो···विदेह देही बन गए थे। सुदक्षिणे! इन्हें ऋणभार नहीं समझो···मेरे चिरसंचित पुण्यों का चतुर्वर्ग हैं ये मेरी संतानें···! सीता मेरी दुःख-मुक्ति की प्रयोजन-संज्ञा!

महारानी ने वाक्‌चातुर्य से पति को अपना मर्म समझाना चाहा था—आप राज्य के ग्रामीण क्षेत्रों में कृषि-व्यवस्था के समंजन हेतु गए थे। सीता सेनापति प्रवीरचंद्रजी से अनुरोध करके वेधशाला में अकेली ही प्रवेश कर गई थी, उस विस्मयकथा की बात आपको ज्ञात नहीं न, महाराज! देखना चाहते हैं अपनी पुत्री का अद्‌भुत कृत्य…!

राजा जनक के विस्मय-सम्मोहन का पारावार न था—सहस्त्रों सूक्ष्य संयंत्रोंवाले विशाल शिवधनु को अपने स्थान से हिलाना दुष्कर था—कोमलांगी सीता के लिए तो सर्वथा अकरणीय…फिर…पिनाक उठा कैसे? चैत्य का इतना सुरुचिपूर्ण परिष्कार! गव्य, मृत्तिका से अवलेपित चैत्य पर गेरू खचित चित्रावली। मिथिला की लोक-परंपरा जैसे सीता की अंगुलियों का संस्पर्श पाकर प्राणवान हो उठी हो…वर्षों से जड़ पड़े शिवधनु की एक-एक शिरा स्पंदित हो उठी थी—राजन्, आद्याशक्ति है तुम्हारी यह पुत्री! प्रमाण देख रहे हो न…मेरी यंत्र-नलिकाओं को अपने कौशल से स्फूर्त कर दिया है—इसने…! पूर्वजों के आध्यात्मिक पराक्रमस्वरूप प्राप्त मैं केवल प्रदर्शन की सामग्री नहीं, तुम्हारे आयुध-गृह का प्रचंडतम आयुध बनकर इस नवीन साज-सज्जा के साथ तुम्हारे सामने प्रस्तुत हूँ! दिग्विजयिनी सीता ने मेरा मर्म समझा है।

पिनाक की ताजा खिंची कठोर प्रत्यंचा पर जानकी अपने अस्तित्व की थाती छोड़ गई थी—गौरीपूजन के प्रसादस्वरूप लाए गए श्वेत पुंडरीक धनुष का शृंगार बने हुए थे। बीच-बीच में पाटल की लाल पाँखुरियाँ भी…!

प्रश्नोत्तर के लिए कुछ भी शेष नहीं छोड़ा था जनकनंदिनी ने! सारा भेद जानकर एक अलौकिक परितोष की दीप्ति से भर उठे थे विदेह—

चलो महारानी, तुम्हारी पुत्री स्वयं-सिद्धा है। अस्त्र-शस्त्र-परिज्ञान के व्याज से अलक्षिता यहाँ आती रही, इस विशाल आयुध के संश्लेष को बड़ी सूक्ष्मता से थाहकर नीरव प्रयोग करती रही। उस निष्ठामयी ने कुछ भी अकरणीय नहीं छोड़ा। पिनाक को तो पिघलना ही था न…!

卐

जगदानंदजी का दुर्वासा दर्प धीरे-धीरे गलने लगा था। किस अमोघ मंत्र का सहारा लिया था जागेश्वरी आजी ने? देह क्षीण होने लगी थी अधिक व्रत-उपवास से। मन की कांति भले ही मंदिर का सुनहला घट बन गई हो; लेकिन मांसपेशियाँ अपनी कृशता का प्रमाण देने लगी थीं—दमा और अतिसार दोनों साथ-साथ…। सुहासिनी के भयविकल प्राणों को धीरज बँधाती अपने-आप से लड़ती रहतीं जागेश्वरी आजी—

मत रो कनिया, मेरी देह इतनी जल्दी विराम पाने वाली नहीं है—मधुसूदन लौट आए और उसकी थाती उसे सौंप दूँ तो…!

नंदिनी के लिए वर खोजने के लिए पनही टटोलते छोटकू की मिरजई खूँटी से लटकी रह गई थी—बड़की भौजी के सामने उनकी पेशी का हुकुम हुआ था। इस बोरसी

की आँच सहन करना उनके वश की बात नहीं थी। पहलवानी के दिनों में मूसक बनकर दुबकते फिरे तो अब क्या मजाल···! बाहर-बाहर चाहे जितनी मनमानी कर लें, पर मँझरियावाली के सामने सारी अघोरपंथी धुनी हुई रुई जैसी तार-तार छितरा जाती है।

जागेश्वरी आजी ने विशेष कुछ भी नहीं कहा था—

नंदिनी में कोई आचरण दोष परखा है देवरजी··· ?

... ...

ऊँची बानी में उसे बोलते सुना है कभी··· ?

... ...

उसकी उमिर का सही ज्ञान है आपको··· ?

... ...

नहीं न, तब जाइए···चइती कटवाने की तइयारी में जुट जाइए···। नंदिनी चिरई-चुरमुन है, इसका सोच हमें बेहतर है।

भीतर-ही-भीतर खीजते छोटकू सिर झुकाए बड़े भाई की दालान की ओर चल पड़े थे—

इस्पात की तेज धार-सी यह लुगाई, कौन उलझने जाए इससे··· ? पंचानन शास्त्री की तर्क-विद्या तुच्छ है, बड़की भौजी के सामने···! गुलथुल देहवाली छोटकी आजी ने गठिया के दर्द से सिहरते घुटने सीधे करते हुए शर-संधान किया था—

पके कुम्हड़े-सी गरदन झूल गई न···कामरूप की सिद्ध जोगिनी ठहरीं हमारी बड़ी गोतिनी···। उनके रहते किसी की क्या मजाल जो···

जगदानंदजी ने घर के भीतर की हवा भाँप ली थी—न हो तो कुछ दिनों के लिए यह विचार मुल्तवी रखो! अगली अगहनी फसल के बाद देखा जाएगा।

अपनी अनुगता पत्नी के सामने पराभूत थे जगदानंद···

तहसील की चढ़ती बहार के दिन थे वे···

लोभ का उन्माद एक भारी भूल करवा बैठा था उनसे—

ये ससुरे फिरंगी सारी रकम बड़ी-बड़ी संदूकचियों में भरकर पानीवाले जहाज पर लाद देते हैं—सर्दी-गरमी बरसात की झड़प सहें हम, कुर्की-जब्ती का कुकर्म हमारे हाथों हो और थोड़ी-सी रुपल्लियों की आमदनी पर हमें सबर करना पड़े···।

जगदानंद और उनके नायब रामाशीष ने मिलकर जाल रचा था—तहसील की भरी तिजोरी फिरंगी ओहदेदार डायसन तक पहुँच नहीं पाई थी—

रात के अंतिम पहर में चोरों की तरह छप्पर फाँदकर घर की अँगनाई में कूद गए थे वे—चुप···खबरदार किसी ने एक लफ्ज निकाला तो···।

जागेश्वरी आजी का चेहरा संशय की कठोरता से तन गया था—

ऐसे मत देखो, मँझरियावाली, डाकुओं के घर डाका डालकर अपने हक का माल

ले आए हैं हम···किसी गरीब-गुरबा को सताया नहीं है। जागेश्वरी आजी ने अलस्सुबह एलान किया था—उन्हें अपने गुरुजी के पास जाना है। जलालुद्दीन उनके साथ जाने के लिए तैयार हुआ था।

कोई चिट्ठी-पतरी नहीं, पहले से कोई भी सुनगुन नहीं—हठात् सफर का यह विचार···किसलिए···?

जागेश्वरी आजी मौन थीं—

जलालुद्दीन, पुआल की एक बड़ी गाँठ गोहाल से मँगवा लो बेटा, और मूँज की पतली बँटी रस्सियाँ भी···!

दालान में बैठे जगदानंदजी ने वह दृश्य देखा था, तो आपे में नहीं रह सके थे, चटाक्···मरदाने हाथ का भरपूर वार आजी की बाईं कनपटी पर पड़ा था, कनपासे की नोक कान के पीछेवाली नस में गहरी धँस गई थी, खून की रिसन थमने वाली नहीं थी···

यह हमारा हुक्म है, तिजोरी इस घर से बाहर कहीं नहीं जाएगी। इतना बड़ा जोखिम उठाकर हम इसे इसीलिए ले आए कि तुम···

··· ·· ···

और जो रामाशीष आकर अपना हिस्सा माँगेगा तब···? गरीब-गुरबा लोगों की साँसत से जुटाया गया यह धन किसी के हिस्से नहीं आ सकता। तुम्हारे लिए काली नागिन-सी है यह तिजोरी, इसे छूते ही पुरखों का ईमान-धरम सब खाक···!

हमने अच्छी तरह सोच लिया है—यह धन गुरुजी सुराजियों को सौंप देंगे···। तुम्हारा पाप कटेगा!

अपने दालान में उन्मद वृषभ-से बिफरते दीवार से अपना माथा टकराते भीतर तक लहूलुहान होकर रह गए थे जगदानंद! वज्रमूर्खता की, जो घर को सबसे सुरक्षित ठौर माना और यहाँ चले आए। इससे तो बेहतर था कि हुगली की हाट में ही कहीं सारा सौदा कर डालते···किसी को पता तक नहीं···

जागेश्वरी आजी ने जलालुद्दीन इक्केवान का भरोसा किया था और साँझ के झुटपुटे में बक्सर घाट की ओर निकल गई थीं—

कुछ ही घंटों बाद सारा गाँव सकते में आ गया था, घोड़े की टापों से चइती फसल को तहस-नहस करते ललमुँहे सिपाहियों ने चारों तरफ से घेराबंदी कर ली थी—जगदानंद ने बिजली की-सी फुर्ती दिखाई थी। एक खपरैल से दूसरी खपरैल फलाँगते कब सिवान पार कर बीहड़ में खो गए थे, किसी को पता तक नहीं चला था। घर की दीवारें खोद डाली गई थीं; चूल्हा-भनसार, कूड़-ढेंकी कोई जगह बाकी नहीं थी—सब कुछ रौंदकर फिरंगी खाली हाथ वापस लौट गए थे···!

परिताप के बवंडर में फँसे जगदानंद के प्राण पुआल की ढेरी में छिपी सरकारी तिजोरी बनकर जागेश्वरी देवी के साथ उड़े चले जा रहे थे—

मँझरियावाली, क्या सचमुच अगम ज्ञानी है तू, तूने कैसे जान लिया कि···

卐

रानी सुनयना ने विदेह की नयन भाषा पढ़ ली थी—

महाराज, धूल-कीचड़ में लिपटी हुई श्रमिक पत्नियाँ हों, या स्वर्णाभूषणों से मढ़ी हुई राजाओं, श्रीमंतों की गृहिणियाँ, अंतर्दशा सबकी एक जैसी होती है। धीवर के पाश में बँधी मत्स्य बालिका-सा नारी-जीवन। मैं स्पष्ट देख रही हूँ, आप जानकी के भविष्य को लेकर विशेष चिंतित हैं।

किंतु मैं नहीं, क्योंकि जिन शक्तियों के सामरस्य से विधाता ने हमारी पुत्री का सृजन किया है, वे ही उसकी पथ-बोधिनी बनेंगी। असाधारण सहिष्णुता है हमारी आत्मजा में···! नारी का यह शील ही हर प्रतिकूलता से संघर्ष करने की प्रवीणता देने वाला है, महाराज! जानकी किसी भी विपत्ति का हँसकर वरण करेगी! विवेक उसकी संपदा है, कर्तव्य-अकर्तव्य की बुद्धि भी उसमें है—

महाराज ने हँसकर एक आभार दृष्टि रानी पर डाली थी—

इसका श्रेय तुम्हें मिलना चाहिए, प्रिये···! तुमने सीता को समस्त सद्गुणों से युक्त करने के लिए अल्प श्रम नहीं किया है। जागरण हो या निद्रा, जीवन का एक-एक वात्सल्य-भरा क्षण सीता को समर्पित करनेवाला तुम्हारा मातृत्व धन्य है। अनुशासन की कठोरता और शब्दों की मधुरता एकत्र किस पर साधित होते हैं—महारानी!

सुनयना के मुख पर एक मृदुल परिहास कौंध गया था—

बताऊँ महाराज, भोजन-कक्ष में चलिए···

नहीं, अब और विलंब नहीं। माता शीलमती और सीता सहित सब हमारी प्रतीक्षा में होंगे।

卐

मधुसूदन के आगमन की साध सुहासिनी की आँखों में पथराकर रह गई थी—

अच्छा, बताइए तो बड़की अम्मा, हमने कौन-सा कसूर किया था? इससे तो बेहतर यही होता कि बेटी के साथ हमें भी चुटकी-भर संखिया खिला जाते···!

जागेश्वरी आजी ने मधुसूदन की वियोगिनी कनिया को आहिस्ते-से नजदीक खींच लिया था—मरद-मानुस की मति-गति कब कैसी हो जाएगी—इसका कोई ठिकाना नहीं! किसी जनम के अजाने अपराध का दंड भुगतने इस संसार में आया है हमारा मधुसूदन बचवा! छुटपन से ही उसके लच्छन एकदम अलग-थलग थे। टोले-भर के हम उमिर बालक साथ खेलने की बोलाहट लिये आते और वह दालान की चौकी पर बैठा टुकुर-टुकुर निहारता रहता—

जाओ न बचवा, घड़ी-भर बाहर खेलकर आ जाना, मन तो बहलेगा।

बड़की अम्मा, ये लोग आपस में लड़ते हैं—गंदी-गंदी गालियाँ देते हैं—हम नहीं

जाएँगे।

छठी जमात तक आते-आते उसका गुमसुम बैठना नहीं छूटा तो शिवालावाले बड़े पंडितजी को बुलाकर जन्मपत्री बँचवाई गई थी—उन्होंने चुपके-से छोटकी को चेतावनी दी थी—सावधान बहुरिया, इसे कोई फूल की छड़ी से भी न छूए। सरग से ढकेली गई कोई देवात्मा है। जोगी-जती होकर घर से निकल जाएगा, ऐसा निर्मोही सुभाव दिया है ठाकुरजी ने। हाँ, समूची दुनिया में कुल-खानदान का नाम रोशन करेगा तुम्हारा यह बालक। लेकिन तुम्हें पीड़ा भी देगा, हे शिव…!

छोटकी अपने गृहकारज में लगकर बड़े पंडितजी की कही-अनकही लगभग बिसरा बैठी थीं—लेकिन जागेश्वरी आजी के भीतर शूल-सा कुछ बिंधता चला गया था।

मधु, तू बड़े-बड़े महापुरुषों की जनम-गाथा पढ़ बचवाऽ! तेरा मन लगेगा। आ, हमारे पास बैठ। तुझे बालक ध्रुव की कथा पसंद है न, तो सुन…

छोटकू को यह सब बेहद नागवार गुजरता—

बड़की भउजी खुद तो तपसिन बनी काम-काज से मुँह फेर ही चुकी हैं—अब मधुवा को भी चउपट कर देंगी—पढ़ाई से बखत मिले तो अनाज की आढ़त पर बैठता, खेत-बधार की सुध लेता। यह तो दिन-दिन फिरंट होता जा रहा है।

छोटकी, तुम भउजी को समझाओ कि—

ना बाबा, उनके सामने मुँह खोलने का अरथ है घंटा-भर की छुट्टी, परवचन सुनाने बैठ जाएँगी—

बचवा की आकबत सुधरेगी, वह बिद्वान बनेगा, महतारी-बाप को जस मिलेगा और न जाने क्या-क्या…?

जागेश्वरी आजी की बंद पलकों में आँसुओं का उबाल था—धीरज धरो बहुरिया, रामजी ने चाहा तो तेरे भाग पलटेंगे—मधुसूदन बचवा लौट आएगा। तेरी तपस्या फलेगी—सुहास बचियाऽ!

चैत्र की रामनवमी तिथि थी वह! जागेश्वरी आजी ने व्रत रखा था—महावीरी ध्वज निकालने की सभी तैयारियाँ पूरी हो चुकी थीं। अवकाश-प्राप्त तहसीलदार जगदानंद बड़े पंडितजी को पहले ही नेवता दे आए थे।

देह अशक्त हो रही है, फिर भी मँझरियावाली मानेगी थोड़े ही, दान-दच्छिना और राम-जनम की कथा सुने बगैर उपवास तोड़ने से रही।

पंडितजी ने रेहल पर धरी लाल इकरंगे में लिपटी मानस-पोथी को बड़े यत्न से खोला था—

इस कलियुग में विश्वास जगाने के लिए नाम का आधार ही सबसे बड़ा है—इसलिए भक्तगण, सर्वप्रथम हमारे साथ श्रीरामनाम संकीर्तन करें—तत्पश्चात् राम कथामृत श्रवण का सुख हम-आप सब एकत्र लेंगे।

श्री राम, जय राम, जय-जय राम

महुए के मोटे तने की टेक लगाकर बैठी जागेश्वरी आजी के स्मृति-रंध्र रामधुन की सुर-गंगा में ऊभ-चूभ करने लगे थे।

गुणदोषमय जड़-चेतन संसार पीछे था—करोड़ों कामदेवों को परास्त करनेवाली राम की अतुलित छवि समक्ष थी—

मंगल भवन अमंगल हारी।
उमा सहित जेहि जपत पुरारी॥···

याज्ञवल्क्य ऋषि ने मुनि भारद्वाज को सब प्रकार से प्रिय मानकर इस सुहावनी कथा का सूत्र उन्हें थमाया था। देवाधिदेव शिव ने काकभुशुंडि को यह चरित सुनाया था—अवधी बोली में लिखी गई राम की यह कथा मस्तिष्क की तड़की हुई शिराओं को अद्‌भुत शांति देने वाली है।

बड़े पंडितजी के अकंपित कंठ से माँ शारदा की आशीष बरस रही है—

राम कथा मंदाकिनी चित्रकूट चित चारु···

जागेश्वरी आजी बालिका रूप हो जाती हैं—अपनी जननी का आँचल धरकर गोहार मचाती हुई, तुलसी बाबा ध्यानमगन थे फिर महावीरजी ने उन्हें कैसे चिताया—तुम गाकर सुनाओ ना माई—तू ना मनबू, अच्छा सुन बचियाऽ, बजरंगबली चुटकी लिहलन—

चित्रकूट के घाट पर भई संतन की भीर
तुलसिदास चंदन घिसैं तिलक देत रघुवीर

बाबा को अपनी सुध हो, तब तो! राम की ऐसी लगन कि राम सामने हैं और मन मानने को तइयार नहीं···।

जगदानंद ने इशारे से कहा था—थकान लग रही हो तो ओसारे में बिछौना डलवा दें, वहीं आराम से लेटे-लेटे—

थकान और जागेश्वरी आजी को···? रत्नावली मइया ने ऐसे ही नहीं धिरकारा होगा, अपने पति परमेश्वर को—

तिरिया मन की बाती जोग की लगन लगाकर सूने आकाश को लौ देने लगे, तब क्या हाड़-चाम की देह का कोई अनुमान रह जाता है?

आजी नंदिनी का सिर घुटने से टिकाए एकटक देख रही थीं—साँझ को हर आधे पहर अनायास रँभा उठनेवाली राधिका खूँटे से बँधी किस कदर शांत थी—नंदिनी का प्यारा हिरामन दूध-भात की टेर भूल गया था क्या?

तीनों टोलों के सुजन उनकी बगीची में बटुराए हुए···नीम की निचली डालियों की कानाफूसी वे स्पष्ट सुन पा रही थीं, आजी जो चाहती हैं, वही करो—हवा धीरे बहो, खर-पात की भी आवाज नहीं, रामजनम का वृत्तांत सामने है।

नौमी तिथि मधुमास पुनीता···

धरती-जल-वायु-वनस्पति—सभी तत्त्व अपनी निरुपम नैसर्गिकता में उत्फुल्ल हैं—गिरि-शिखरों के शीश उमंग से उन्नत हैं—सरिताएँ शतधा होकर अपनी विभोरता व्यक्त कर रही हैं—मध्याह्न वेला, न अधिक ताप, न शीतलता—

बड़े पंडितजी का आह्लादमग्न गायन चल रहा है—

भए प्रगट कृपाला दीन दयाला…

जागेश्वरी आजी की कोख मुलक कंपित है।

मधुसूदन का जनम हुआ था तो रुक्मिणी दो साल से ऊपर की हो चुकी थी, थनैली की पीड़ा से चीत्कार करती छोटकी! और भूख से विकल बालक! उन्होंने उसे अपने वक्ष से लगा लिया था—

तेरे अंश की ममता है बचवाऽ, ले। सुहागी धगड़िन ने नयन-बाण चलाए थे—

यह राम तो इस कोसिला के हुए, हम तो तुम्हीं से अपना नेग लेंगी बड़की भउजी…!

छोटकू आनंदित भी थे, अचंभित भी, यह क्या किया, हाथ की पहुँची उतारकर सुहगिया को दे आईं, धन्य हैं भउजी, आपकी मति-गति हमारी समझ में आने से रही।

आजी मोदमग्न थीं—

अरुन चरन पंकज नख-जोती

कमल दलन्हि बैठे जनु मोती…

बालक मधुसूदन ने अपनी बड़की अम्मा का श्याम वर्ण पाया था—दो दंतुलियाँ झलकाता शिशु विनोद करता उनके पास आता तो देह की पोर-पोर गंगाजी की पहली लहर-सी शीतल हो उठती…।

गुरु गृहँ गए पढ़न रघुराई।

अलप काल विद्या सब आई॥…

और मधुसूदन का गुरु कौन था—क्या स्वयं उसकी बड़की अम्मा नहीं…?

इस दुनिया में ऊँच-नीच कुछ भी नहीं होता बचवाऽ। समुद्र में जनम लेकर भी चंद्रमा कलंकित है—गरीब नेवाज श्री रामचंद्र को देखो—शबरी, अहल्या, निषादराज, विभीषण कौन थे उनके, पीड़ितों के प्रति स्नेह-सम्मान ही सच्चे पुरुख का शील-गुन होता है मधु…

यह सब चरित कहा मैं गाई।

आगिलि कथा सुनहू मन लाई॥…

अगली कथा—

दशरथ सुत राम की कर्मवीरता का पहला सोपान…भौतिकता सुखावेश बनकर देह-मन के चारों तरफ रेशमी आच्छादन जुटाती रहे तो मनुष्य कदापि बड़ा नहीं हो सकता…आदमी की औकात का खुलासा दुःख देता है। ममता तो दशरथ बनकर बाँधेगी

ही—

राम देत नहीं बनइ गोसाईं! संघर्ष के प्रतिरूप विश्वामित्र के हिस्से का कर्तव्य-बोध जाग्रत होगा, वसिष्ठ की मानवी विशिष्टता दिशाबोध देगी—

जीवन समर के प्राथमिक प्रयोग हेतु राम को सुविधाओं के रत्न-पाश से बाहर आना ही होगा। अग्नि-ज्वाल-सी विसंगतियों की ताड़का का वध। राष्ट्र-कल्याण के शुभ चिंतन में लगे आर्ष समुदाय को अभय···और जड़ता के अभिशाप से पाषाण हुई अहल्या की कलंक-मुक्ति का पहला पद-निक्षेप!

गौतम नारि श्रापवस, उपल देह धरि धीर—जागेश्वरी आजी ने प्रसाद के दोने लगाती सुहासिनी को आँख भरकर देखा था—

पतिसुख से वंचिता, शृंगारविहीना मधुसूदन की कनिया को किसने शाप दिया था? मधुसूदन, तुमने भारी भूल की बचवा, फकीरी राह चुननी थी तो वरवेशी होने की क्या जरूरत थी भला?

लेकिन राम ने भी तो तपसी रूप धारण किया था—

वन कानन में अलख जगाते फिरे थे वे राजकुँवर···!

तो क्या हुआ, सिया सुंदरी साथ जो थीं—

सुहासिनी कनिया ने बिलखते हुए चिरौरी की थी—हमें किसके आसरे छोड़ जाते हो, हम भी तुम्हारे साथ चलेंगी।

मधुसूदन की बानी कैसी कठोर हो गई थी—बड़की अम्मा के वनवासी राम का युग नहीं है यह···! डेग-डेग पर फिरंगियों की आसुरी जमात है—तुम मेरी बात समझती क्यों नहीं, सुहास, मैं वचन देता हूँ, मकसद पूरा होते ही लौट आऊँगा।

कौन-सा मकसद···कैसी वेदना थी मधुसूदन की···?

जागेश्वरी आजी ने कलेजे में समा लिया था सुहासिनी को—

तेरी तपस्या सीता मइया से आगे है बच्ची···पति-वियोग की पीड़ा और संतान के पालन-पोषण का गझिन भार···जिनगी की सूई में दो तरफा छेद हो जाए—साँस का तागा जैसे भी पिरोना पड़े, इस भरम-जाल की बिनाई पूरी करनी ही होगी···

राम नवमी का उत्सव विधिवत् संपन्न हुआ था। रतजगा, सातों बहिनी शीतला माता की पूजा—रोट, अँकुरी और गुड़ का प्रसाद···नंदिनी का कंठ लोकगायन की कला में प्रवीणता पाता जा रहा था। सुहासिनी के साथ सिर जोड़कर गुनगुनाती—

निमिया की डारि मइया लावेली हिंडोलवा

कि झूलि-झूलि ना

मइया गावेली गीत कि झूलि-झूलि ना···

जागेश्वरी आजी की बीमारी का संवाद पाकर छोटी रुक्मिणी बाल-बच्चों के साथ आ गई थी—उसने ताड़ना दी थी—क्यों अम्मा, नंदिनी की उमिर थी तुमने हमारा ब्याह

रचा दिया था, अब···

जागेश्वरी आजी दुधमुँहे नाती को गोद में लिये हँस दी थीं—कालदेव का चक्का बड़ी तेजी से घूम रहा है बचिया···कल-आज में बहुत फरक आ गया है। तेरी उमिर की धिया बड़ी-बड़ी चाकरियों पर लग रही हैं। पहले कहाँ था यह सब···।

उन्होंने नंदिनी की टोह ली थी—अच्छा बोल तो बचिया, शीशेवाली उस संदूकची में काँरवा सूती साड़ी पहिरकर जो तिरिया आती है, वह अच्छी लगती है न···

हाँ आजी, समाचार सुनाती है वही न···!

हाँ, तू भी ऐसी ही निखरेगी नंदिनी। तेरे पाँवों के नीचे एक पोख़्ता जमीन होगी। मँगनीवाले घर की नहीं, तेरी अपनी औकात से जुटाए गए सरंजामों के घर-दुआर की···। जागेश्वरी आजी ने आँख भरमते ही न जाने क्या-क्या देख लिया था—

वनवासिनी जानकी अपने पति के संग सुख-विभोर हैं—उटज तुमने बनाया, अब इस वृक्ष-संपदा का भार मुझे सौंपो लक्ष्मण देवरजी···!

वाह भावज रानी, यह भी कोई बात हुई भला, आपकी किंशुक सी ये हथेलियाँ कुम्हला न जाएँगी···!

नंदिनी की हँसी में अपनी हँसी का सुर मिलाती किलक उठी थीं वे—देखो तो भला, मेरी मति मारी गई है, स्वयंवर हुआ नहीं, वनवास पहले ही···!

जागेश्वरी आजी आखिर करें भी तो क्या, कुम्हलाई हुई चंपाकली-सी सुहास सामने बैठी रहती है तो सोच का सारा ताना-बाना तड़कने लगता है। उन्होंने नंदिनी के बहाने अपना ध्यान साधने का उपक्रम किया था—

卐

राजा सीरध्वज ने अच्छत-सुपारी के साथ संदेश भिजवाया था—सादर आमंत्रित हैं आप सब···!

अति पुरातन शिव-धनु का प्रचंड पराक्रम आप सब नृपों को भलीभाँति विदित है। मेरी आत्मजा सीता परिणय-योग्य है। मेरा प्रण है, जो पराक्रमी इस पिनाक का संचालन करने में पूर्ण समर्थ होगा—सीता उसी की परिणीता होगी···।

महाशिवरात्रि व्रत-धारिणी सीता को सुनयना ने कंठ से लगा लिया था—

तापस महादेव के शुभ परिणय की यह वेला—भवानी और शंकर का महामिलन···। सकल जगत् की कल्याणकारी शक्तियाँ हिमगिरि के शुभ्र आच्छादन तले एकत्र सृष्टि की सात्त्विकता का आह्वान कर रही हैं—

त्रयी सांख्यं योगः पशुपति मतं वैष्णवमिति···

वेद, सांख्य, योग, शैव, वैष्णव कितने ही मत-मतांतर···शिव रूपी क्षीरसागर में ही सब जाकर समाहित होते हैं।

सीता के कोमल कंठ-स्वर में स्तोत्र स्वतः स्फूर्त हो उठे थे—

इत्येषा वाङ्मयी पूजा श्रीमच्छंकर पादयो:

अर्पिता तेन देवेश: प्रीयतां मे सदाशिव:।

सुनयना के खुले नेत्रों में पुत्री के परिणय का दिव्य स्वप्न झिलमिला उठा था—पौरुष की अजेय छवि जामाता रूप में उनके समक्ष खड़ी है—शील, सौंदर्य और शौर्य की एकत्र सिद्धि···

माता, आश्वस्त रहें—आपकी यह तनया मेरे सुख-दु:ख की सहधर्मिणी, मेरी पावन जीवन सहचरी होगी, सखी-गुरु-सचिव सबकुछ···!

मुनि विश्वामित्र जनकपुरी में पधार चुके थे। पद-प्रक्षालन, अर्घ्य-समर्पण के पश्चात् जनक ने गुरु के पार्श्व में बैठे दोनों भाइयों को स्थिर दृष्टि से परखा था—

जल से आपूरित नीलमेघ सरीखे श्री रामचंद्र और विद्युत्वर्ण लक्ष्मण···!

विश्वामित्र धवल श्मश्रु-कोरों से दुग्ध-कण पोंछते हुए आतिथेय की ओर उन्मुख हुए थे—

अवधपति श्री दशरथजी महाराज के ये दोनों तनय मख-रक्षार्थ मेरे साथ-साथ हैं, राजन्! ब्रह्म की माया देखिए···आसुरी शक्तियों के उन्माद से पूर्वोत्तर क्षेत्र संत्रस्त था। पुण्य सलिला भागीरथी के तट पर मेरे सकल आश्रमवासी त्राहि-त्राहि कर रहे थे···। अवधपुरी के राजगुरु वसिष्ठ के पट्टशिष्य पुंडरीक ऋषि परिभ्रमण के क्रम में मेरे निकट आए थे···राम के अद्भुत शील-शौर्य की प्रतीति उन्होंने ही मुझे कराई थी। अवध राज के ये दो अनमोल रत्न मुझ याचक की झोली में महाराज दशरथ की असीम अनुकंपावश आ गए···। विधि का कौतुक ही तो है···आपके धनुर्यज्ञ का आमंत्रण मिला और मैं अपने इन दो प्राणाधिक प्रिय शिष्यों को संग लाने का लोभ संवरण नहीं कर सका। विदेह की काया अनिर्वचनीय सुख-शैथिल्य की गहराई में डूबती जा रही थी—

'नैव वाचा न मनसा'—

'मनसा वाचा' भी नहीं, प्राप्तुं शक्यो न चक्षुषा—।
नेत्र भी जिस दुर्लभ के दर्शन नहीं पा सकते···

वह है तो अवश्य विदेह! दूर बैठे अर्धनिमीलित दृष्टि से देखते मत रहो, उठो, और चरण गहो। तुम्हारी आत्मजा सीता के प्राप्य यही हैं। नीलकमल की दो पंखुड़ियाँ धीरे-से खुली थीं, जलद-मंद्र स्वर में सात्त्विक विनय का विनियोग था—गुरुदेव, अनुज नगर का अवलोकन करना चाहते हैं। अनुमति हो तो···

गुरु विश्वामित्र की वाणी वात्सल्य रस से पगी थी—

जाओ वत्स, अपनी सुंदर छवि दिखाकर नगरवासियों के नयन-मन शीतल करो···लक्ष्मण, अग्रज राम की आज्ञा का पालन करना, पुत्र, संध्या-वंदन से पूर्व अतिथिशाला में मैं तुम दोनों की प्रतीक्षा करूँगा।

चपला उर्मिला राज उद्यान के परिचारकों से संवाद बटोर लाई है। सीता दीदी, सुना

तुमने···चरित्रवन के दो मृग विहार करते हुए हमारी जनकपुरी में आ गए हैं। राजमार्ग, ग्राम परिसर, चैत्यों और वीथियों में एक ही प्रसंग है—ज्ञात हुआ है कि वे तुम्हारे स्वयंवर हेतु···

बाल मृगी की मद-भरी आँखों का कौतूहल उस परिहास का खुलासा चाहता था—मांडवी, सत्य-असत्य की परख तू ही कर सकती है—शीलमती माँ को सबकुछ ज्ञात होगा···जा तो उनसे पूछ···

वार्धक्य भार से तनिक झुकी महारानी सुनयना की मातृ-धात्रिका शीलमती, धीरे-धीरे सीता के कक्ष की ओर ही आ रही थीं—धात्री माँ, आपने क्यों कष्ट किया···

अरे नहीं पुत्री, महाराज का आदेश जो है। छोटे-बड़े राज्यों के भूपतियों का नगर में आगमन हो चुका है। उनके अनुचर, सुरक्षा सैन्य···राजकीय अतिथिशालाओं में तिल धरने को भी स्थान नहीं।

अच्छा चल, तुझे गौरी-पूजन के लिए पुष्कर के समीपवाले बड़े देवालय में जाना है न···!

हाँ, लेकिन माता, आप उतनी दूर···

तेरी सुरक्षा का प्रश्न है सीते, तू नहीं समझेगी···मेरा जाना अत्यावश्यक है···।

शीलमती को महारानी सुनयना ने सबकुछ अच्छी तरह समझा दिया था। सिद्धाश्रम से आए हुए महर्षि विश्वामित्र और राम-लक्ष्मण की युगल-मूर्ति को देखो तो नेत्रों को अक्षय पुण्य लाभ होता है; लेकिन शीलमती, रावण, वाणासुर जैसे तामसी बल वाले विकट पुरुषों का भी पदार्पण हो चुका है। बल-प्रदर्शन और अपहरण जैसी नृशंसताएँ उनके पराक्रम का अविभाज्य अंग मानी जाती हैं। मैं नहीं चाहती कि स्वयंवर की तिथि से पूर्व जानकी का पद-नख भी कोई निहार सके···

माँ भवानी के मंदिर का गर्भगृह समक्ष था। व्रतधारिणी सीता, मांडवी, उर्मिला और श्रुतिकीर्त्ति, साथ में सचिव पुत्रियाँ भी···शुभदा ने पूजा का थाल सीता के हाथों में थमा दिया था—

सखी, कितने सुंदर रक्तजवा पुष्प हैं, तुम लोग दो पल ठहरो, मैं अभी आई। शीलमती ने रोकना चाहा था—

मत जा शुभदे, अनावश्यक विलंब होगा। राज उद्यान के पुष्प पर्याप्त नहीं हैं क्या?

शुभदा ऊँचे तटबंध से टकराकर लौटती जलतरंग-सी उमगती हुई सन्निकट चली आई थी···

सीते, उर्मिले···ओह, कैसा अद्भुत दृश्य देखा मैंने···

अपनी दोनों हथेलियों से बार-बार दृष्टि-भ्रम का निवारण करती शुभदा की आँखों में पुलक पारावार छलका आ रहा था—

नहीं, यह स्वप्न नहीं···मैंने सत्य ही दशरथ सुत राम-लक्ष्मण की अलौकिक छवि

का दर्शन-सुख पाया है।

सखी, देखो···उस ओर···माधवी मंडप के पार्श्व दक्षिणायतन वीथिका पर काषाय वस्त्रधारी वे दोनों युवक···। सीता के धीर-गंभीर नेत्रों में युग-युगांतर की स्मृतियाँ सजीव होना चाहती थीं—दृष्टि निर्निमेष···

देवाधिदेव महादेव के परिणयोत्सव की मंगलव्रतधारिणी सीता ने राम की एक झलक-भर देखी थी, दक्षिण स्कंध से उतरकर वक्ष-प्रदेश को आवेष्टित करता पीत रेशम वस्त्र, चंदन चर्चित उन्नत ललाट पर पाँव प्यादे नगर भ्रमण के श्रम से उपजे स्वेद विंदु, क्षीरसागर-सी अथाह गहराई वाली मृदु-स्मित लिये राम उनके अत्यंत समीप थे—

जनकसुता की निमिष-भर के लिए उठी हुई दृष्टि पलाशवर्णा हो उठी थी—राम के मानस-मंथन का मर्म क्या उनसे छिपा रह सका था—

अनुज, समक्ष ही तो खड़ी हैं—राजनंदिनी सीता···। इनके परिणय को ही प्रयोजन बनाकर मिथिलाधीश ने धनुष-यज्ञ का संकल्प लिया है। बालहंसिनी-सी सीता स्फटिक सोपान पर खड़ी प्रतिमा-सी जड़ हो गई थीं। इंद्रिय, मन और बुद्धि की स्थिर धारणा का ही नाम यदि योग है तो सीता साक्षात् योग-रूपा थीं—मुँदी हुई पलकों में राम के दो नेत्रों···का वसंत-पर्व कैसी भाव-विह्वल मनुहार कर रहा था—

आद्या, पहचाना मुझे···! गौरी-पूजन का यह संकल्प किसलिए?

देवाधिदेव महादेव का वरदान तो तुम्हारे समक्ष है।

प्रवरा शीलमती ने सीता को अपने स्नेह-भरे स्पर्श से संबोधि दी थी—देश कालातीत सुख के संभार हैं ये राजकुँवर···उस कोख की बलिहारी, जिसने इन्हें जन्म देकर अक्षय पुण्य अर्जित किया है।

सीते, चल पुत्री, अतिशय विलंब हो रहा है। महारानी चिंतातुर हो उठेंगी।

शुभदा ने धीरे-से सखी का उत्तरीय खींच लिया था—सिद्ध योगिनी वैदेही, जटाजूटधारी तपस्वी तो प्रत्यक्ष हैं, फिर आँखें मूँदकर समाधिस्थ होने का व्यर्थ श्रम किसलिए···। द्विविधा छोड़कर देखो तो सही···

उधर लक्ष्मण विनोद-वश शब्द-शर चला चुके थे—

अग्रज···, बड़ी-बड़ी आसुरी शक्तियाँ जिसके चित्त को चलायमान नहीं कर सकीं, वह सिया सुकुमारी के नयन-शर से···कहीं ऐसा न हो कि गुरुदेव पुष्पांजलि हेतु पुष्पों की प्रतीक्षा करते रहें और हम···

पुष्प-गुच्छों का एकत्र भार अनुज की काषाय-थैली में सहेजते राम तत्पर हो उठे—

चलो वत्स, शीघ्रता करो···। राम गए कहाँ थे···वह तो उनकी अवश प्रतिच्छवि थी जो अनुज को संग लिये अतिथिशाला के पथ पर स्थिर पग बढ़ाती जा रही थी—अपनी चेतना की चिर प्रोज्ज्वल स्नेह दीप्ति लेकर रघुनंदन जानकी के हृदय देश में अधिष्ठित हो

चुके थे, सदा-सर्वदा के लिए···

卐

सुहासिनी की आँखों में लग्न-मंडप का वह दृश्य ताजा हो उठा था—पीली धोती, गुलाबी कुरते के ऊपर जरी मोतियों की लड़ी से सजा हुआ मौर···! आँगन की धरन से मौर में जड़े आईने की कोर धीरे-से टकरा गई थी—पेट्रोमैक्स बत्ती की उजास में कच्ची हलदी से सुगंधित अँगनाई कैसी गुलजार हो उठी थी—

राम के माथे मउरि भला शोभेला
तिलक सोभेला लिलार
भले हो आवसु राम
चउक चढ़ि बइठसु···।

बड़ी सलहज रानी ने टहोका मारा था—

आँख खोलिए गउरा देई, आपके बमभोला बाबा एकदम सामने हैं।

सुहास लाज से दोहरी हो आई थी—

अम्मा की महीन आवाज उसके कानों में ताजा टपके महुवे-सी महमहा उठी थी—देवरजी के बानी झूठ भइल, हमार दमाद लाख में एक बा—साँवर सुभेख! रामजी के रूप···!

आँखि तोहरो देखों ए दुलहा
मानिक दियना बरे
अंगवा निरेखों ए दुलहा
हीरा-लाल जड़े···।

ऐसे हीरे-पन्ने-सी आबवाले दामाद को पाकर अम्मा निहाल थीं—गाँव-भर की सालियाँ-सलहजें एक-से-एक नए परिहास पर उतारू—

आपकी अम्मा ने क्या कुछ भी नहीं सिखाया, ऐसे माटी के माधो बने बैठे हैं—अजी, कुछ तो जवाब दीजिए, तनिक मुँह खोलिए न जीजाजी! आपके दूध के दाँत कितने बाकी हैं—हम भी तो देखें!

मधुसूदन की बोली में कैसे गंभीर संयम का सधाव था—मेरी अम्मा ने वेद-उपनिषद् का ज्ञान दिया है। महाभारत का शांतिपर्व पढ़ाया है। केवल मूसल पर्व बाकी था—सो यहाँ चला आया—आप लोगों से सीख लूँ तो···

कमली एकबारगी झेंप गई थी—अरे माई गे, दुलहवा के मुँह में तो जंतर-मंतर फिट है—कैसी जादू-भरी बानी बोलता है—लो सँभालो सुहास—दोशाला नहीं, बघछाला देकर रिझाना होगा ऐसे तपसी को···

सुहास के पिता ने आश्वस्ति की साँस ली थी—छठ व्रत करती हो तो पचास बेर दोहराती हो—

रुनकी-झुनुकी बेटी माँगिले

पढ़ल पंडितवा दमाद, छठिमइया!

हमें गुमान है अपनी इस नई नातेदारी पर। सुहास बचिया, जानती है तेरी कुंडली के कितने गुण मिलते हैं दामाद बाबू से··· !

बैलगाड़ी का ओहार खिसकाकर मधुसूदन ने सबकी नजर बचाते हुए पूछ लिया था—प्यास लगी हो, किसी भी चीज की जरूरत हो तो···

दुलकी चाल से चलते बैलों के थक जाने का अँदेसा पाकर गाड़ीवान काका ने गाड़ी बिलमा दी थी—

बहुरिया, तहार ससुर-भसुर केहु नइखे आसपास, हमरा के बाप बराबर बूझऽ ! ओहार हटा के घूम-फिर···

मधुसूदन दूर पाकड़ के नीचे अकेले बैठे सुस्ता रहे थे—सुहास, भूख लगी है—कुछ खाओगी··· ?

... ...

आओ, यहाँ बैठो!

... ...

अच्छा बताओ तो, परिछावन के समय तुम्हारी सखियाँ अचानक खिलखिला पड़ी थीं—क्यों ?

उसने पहली बार वरवेशी पति के मुँह की ओर सीधी निगाह डालने का साहस जुटाया था। घनी डालियों से छनकर आती धूप की मीठी लकीर दूधिया हँसी बनकर उसके चेहरे पर उमग आई थी—

सच, इतना भी सीधा हो सकता है कोई मरद-मानुख··· ।

सुहासिनी की उँगलियाँ झिझकती हुई ऊपर उठी थीं—बड़ी भौजी ने काजल की लकीर इतनी गाढ़ी खींच दी। वे जो-जो कहती गईं, तुम मानते चले गए, मेरी जूठी कसैली तुम्हारे मुँह में···छि:···

दीवट पर धरी हुई दियरी ने शरमाकर मुँह फेर लिया था, शरद् का पूरा चंद्रमा खुले जंगले की महीन जालियों के सहारे उस कोठरी में साबुत उतर आया था—

पंडित की धिया गृहस्थ के घर में···मेरी अम्मा अनाज के एक-एक दाने को हीरे-मोतियों की तरह सेंतकर रखती हैं, बाबूजी साँझ ढले बही-खाता खोलकर बैठते हैं—व्यवसाय में कौड़ी-कौड़ी पूँजी जोड़ने के लिए उनकी फिक्र दिन-दूनी बढ़ती ही जा रही है। हाँ, बड़की अम्मा से तुम्हारा मन खूब मिलेगा··· ! वे मेरी गुरुआनी भी हैं, माँ भी··· ! उन्हें अपनालोगी तो जीवन में बहुत कुछ सीख सकोगी, सुहास··· ।

जागेश्वरी आजी ने ही मधुसूदन के मन की पहली गाँठ खोली थी सुहास के सामने···

बड़ा हठीला है तेरा यह पुरुख, कनिया, इसे निरा महादेव मत समझना। दिन-भर कहाँ-कहाँ भटकता रहता है, इसकी सेवा जतन से करना बच्ची···सुहासिनी को सुनाने के लिए ही उसकी सास वह खटराग अलाप उठी थीं—बड़की दीदीजी, आपका एक चेला घर में कम था क्या? कनिया, भात पकाने की सुध भी है? हम अकेली क्या-क्या करें, गाय को सानी दें, कुट्टी बटोरें कि जलखावे की तइयारी करें? भजन-कीरतन से पीतल के महादेव भले खुस हो जावें···मरद-जात की भूख तो नहीं मिटेगी न···! जागेश्वरी आजी ने सुहासिनी को समझा दिया था—नहा-धोकर सीधे रसोईघर में···मन निष्पाप हो तो पूजा आसन पर बैठे बिना, ठाकुरबाड़ी गए बिना हो जाती है, कनिया। पुतोहू से जो आस है छोटकी की, उसे पहिले पूरा कर दे···सुहास···

मधुसूदन का स्मरण आते ही सुहासिनी का हृदय भादों की उफनती हुई धार बन जाना चाहता था—तब वह जान-बूझकर देवी मंत्र के जप का सहारा लेना चाहती थी—

शक्ति दो शीतला माँ, जीवन के इस पतझार से उबार तुम्हें ही करना है—सिंहवाहिनी, मुझपर दया करो माँऽ!

卐

अंतर्मंथन के उस क्षण में सीता न जाने कैसे-कैसे महाभावों से आलोड़ित थीं—

आस्था, आनंद, आशंका, भीति···राम की कमनीयता भृकुटि में ध्यान बनकर सधती तो महारव करनेवाले पिनाक के भीमकाय शीर्षद्वय आँखों के आगे संशय बनकर झूलने लगते--स्वयं से पराभूत जानकी देवी के सामने विनत थीं—

जगज्जननी, मेरी आंतरिक भावनाओं की पहचान आपसे बढ़कर किसे होगी? नहीं, कोई प्रश्न नहीं, कोई अभिलाषा-आकांक्षा नहीं···अंतर्यामिनी माँ, सीता आपकी अनुगता है।

卐

काशी के गुरु श्रद्धानंदजी से जागेश्वरी आजी ने एक बार पूछा था—भक्ति बड़ी कब होती है? आशंकाओं के मोहपाश में जीवन को बँधने से कैसे रोका जा सकता है। शुभ्र केशोंवाला मुख धीरे-से उठा था—अंतरिक्ष की अपरिमित शक्तियों को थाहने का प्रयास करती शिशु सुलभ दृष्टि बालिका जागेश्वरी की ओर मुड़ गई थी—

अभी से इतने बड़े प्रश्न न पूछा कर बिटिया तेरे मन की गहराई फिर कोई नहीं माप सकेगा, तुझे रहना तो इसी संसार में है न बचियाऽ।

गुरुदेव के वाक्य उनके मन की सबसे अनमोल थाती थे—

आत्मविलयन से बड़ी दूसरी कोई भक्ति नहीं। समर्पण का सार जिसका प्राप्य हो, भगवान् उसी के मन-मंदिर में वास करते हैं।

卐

भाव-विह्वला सीता गौरी के चरणों पर पड़ी थीं—समर्पण की साकारता क्या ऐसी

ही होती होगी··· ?

वृद्धा शीलमती की आँखों में स्नेहाश्रु छलक आए थे—

उठो पुत्री, नारायणि देवी तुम्हारी पत रखेंगी··· ! देखती नहीं, उनके कंठहार से छिटककर गिरी ये पाँखुरियाँ, तुम्हारे सीमंत का अभिषेक करते ये पुष्प-दल, पूजा का यह प्रसाद बटोर लो वैदेही···

ध्यान के उदग्र सोपान से उतरती जानकी की समदृष्टि ने माँ की एक नवीन छवि का दर्शन-सुख पाया था।

विद्युत्वर्णा भवानी के मुख पर कैसी रहस्यमयी अलौकिक स्मित थी। निश्छल मन, शुभ्र आचरण, कठोर श्रम, अद्वितीय सहिष्णु भाव—फिर रंचमात्र भी आशंका क्यों···प्रारब्ध के किसी भी देय-अदेय को अपने अनुकूल परिणति देने का मनोबल रखनेवाली शुभा सीते···निश्शंकमना होकर आगामी मुहूर्त की प्रतीक्षा करो···जो कुछ होगा, शुभ ही होगा।

卐

जागेश्वरी आजी ने रेहल पर धरी रामायण के पृष्ठ मूँदते हुए सुहासिनी की ओर दुलार-भरी दृष्टि घुमाई थी—किस सोच में पड़ गई कनियाऽ ? हमारी बात का विश्वास नहीं होता न···अच्छा, तो अपने मन से पूछ ले, तेरा तप खाली नहीं जाएगा—मधुसूदन को घर लौटना ही होगा।

पतझड़ के कैसे उजाड़ दिन थे वे···नीम की पीली पत्तियाँ पूरे चबूतरे पर पसर जातीं···आम बेतरह बौरा गया था, कटहल की टहनियों में लाल अँखूए फूटे थे, जागेश्वरी आजी की ताँबेवाली लोटकी के आकार के छोटे-छोटे बेशुमार फल···महुआ की कच्ची महक से पूरी बगीची अनमना उठी थी···

जागेश्वरी आजी की कोठरी में दोपहर की अलसाहट से जूझती नंदिनी अपनी दसवीं की परीक्षा के लिए किताबों में सिर खपाए बैठी थी—दालान से जगदानंदजी की हाँक सुनकर उसने झटपट पुस्तिका बंद कर दी थी—

आई बड़का बाबाऽ !

यह तेरी बड़की आजी के नाम चिट्ठी है नंदू, जा उन्हें ही दे आ··· । जागेश्वरी आजी ने पता देखे बगैर कह दिया था—प्रयाग की देवकी फुआ की पाती होगी। साल-भर से ऊपर हो गया—हमने भी उन्हें कुछ नहीं लिखा न··· !

जरा तू ही बाँचकर सुना तो दे नंदिनी···

कल्याणीयासु, अरे, गुरुजी का संबोधन···पूरे पाँच वर्षों के बाद···

जागेश्वरी आजी के मन-प्राण सहसा चैतन्य हो उठे थे। ला बचिया, इसे हमें दे दे। जागेश्वरी आजी की कोठरी झाँझ, मृदंग के सुर में चइता की मनुहार सुनाने लगी थी—

आजु मोरे राम अवधपुर अइहें···

आत्मसंयमी तेजस्वी वृद्धपुरुष का बेशुमार झुर्रियोंवाला मुख उनके सामने था—

मधुसूदन के विषय में मेरे एक गुरुभाई ने गोपनीय सूचना भेजी है। कामरूप कामाख्या नवद्वीप, कन्याकुमारी, कनखल···हृषीकेश प्रच्छन्न भाव से नौ वर्ष बिताए उसने···! साधुओं का बाना लेकर अब भी भटकता फिर रहा है। उसने मेरे पास संदेश भेजा है, मुझसे मिलने की इच्छा रखता है। अपनी पुतोहू से कहना, धीरज धरे, उसे कर्तव्यबोध देना हमारा जिम्मा···!

इति शुभ···

चिट्ठी को बिछौने के नीचे सहेजकर रखती हुई वे नंदिनी को पुकारने लगी थीं—तेरी अम्मा रसोईघर में होगी, उसे हमारे पास बुला लाएगी बचिया!

रूखे-उलझे बालों को जूड़े की शक्ल देती सुहासिनी उनकी चौखट पर खड़ी थी—हमें बुलवाया, बड़की अम्मा!

आजी ने बनावटी आँखें तरेरी थीं—कैसी बेकहल बहुरिया है हमारी। चोटी-पाटी नहीं, चुटकी-भर सेनुर से रूप कैसा खिल जाता है—आ तो इधर, तेरा जूड़ा आज हम रच-रचकर बनाएँगी।

उनका मन हुआ था—साँवली-सलोनी सुहास को अपनी अँकवार में भर लें—हमने कहा था न···तेरा सुख-सुहाग निश्चय पलटेगा बहुरियाऽ, तेरे सत का बल उसे खींच लाएगा।

जागेश्वरी आजी की मौन-मुग्ध दीठ से लजाकर सुहासिनी उलटे पाँव वापस हो मुड़ गई थी—बड़की अम्माजी को बैठे-बिठाए ठिठोली सूझती रहती है—वहाँ बनिहारों के लिए रोटी-पानी का इंतजाम करना है।

卐

सीता-स्वयंवर की समुचित व्यवस्था पूरी हो चुकी थी—राजा जनक, गुरु शतानंद महर्षि ऋत्विज मखशाला की न्यूनतम आवश्यकताओं का सूक्ष्म निरीक्षण कर चुके थे।

मिथिला प्रदेश की धरती राजकुँवरि सीता के मंगलमय जीवन का नव विधान रचने चली थी—हरित वेणु वन अलौकिक सुर-नाद से झंकृत था। शस्य-श्यामला धरित्री का रोम-राम उत्फुल्ल था—राजा जनक, सुनो इस मंगल स्वर को—

पुरुब खोजलि बेटी पच्छिम खोजलि
खोजि अइलीं सकल जहान,
चारि ही कोस पर नगर अजोधिया
तहवाँ बसेले सिरी राम···।

यज्ञशाला के बीचोबीच विशाल वेदिका पर धरे पुरारि धनु की शिराएँ उद्वेलित थीं—इस चाप को चढ़ानेवाले सुमुखि जानकी के वर श्रीराम ही तो हैं।

卐

जागेश्वरी आजी को अपने गोलोकवासी पिता का स्मरण हो आया था—हर धिया

सिया हो सकती है; लेकिन हर पुरुख राम नहीं हो सकता बचियाऽ! धन्य होती है वह कोख जो अपनी पुत्र-परंपरा के लिए सदाचरण, ऊँचे आदर्श, अनुशासन और कर्तव्य-बोध का निदर्शन बनती है। पुत्रवती माता की गरिमा तो तब है जब वह विषय-वासनाओं से मुक्त तेजोमय संतान की माँ कहला सके···।

कन्या के विवाहार्थी पिता की करुणा देखो—सुदर्शन काया की परख हो सकती है; लेकिन···मन···? घड़ी-दो घड़ी में किसी अपरिचित युवक की संपूर्ण प्रकृति को पढ़ पाना क्या इतना सहज होता है···?

जगदानंद ने विवाह के तीसरे दिन ही अपनी महाक्रोधी प्रकृति का परिचय दे डाला था। आँगन में धरी सूप-डगरियाँ बिलबिला उठी थीं—

पैरों के धमाके से दालान घर को गुँजाते जगदानंद उर्दी-पेटी क़सकर कलकत्ता लौट जाने के लिए उद्यत हो उठे थे—

बात कितनी छोटी-सी थी—

जागेश्वरी आजी की संदूक में श्रीमद्भागवत की पोथी देखकर जलालुद्दीन इक्केवान के दढ़ियल छागल की तरह गुर्राने लगे थे···।

दहेज में यह पोथी-पतरा···रोटी पकाने का सऊर सिखाया है कि नहीं···ऐसा ही था तो पुरोहिताइन धिया का नाज-नखश उठाने के लिए एक लोकनी भी साथ आई होती···

उन्होंने दबी जबान से इतना-भर ही कहा था—घर-गिरहस्थी का सब काम हमें आता है। वह तो फुरसत के बखत मन लगाने के लिए···इस पोथी···

जगदानंद की उमेठी हुई मूँछें फरफराकर एकदम सीधी हो गई थीं—आरा जिला के मरद-मानुष मेहरिया की बात बर्दास्त नहीं करते। यहाँ संबंध जोड़ने आए थे तो तुम्हारे बाप देवजी को यह बात सोचकर आना चाहिए था···

चोट खाई हुई आँखों में मौन तिरस्कार था—तुम क्या जानो मिथिला के सिवान पर बसी इस तिरिया का अंतर्भाव! धरती को खोदकर सारी माटी उकेर डालो, गाछ-बिरिछ की लहलहाई आब को टाँगी से टुकड़े-टुकड़े कर डालो—नदी के वेग को थामने के लिए परकोटा उठा दो—मिथिला की धिया का अंग-अंग चाहे बेधकर रख दो—अपने सत को सँभालना, अपनी मान-मरजाद को सुरक्षित रखना···अपने धरम का निभाव करना हमें भी खूब आता है।

जगदानंद की दर्प-बुद्धि मर्माहत थी—कौन उलझने जाए इस लुगाई से···

ठोकर मारकर गेहूँ की चंगेरी उलटने चले थे तो पैर का अँगूठा गाय की नाँद से टकराकर लहूलुहान हो गया था।

मँझरियावाली अपनी पिटारी से साफ पट्टी, रुई और न जाने कौन-सी दवा आनन-फानन में निकाल लाई थी—लोहे की जंग लगी अंकुसी गड़ी है—आपको हमारी सौंह, दवा लगा लेने दीजिए; फिर बक्सर के बड़े डाक्टर को दिखा लीजिएगा।

ईसाई डॉक्टर बूढ़े विलियम साहब ने पोपले मुँह से तारीफ के पुल बाँध दिए थे—बड़ी तालीमयाफ्ता मालूम पड़ती है—तुम्हारी वाइफ, तुम लकी हो मैन···इस भुच्चड़ गाँव में···

टोले की मुँहबोली ननदों ने, चचेरी सास ने एक स्वर से ताल ठोंका था—

मँझरिया गाँव की यह बेटी खुली तलइया की सोनमछरी ठहरी—दिन-रात की यह परदेदारी—हमारे गाँव का रहन-सहन कबूल करेगी भला? देख लेना, जगदानंद की नाक में दम कर देगी, कलकतिया हवा-पानी की आस में यह चिरई महीना-दो महीना भले काट ले जाए···फिर तो···

सवा महीना बीतने के पहले ही बाबूजी ने हजाम भेजा था—बिदाई कर देते तो बच्ची सावन-भर पीहर रह जाती···।

जागेश्वरी ने किवाड़ की ओट से अपनी विवशता बता दी थी—

हजाम काका, बाबूजी को देखे बिना एक-एक दिन पहाड़ बनकर बीतता है। तब भी हमारी लाचारी है। यहाँ कोई तिरिया नहीं, ब्याह का कंकण छूटते ही नातेदारिनें अपने-अपने ठाँव-ठिकाने लौट गईं। इतनी बड़ी गृहस्थी और ससुरजी निपट अकेले, छोटकू देवर भी इतने होशियार कहाँ हैं कि आग-पानी का सरंजाम सँभाल सकें। नेह वहाँ, देह यहाँ···हजाम काका, बाबूजी को अच्छी तरह समझा दीजिएगा। अपना जतन करेंगे···हमारा सोच नहीं करेंगे···।

उम्र के सबसे ऊँचे कगार पर कितनी गंभीरता से अपना देह-मन साधा था उन्होंने···!

जगदानंद क्या कहते···

उपधाइन पत्नी का सोच उनके आगे-आगे जो चलता था—

आन गाँव की चाकरी, फिरंगियों की जी-हुजूरी, क्या ऐसा नहीं हो सकता कि आप ससुरजी की खेती-बारी में हाथ बँटाएँ···विलायती साहबों की गुलामी क्या इतनी जरूरी है कि···

जगदानंदजी निरुत्तर थे—तहसील की नौकरी का मौज-मजा छोड़ने की बात भी उनके लिए दुस्सह थी—यह सलाह किसी और ने दी होती तो चमरौंधा उठाकर धुन देते; लेकिन मँझरियावाली की चाशनी-घुली आवाज के सामने न जाने क्यों, उनका कोई वश ही नहीं चल पाता था—

पड़ोस की सुमंगली दिदिया ठीक कहती है—मिथिला के जोतिसीजी की यह बेटी जरूर कोई जादू-टोना···।

जागेश्वरी आजी ने एक ही अनुमति माँगी थी—मुश्किल से अढ़ाई-तीन कोस की दूरी पर गंगाजी बहती हैं—एकादशी, पूर्णमासी को गंगा-स्नान का बंदोबस्त हो जाता तो···

बूढ़े ससुरजी प्रमुदित थे—यह कौन-सी बड़ी बात है! जलालुद्दीन हमारा पुश्तैनी इक्केवान है—बहुरिया जब चाहेगी, तब गंगा-घाट जाने का उपाय हो जाएगा।

बड़े गुमान से उन्होंने अपने बालसखा सदासुख नारायण को बताया था—धान के गाँव की धिया और बाजरे की रोटी ऐसी पकाती है कि पूछो मत।

अच्छा भइयवा, खटतूरस छाछ के साथ मकई का भात खाने की इच्छा हो तो अगले इतवार को चले आना···।

हरे-भरे वेत्र-वन की लहलहाई आब-सी तिरिया की औकात निहुरकर रहने में ही है बचियाऽ!

खोइंछा में अपने कुल की बड़ी-बूढ़ियों की यही सीख संग ले आई थीं जागेश्वरी आजी—

नंदिनी ने टोका था—शीतलपाटी बिछाकर लेटी नहीं कि तुम्हारा मन इतिहास हो जाता है—बड़की आजी···फिर कौन-सी धूनी रमा बैठीं तुम···

खपरैल की बूढ़ी धरन विहँस उठी थी—

तेरी यह बावली पुरखिन आपबीती गुनती हुई—उम्र के किसी अजाने छोर में भटक गई थी, बच्ची, बियावान बालुकाराशि तप रही हो और बिना पनही के आकुल-व्याकुल पाँव उस रेत वन को पार कर जाने के लिए उद्धत हो उठे हों—प्राण तृषातुर हों तब, कैसे-कैसे मृगजाल उभरते हैं, यह सब तू नहीं जानेगी नंदिनी···। सिया सुंदरी की स्वयंवर कथा से हटकर ध्यान अतीत के किन वीराने चौबारों में भटकने लगा था—

卐

पीत रेशमी वस्त्र, सर्वांग अलंकरण, मुख पर सलज्जता की सहज किंशुक आभा, रानी सुनयना ने कुदृष्टि के भय से आँखें मूँद ली थीं—

चरण-वंदन के लिए प्रणत पुत्री को स्नेह के अमृत जल से सींचती रानी ने इष्टदेवी की अभ्यर्थना की थी—

मेरी इस कन्या के लिए हर दृष्टि से सुयोग्य वर तुम्हारी कृपा से ही सुलभ होगा माँऽ!

राजा जनक आश्वस्त थे—विभेदरहित शासन-व्यवस्था की नींव श्रम-सीकरों से रची-बसी होती है—यदि मैंने प्रजापालन का धर्म निभाया है—यदि मैंने राजसुख की उन्मत्तता से स्वयं को निर्लेप रखा है—यदि मैंने प्रजा के अक्षय कोष का अपव्यय नहीं किया है तो मेरी निष्ठा के अनुकूल वर पुत्री सीता को मिलेगा निश्चय ही···।

विदेह की राजसभा स्तब्ध थी—शिवधनु की परुषता, भूपालों की श्री-हीनता, रावण की उद्धतता—सारे संदृश्य एक-एक करके समक्ष थे। श्वेत-पद्मपुष्पों की सुगठित जयमाला लिये खड़ी जानकी की पलकों पर समस्त सृष्टि की लाज-भरी गरिमा उतर आई थी; स्वयंवर-स्थल मंद रव से आलोड़ित—प्रकृति ने पुरुष की प्रतीति कर ली थी। मोह-विभ्रमग्रस्त मायामय जगत् का उद्वेलन आसुरी ललकार बनकर फूट रहा था—

ऐसी त्रैलोक्य सुंदरी त्रिया का वरण अन्य पुरुष करे—असंभव···! अपने ही विकारों

के ताप में आप दग्ध होती दुर्बुद्धि संज्ञाएँ···धीर-गंभीर शतानंद ने विवेकदृष्टि से देखा था—भुवन भावन पुरुषोत्तम राम और आद्या प्रकृति सीता···शिवधनु अखंडित भी रहे तब भी कोई अंतर नहीं पड़ने वाला। सीता राम की हैं, रहेंगी··· ! वैतालिकद्वय अपनी उद्घोषणा पूरी कर चुके थे—

कृपया सुनें—देश-विदेश से आए हुए राजाओं, सम्राटों से हमारा विनम्र निवेदन है—विश्वविख्यात यह शिवधनु हमारी राजकुँवरी सीता के बुद्धि-बल का प्रमाणक है। अतएव मिथिलाधीश का प्रण सुनें—

सीता का रोम-रोम उपासनामय हो चुका था—अखिल सृष्टि की चर-अचर, गोचर-अगोचर समस्त शक्तियो, सावधान···यदि मेरे शील में कोई विकार नहीं, साधना में कोई त्रुटि नहीं, तो राम का 'रामत्व' सार्थक हो···

सीता के स्पंदन उनचास पवन बनकर राम के बाहु-वलय में सिमटते जा रहे थे—

भवानी माँ, मेरी मर्यादा की रक्षा आप ही कर सकती हैं।

गुरु विश्वामित्र का इंगित हुआ था—सहज पौरुषव्रती राम बिना किसी अतिरेक के धनुष-वेदी की ओर बढ़ चले थे। अवधपति दशरथ का तप, रानी कौसल्या की उपासना, इक्ष्वाकु-कुल का चिरसंचित पुण्य, सरयू-तट पर अवगाहन करते बाल-भास्कर की अरुणिमा—'राम' बनकर सभागार के मध्य दमक उठी थी।

विश्वामित्र की आशीष उस अस्त्रविद्या का संपूर्ण रहस्य खोलती राम को स्वत: स्फूर्त कर रही थी—

विशालकाय शिवधनु अपनी गुह्य यांत्रिकी की प्रतीति देता हुआ निरुपाय था—

राम ने वह मर्म ढूँढ़ लिया था, जिसके सहारे चाप खिंचने लगा था। राजाओं-श्रीमंतों के आसन चित्रलिखित थे, दर्शक-दीर्घाएँ श्वास लेना बिसर गई थीं—खिंचे हुए धनुष का आवेश और मुहूर्त-भर के लिए राम के मुखमंडल की तमतमाहट, कर्णभेदी विस्फोट और फिर सबकुछ एकबारगी शांत··· ! जानकी के श्वासों ने अपने अनुकूल सत्य की निधि पा ली थी। खंडित शिवधनु ने जड़ता के अभिशाप से त्राण दिलानेवाले राम को कृतज्ञ भाव से हेरा था—धनुष-यज्ञ संपूर्ण हुआ था।

卐

इतने वर्षों के नेह-छोह भरे संग-साथ के बीच पहली बार शांति-योगिनी सुहासिनी के मन में एक प्रश्न-बीज अँखुआया था—

सीता मइया के लिए स्वयंवर और ठीक-बेठीक की परवाह किए बिना किसी भी खूँटे से बाँध दी जानेवाली बछिया-सी हमारी गति, ऐसा क्यों··· ?

जागेश्वरी आजी निरुत्तर थीं—वेद-पुराण का अरथ हर युग में एक नई पहचान खोजता है, कनिया···

रामायण लिखी किसने, बोलो तो···वाल्मीकि-तुलसी जैसे मरद-मानुख ने ही

न···और उसके मरम को अपने मुताबिक ढालनेवाले भी ये मरद-मानुख ही ठहरे···रामजी ने चाहा तो इस पीर को तुम्हारी यह धिया परखेगी। इसे इस जोग बनाओ तो सही···।

卐

महारानी सुनयना ने जानकी को कंठ से लगा लिया था—

अम्मा के रोवे से भींजे रे चुनरी···

जानकी माँ की ममतामयी कोख में सिमटकर जितना दुलार पाना है, पा लो, पुत्री···यह आँगन, यह कक्ष, ये प्राणप्रिय बांधवियाँ, यह शुक-सारिका, पिता के गोधन-श्यामकर्ण अश्व, वृषभ, सब दुर्लभ हो जाएँगे! कौन जाने, फिर जनकपुरी लौटकर आना हो, अथवा नहीं···! राजा जनक की सुयोग्य कन्याएँ एक-एक करके बिदा ले रही थीं—धन-धान्य, अश्व, वृषभ, गौएँ, गज···बहुमूल्य आभूषण, बेशकीमती परिधान···पुत्रियों के बिछोह की करुणा से भरी रानियों का विकल रुदन···। शुक-सारिका का एकत्र चीत्कार विदेह को करुणासिक्त कर रहा था।

सौभाग्यशीला जानकी की मंजुल मूर्ति समक्ष थी—सुनयना, तुमने पुत्री को उचित प्रबोध तो दे दिया न···महारानी कुछ बोलतीं—इसके पूर्व शलाकाओं पर मस्तक धुनता शुक पुकार उठा था—

सीता कहाँऽ

सीता कहाँऽऽ

सीता, तुम हमें छोड़कर कहाँ जा रही हो?

जानकी का चीनांशुक गोशाला की नई जनमी मातृहीना वत्सा ने अपने मुख में दबा रखा था—

सीता, मुझे किसके सहारे छोड़ जाती हो?

मिथिला के समस्त पुष्करों की जलराशि माताओं के हृदय-कोष में सिमट आई थी। एक-एक करके चार शिविकाएँ राजद्वार की ओर बढ़ी थीं और महारानी सुनयना अर्द्धमूर्च्छिता-सी अपने पितृकुल की प्रवरा धात्री शीलमती की गोद में बिखर गई थीं—

धैर्य धरो, पुत्री! जिस घर की विभूतियाँ थीं, उसी घर को गईं! अयोध्या के राजा दशरथ बलशील में उत्तम हैं, धर्मपरायणा रानी कौसल्या की मृदुलता जगत्-प्रसिद्ध है। सीता, उर्मिला, मांडवी और श्रुतकीर्त्ति उन दोनों के अक्षय स्नेह की अधिकारिणी होंगी।

卐

सुहासिनी ने अपनी सास को कैसी करुणा-भरी दृष्टि से निहारा था, मानो पूछना चाह रही हो—अम्माजी, हमने ऐसा कौन-सा कसूर किया है? बोलना-बतियाना तो दूर रहा, आप हमारी ओर आँख उठाकर देखना भी नहीं चाहतीं—बथान में बँधी खौराही गाय से भी घिनौनी हम हो गई हैं—ऐसा क्यों?

जागेश्वरी आजी नीरव साक्षी थीं—मधुसूदन गृहत्यागी हुआ, इसमें कनिया का

कोई दोष नहीं, छोटकी! हमारी-तुम्हारी सबकी ममता जिनगी की इस कुघड़ी में उसे चाहिए···और तुम हो कि···

छोटकी का जवाब उन्हें मालूम था—बबुआ का मन विचलित था, लेकिन कनिया ने भी अपना फरज नहीं निबाहा। अरे, मरद लाख बैरागी हो, उसे रिझाने के लिए मेहरारू को कैसे-कैसे चरित्तर रचने होते हैं, यहाँ तक कि बेसवा बनकर···लेकिन, यहाँ तो दोनों तरफ से करम ठोंकने के सिवा कोई उपाय नहीं। बड़की दीदीजी की संगत में जो भी तिरिया रहेगी, वह भगतिन बनकर अपनी घर-गिरहस्ती की होरी फूँकेगी···।

जागेश्वरी आजी ने जप-भाव से आँखें मूँद ली थीं—कैसी-कैसी अगिन-परीक्षाएँ, कैसे-कैसे दाह···?

सुहास, तेरा सत कब पूरा उतरेगा कनियाऽ?

नंदिनी ने प्रवेशिका में सर्वोच्च श्रेणी पाई थी···। सुहासिनी के सूखे कपोल आँसुओं से तर थे—

जो यह पूत होती तो इसे छोटी-से-छोटी चीज के लिए इस कदर तड़पना तो नहीं पड़ता न···ग्राम-प्रांतर की धिया, साबुन-तेल कौन कहे, दो जून की रोटी भी डर-डरकर निगलती रहती है—ऐसी राच्छसिन भूख किस काम की। इसे कोदो—बाजरा खिलाओ मलकिनी, दो साल में इतनी ऊँची कद-काठी···पूत होती तो अब तक चाकरी की खोज में बनारस-कलकत्ता फलाँग आती···! नंदिनी का रूप बादों के घटाटोप आसमान को चीरती धूप बनकर खिल आया था। सुहास की आँखों में आशंका के अज्ञात डोरे भाँपकर जागेश्वरी आजी आश्वस्त करतीं—नंदिनी स्वयंसिद्धा है, कनियाऽ! इसकी आँखों में दूसरी बालिकाओं-सी चंचलता नहीं—मुख पर अकारण हँसी नहीं! बात-व्यवहार में अभी से इतना संयम! फिर भय कैसा? अपने कुल की मरजाद रखेगी—तुम्हारी कोख को पावन करेगी नंदिनी···देख लेना, सुहास—हम रहें या न रहें—नंदिनी हमारे सपनों की एक नई दुनिया गढ़ेगी···!

सुहासिनी की बाँह का सिरहाना बनाकर लेटी नंदिनी सोचमग्न थी—अच्छा, अम्मा हमें एक बात बताओगी···छोटकी आजी के चेहरे पर हमेशा गुस्सा क्यों रहता है—आँखें कपाल पर चढ़ीं। कटहल का लासा जैसे होंठों के बीच उड़ेल दिया गया हो—बोली एकदम कर्कश कठफोड़वे जैसी, हमें देखकर और भी बौखला जाती हैं। हमारा कोई काम उन्हें अच्छा नहीं लगता, ऐसा क्यों···? सुहास ने बेटी के मुँह पर अपनी खुरदुरी हथेली रख दी थी--चुप नंदू, ऐसे नहीं बोलते—कहीं अम्माजी ने सुन लिया तो···अब सो जा···!

शीतलपाटी पर करवट बदलने चली, तो मूँज की एक कड़ी नोंक पीठ में चुभने लगी—मधुसूदन की मुँदरी की तरह—

मेरी अम्मा बड़की अम्मा जितनी खुशमिजाज, पढ़ी-लिखी और शांत स्वभाव की नहीं है सुहास···घर-गृहस्थी के मोह-जाल ने उसे बेहद चिड़चिड़ा बना दिया है। बाबूजी

की फूँक-फूँककर कदम रखनेवाली हिदायत को रोम-रोम से स्वीकार करनेवाली अम्मा ने सूप, दउरा, मउनी, पिटारी से आगे कुछ सोचा होता, तब न···!

उनकी एकलौती पुतोहू हो तुम···एक ही आशा रखती हैं वे—घर-गृहस्थी के काम में सुबह से शाम तक जुटी रहो। खलिहान से अनाज का एक दाना इधर-उधर नहीं होने पाए, रसोई उतनी ही सींझे जितनी सबके हक में लग जाए, बाबूजी को किसी भी चीज की बरबादी एकदम पसंद नहीं—देह पर बस जरूरत-भर कपड़े—फालतू एक भी नहीं!

सुहासिनी कुछ पूछती, इसके पहले ही मधुसूदन ने अपनी बात स्पष्ट कर दी थी—मेरे कहने का यह अर्थ नहीं कि तुम भी अपने-आप को बस इतनी ही दूर तक सीमित कर लो···। पढ़ी-लिखी हो, तुम्हारी अपनी भी कुछ इच्छाएँ होंगी। सुबह-शाम अम्मा की मदद के बाद पूरा समय तुम्हारा। बड़की अम्मा से पूछोगी तो वे और भी अच्छी तरह समझा सकेंगी···

नंदिनी से पहले सतमासा पुत्र जन्मा था—अर्द्धमृत···! चार घंटों तक धुकधुकी चलती रही थी—

आँगन से सास की उत्तेजित आवाज सौरी घर तक साफ-साफ सुनाई पड़ रही थी—

ब्याहकर आई, तभी हमारा जी भिनक गया था। रहरेठा जैसी देह, गरभ साबुत टिके भी तो कैसे···पहिली उमीद ऐसी तहस-नहस होकर रह गई, अब आगे का कवन हवाल?

दो वर्षों के बाद नंदिनी ने जन्म लिया था—एकदम स्वस्थ, खूब गोल-मटोल···

मधुसूदन की अम्मा तिनककर अपने नइहर चली गई थीं···जागेश्वरी आजी ने छठी पूजा की रस्म पूरी की थी—काली मइया, बरमचउरा, गंगामइया सबकी मनौतियाँ सुहासिनी को साथ लिये उतारती फिरी थीं—

पाँच पुतर एक धियवा, धियवा माँगबि जरूर···।

तेजपात की नई कोंपल-सी नंदिनी की सुंदर हथेलियों में काठ का लाल झुनझुना थमाती जागेश्वरी आजी देवर-देवरानी की नाराजगी से बेपरवाह थीं—यही एक धिया तुम्हारी कोख तारेगी—सुहास बचियाऽ, मन मलिन मत करो···!

卐

कौसल्या ने सुकुमारी सीय वधू को वक्ष से लगा लिया था—स्वर्ग प्रतिमा-सी विदेह नंदिनी जानकी···। मनुष्य का कायांतरण क्या इन्हीं क्षणों की प्रतीक्षा करता रहता है? सीता हो या सुहासिनी—जागेश्वरी आजी हों या नववयसा नंदिनी···तिरिया देह की मति-गति सदा एक-सी होती है···

गिरि-नारी मयना ने न जाने क्या सोचकर कहा होगा—

कत विधि सृजी नारि···

श्वसुर-गृह के दुग्ध-धवल रेशमी पर्यंक पर लेटी जानकी की उनींदी पलकों में

विदेह पिता की शुद्ध सात्त्विक जीवनचर्या साकार हो उठी थी—राजमद से सर्वथा परे, विलासिता के चाकचिक्य से अलग-थलग पद्म-पत्र की तरह निरलस प्रजा के हित-चिंतन में संलग्न सीरध्वज—

···मेरे राजकोष में प्रजा के श्रम से संचित विभव बढ़ता जाए और मैं ऐश्वर्यशाली कहलाऊँ···यह मेरा धर्म नहीं···'राजन्' शब्द का अभिप्राय है—वह जो राज न करे, प्रजापालन करे···मेरे प्रदेश की कन्याएँ मुझे सीय समान प्रिय हों···मेरी भू-सीमा में बसनेवाले हर कुटुंब का सुख-दुःख मेरा अपना हो···!

शिविका पर चढ़ी गोशाला का पथ पार कर रही थीं—तो ममत्व बरसाती धेनुओं की हुंकार दूर तक साथ-साथ चली आई थी—सीता की घनी बरौनियों पर अश्रु-विंदु स्थिर हो गए थे—कक्ष में राम ने प्रवेश किया था—

ऋतुराज वसंत का अभिषेक करते नयन किंशुकवर्ण हो उठे थे—जनक-वाटिका में पुष्प बटोरते राम की तापस छवि, हरधनु को खंडित करती, त्रैलोक्य विजयी छवि···वरवेशी राम की सम्मोहक स्मित उनके सामने थी—बुद्धि, विवेक और भावप्रवणता के अद्भुत सामरस्य रघुनंदन···

कुलगुरु वशिष्ठ के ज्ञान की गरिमा और महामुनि विश्वामित्र के विलक्षण तप की साकारता—इक्ष्वाकु राम ने कैसी सौम्य दृष्टि से जानकी की ओर निहारा था—

शुभे, माता कह रही थीं कि तुमने ठीक से भोजन नहीं किया, यहाँ कोई कष्ट हो तो मुझे···

पीले पोखराज की मुद्रिका पर दृष्टि टिकाए जानकी संकोच से भर उठी थीं—

राजर्षि जनक के प्रकांड पांडित्य, उनके दार्शनिक-आध्यात्मिक ज्ञान के विषय में यथेष्ट सुन रखा था—दिन-रात अपने प्रजा-जनों के कल्याण-कार्य में लगकर अतिशय कष्टसाध्य जीवन व्यतीत करनेवाले ऐसे महान् पुरुष को श्वसुर रूप में पाकर धन्य हूँ मैं!

卐

जगदानंद ने कैसी अवमानना भरी हँसी के साथ कहा था—

हमने तो यही जाना था कि मँझरिया गाँव के मुखिया ठहरे हमारे ससुरजी, चकबंदी की अफरात जमीन और भोगनेवाली एकमात्र कन्या-संतान···। सोचा था, कुछ नहीं तो कम-से-कम उस गाँव की पचास बीघा धनहर जमीन ही हाथ लग जाएगी। यहाँ तो वही कहावत साबित हुई न—मूड़ मुड़ाते ओले पड़े···दस गाँव के लोग आकर पाँव-पुजाई कर जाते हैं, बस जोतिसीजी धन्य-धन्य···! अब कोई जाकर पूछे हमारे ससुर शास्त्रीजी से—दुनिया-जहान की असीस से पेट भर जाता है क्या?

जागेश्वरी आजी को गर्व था अपने पिता पर—विपन्न को कभी लूटा नहीं, याचक को कभी घर के सामने से खाली हाथ फिराया नहीं···स्वयं भूखे रहकर गाँव-घर का प्रतिपाल करते रहते—बौड़मदास बनकर दिन-रात खटिया तोड़ते छोटे भाई के बड़े

परिवार का बोझ हँसकर उठाते रहे। काशी के बड़े-बड़े विद्वान् लोहा मानते थे—ऐसे थे—हमारे बाबूजी···।

卐

जानकी का रोम-रोम पुलक पगा था—जलदराज ने सौदामिनी को अपने अंक में समेट लिया था—आनंद की अनहदता—प्रकृति और पुरुष की एकाकारता—सृष्टि के चिर नूतन सत्य की कैसी विलक्षण प्रतीति थी वह···।

卐

पूर्ण शिक्षिता जागेश्वरी ने अपनी नियति की पहचान पा ली थी—प्रस्तर शिल्पी अपने साधना-गृह में बैठा प्रतिमाएँ तराशता रहता है—अनवरत, अविश्रांत···। दैववशात् यदि कोई प्रतिमा संपूर्ण निर्मिति के पहले ही सहसा खंडित हो जाए तो···रासायनिक अवलेपों से दरारें मूँद दी जाती हैं। फिर वह प्रतिमा बाहर से सर्वथा अंगदोषरहित प्रतीत होती है—किंतु उस दरार की चिलकन क्या उसे हर क्षण अभिशप्त नहीं करती रहती···?

जगदानंद के साथ आत्मा की उसी अबूझ कसक के साथ घर बसाया था जागेश्वरी ने···कैसा विचित्र जुड़ाव था वह—काया का संपूर्ण समर्पण भाव था, मन फिर रह-रहकर इस कदर उचाट क्यों हो जाता था? बुद्धिशीला जागेश्वरी को उनके अध्यापक पिता ने 'रामायण' के श्लोक हृदयस्थ कराए थे—

पति और कुलपरिवार की अथक सेवा ही तुम्हारा कर्तव्य होना चाहिए, बचियाऽ, पति की प्रकृति चाहे जैसी भी हो···

यह सच था, जागेश्वरी आजी ने पति सहित घर के प्रत्येक सदस्य के प्रति अपने धर्म में किसी तरह की कोई त्रुटि नहीं छोड़ी थी—बिजली की-सी फुर्ती के साथ रसोई पकातीं, घर की सफाई पूरी करतीं और दोपहर के समय जब सब सो जाते, निरलस भाव से अपनी कोठरी में स्वाध्याय का संकल्प दोहरातीं···

दोनों जून घर-भर के लिए सुस्वादु भोजन, बनिहारों-बनिहारिनों के जलखावे का अलग से प्रबंध···पति और देवर की धोतियाँ अलगनी पर तहाकर धरी हुई···! फिर किसी को क्या उज्र हो सकता था—गोतिया की बड़ी ननद झारी देई ने कानाफूसी करके जगदानंदजी की मति बिगाड़नी चाही थी—

पोथी-पतरा बाँचेवाली बहुरिया एह गाँव में एको नइखे भइया, तहार कनिया सब बेटी-पतोह के बिगाड़ के माटी करि दीहें···!

जगदानंदजी ने समझाना चाहा था—गाँव की किस कनिया-बहुरिया के पास संदूकची भर पोथी है? सूजनी काढ़ो, सींक की डलिया-मउनी बीनो, खाली बखत में दूसरी मेहरारू यही सब तो करती हैं।

जागेश्वरी आजी ने आँख उठाकर पति की ओर देखा-भर था—

मेरे मन की बिनावट किस गझिन तार से हुई है—तुम्हें क्या मालूम? पोर-पोर में

बचपन के संस्कार हैं—किसी की निंदा मत करो…किसी की दुर्बलता पर हँसो मत…मनबहलाव के सस्ते उपाय आदमी को कहीं का नहीं छोड़ते…पुराने ग्रंथों में रमकर देखो, अनुपम सीख देनेवाली कैसी-कैसी कथा-कहानियाँ हैं—मन को माँजनेवाली, सारा भरम मिटानेवाली!

उनके बाबूजी नित्यप्रति हवन अवश्य किया करते थे—

अग्नि देव वाणी के अधिष्ठाता हैं, सूर्य चक्षु का अधिष्ठाता, चंद्रमा मन का—इन महातत्त्वों के मानसिक वरण से उपासना का पथ प्रोज्ज्वल होता है। उनका निर्देश हुआ करता था—चित्त की समस्त विकृतियों के विनाश हेतु जप आवश्यक है—अजपा जप…

पूजा के विधि-विधानों की कठोरता अनिवार्य नहीं। साँसों के साथ जो रम जाए, वही सच्ची उपासना है—कर्मयोग दूसरा कुछ भी नहीं होता…!

उन्होंने अंतरंगता का आधार पाकर जगदानंद को समझाना चाहा था—दुनिया-जहान की तृष्णाएँ एक ओर…भगवद्‌भजन दूसरी ओ…! भोर में आँख खुले तो दो मिनट चौकी पर बैठे-बैठे ही ध्यान कर लेने में हरज क्या है—मन को ताकत मिलती है—दिन-भर संसार से जूझना अच्छा लगता है।

जगदानंद सुनी-अनसुनी कर जाते--दिन चढ़े जगना और दतुवन करते ही नाश्ते की फरमाइश उनकी पुरानी आदत थी—जागेश्वरी ने हारकर हस्तक्षेप करना छोड़ दिया था—ऐसी पंडिताइन हो तो हमारे हिस्से का पूजा-पाठ भी तुम्हीं कर लिया करो। हमने अपना सारा पुण्य तुम्हें बख़्शा।

卐

काशीवाले गुरुजी ने अपने शिष्य को भेजा था—जागेश्वरी को मालूम कि मधुसूदन एक सप्ताह से मेरे पास है—नवद्वीप के उसके गुरु सौम्यानंद की आदेश-बद्धता है। पाँच वर्षों तक घर नहीं जा सकता। नंदिनी को देखने की इच्छा व्यक्त की है उसने, तुम पत्र पाते ही बहुरिया और बच्ची के साथ काशी आने की तैयारी करो…

एक-दो नहीं, पूरे सात वर्ष…!

जागेश्वरी आजी खटिया पर पड़ी देवरानी की कोठरी में गई थीं—श्वास रोगिणी को इतना बड़ा आह्लादकारी संवाद आहिस्ते देना होगा।

छोटकी की मूँदी हुई पलकों में सावन-भादों का वेग सिमट गया था—दीदीजी, राउर प्रार्थना के जोर पर ही बबुआ के मन बदलल बाऽ एह जिनगी में हमरा भरोसा ना रहे कि उ…

काशी-यात्रा की तैयारी पूरी हो गई थी—नंदिनी के उल्लास की सीमा नहीं थी—कैसे होंगे उसके पिता…? गेरुआ वस्त्रधारी संन्यासीजी महाराज या उसके गृह-शिक्षक राघवचंद्र जैसे शांत-सुशील सुमधुर वाणी में कला और विज्ञान के गूढ़तम तथ्यों की व्याख्या करनेवाले…

उसने तय कर लिया था—सामने पड़ने पर कुछ नहीं बोलेगी—रूठने का अभिनय करती मौन बैठी रहेगी, फिर उनसे पूछेगी—

मेरी अम्मा ने क्या बिगाड़ा था—आपका··· ? दिन-भर मजूरिनों-सी पूरे घर की टहल बजाती रहती है—उसके लिए आपके मन में तनिक भी दया नहीं··· ? कैसे संन्यासी हैं आप··· ? जीवन के कर्मों से मुँह मोड़ना ही संन्यास है···तब पलायन किसे कहते हैं ?

सुहासिनी ने मनाही कर दी थी—

आपको हमारी सौगंध बड़की अम्माजी, उन्हें कोई ऐसी-वैसी भनक न मिलने पाए। आपको हमारी खातिर झूठ भी बोलना पड़े तो···

उस मानिनी की अंतर्पीड़ा का पूरा अनुमान जागेश्वरी आजी को था। उन्होंने छोटकी की बहू को अपनी कोख में समेट लिया था—

रामजी चाहेंगे तो काशी-विश्वनाथ की कृपा इसी आँगन में फलेगी। पुरखों की इसी देहरी पर माथा टेकेंगे मधुसूदन···तेरे मुख की लाली बनी रहे कनिया, हमारे पीछे अपनी सास का ध्यान धरना···छोटकू भी आढ़त के काम से बाहर हैं—दो-तीन दिनों की बात है—फिर तो हम···

गोदौलिया के श्रद्धानंद आश्रम का शुभ्र परिवेश···बाँस की खपच्चियों से घिरे अहाते के बाहरी द्वार पर ताँगा रुका था, तो गेरुआधारी वृद्ध गुरुजी ने शिष्य राजेश्वर को पुकारा था—

लगता है—बक्सरवाले आ गए···जाओ बचवा, अपनी गुरु बहिन को जतन से लिवा लाओ···

बीस वर्षों के बाद जागेश्वरी आजी अपने पिता के बालसखा, अपने गुरु काका का शिशु सुलभ हास सुन पा रही थीं—अरे बचियाऽ, तू तो एकदम पुरखिन हो गई···याद है, हमारी पोथी के पन्ने पलटकर कैसे भाग खड़ी होती थी···भाई नाराज होते थे—

गुरु के साथ परिहास··· !

फिर स्वयं ही तरल भी हो उठते—मातृहीना है ! कोई बंधु-बांधवी नहीं—हँसे-खेले भी तो किसके साथ ?

अनिकेतन गुरु ने राधाकांत शास्त्रीजी के घर आश्रय लिया था—बाढ़ की प्रलयंकारी विनाशलीला में सर्वस्व खोकर पथरा गए बालमित्र को जागेश्वरी के पिता ने प्रबोध दिया था—

विधि के आगे यह अखिल जगत् परवश है, भाई···। मेरे अधूरे घर-संसार को देखो···विशूचिका ने जागेश्वरी की माँ के प्राण ले लिये—तब से मैं इसका प्रतिपाल कर माता-पिता के सारे दायित्वों का अकेला निर्वाह कर रहा हूँ···। तुम आ गए—अच्छा ही हुआ, आज से पाठशाला के साथ-साथ जागेश्वरी के पठन-पाठन का भार भी तुम्हीं पर···

जागेश्वरी आजी के विवाह के दस वर्षों के बाद शास्त्रीजी दिवंगत हुए थे और

उनके बालसखा ने उचाट होकर मँझरिया गाँव छोड़ने का निश्चय कर लिया था—

काशी के इस ग्राम-प्रांतर में बसने का निश्चय करके अपने एक गृहस्थ शिष्य के यहाँ ठहर गए थे—काशी-नरेश ने भू-अर्पण किया था और नगर-निवासियों के उदार सौजन्य से आश्रम की आधारशिला रखी गई थी—

वेद-उपनिषद् के अतिरिक्त संस्कृत भाषा के अन्य दुर्लभ ग्रंथों का पारायण···गुरुदेव की शिष्य-मंडली का विस्तार होता गया था···

पिता के काल-कवलित होने के बाद जागेश्वरी आजी ने मुड़कर मँझरिया गाँव की ओर नहीं देखा था।

जगदानंदजी बीच-बीच में उकसाते रहते थे—इतनी बड़ी नहीं, तो भी जो थोड़ी-सी जैदाद ससुरजी छोड़ गए हैं, उसे बटोर क्यों नहीं लाती··· ? आखिर गाँववालों के हक लग जाएगा सब कुछ···—

गुरु काका ने पत्र द्वारा परामर्श लिख भेजा था—

बचिया को मालूम कि मँझरिया के अनाथ बालक श्रीनिवास को तुम्हारे पिता की अंतिम इच्छानुसार पाठशाला और घर-जमीन का कुल भार सौंप आया हूँ···वह लगनशील है, भाई की अध्यापन-परंपरा का दाय उठाने में पूर्ण सक्षम···जमीन से जो भी उपज होगी, उसी में काम चला लेगा—बाकी जो तुम चाहो··· !

आजी के मौन में 'तथास्तु' निहित था।

जगदानंद बौखलाकर रह गए थे।

किस जुग-जहान का ध्यान धारण कर लिया हमारी बचियाऽ ने ? आऽ, दो पल हमारे साथ बैठ जा··· फिर तो···

नंदिनी की पीठ पर अपनी ममता-भरी हथेली धरकर भाव-विकल हो उठे थे गुरु काका—

तुझसे भी छोटी थी तेरी यह आजी···रात-दिन कैसी ऊधम मचाती रहती थी—गरमी की झुलसती हुई लू में भी इसे चैन नहीं···पड़ सकता था, अपने शशक-मूषकों की निगरानी कर लेती, गिलहरी की पूँछ में धागा बाँध देती, तब मेरी खोज-खबर लेने आ धमकती थी—पिता का रोब था, पर मुझसे तो जैसे मैत्री थी इसकी, नाक में कपास की बाती डालकर सिरहाने छिप जाती···

आप अपनी मूँछों को दोष नहीं देते काका, देखिए तो कैसी गूँज के रेशों-सी कड़ी हो गई हैं !

जागेश्वरी आजी कैसी लजाई हँसी हँस पड़ी थीं—गुरु काकाजी, किस जमाने का जागेश्वरी पुराण ले बैठे आप···अब यह नंदिनी कथा सामने है···

मधुसूदन की इस धिया ने हमारी साँस गिरवी रख ली है···अब जमानत देनेवाला आ गया···

वे मधुसूदन के विषय में कुछ पूछतीं, इसके पहले उनके वृद्ध गुरु काकाजी के झुर्रीदार कपोल आशंका से हिल उठे थे—तू पहले यह बता जागेश्वरी···नंदिनी की माँ कहाँ··· ? वे सबकुछ बता देना चाहती थीं—सुहासिनी का मौन धैर्य, उसकी अंतर्वेदना, पोर-पोर से छलकता उसका स्वाभिमान···

अपने गुरु काका के समक्ष स्वीकार करना चाहती थीं वे—

पूत से बढ़कर पुतोहू, राम से बढ़कर सीता मेरे लिए है काकाजी···दुःख की आँच में हर क्षण सुलगती मेरी सुहास···!

वे कुछ कह पातीं, इसके पहले गंगा-स्नान करके गीली धोती में सामने से आता मधुसूदन दिखाई पड़ा था—

बड़की अम्मा तुम···और यह ? क्या यही बालिका मेरी नंदू है··· ?

जागेश्वरी आजी की आँखों में गंगाजी के कछार का ग़ीलापन था—जा, कपड़े बदल ले···पूजा-पाठ से निवृत्त होकर मेरे पास बैठ···बचवाऽ ! फिर इत्मीनान से !

वर्षों के भटकाव की वह कथा जागेश्वरी आजी सुनना नहीं चाहती थीं—संसार की जटिलताओं से अवगत आत्म तेज से दीप्त उनकी पुत्र-परंपरा का संवाहक सूत्र अपनी दैहिक कृशता के बावजूद एक नई मनोशक्ति से युक्त उनके सामने था। जीवन के प्रचंड ताप में तपकर और भी निखर आए थे—मधुसूदन··· !

नंदिनी ने ही प्रस्ताव रखा था ! तुम्हें हमारे साथ घर चलना होगा, बाबूजी···छोटकी आजी बहुत बीमार हैं और अम्मा···

क्या हुआ सुहास को··· ? नंदिनी की उलझी हुई चोटी सँवारती जागेश्वरी आजी जान-बूझकर चुप रही थीं। मधुसूदन पुत्री की आँखों में अपलक देखते रहे थे—

हू-बू-हू सुहास जैसी आँखें, कैसे मीठे अभियोग से भरी हुई—केवल अपनी सुध रखनेवाले···तुम्हें क्या परवाह कि कोई···जीवित जल रहा है, सिर्फ तुम्हारी खातिर···

मधुसूदन ने गुरुदेव को अपनी ऊहापोह बताई थी—गाँव-घर की यात्रा निषिद्ध है उनके लिए···फिर वे किस तरह··· ? जागेश्वरी आजी के गुरु काका ने निर्विकार चित्त से समाधान दिया था—

संन्यास की अपनी सीमाएँ होती हैं और लोकधर्म की अपनी मर्यादाएँ··· ! तुम शुद्ध भाव से संन्यस्त कभी नहीं हो सकते, मधु बेटे, तुम्हारे भीतर का गृही सतत उद्वेलित है···तुमने अपने कर्म-पथ से विमुखता का परिचय दिया है···पिता-माता, पत्नी, संतान, इनके प्रति क्या तुम्हारा कोई दायित्व नहीं ? क्यों भूलते हो कि राजा राम वनवासी हुए थे तो माता जानकी उनसे विलग नहीं थीं, और फिर उस वनवास का एक बड़ा प्रयोजन था ! एक राष्ट्रीय हित के संकल्प-व्रती थे रघुनंदन··· !

मधुसूदन लौट आए थे। घर की बूढ़ी दीवारें फाग मनाने को उद्यत थीं—ऊँची धरन की ओर टकटकी लगाए पड़ी रहनेवाली छोटकी आजी की दुर्बल साँसों को संजीवनी

मिल गई थी···।

नंदिनी हर्ष-विभोर थी—दुनिया-जहान की बातें सुनाकर मन बहलानेवाले अनुशासन सने प्रेम की अनोखी भाषा बोलनेवाले—

क्या सबके पिता ऐसे ही होते होंगे··· ?

सुहासिनी के माथे का सिंदूरी टीका दर्प-दीप्त था—

जागेश्वरी आजी एक बड़े दाय से निवृत्त हुई थीं···राग और विराग के हिचकोले खाती···आँसू और मुसकान एक साथ सहेजती यह तिरिया-जिनगी···

卐

कोपभवन में सर्प-दंश के उन्माद से लोट-पोट होती कैकेयी···दुश्चिंताओं के कुचक्र रचनेवाली विनाश बुद्धि मंथरा···

इहामृग बने मनुष्य की कुटिलतम स्वार्थ-संरचना के कैसे-कैसे प्रतिरूप···!

इन दिनों मानस-पारायण की जिम्मेदारी मधुसूदन की है···। इस कथा में छोटकी का मन भी रमने लगा है—तभी तो सांझा-बाती होते ही उसकी कोठरी से एक मीठी मनुहार फूटती है—

कनिया, हमें बड़की दीदीजी की कोठरी तक लिवा ले चल···

जागेश्वरी आजी आँखें मूँदकर बैठ रहती हैं। भीतर का रेशा-रेशा सचेष्ट है···मन की गहन अमराई में राम-वनवास का प्रसंग वेदना की बौराहट बनकर उतरता जा रहा है···वल्कल वसन लिये तमकती हुई खड़ी है कैकेयी रानी···चौदह वर्ष तक तापस वेश होगा राम का—

दशरथ भुआल शोकमग्न हैं। भूमिष्ठ···बार-बार रानी की ओर करुणा-भरी याचना-दृष्टि डालते हुए···

कह दो कि तुमने मिथ्याभिनय किया था, राम वनवास का प्रसंग परिहास मात्र था—कह दो कैकेयी, कि राम तुम्हारे प्राणाधिक प्रिय हैं। उनके लिए ऐसा असंभव क्रूर चिंतन···!

नहीं, नहीं, शायद मैंने ही कोई भयावह दुःस्वप्न देख लिया हो···

व्यालिनी की तिर्यक देह-सी शीत संस्पर्श देनेवाली कैकेयी की काया क्रोध विकट हो उठी थी—अविद्याएँ जीवन का पाप बनकर साकार थीं—

यदि राम वन नहीं जाते, तो कैकेयी का मरण निश्चित समझें, महाराज! रघुकुल की पुरातन रीति असत्य हुई तो संसार महाराज दशरथ को अपयश का भागी मानेगा।

तापस वेशी राम कौसल्या के सामने थे···

पिता दीन्ह मोहि कानन राजू···

और शोक विह्वला कौसल्या ने वज्र-संवाद सुनकर भी असीम धैर्य धारण किया—

धरती माँ, वनस्पतियाँ, सूर्य, चंद्र तथा आकाश के समस्त नक्षत्रो, मेरे पुत्र का

परिपालन करना…।

अंतरिक्ष की महाशक्तियो, मैं इतनी बड़ी अवधि के लिए राम को तुम्हारे हवाले कर रही हूँ।

卐

मूर्तिमती प्रार्थना-सी कौसल्या जागेश्वरी आजी की प्राण-हिलोर बन गई थीं—

मधु जा रहा था, तब कितनी विचलित हो उठी थीं—वे! किस कदर विवश…! उसने पलटकर प्रबोध दिया था—यहाँ बँधा रह गया, तो एक आढ़तिया-भर बन पाऊँगा, इससे अलग कुछ भी नहीं…! असीस दो कि स्वाध्याय के लिए वन-प्रांतर में भटकूँ तब भी साहस और संकल्प साथ हो, सीखने के लिए दुनिया-भर का ज्ञान पड़ा है, अपनी झोली का विस्तार किए बिना, घर से बाहर पाँव बढ़ाए बिना कोई भी सत्त्व-प्राप्ति संभव नहीं!

卐

अवधपुरी छूटी तो सीता राम के साथ थीं और सौमित्र भी तो…!

माताओं के दुर्लभ स्नेह में पगा राजभवन कैसा मरघट-सा भयावह लगने लगा था—

मंदिर के गर्भ-गृह से प्रतिमाओं का अपहरण कर लिया हो जैसे किसी ने…!

卐

मधुसूदन ने छिपी नजरों से सुहासिनी की ओर देखा था—

जागेश्वरी आजी ने लक्षित किया था—

आँखों के वे बोल—सिया सुकुमारी तो फिर भी कितनी भाग्यशालिनी थीं, रन में वन में श्रीराम ने उन्हें हमेशा अपने साथ रखा, तुमने तो…

अब मान छोड़ भी दो सुहास! पुरानी बातों को बिसरा नहीं सकतीं क्या? वादा रहा, इस बार वाराणसी की यात्रा अकेले नहीं होगी, तुम और नंदिनी भी साथ में…!

जागेश्वरी आजी का मीठा स्वर सुनकर दोनों सकुचा उठे थे—तू कैसा बावरा है मधु…जटिल जोगी महादेव-सा! तेरी मति-गति कब, कहाँ, कैसी बदल जाए…कहना कठिन है!

इतना जान ले…हमारी सुहास का तप तुझसे बड़ा है…विश्वास न हो तो नवद्वीप के अपने दीक्षागुरुजी से, मेरे गुरु काकाजी से साखी ले लेना—हम तिरिया घर-आँगन से बँधी हुई बनवास रमाती हैं।

तू शास्त्रों में पारंगत होकर लौटा है न…सुहास जिनगी की कड़ी परीच्छा में खरी उतरी है।

कहावत है न, उठ बहुवा साँस लऽ, सूप छोड़ जाँत ल, तो इसी चूल्हे-चौके में रमकर अपने दुःख की धूनी जलाती रही है हमारी पुतोहू! तुम मरद मानुस ठहरे, तुम्हें क्या

पता कि ···

बस-बस बड़की अम्मा, अब और उलाहना नहीं! अपना सारा अपराध स्वीकार है मुझे···!

तुम दोनों सास-बहू मिलकर जो चाहे सजा दे सकती हो···

उस दिन छोटकी आजी पहली बार खुलकर हँसी थीं—

तुम्हारी एक ही सजा है, बबुआ···! अपनी घर-गृहस्थी चेतो···नंदिनी और सुहासिनी की जिम्मेदारी सँभालो···!

अगली पढ़ाई के लिए नंदिनी को काशी भेजने का निर्णय हुआ था।

जगदानंद और छोटकू ने एकमत से विरोध किया था—

नेहरू की बेटी से हमारे गाँव-घर की धिया का मिलान···देखो जागेश्वरी, तुम्हारी हर सनक पूरी होती गई···हमने कुछ भी नहीं कहा—अब हमारा खानदान भ्रष्ट करवाने की कोई जरूरत नहीं···!

नंदू ने निजी तौर पर पढ़ाई करके एंट्रेंस पास कर लिया, इतना ही बहुत है···हमारे मुँह पर न कहें, यह दूसरी बात है, हमें मालूम नहीं है क्या, पीठ पीछे सब लोग कैसी-कैसी बातें बनाते हैं!

जागेश्वरी आजी जानती थीं—मँझले टोले की झारो देई हाथ चमका-चमकाकर कहती फिरती थीं—गाँव-ज्वार की धिया, बहुरिया साँझ ढलने के बाद बँसवारी में जुटती हैं, कजरी-झूमर, चउपड़—आँख-मिचौली, दोल्हापाँती···सबसे नियारी, जागेश्वरी देई की कोठा-अटारी···

घर के पुरुख चुपचाप सह जाए, त तिरिया जात बहकबे करी···।

गान्ही बाबा के सुराज अकेले जगेसरी देई के मिली—उनका चरखा-पूनी में एतना जोर बा कि जगदानंद के जइसे नचावेली—नाच जालन बेचारे···!

जागेश्वरी आजी पर्व-त्योहार में भी एकरस बनी रहती थीं—बड़े-से-बड़ा आनंद उनकी नाक के मोती में मुसकान की बड़ी मीठी-सी उजास बनकर सिमट जाता। कठोर-से-कठोर दुःख भी उनके निश्वास में ढलकर जीवन की नई शक्ति तलाशने का उपक्रम बन जाता···। भूखे को अन्न···कंगले को वस्त्र···जिनकी औकात होती है कम-से-कम उन्हें अपना यह धरम निबाहना चाहिए। जागेश्वरी आजी की सीख में ढली सुहास ने नंदिनी को मौन रह जाने का संकेत दिया था—वह नहीं मानी थी—

झारी बुआ आजी जैसियों को दो-टूक जवाब मिलना चाहिए अम्मा, तुम्हारी चुप्पी को कमजोरी मानकर वे उलटी-सीधी जहर-बुझी बातें करती ही जाएँगी और गाँव-भर के लोग उन्हीं का पक्ष लेकर···

जागेश्वरी आजी आश्वस्त थीं—सड़े गोबर को उकेरो तो गोबरैले फूट आएँगे···झारी दीदी ने कुटिया-पिसिया के सिवा आज तक जाना भी क्या, मरद कलकतिया है, जब

आएगा चार दिनों में चार बरिस की कुटम्मस पूरी करके चला जाएगा। काल-भैरवी की टूटी हुई मूरत जैसी खंड-खंड जिनगी ठहरी झारो दीदी की—अपना किरोध झाड़ें भी तो किस पर··· ? गोतनी-दयादिन से झोंटा-झोंटी होती ही रहती है। इसीलिए तो गाँव की हर तिरिया उन्हें अपनी दुश्मन लगती है···!

सुहासिनी ने दबी जबान में टोका था—लेकिन वे घर-घर जाकर आग लगाती फिरती हैं बड़की अम्माजी···नंदिनी को उन्होंने धमकाया था—

तेरी बड़की आजी कस्तूरबा भले बन जाए, तेरा आजा गान्ही बाबा कभी नहीं हो सकता। चउपाल के पिछवाड़े गाँजा पीकर बहकता है तब जगेसरा देई का सब चरित्तर खुल जाता है। बताइए तो बड़का बाबूजी के बारे में ऐसी-ऐसी बातें!

जागेश्वरी आजी की पीड़ा एक गहरे निःश्वास में कढ़ आई थी। छोटी बेटी ललिता से भी कम उम्र की भतीज-बहू को क्या बतातीं—मधुसूदन उनकी बड़ी बिटिया से साल-भर छोटे थे···।

जगदानंद ने छोटकू को उकसाया था—

फिरंगी बहादुर की छावनी में छपरा की गुलबदन का रंगीला नाच है। बागी धनेसर मिसिर टीप लगाता है और मुट्ठी-भर कमर लचकाती गुलबदन लहरा-पटोर सँवारती जमीन पर पाँव धरती है—तो ऐसा लगता है जैसे छाछ की कठौती में माखन की पुतरी हिलोर ले रही हो···

छोटकू तनिक डर गए थे—जो कहीं बड़की भउजी ने जान लिया तो···

तुम भी एकदम बुड़बकदास हो छोटकू···भागवत पुराण की नींद सोती-जागती है। उसे कैसे पता चलेगा कि···लौटने पर कह देंगे, चुरामनपुर वाली भवद्दी से बोलाहट आया था, नेवता पुराने कैसे नहीं जाते···

जागेश्वरी आजी सबकुछ सुनकर भी अनजान बनी रही थीं—

छोटकू ने कैसे रस ले-लेकर अपनी नई-नवेली लुगाई को बताया था—देह किरिया, अउरत थी कि पूरी बवाल थी···तबले के ठेके पर मिसिर ने पहली टेर लगाई थी—

आ रे गहिरी नदिया झकाझक पनिया
ए राम जी···
पियवा बसेला परदेश जी···
कवना बने पियवा के खोजबि ए राम जी···!
ता थेइ-थेइ तत···
आ थेइ-थेइ तत···
दाम तिगदा दिग-दिग थेइ
तत थेइ त थेइ त थेइ···

पूरब बनिजिया के लिए गए पति को खोजती बिरहिनी की आकुल-व्याकुल कर

देनेवाली मुद्रा…

गाजीपुर के जमींदार ने गुड़गुड़े का कश लगाते हुए चाँदनी पर मटरमाला बिखरा दी थी—जियऽ रानी…अब कवनो लहालोट चीज हो जाए…

गुलबदन की ओढ़नी के सलमा-सितारे लहक उठे थे—

मोरे सइयाँ गुलबवा के फूल…

हम चंपा की कली…

मोरे राजा के रूप अनमोल

बिजुरिया हम पे गिरी…

कब बिजली गिरी, कब मदहोशी टूटी, किसे पता…

चुहचुहिया बोलने लगी, तब बिहान का अनुमान हुआ…!

गाढ़ी छनी भाँग का सुरूर कम था क्या—गुलबदन ने नयन-कटारी चलाकर पूरी मंडली को धराशायी कर दिया था, डोला उठा, सारंगिया पीछे-पीछे दुलकी घोड़ी पर सवार चला—नशे में चूर जगदानंद काफिले के पीछे बगटूट भागे…दोहाई, सरंगिया भाई, एक नजर बाईजी को निहार लेने दो…गुलबदन के लठैतों ने हवा में लाठी घुमाई थी और जगदानंदजी का उन्माद एकदम दुरुस्त हो गया था…चल छोटकू, बड़ी गुमानी बेसवा है ससुरी…फिरंगी के खेमे में एक विक्टोरिया के लिए कैसी फिरकी-सी डोलती रहती है, हमीं को नहीं पता…! रही होती हमारी भी जिमींदारी! इसी नीम तले झक सफेद चँदोवा तनवा देते, रंग-बिरंगी रेशमी झालर लगी कनात घेरवा देते और हुकुम सुनाते—थैली भरी सोने की मोहरें कमती पड़ें तो कहना…आज की रात तुम हमारी, हम जो कहें, मानना ही पड़ेगा…उसे टहलनी बनाए बिना मन को संतोख कहाँ…?

गाजीपुर के गुमाश्ताजी जागेश्वरी आजी के गाँव-घर के मौसा लगते थे। उन्होंने शास्त्रीजी से सारा हाल कह सुनाया था—जमींदार सुरेंदर राय अलग आग-बबूला थे—

जगदानंद फिरंगी सरकार के मुलाजिम हैं, इसका मतलब यह नहीं कि…जो-सो बकवास करते फिरें…बाईजी है तो क्या हुआ…बड़ी गुमानी है—अपनी हेठी बर्दाश्त कर लेगी…? वह तो हमने समझा-बुझाकर सांत किया, नहीं तो…

जगदानंद तो उसे अगवा कर लेने पर तुला बैठा था!

गाँव के सीवान पर पहुँचकर जगदानंद अपनी औकात में आ गए थे। सुरेंदर राय ने किसी तरह अपने क्रोध पर काबू पाया था—

गाय आ बाभन ना मारे के, बाकिर हमार जलसा नसले बाऽ, अइसन हत्यार के मुश्की कसवावे में तनिको देर ना लागित…

जागेश्वरी आजी जगदानंद का राई-रत्ती हाल जानती हुई भी चुप थीं—

गलियन गलियन बैदा पुकारे

बा कोई सहर बेमारी…

जहाँ पूरे गाँव-जवार की मति में भाँग घुली हो वहाँ अकेले जगदानंद थोड़े ही हैं···! दूसरी तिरिया कैसे सहती हैं···और नहीं सह पातीं तो क्या करती हैं, गंदी-गंदी गालियाँ, दिन-रात की उठापटक···पूरे समाज में कलंक चर्चा···

जेवना ना जेवे राजा, भइले छयलवा छपित भइले ना

जइसे चान-सुरुजवा छपित भइले ना

ऐसे ही मुँह छिपाए फिरते रहे थे जगदानंद—

छोटकू, हमारी पेटी बक्सर पहुँचा देना—हम आज ही नौकरी पर चले जाना चाहते हैं···!

क्या-क्या बतातीं सुहासिनी को वे···सती-सावित्री की जोत सब खोजते हैं, जरा इन पुरुखों से पूछें कोई, क्या इनके लिए कोई नेम नहीं···मन के साँच की समूची परख सात परतों में छिपी तिरिया के लिए···

झूठ के उस भँवरजाल से उबरने के लिए जागेश्वरी आजी ने गुरु काका का स्मरण किया था—

काशी के उस आश्रम में क्या मेरे लिए गज-भर की ठौर नहीं हो सकती···?

सबकुछ सुनकर गुरु काकाजी बदहवास गाँव चले आए थे--

अनाप-शनाप आमदनी वासना को बढ़त देती है···हमने दामाद बाबू के रंग-ढंग देखकर पहले ही भाई को चेताना चाहा था, वे नहीं माने थे—जनम दरिद्री अध्यापक की धिया इतने खुशहाल परिवार की पहिलौंठी पुतोहू बनने जा रही है। जागेश्वरी बुद्धिमती है, हर बिगड़ी बना लेने की कूबत है उसमें···!

उस दिन पहली बार सब्र का बाँध टूटा था—आपके कुष्ठाश्रम में भात राँधनेवाली की दरकार तो होगी न···हमसे हर तरह की सेवा करवा लें—पर अब यहाँ नहीं।

उनके गुरु काका ने ऊँच-नीच का ज्ञान दिया था—

तीन-तीन अबोध बच्चियाँ हैं तुम्हारी···तुम्हें इनका मुँह देखकर पूरे संयम से काम लेना होगा। ऊपरवाले के न्याय पर भरोसा रखो, बच्ची···अपने धर्म का निबाह करती जाओ। सब ठीक हो जाएगा।

ज्ञान, भक्ति और वैराग्य—मानव-मन को आचरण का संतुलन देने के लिए, साधना की सिद्धि तक पहुँचाने के लिए—मनीषि पुरुषों ने त्रय सूत्र दिए···तुम्हें अपने ज्ञानी पिता से यथेष्ट ज्ञान मिला, संस्कारों में निश्छल भक्ति मिली···किंतु जागेश्वरी, वैराग्य के लिए अनुकूल समय यह नहीं। दुःखों की कमान साधे हुए इस संसार के हानि-लाभ का वरण तुम्हें करना ही होगा···मैं तुम्हारे अखंड आत्मबल के लिए ईश्वर से प्रार्थना-भर कर सकता हूँ, पुत्री···!

गुरु काका ने उनके घर का अन्न ग्रहण नहीं किया था—तामसी संस्कार हैं यहाँ के···कामनाओं की यह अति अंत में भूल-भुलैया के सिवा कुछ भी नहीं दे सकती···फिर

भी···इस वक्त कोई सीख देना व्यर्थ है।

अपने मनस्ताप को कठोर व्रत-उपवास में भुलाने का प्रयास किया था जागेश्वरी ने···देह धरम निभाने के लिए जितने-भर की आवश्यकता है, बस उतना-भर ही···। घर-भर के लिए खाना बनाती, दँवनी का अनाज बुहारती···तीनों बच्चियों के लालन-पालन में दत्तचित्तता से लगी वे बाहर की दुनिया से अपने-आप को पूरी तरह विरक्त कर बैठी थीं—राग-विराग की ऐसी अनूठी बानगी···!

झारी देई ने माघ की एकादशी के दिन गंगाघाट पर टोलेवालियों का मजमा बटोर लिया था—

देख लोगनि, गंगा नहाए आइल बाड़ी सीता सबित्तरा के नवकी औतार···!

आजी ने सबकुछ सुना था—

कहो भला, मरद एक दिन कसबिन का नाच देखने ही तो चला गया। कौन-सा ऐसा जुलुम हो गया···

जगेसर देई को लगा था कि गोड़धरिया होगी, नकबेसर गढ़ाने की शरत बदी जाएगी···तब महारानी कोपभवन का तियाग करेंगी···ठेठ भोजपुरिहा मरद से पाला पड़ा है भवानी का, दूसरे दिन ही जगदानंद उर्दी-पेटी डाटकर सीवान से बाहर···अब कर लो सोलह सिंगार रानीजी···

ऐसी ही तिरिया कउआ हँकनी बना दी जाती है···कहावत है कि जोर-जाँगर किस पर, तो अपने सुहाग पर···वही उलट जाए तो यह अगती-भगती किस काम की···!

इति झारो पुराण···जागेश्वरी आजी अपने-आप पर खीज उठी थीं, इसे ही कहते हैं—हँसुआ के बियाह में खुरपी के गीत···। नंदिनी की पढ़ाई को लेकर जगदानंद ने विरोध किया तो वे बीस बरस पुरानी तार-तार हो चुकी गुदड़ी की सीयन उघारने बैठ गईं···! मधुसूदन ने स्वयं आगे बढ़कर जगदानंदजी को समझा दिया था—

झारी फुआ जैसी औरतें हर गाँव की रामायण में मंथरा बनकर रहेंगी ही···। उनकी लगाई-बुझाई पर ध्यान दीजिएगा, तो जीवन नर्क होकर रह जाएगा बड़का बाबूजी। अच्छा, यह बताइए—अपनी पोती में कोई ऐब देखा आपने? घर की चौखट से बाहर बेमतलब बहकते देखा, ऊँची आवाज में बोलते सुना···नहीं न···! तो अब सुन लीजिए···बड़की अम्मा की छाँह में पली है नंदिनी···मकई के भुए-सी मुलायम लेकिन नारियल के रेशे-सी रुखड़ी भी···। स्वावलंबन उसका पहला स्वप्न है। उसके पैरों में बेड़ी डालकर उसे आनन-फानन दूसरे घर भेज दिया जाए···ऐसी गलती मैं नहीं करूँगा···वह काशी जाएगी···

卐

महारानी कौसल्या ने अश्रुओं का संभार रोककर जानकी को बिदा किया था—इतनी परिचारिकाओं के रहते हुए मेरी पुत्रवधू कोई भी गृह-कार्य करे···नहीं-नहीं···!

राजा दशरथ के वचन का मान रखना ही होगा—जनकपुरी से बिदा लेते समय अवधपति ने आश्वस्ति दी थी—

सीता मेरी आँखों की पुतलियों-सी सुरक्षित रहेगी···राजन्, आपकी ये चारों पुत्रियाँ आज से मेरी हुईं···!

卐

दहिवर गाँव की पूरबपट्टीवाले उस घर में स्वेच्छा से धारण किए वनवास की तपती हुई दोपहरें वनगामिनी सीता के सान्निध्य में व्यतीत करती जागेश्वरी आजी ने चेतना के शिखर पर चढ़कर समस्त भौतिक दंशों का उपचार पा लिया था। झंझावात से डरे हुए शुतुरमुर्ग की तरह उनके बचाव की सबसे सुरक्षित जगह थी—कोठरी की वह शीतलपाटी, जिस पर हथेली का सहारा देकर थकी हुई देह को शीतल विश्राम मिलता और रेहल पर खुली मानस की पोथी रक्षाकवच बनकर पोर-पोर से बँध जाती···सैकड़ों बार पारायण करके भी मन को तृप्ति नहीं थी—जितनी बार पाठ करतीं, वैदेही के जीवन की उतनी ही नई परतें सामने खुलती चली जातीं··· ।

जागेश्वरी, कभी तुमने सोचा है—सीता के जीवन का एक-एक मुहूर्त संसार-भर के शत-कोटि तिरिया-जनम का साखी है—वैदेही को राम मिले थे और उनका वनवास सार्थक हुआ था—क्या हर तिरिया को राम मिल ही जाते हैं··· ? यदि नहीं, तो··· ? क्या हर तिरिया-जनम अपनी सुख-शय्या पर पड़ा हुआ भी वनवासी नहीं होता···कर्म की कठोरता में देह-मन को तपाकर जिनगी का अरथ बूझने चली थीं जागेश्वरी आजी! नंदिनी के जाने के महीने-भर बाद मधुसूदन उनकी कोठरी में आए थे—

सो गईं क्या बड़की अम्मा? पैताने बैठकर उन्होंने धीरे-से उनकी देह छुई थी—

हम एक बात कहने आए थे। अभी जी ठीक नहीं लग रहा हो, तो फिर कभी···

उन्होंने हाथ के इशारे से आश्वस्त किया था—

कहो बबुआ, हम सुन रही हैं। काशी से आपके गुरु काका ने संदेश भिजवाया है—देह थक रही है, प्राणों की गति में शिथिलता का अनुमान है। जीवन संध्या कब घिर आए, क्या ठिकाना? मधु बेटा, पिछले दो वर्षों में मैंने तुम्हें अच्छी तरह परख लिया है। जागेश्वरी के चिंतन-सूत्र में ढले हुए तुम···तुम्हीं मेरे मानस-पुत्र हो सकते हो···सेवा का कठोर धर्म तुममें सदेह है। मेरे कुष्ठाश्रम और विकलांग भवन के लिए ऐसे ही कर्मठ उत्तराधिकारी की आवश्यकता है। घर में विचार-विमर्श कर लो···जागेश्वरी बचिया की अनुमति सबसे पहले चाहिए···तुम्हारे पिता और काका दुनियावी प्राणी हैं, उन्हें मेरा प्रस्ताव नहीं भी अच्छा लग सकता है···लेकिन उनकी सहमति के बिना तुम्हारा निर्णय लेना उचित नहीं होगा। सोच-समझकर उत्तर देना···

जागेश्वरी आजी अच्छी तरह जानती थीं—छोटकू और जगदानंद गालियाँ दे-देकर उनकी सात पीढ़ी को निहाल कर देंगे···! छोटकी मुँह से कुछ भले न कहे—पर उसकी

आँखों की ताड़ना उनको शांत नहीं रहने देगी—

तुम कैकेयी हो···तुमने मेरे मधु को फुसलाकर कोढ़ियों की जमात में ठेल दिया···। दहिवर की राजगद्दी भोगने क्या तुम्हारी बेटियाँ लौटकर आएँगी···? तुमने भला नहीं किया बड़की दीदी···!

बड़की अम्मा, तुम कुछ बोलती क्यों नहीं? तुम्हारे मौन का क्या मतलब लगाऊँ मैं···?

जीवन में पहली बार जागेश्वरी आजी ने शब्दों की कमान ढीली कर ली थी—छोटकी रोगिणी हो चुकी है—दमे का असाध्य रोग···यह बीमारी कब उभरे, कब कौन-सा जतन करना पड़े, कहा नहीं जा सकता···।

छोटकू की झंझन अलग है—खानेवाले पाँच-पाँच प्राणी और खटनेवाले अकेले वे···! जब से पेंशन लेकर आए हैं—जगदानंदजी को ताश और चउपड़बाजी से फुरसत नहीं···सुबह-शाम गाय का असल घी चुपड़ी रोटियाँ और लोटा-भर छाछ मिल जाए, बस दीन-दुनिया सबकुछ चुरामनपुर की चउपाल पर···! फिरंगी चले गए! देश आजाद हो गया—लेकिन जगदानंद आज भी अपना वही किस्सा दोहराएँगे—उसी पुराने अंदाज में—

तखत फिरंगियों का, हुकुम बादशाह का, कैसे रंग-रोगनवाले दिन थे वे···हाकिम खुश हो जाए, तो इनाम-इकराम से मालामाल कर देवे, किमखाब मढ़ी अनारो बाई की पालकी लुटवाकर बड़े-बड़े गलमुच्छोंवाले डायसन की भुतहा कोठी गुलजार कर दी थी हमने···वह तो धीरुमल खजांची ने अशर्फियों की पूरी थैली अकेले तिड़ी कर ली, वरना आज हम भी जमींदारी शान से अपना बुढ़ापा काट रहे होते···।

डायसन ने तो चुपके-से कहा था—

तुम बहादुर हाय···तुमारी बीबी के मास्टर उस बूढ़े पंडिट को पकड़वा डो—लाट साहब टुमारी साट पुश्ट को खुश कर देंगे···! जगदानंद की हर ऐसी रोमांचक आपबीती का अंत बेशुमार गालियों के साथ—

ससुरी पंडित की औलाद हमारी लुगाई ने एक भी करम बाकी नहीं छोड़ा···नहीं तो आज हम···!

छोटकू ने कई बार भावज के पास नालिश की थी—देखती हो न भउजी, रिटायर हो गए, लेकिन रसिक मिजाजी नहीं गई। यह नहीं होता कि हमारे साथ गल्ला सम्हलवा दें, चाहे बक्सर, पटना, मोगलसराय जाकर मंडी का भाव ही मालूम कर आवें—दो-तीन शातिर बुढ़वों के साथ दिन-भर सीवान की बगीची में पसरे रहते हैं—भाँग-गाँजा और न जाने क्या-क्या···?

इस सबके बावजूद मधुसूदन को पूरा लिहाज था···बड़की अम्मा को पस्त देखकर उनकी हिम्मत नहीं हुई थी···। सप्ताह-भर की उधेड़बुन के बाद उन्होंने पत्र का उत्तर लिख भेजा था—

मेरी जान साँसत में है गुरुबाबा···लक्ष्य आपकी ओर खींच रहा है और कर्तव्य इस घर की बेड़ियाँ लिये सामने खड़ा है···आपकी लिखी पुस्तक 'जैव धर्म' को बार-बार पढ़ता हूँ और इस भयानक ऊहापोह में कोई निष्कर्ष नहीं निकाल पाता। अंततः बड़की अम्मा के तुलसीजी महाराज की वाणी को धारण करके अनिर्णय की दशा में आपके समक्ष लज्जा विनत हूँ—

होइहें सोई जो राम रचि राखा··· !

कैसी रचना थी राम की··· ? छोटकी एक महीने के भीतर सहसा देह छोड़कर चली गई थीं—रात की निस्तब्धता में—खटिया के आस-पास कोई भी तो नहीं था।

सुहासिनी वैद्यजी की दी हुई रातवाली खुराक देने गई थी, तो एकदम ठीक थीं वे! उसे पास बिठाया था और शांत स्वर में थोड़ी देर तक समझाती रही थीं—

घर-गिरहस्ती सहेजना भी एक तपस्या है कनियाऽ, हमने कोई तीरथ-बरत नहीं किया। गंगा असनान नहीं किया, सारा-सारा दिन बस यही खरपात सहेजते रहे। निरगुनिया बानी का भेद हमने भी जाना तो जरूर ही—कउड़ी-कउड़ी माया जोड़ी—साथ नहीं ले जाना है—लेकिन बहुरिया, हम जैसी लिख लोढ़ा पढ़ पाथर— तिरिया के लिए यही माया तो सरबस ठहरी न··· ! बड़की दीदी की तरह आलिम फ़ाजिल रहतीं तो शायद हम भी··· !

सुहास की अनवरत चुप्पी को थाहकर उसकी सास ने ममता-भरी अंतिम बात के साथ विराम दिया था—थक गई कनियाऽ···दिन-भर तरहत्थी पर फफोला उगाकर सबकी तिरिखा बुझाती रहती है। तेरे हाथ में बरक्कत है, इस घर की चउखट पर दियाबाती तुझे ही करना है बच्ची, जा, सो जा···

छोटकी आजी चली गई थीं—मधुसूदन ने एकबारगी काशी जाने का मन बना लिया था—

बड़की अम्मा··· ! सुहास मेरे साथ नहीं जाना चाहती, एक तरह से ठीक भी है—तुम्हारी देखभाल के लिए यहाँ···

जागेश्वरी आजी ने कैसी करुणा-भरी दृष्टि सुहास की ओर डाली थी—देह की, केशों की, कपड़ों के रख-रखाव की तनिक भी सुधि नहीं—चौखट का माथ-मालिक गुरु आश्रम के पचास से अधिक दीन-दुखियों की सेवा का व्रती हो चुका था—सुहास कनिया की आँखों में सांझा-बाती का संकल्प स्थिर था···।

कैसी उलटी कथा—राम के मना करने पर भी जानकी नहीं मानीं। निशाचरों का, कराल व्यालों का, भयावह पशुओं का तनिक भय नहीं, प्राणों के बिना देह कैसी, जलहीना सरिता का भला क्या अस्तित्व! नहीं स्वामी, आपके बिना इस संसार में मेरे लिए कुछ भी सुखद नहीं··· !

तो सुहासिनी के लिए वह दहिवर गाँव सुखद था क्या··· ? फिर क्यों नहीं कह सकी वह—तुमने तो स्वेच्छा से अपना पथ चुन लिया··· ! पहले गृहत्यागी हुए···अब आश्रम की

कठोर जीवन-शैली में रमने चल दिए···हमारे लिए कोई विकल्प छोड़ा तुमने··· ?

एक वैरागिनी हँसी हँसकर उसने अपनी बड़ी सास को निहारा था—आपके राम-सीता ने पंचवटी वास किया होगा—बड़की अम्माजी, भारद्वाज मुनि के आश्रम गए, अनुसूया से पतिव्रत धरम सँगोरा, हमारे लेखे तो यही अँगनाई पंचवटी हुई, यह दालान और बखरी चित्रकूट, आपके चरण किसी सरग से कम हैं क्या, वे अपना धरम निबाहते रहें, हमारा करतब ही हमारे लिए कासी-परयाग है।

जागेश्वरी आजी दही मथने बैठीं तो मक्खन की छोटी-छोटी परतों-सा मन की गहराई में कुछ घुमड़ने लगा था—छोटकी गंगा मइया की गोद में समा गई, बड़की दीदी कहल-सुनल छिमा···अब रार करे ना लवटबि···

दीये की मद्धिम जोत के सहारे प्रार्थना की थी उन्होंने—मुक्त हो जाना छोटकी, परागति प्राप्त कर लेना···राग-द्वेष-शोक सबसे मुक्त···मधुसूदन ने अपना इच्छित पथ तलाश लिया था—आश्रम की न्यास-समिति की ओर से आचार्य पद की प्राप्ति, भरण-पोषण के लिए न्यूनतम धन-राशि और भोजन-शयन परिसर के भीतर ही···! गाँव के इस पुश्तैनी घर का अनुभव-संसार समेटने के लिए बचा कौन? छोटकू दिन-रात गल्ले की दूकान पर ही पड़े रहते—सुबह का जलखावा, दिन का भोजन, सब वहीं···सांझा-बाती के बाद आते तो पूछ लेते—भउजी, घर में अनाज पानी है तो···और कोई चीज-बतुस···।

सुहासिनी के प्रति उनका बरताव पहले से कोमल और उदार हो गया था—बहुरिया को पूछ लो, उसे किसी चीज की जरूरत हो तो···

हँस देतीं जागेश्वरी आजी, देखते नहीं, सास की आत्मा उसमें अवतरित हो गई है—चुटकी-भर सेंदुर और अन्न के दो कौर, इससे अधिक कुछ नहीं चाहिए तुम्हारी पुतोहू को···

पति के द्वारा तिरस्कृता भागवंती उन दोनों के साथ रहने के लिए चली आई थी—सुहास भउजी के काम-काज में हाथ बँटाइब—तहार सेवा करबि हमरा के एहिजे सरन दे द मउसी···!

गाँव-जवार की हवा बदल रही थी···पच्छिम पट्टी का जलालुद्दीन चौखट पर बैठा संवदिया का काम करता रहता था—सुमेसर महाराज के बेटवा को रेलवइ की बड़ी नौकरी हासिल हुई है—सुना है—गवना करा के आई तो उसकी जनाना काँखासूती साड़ी पहिर बिलैती धुआँगाड़ी से खटाखट नीचे उतरी थी···भटर-भटर निहारती आँख पर कोई लाज-परदा नहीं···!

अउर काकी, आपको मालूम है—करीम शहनाईवाला कैसे हिलक-हिलककर रो रहा था—बाप-दादा के पुश्तैनी हुनर की कदर माटी में मिली समझो! तनिक पइसा का जोम होते ही—बाबू बचवा लोग अँगरेजी तुतही के पीछे टूट पड़ते हैं—शहनाई की टीप कौन सुने—

गाँव-जवार की धिया को गंगाजी के कछार तक बिदाई देती करीम काका की शहनाई की कलप जलालुद्दीन की आँखों में उमड़ आई थी—

कैसा जुग-जमाना आता जा रहा है, काकीजी···कहारों के कांधे पालकी की हुमच सहने के लिए बेकरार हैं···

डोली में के कनिया हो···

दू गो धनिया द···

होऽ होऽ हइया होऽ भइया रे होऽ···सुना है—सात समुद्र पार से एक काला दैत्य आया है—पलटनिया साहब नीली उर्दी पहनकर सीटी देता है—लाल-हरी झंडी हिलाता है और दैत्य खखुआया हुआ हँफनी भरता तेज-तेज भागने लगता है। कैसे-कैसे अजूबे गढ़कर हमारी जान अफतरा में डालकर चली गई गोरी हुकूमत—अब कोई है जो जाकर कहे गान्ही बाबा से—भेज दो इनके पलटनिया कानून को वापस—हमारा चैन-सुकून हमें वापस दिलवा दो··· ।

मधुसूदन के लंबे-चौड़े पत्रों से बाहर का राई-रत्ती हाल मालूम हो जाता था—काम से फुरसत पाकर सुहास उनके पास आ बैठती। रोम-रोम जैसे श्रवण बन जाते—

शहर में रहो तो पता चले, जीवन किस कदर कठिन होता जा रहा है बड़की अम्मा, तुम्हारी जानकी त्रेतायुग में ही निर्वासित नहीं हुई थी—आज कलियुग में भी हू-ब-हू वही दशा है। घर-घर की सुख-शांति निर्वासिता वैदेही ही तो बनी बैठी है। मेरे आश्रम में एक नई रोगिणी आई है—उसकी व्यथा-कथा सुनोगी? पातकी पिता ने ही उस पर जुल्म ढाए···उसे कहीं का नहीं छोड़ा। फिर पैसे लेकर एक बूढ़े के हाथ बेच दिया—कुपोषण और कष्ट से रोग उभरकर सामने आ गया। उसका बूढ़ा पति रातों-रात उसे आश्रम के द्वार पर छोड़ गया।

जागेश्वरी आजी के मन में संशय बनकर कुछ पलने लगा था—अपने पति परमेश्वर के इस रूप की कभी कल्पना भी की थी उन्होंने?

ऊँची कद-काठीवाले जगदानंद निहुरे हुए—उनके सामने खड़े थे—कुछ नहीं-कुछ नहीं···हम तो ऐसे ही जरा-सा खोज-खबर लेने चले आए थे—मधु की कोई चिट्ठी आई क्या?

नंदू की पढ़ाई ठीक-ठाक चल रही होगी···अरे, नहीं, तुम उठो नहीं···!

जैसे आए, वैसे ही वापस दालान की ओर लौट गए थे···प्रश्न मथित जागेश्वरी आजी ने अपने मन को संतोष दिया था—

चौपाल के संगी-साथी कहीं विलम गए होंगे—जेठ की भाँय-भाँय दुपहरिया—सोचा होगा—चलो, घर की ओर ही चले चलें···!

न जाने क्या सोचकर उन्होंने सुहास को बुलवा लिया था—नेम-धरम से बँधी कैसी कोमल काया है कनिया की, महीनों लट नहीं सँवारती। सन से जुटे बालों की जैसे-तैसे

एक वेणी गूँथ लेती है—बिना अंजन-सुरमा के भी आँखें कैसी दिपती हैं—कार्तिक पूर्णिमा को तुलसी चौरे पर जलाए गए दीयों-सी। उन्होंने उसे पास बिठा लिया था—भागवंती बता रही थी—

बक्सर के बटमार इस गाँव में भी आ पहुँचे हैं—दिन में झपकी भी लेना तो अपनी कोठरी का किवाड़ बंद करना मत भूलना···कौन जाने जाचक बनकर ही कोई ठग-लुटेरा···

आँगन से भीतरी ओसारे तक ही दूरी कम नहीं थी···जागेश्वरी आजी ने एकाध बार टोका भी था—अपनी चीज-बतुस हमारे पासवाली कोठरी में ले आ सुहास···गल्ला खड़ा हो जाता है—तो आर-पार कुछ भी नहीं सूझता···

सुहास की चिंता दूसरी थी—इतनी बड़ी अँगनाई और घर में मरद-मानुस कोई नहीं···! दालान की कुंडी खड़की, तो इस ओर आहट तक नहीं मिलेगी···सास की चेतावनी थी—भंडार की हिफाजत होनी ही चाहिए···

सुहास चीख भी नहीं पाई थी—उसकी ओर अपने राक्षसी पंजे बढ़ाता हुआ कौन था वह··· ?

सीता ने तापस वेशधारी पुरुष को देखा था और दानिनी बनी दो पग आगे बढ़ आई थीं—अपनी मर्यादा की सीमा का अतिक्रमण किया था उन्होंने, अथवा वासना के कलुष-सागर में ऊभ-चूभ करती पाशविकता के हाथों पराजित हुई थीं वे ?

बहुरिया, हमारा जी ठीक नहीं, हम यहीं दालान में सोएँगे···

एक लोटा पानी दे जा और किवाड़ भिड़का दे···

सिटकनी को लोहे की बारीक अंकुसी से उतारकर कोठरी में घुस आने का कितना बड़ा दुस्साहस किया था पातकी ने···गाँजे की बिसाईन गंध-भरी साँसें असह्य थीं या लोहार की भाथी जैसे भोथरे हाथों की वह घिनौनी जकड़—सुहास कुछ भी नहीं समझ पाई थी—

बस, इतना ही याद रह गया था—गंगाजी की हहास भरती लहरों का वेग उसकी देह में समा गया था—नारकीय नरपशु की मदमाती देह को ठेलकर पीतल की कठौती उठाए रणचंडी बन बैठी थी—उघड़ा हुआ चेहरा, बेतरतीब कपड़े, अपनी देह की तनिक सुध नहीं—इस पामर काया के लिए इतना बड़ा कपटजाल··· !

पैरों पर लोटकर माफी माँगते जगदानंद को उसने कैसी हिकारत-भरी निगाह से देखा था—

नरक के कीड़े, बड़की अम्मा जैसी सती तुझ पापी को आज तक भुगतती रहीं—यह अनाचार उन्होंने जान लिया तो···कसाईखाने में ताजा जिबह की गई गाय-सी छटपटाहट लिये जगदानंद ने अंतिम याचना की थी—आज के बाद अपना पातकी मुँह किसी को नहीं दिखाऊँगा, तुम्हें नंदिनी की सौंह कनियाऽ, मँझरियावाली से कुछ भी मत बताना! वह

जान जाएगी तो…डँसकर पलट गई नागिन-सी जगदानंद की कपट काया गल्ले की ओट लेती दालान में सिमट गई थी—

जागेश्वरी आजी ने क्या कुछ भी नहीं समझा था?

हरदम गुनगुनाती रहनेवाली सुहासिनी के चेहरे पर चिता की राख चढ़ गई थी—रोटी बनाने बैठती तो आँसुओं का दरियाव उमड़ता चला आता, गोबर की ढेरी उठाती तो पाँव मन-मन-भर के हो जाते…जागेश्वरी आजी की मानस-कथा में भी उसका मन नहीं रमता…। दिन-रात उनींदी आँखें लिये एक ही भरम सहेजती रहती—उसकी भुजाओं में माँ भवानी की शक्ति आ गई है, चक्र, त्रिशूल, गदा, परिघ—कितने ही आयुध…शुंभ-निशुंभ का, चंड-मुंड का, असंख्य रक्त-बीजों का अप्रतिहत संहार…!

लेकिन यह क्या, ये असुर रुकते नहीं, कैसे-कैसे पैशाचिक चेहरे हैं इनके! अपनी बीभत्स देह लिये अब वे नंदिनी की ओर बढ़ रहे हैं—

बचो नंदिनी—बचो बिटिया—फाड़ खाएँगे—ये दुष्ट तुम्हें…!

ज्वर से तपती हुई उस काया की सारी अकथ कथा गुन चुकी थीं जागेश्वरी आजी…! अपने मुँह से कुछ भी नहीं बताया था सुहास ने! जीभ कठुआ गई थी, समूची देह मरघट में धू-धू करती चिता का ताप समेटे मूर्च्छित पड़ी थी…।

卐

जगज्जननी जानकी की किंशुक काया पामर रावण के हाथों स्पर्शित हो चुकी थी—पवन गति से लंकापुरी की ओर भागते हुए रावण के पार्श्व में अर्द्धमूर्च्छिता जानकी का रोम-रोम अपनी मर्यादा की रक्षा हेतु गोहार लगा रहा था…त्रैलोक्य-विजयी असुरपति का वासना-मद अपने चरम पर था—मंदोदरी को अपने सौंदर्य का अतिशय दर्प था…अब देखेगी वह…स्वर्ग की अप्सराओं का-सा यह अनुपम सौंदर्य लंकापुरी के राजसिंहासन पर मेरे पार्श्व में सुशोभित होगा…।

जानकी, क्षमा करना, जनक की स्वयंवरशाला में तुम्हें देखने के बाद ही इस चित्त पर मेरा वश नहीं रह गया था…गिद्धराज जटायु ने रावण के सद्विवेक को जगाना चाहा था—सीता राम की सहधर्मिणी हैं—अवधपुरी की कुलवधू—उनकी प्रतिष्ठा पर पदाघात किया तूने…! रावण, धिक्कार है तेरे पांडित्य को…तेरे अतुलनीय बल को…तेरी उपासना, तेरा तप…मिथ्या है सबकुछ…

लंकापुरी निकट थी। दशानन के मस्तिष्क में पवन वेग से तर्क-वितर्क घूम रहे थे—

एक नारी की छलना में पड़कर तूने अपने सर्वनाश का साधन जुटा लिया। तू पामर है—रावण…

लेकिन यह नारी क्या ऐसी-वैसी है? नाना देशों के भूपति जिसकी शोभा को देखकर श्री-हत हो गए थे उस योद्धा राम की भार्या है यह…! राम…जो मेरा शत्रु है—राम,

जो समस्त दानव-जाति का शत्रु है—

नहीं, मेरा यह कार्य सर्वथा विवेकसम्मत है, समर और प्रणय के संदर्भ में उचित-अनुचित कुछ भी नहीं··· ! कपटी कुरंग बनकर मारीच गया···तो क्या राम ने इसके पहले मेरी प्रजाति की विशिष्ट संज्ञाओं का चुन-चुनकर संहार नहीं किया—ताड़का, खर-दूषण, सुबाहु और अब मारीच···मेरा परम हितैषी···

लेकिन असुरपति कुछ सोचा तुमने··· ? राम के कार्यों का दंड उसकी भार्या को क्यों··· ? मंदाकिनी-सी जिस निर्मल छवि को देखकर मन में सहज समादर का भाव उपजता, उसके लिए ऐसा उत्कट पाप-बोध···तू स्वयं निष्कर्ष दे—क्या यह दुराचार नहीं··· ?

अपने अवचेतन को प्रबोध देने के लिए शून्य को प्रकंपित करनेवाला अट्टहास भरता रावण—जानकी की ओर उन्मुख था—

इंद्र का इंद्रासन डोल सकता है—बड़े-बड़े मुनियों का तप भंग हो सकता है—स्वयं देवाधिदेव शंकर पुनः कामनाभिभूत हो सकते हैं तो रावण इंद्रियों का दास क्यों नहीं हो सकता···इसमें ऐसे कौन से विस्मय की बात है !

रथ दुगुने वेग से लंकापुरी की ओर बढ़ चला था ! उस नीरव अरण्य-प्रांतर में वध के लिए ले जाई गई निरीह गौ-सी सीता का चीत्कार सुननेवाला कोई नहीं था।

卐

जागेश्वरी आजी के कंठ में आँसुओं का ज्वार उमड़ने लगा था—पोथी बंद करके सुहास के लिए काढ़ा बनाने चलीं तो जलालुद्दीन ने पुकार लगाई थी—बड़की काकी, गजब हो गवा··· !

जागेश्वरी आजी की स्थिर पलकें एक बार उसकी ओर उठी-भर थीं—

कलीम शहनाईवाले की जवान बिटिया को सबके सामने छावनीवाले ललमुँहे अगवा करके ले गए···उसकी लाश चरित्तर बन के पासवाले नाले में···कलीम और उसकी घरवाली का बुरा हाल है काकी···अगले अगहन में फरीदा के गवने की साइत धरी गई थी··· !

वे धीरे से इतना-भर कह पाई थीं—हम जा नहीं पाएँगी बचवा, कनिया का जी ठीक नहीं है ! गोरी फौज के जुल्म से काँपती हुई, प्राण देकर अपनी अस्मत बचाती हुई न जाने कितनी ही अज्ञात-अनामा धिया-बहुरिया के नाम अपने आँसुओं का तर्पण कर चुकी थीं वे···दूर देश से जबरन हुकूमत करने के लिए आए हुए फिरंगी थे वे··· । बंगाल की माटी को अपावन किया···हुगली के किनारे खेमा खड़ा किया और देश के अन्न-धन की तरह यहाँ की लुगाई-जाति पर भी अपना बर्बर हक जमाने पर आमादा हो गए··· !

आतंक के वे दिन···एक-एक क्षण एक-एक युग बनकर बीतता था—गोरों की पलटन आस-पास के सूबों में आ चुकी है—यह भनक मिलते ही सब पुरखा-पुरनिया

भयातुर हो उठते थे—घर की कनिया-बहुरिया का गंगा-स्नान, बिहिया की महथिन दाई कामेला, बरमपुर की हाट—सब मोहाल···कब किस टामी की नीयत डोल जाए और भोजपुर की कौन-सी सोनचिरई अजदहे की लपेट में आ जाए···

जागेश्वरी आजी जलालुद्दीन से क्या कहतीं—वे तो सात समंदर पार से धन-जन पर हुकूमत बजाने के लिए आए हुए राक्षस ठहरे···! घर का कुल-परिवार का प्रतिपालनहारा ही जब रावण बन जाए, तब···

सुहासिनी का ज्वर लंबा खिंचता गया था। गाँव के वैद्यजी ने नाड़ी पकड़ी तो एक-ब-एक चिंतित हो उठे थे—

भउजी···न जाने क्या बात है···। दवा बदल दी—तब भी ज्वर उतरने का नाम नहीं···। वे जानती थीं—सुहास के अंग-अंग में दर्द की भयानक लहर बनकर किस जहरमोथे की आड़ी-तिरछी जड़ें गहरा चुकी थीं—उन्हें अच्छी तरह पता था—

एक दिन उसने रोकर कहा था—अब हमारा अंत निकट है बड़की अम्माजी···बस एक बार उन्हें और नंदू को देख लेतीं···

जीवन में पहली बार इतनी बड़ी विकलता का सामना कर रही थीं वे! सुहास···उनकी मानस-धिया···अशोक वाटिका में बंदिनी जानकी-सी प्राणत्याग का निश्चय किए बैठी है और वे···

卐

कैसी-कैसी निशाचरियाँ सीता का मनोबल तोड़ने के लिए नानाविध संत्रास दिखा रही थीं! विषयी रावण की मनोवासनाएँ ही मानो देह धारण किए बैठी हों, साध्वी सीता ने अपने प्रबल मनस्ताप की दशा में देह-मुक्ति की कामना की थी—हे धरित्री माँ···! मेरी इस असह्य पीड़ा को देखकर भी तुम्हारा हृदय विदीर्ण नहीं होता···? परस्त्री के प्रति ऐसी कुटिलता, ऐसा पामर भाव रखनेवाले रावण के प्रदेश का अन्न-जल तो दूर, यहाँ की वायु भी मेरे लिए विष की तरह त्याज्य है। मैं क्या करूँ···उस शुष्क-प्राण अशोक-वृंत से अनल की याचना करूँ···। बस एक अग्नि-स्फुलिंग कहीं से मिल जाता तो यह तुच्छ देह जलकर भस्म हो जाती···

अपने आतुर प्रणय निवेदन को व्यर्थ गया समझकर रावण ने उत्कट क्रोध का प्रदर्शन किया था—

मेरा बाहुबल तुम्हें प्रिय नहीं! इस लंका-नगरी का अपार विभव भी तुम्हारे लिए तुच्छ है। मानिनी सीता, तुम तो अतिविचित्र हो···उस तापस नर के लिए इतनी कठोर साधना···।

जानकी, मैं फिर निवेदन करता हूँ···मेरा प्रस्ताव स्वीकार कर लो और इस सुवर्ण देश की महारानी बनकर अक्षय सुख-श्री अर्जित करो!

भयवश अपनी अधीनस्थता स्वीकार करवाने के लिए कैसे-कैसे हथकंडे अपनाए

थे असुरराज ने··· ! पूर्वांचल में उदित बालारुण-सा तेज वैदेही के करुणा-सिक्त मुख पर व्याप्त था—

इस देह की प्रत्येक शिरा में राम व्याप्त हैं!

पामर रावण··· ! प्राणों का परित्याग करके भी यदि मैं अपने कुलशील की रक्षा कर पाऊँ तो मुझसे अधिक सौभाग्यशालिनी कोई स्त्री नहीं होगी···

मांसभक्षी दैत्य···तेरा पाप तुझे दलित करेगा। इस लंका नगरी का ऐश्वर्य कुष्ठरोगी की गलित काया-सा विदीर्ण होकर रह जाएगा।

दशग्रीव रावण··· ! तेरे विकारों की एक-एक भुजा छिन्न-भिन्न हो जाएगी—तेरा पातकी अस्तित्व चूर्ण-चूर्ण हो जाएगा···मैं अपने राम के संपूर्ण रामत्व का आह्वान करूँगी—वे आएँ और तेरा वध करें··· !

卐

मधुसूदन आए थे···साथ में नंदिनी भी···धूल-सने पीपल के पत्ते-से रोग-मलिन चेहरे पर जिंदगी की अबूझ रंगत पल-भर के लिए उभरी थी। मधुसूदन कुछ भी नहीं समझ पाए थे—अभी महीना-भर पहले तो एकदम अच्छी-भली थी सुहास···यह अचानक···

सुहासिनी धीरे-से हँस दी थी, बुझी हुई बोरसी की कुरेदन बनकर थोड़ी-सी चिनगारियाँ जैसे हवा में बिखर गई हों—

क्या वह कहना चाहती थी—

तुम्हारे कुल की बड़ी ऊँची मरजाद है नंदू के बाबूजी, साहब-सूबा तुम्हारी दालान में उठते-बैठते हैं···पंचायत की नाक तुम लोगों की पगड़ी के नीचे है। वह अकथनीय सुन सकोगे तुम··· ? और यदि सुन भी लो, तो सहार सकोगे··· ? दुःशासन तुम्हारे घर में है; लेकिन हर तिरिया में पांचाली बनकर जीने का साहस कहाँ···। कौन जाने···तुम फिर से गृह-त्यागी हो जाओ···कौन जाने तुम्हारी भुजाली उठे और···

नहीं···नहीं···हमारी नंदू को लंबे तप के बाद पिता की स्नेहच्छाया मिली है, इस चुकती हुई साँस के लिए···

मधुसूदन ने बनारस ले जाने की योजना बनाई थी—नंदिनी छाया-सी हर पल अपनी अम्मा के साथ थी—गोदौलिया के आश्रम का कण-कण सुहास की प्रतीक्षा कर रहा था···

बूढ़ी सुमित्रा काकी, अर्द्धांग शिवानंद बाबा···शिव के सेवकों की कैसी अजूबा जमात···

आचारज जी ने पहले ही कहा था—हमने बिटिया को तो देख ही लिया, बहुरियाजी के दर्शन करा देते···

खुले ओसारे में लेटी सुहास की कुशल पूछकर सब लौट गए थे तो नंदिनी ने चिताया था—अब कमरे में चलकर थोड़ी देर आराम कर लो अम्माऽ। बाबूजी रघुराज

वैद्यजी को लाने गए हैं···! आते ही होंगे···!

अपने कमरे की ओर मुड़ी तो जागेश्वरी आजी सहसा सामने खड़ी मिल गई थीं—

तू हमें छोड़कर यहाँ चली आई बचियाऽ! और हम यहाँ निपट अकेली···

मानिक-सी दिपती उन स्थिर पुतलियों में प्रच्छन्न अभियोग था—

तूने हमारा भी प्रत्याख्यान किया सुहास? क्या यह नाता केवल सास-पुतोहू का था—कौन थी तू मेरी···?

सुहासिनी को स्वयं नहीं पता था। इतना अवश्य जानती थी वह—

दुःख की गहरी कचोट में रुई का मुलायम फाहा बनकर कोई एक छुअन रोम-रोम में पिरोई रहती—

घबड़ाते नहीं कनियाऽ, रामजी सबकुछ भला करेंगे···! जिंदगी की आँच जब कभी असह्य हो जाती—तब गंगोत्री की तरलता बनकर जो उसे अपने ममत्व का विस्तार देती वह···वही जागेश्वरी अम्मा सबकुछ थी सुहास की···

फिर···?

क्या हो गया?

क्यों नहीं बता पाई वह—

बड़की अम्माजी···इतने बड़े नरक को अपना सौभाग्य बनाकर धारण कर रही हैं आप···? ऐसे दाहक विष को पचाने की शक्ति कहाँ से पाई आपने?

सुहासिनी की अंतरात्मा प्रकंपित थी—क्या बड़की अम्माजी को वह सब बताना ठीक होगा···वे जान जाएँगी तो···हलके झुर्रीदार चेहरे की सलोनी आब कलंक की कालिख में डूब नहीं जाएगी···? पतिव्रता जानकी के रस-चिंतन में दिन-रात मगन रहनेवाली सिद्ध-योगिनी का गँठजोड़ ऐसे कपटी-कुचाली व्यक्ति के साथ—

जगदानंद के दिलफेंक चरित्र को सुहास नहीं जानती थी—ऐसी बात नहीं थी—घर की भीतरी अँगनाई तक अपनी आवाजाही को सीमित रखनेवाली सुहास को पूरा आभास था—होली-दीपावली की दस्तूरी निभाने उसके ससुरजी भीतर आते, तो सास सामने खड़ी होतीं—पालगी होती—नेग मिलता और सुहासिनी वापस अपनी कोठरी में···कभी छोटकी कहतीं भी—बड़कू को भी बुलवा लेते···परब तेवहार का दिन है···बड़े बुजुर्ग ठहरे···!

जगदानंद बेटियों की मार्फत कहलवा देते—छोटकू और हम कोई दो हैं! हो गई आसीरबादी और क्या···रंथी पर चढ़ी हुई फूलमालाओं-सी मलिन सुवास बड़की अम्मा की मुसकान में होती—

असीस क्या ऐसे ही दे दी जाती है? देह की पोर-पोर प्रार्थना बनती है! साँसें अगरु-गंधी-सी, निर्मल बानी कपास-सी उज्जवल···परहित का उदार भाव चंदन-सा घिसता है—अशीर्वाद देने और पाने का अधिकारी हर कोई नहीं हो सकता···

अपनी हर इच्छा-अनिच्छा पर असाध्य नियंत्रण रखनेवाली जीवन की उलटवासियों

के बीच सीधी-सतर लकीर बनकर सिमटी रहनेवाली बड़की अम्माजी की देह देवदार-सी सुलगती, साँसें कपूर के डले-सी गमक देतीं—सुहासिनी को दहिवर की ओर खींचे लिये जा रही थीं—

ऐसा अनोखा प्रत्याख्यान देखा है—कनियाऽ, चुटकी-भर सिंदूर दो-दो, चार-चार लहठी और दहिवर की इस कोठरी में दहकता हुआ मेरा पैंतीस साला यह वनवास…

झारी फुआ ने गाँव-भर में फैला दिया था—

पति-परमेसुर छछात जिंदा है, तब यह जोग-बैराग किसके लिए…हम कह रही हैं बहिनी लोग, कान खोलकर सुनो…जो जगेसर देई ढंग की तिरिया होतीं तो जगदानंद को बौराए कुकुरु ने हबक लिया कि वे जहाँ-तहाँ गदहलोट लगाते फिरते…।

हम कहें, मरद और आल्ह बछेड़ा—दोनों की एक जात! खूँटा जबर न हो, तो परती खुली पड़ी है—जाएँगे ही, जहाँ जी चाहे…

सुहासिनी के मुँह में निबौरी का रस घुल आया था—

नंदू, हम घंटे-भर सो लेना चाहती हैं बिटिया!

卐

सिया सुकुमारी की पलकों पर आँसुओं का असह्य भार था—

पवनसुत…, मेरी रक्षा करो…यह भयावह परिवेश मेरे प्राण ले लेगा…। अनाचारी रावण पहले ही त्रास देकर जा चुका है। श्रीराम के दर्शन की लालसा मेरे मृत्यु-पथ की सबसे बड़ी बाधा है—मैं क्या करूँ, पुत्र… ?

हनुमान…सीता के समस्त मनोबल की साकारता—राम के अतुलनीय बल की व्यापकता—अंग-अंग भक्ति की निश्छलता में प्रणत…वज्रांग पवनपुत्र को समक्ष पाकर जानकी ने अभय का अनुभव किया था—

मेरा वश चले, तो मैं आपको अभी अपने साथ लिवा ले चलूँ और वायु-वेग से अपने स्वामी श्रीराम के निकट पहुँचा दूँ। लेकिन माता…असुरपति की दुर्दांतता से समस्त वसुधा प्रकंपित है। हमारे प्रभु कोसलपति, रावण सहित संपूर्ण आसुरी शक्तियों का विनाश करने हेतु व्रतबद्ध हैं।

卐

राम-रावण युद्ध का तुमुल नाद जागेश्वरी आजी की अंतरात्मा का उद्वेलन बना हुआ था—

क्यों जनमते हैं ये असुर… ? क्यों बार-बार घटित होते हैं ये महासंग्राम…क्या मात्र त्रेता की ही कथा है यह ? असुरविहीना धरित्री की परिकल्पना क्या कभी संभव नहीं… ?

卐

राम-रावण संग्राम प्रारंभ हो चुका था—

छिन्न भुजाएँ, विदीर्ण मस्तक…अट्टहास करती हुई अजेय रावणी-मुद्राएँ—

तापस-राम! अति पुरातन शिवधनु की प्रत्यंचा नहीं, विश्वजित दशानन की कुलिश देह है यह! भेद सकोगे तुम इसे··· ? माना कि मैंने दुराचरण किया है; पर इस समय अखिल ब्रह्मांड की दिव्य शक्तियाँ मेरे साथ हैं। मैं ऐसी काल-निशा हूँ, जिसका कोई प्रभात नहीं···

यह देखो, मेरी आसुरी माया का विस्तार···

मंदोदरी ने सुना—अपने हृदय में अच्छी तरह विचार कर लिया था—अधजले सुवर्ण प्रकोष्ठ में पाषाणी-सी खड़ी अपशकुनों का भयावह अनुमान झेलती रही थी वह···दशशीश ने कामनापूर्ति के ऐकांतिक उपादान के सिवा कुछ भी तो नहीं समझा मंदोदरी को···क्या कहकर स्वयं को दिलासा देती वह—कुमार्ग पर बढ़नेवाले पति को उसने कितनी बार विकलता से टोका था—

यह अनर्थ पथ है स्वामी··· ! दैहिक वासनाओं के पंक-दह को आज तक पार कर सका है कोई··· ?

आकंठ निमज्जन, आजन्म तृषा-नर्तन फिर भी मुक्ति नहीं··· ! सुना आपने···स्त्री के माँ-भगिनी रूप भी तो हैं, आप जानकी की कमनीयता को उसी भाव से लक्षित कीजिए!

क्या मंदोदरी के स्वर में ईर्ष्या तत्त्व प्रबल था, सीता की गरिमा ने उसके सौंदर्य-दर्प को आहत कर दिया था—क्या वह स्वयं अपने भविष्य के प्रति प्रबल संशयशीला हो उठी थी ?

रावण-मरण का संवाद सुनकर भी वह अविचलित अपने कक्ष में बैठी रही थी—विश्व प्रसिद्ध संप्रभुता मृत्यु के हाथों पराभूत उसके समक्ष थी—वरुण, कुबेर, अनिल, अनल—सृष्टि की अखिल शक्तियों को अपने बाहुबल से विजित करनेवाला तपी पुरुष अपनी ही वासनाओं की डोर पकड़े यम-द्वार पर पहुँच गया!

कोई स्वीकार करे या नहीं, ब्रह्मांड की निरामय शक्तियाँ इसी रूप में अपना प्रतिशोध पूरा किया करती हैं··· ।

रावण के निष्करुण अवसान के बाद सीता के अनल-दाह का संदर्भ था—

卐

सुहासिनी की निर्बल काया उसके पहले ही अपने क्षरण का योग साध चुकी थी—कपटी इंद्र की सहस्त्र आँखें वासना-लोलुप किस पुरुष की पुतलियों में अपना बिंब नहीं छोड़ जातीं और पथराए हुए देह-मनवाली स्त्री के लिए क्या श्वास-मुक्ति ही एकमात्र अंतिम गति है ? फिर, सुहासिनी ने मृत्यु की ही कामना क्यों की ? वृद्ध श्वान के अस्थिलोलुप नखों से दंशित होकर भी उसने उसे दंडित क्यों नहीं किया···ऐसा नीरव अवसान··· ?

जागेश्वरी आजी ने अपने हाथों अंतिम शृंगार किया था—माँग में सिंदूर भरती

फफककर रो उठी थीं--

तूने अच्छा नहीं किया कनियाऽ। सारा अकथ अपने साथ लेती गई···। किसकी पत रखी तूने···? दहिवर के बड़का टोले की, उस बटमार की जो अपने आदर-मान का पद बहुत पहले गँवा चुका था—या कि अपने तिरिया जनम की···?

नंदिनी शोक से उन्मादिनी हो रही थी—बड़की आजी, अम्मा ने सुख देखा कहाँ···? कहती थी, तेरी पढ़ाई पूरी हो जाए, तो तुझे काले चोगे में पदवी लेते देखूँगी—ले चलेगी उस जलसे में···?

नहीं, मेरी अम्मा की देह ऐसी कठोरता से मत बाँधो···अरे, उसकी चोटी मत खोलो! अम्माऽ, मेरी अम्मा को ऐसे कहाँ लिये जा रहे हो तुम लोग···? बाबूजी, तुम चुप क्यों हो···? इन्हें रोकते क्यों नहीं?

जीवन-संगिनी के उस अनल-स्नान को मधुसूदन सुध-बुध खोकर देखते रहे थे—

मणिकर्णिका-घाट की मटमैली सीढ़ियों से गोटा टँकी पियरी साड़ी सँभालती एक नवोढ़ा लाज-भरी पुलक गति से उनकी ओर बढ़ती चली आ रही थी—

यह गाँव, यह घर-आँगन, यहाँ के सब लोग कितने अच्छे हैं न···!

और मैं···?

दुत···, आपको तो बस हर समय अपनी ही सूझती रहती है···जरा परे बैठिए, बड़की अम्माजी इधर ही आ रही हैं···!

बड़की अम्मा ने मधुसूदन को बाहर से बुलवा लिया था—

यह पंचपात्र···यह तुलसी गंगाजल···किसलिए···?

अभी घंटे-भर पहले तो सुहास हँस रही थी—बोल-बतिया रही थी—यह अचानक···

नंदू के जन्म से पहले···सुहास ने खूब छाक छकाया था—दम साधकर खरहरी खाट पर पड़ी रही थी—हाथ-पैर-सारी देह में कोई हरकत नहीं···मधुसूदन आशंकित होकर झुके थे, तो खिलखिलाती उठ बैठी थी—

देखा, ऐसे ही एक दिन मर जाएँगी हम और तुम्हें कानोंकान खबर तक न होगी···

मैं तुम्हें मरने दूँगा तब न···चिता पर लेटी रहोगी तब भी ऐसे ही जकड़ लूँगा और कहूँगा—यमदेव! यह मेरी है—इसे मेरे लिए छोड़ जाओ···!

सुहासिनी की कपाल-क्रिया हो चुकी थी—शिवालिक डोमराज लग्गी से कुछ उलट-पुलट रहा था, मृत्यु तट पर बैठे मधुसूदन का अवचेतन मन सहसा चीत्कार कर उठा था—

नहीं, उसे इस तरह प्रताड़ित न करो! सुहास का जीवन-व्यापी दाह कम था, जो तुम···

जड़ता और चेतनता के अनोखे सामरस्य का विस्तार मधुसूदन के सामने था—मणिकर्णिका घाट का चिता-पर्व देह-दाह की कैसी विचक्षण हाट! एक-न-एक दिन हर

जीवित को नौ मन लकड़ियों का मोल करने यहीं आना होता है। फिर चाँचर बँधती है, डोला सजता है और छूट जाता है राग-द्वेष का यह संसार...

यहीं इसी मरण-परिसर में कबीर खड़े मिलते हैं—

रहना नहीं...देस बिराना है!

बूँद पड़ते ही गल जाए, ऐसे कागदी संसार की बुभुक्षा कितनी बड़ी है! सहसा स्मरण हो आया था—

कितना कम खाती थी—सुहास!

तुम्हें क्या भूख नहीं लगती... ? कब खा लेती हो कि कुछ खाती ही नहीं, आखिर मुझे भी तो पता चले!

भोजन से अरुचि हो या अजीर्ण हो तो कहो—मैं दवा का प्रबंध...जागेश्वरी आजी ने हँसकर भेद समझाया था—

मेहरारू के खाइल मरद के नहाइल—केहू जाने, केहु ना जाने।

गृहस्थी की चक्की में चौबीस घंटे जुती रहनेवाली सुहास—मन बहलाव की रुचि जगती तो दबी आवाज में गुनगुनाती—

बँसवा के जरिये कोंपलवा एक रे जामेला,
सगरे अजोधिया रे अंजोर
माई के कोखिया सुंदरि धिया रे जामेली
सगरे अजोधिया रे अन्हार...

नंदिनी के जन्म पर किसी ने कोई उत्साह नहीं दिखाया था। छोटकी अंततः इसी आशा में पगी रही थीं—

मुँह बेलपत्तर अइसन सूखल देह दुबराइल—इ लच्छन त पूत-जनम के हऽ

जागेश्वरी आजी ने अकेले ही छठी-पूजन किया था—सुकुल आम की फाँक जैसी रतनार आँखें हैं इसकी, हाथ-पाँव की उँगलियाँ कमल की भीतरी पंखुड़ियों-सी सुंदर, कोमल...ऐसी राजदुलारी पोती है हमारी—इसका नाम नंदिनी होना चाहिए...

सुहास ने पहली बार मुँह खोला था—हम चाहती हैं कि नंदू की जनमपत्री काशी के किसी खूब बड़े पंडितजी से...

उन दिनों मधुसूदन का अंतर्मन किसी दूसरी दुनिया में गोते लगा रहा था...

जीवन के वृहत्तर सत्य की अन्वेषणा में बौराया हुआ मन...काले-गोरे की घृणास्पद भेद-भावना लेकर फिरंगियों ने जो दमन-चक्र चलाया था—उसकी परिणति उनके सामने थी—काशी के बालसखा क्रांतिकारी शिवनाथ को सरेआम गोलियों से छलनी कर दिया गया था—मधुसूदन अपनी कायरता को मन-ही-मन धिक्कारते रहते—उनके सहपाठियों ने करारी चोट दी थी—

आढ़तिए का बेटा ठहरा—बक्सर का गेहूँ तौलवाकर लंदन की मंडी आबाद

करेगा—बदले में ठनाठन विक्टोरिया सिक्के! जाओ बेटा, ऐश करो···!

सुहासिनी को उन्होंने सबकुछ बता देना चाहा था—मेरी शिराओं में आग-सा कुछ खौलता रहता है। उस डेढ़ पसलीवाले इनसान के दुस्साहस की बात सुनता हूँ तो मेरा माथा शर्म से झुक जाता है···।

एक बार उन्होंने सुहास से पूछना चाहा था—अच्छा बताओ तो, यदि मैं शिवनाथ बनकर कोई अजूबा कर जाऊँ। अपनी माँ-बहनों की आबरू कलंकित करनेवाले किसी आततायी अंग्रेज का वध कर डालूँ—तो···तुम्हें खुशी नहीं होगी···?

वे जानते थे, सुहास बड़ी-बड़ी आँखें फैलाए उन्हें देखती रह जाती—शायद भयातुर होकर उन्हें जकड़ लेती—नहीं, तुम ऐसा कुछ भी नहीं करोगे···!

तब नंदिनी अबोध बालिका थी।

बनारस के उनके एक मित्र प्रकाश ने गैर-जमानती वारंट से बचने के लिए दहिवर गाँव में शरण ली थी, दिन-भर शिवाले की सघन ठाकुरबाड़ी और रात में मधुसूदन की दालान···वह नारकीय कथा उसी ने सुनाई थी—अपनी सुनंदा घोष याद है मधु···! रेलवे वाले होमियोपैथ डॉ. जगत घोष की बिटिया, टिफिन में संदेश भरकर लाती और हम दोनों छीनाझपटी करके खा जाते···शिवनाथ के दल की सबसे सक्रिय सदस्या—

सब्जी के थैले में गोपनीय कागजात ले जाती हुई वह मोगलसराय स्टेशन पर पकड़ी गई थी, अंग्रेज सिपाहियों ने उसके साथ ऐसी अमानुषिकता···!

प्रकाश की आँखें अंगार उगलने लगी थीं—

मैं प्रतिशोधी हूँ, मधु···मैंने उस थाने के जमादार और तीनों सिपाहियों को···

छोटकू ने सुना था, तो सकते में आ गए थे···

तुमने हुकूमत के गद्दार को घर में शरण दी···? यह नहीं सोचा, गाँव में किसी को शक-शुबहा होते ही हम सब धर लिये जाएँगे···सब ओर से फजीहत ही फजीहत हो जाएगी···रोजगार अलग चौपट होगा···!

प्रकाश अपना थैला लिये अँधेरे में खो गया था—जाता हूँ भाई, इस संकट में तुमने कुछ दिनों का आश्रय दिया—यही बड़ी बात हुई···जीवित रहा तो···बक्सर पुल के नीचे पड़ी लाश प्रकाश की थी—गोरी पल्टन ने उसे लावारिस करार दिया था और छोटकू ने राहत की साँस ली थी—

उस रात मधुसूदन अपनी बड़की अम्मा की गोद में मुँह छिपाकर बिलख पड़े थे—मैं इतना दब्बू क्यों हूँ···मुझमें प्रकाश-जैसा साहस और ओज क्यों नहीं···?

बड़की अम्मा ने उन्हें आत्मज्ञान दिया था—

परिस्थितियों की दासता कबूलना ही दुर्बलता है बचवा, किसी भी बहाव की खिलाफत करने के लिए स्थिर भाव चाहिए···अटूट साहस तो मन के संकल्प से उपजता है···। अपनी जिनगी का फैसला जो खुद नहीं कर पाते, उनकी नइया इसी तरह डगमगाती

रह जाती है।

कैसा अजूबा फैसला किया था मधुसूदन ने—बड़की अम्मा, तुम्हें पता है, सुहास नैहर भी नहीं जा सकती···गुमानी भौजाई ने इसके लिए सारे दरवाजे पहले से ही बंद कर रखे हैं···! मैं इसे तुम्हारे ही भरोसे छोड़कर जा रहा हूँ। वचन देता हूँ, जैसे ही मन को शांति मिली—मैं तुम्हारे पास लौट आऊँगा···।

हरिद्वार, कनखल, ऋषिकेश, कैलास, मानसरोवर—चित्त की भटकन कहाँ-कहाँ नहीं ले गई थी?

प्रकाश, शिवनाथ, सुनंदा घोष···प्रेतरव की तरह कुछ नाम-संज्ञाएँ उनके आस-पास थीं—दर्शनशास्त्र की इतनी ऊँची पदवी का मोल क्या रहा···? इस विकलता को योग-साधन का कवच पहनाना चाहते थे वे···? उद्भ्रांत मन से अलक्षित की उपासना···!

बड़की अम्मा के गुरु काका ने कहा था—तेरा-मेरा की आढ़त जब तक मन में हानि-लाभ का गुणनफल करती रहेगी, तब तक एकाग्रता का प्रश्न ही कहाँ उठता है—पहले अपने-आप को परख लो···तुम्हें आपत्ति न हो तो, दीन-दुखियों का यह बड़ा संसार तुम्हारी प्रतीक्षा में है—संन्यास तुम्हारी गति नहीं हो सकती, मधु बेटा, अपनी पत्नी और पुत्री के लिए जो करणीय है, वह तुम्हें ही करना होगा···!

सुहास के लिए जो-जो करणीय था, उन्होंने सबकुछ किया—

अस्मन्भार्या तृत्यतामिदं जलं तस्यै स्वधा···

त्रिकुशा और जौ की जलांजलि—बूँद-भर जल और बिदा लेकर जानेवाली आत्मा की चिरतृप्ति···

मधुसूदन के आँसुओं का ज्वार थमने वाला नहीं था···

एकादश कर्म वाराणसी में ही किया गया था—छोटकू एक साँझ के लिए आए थे—

घर कैसा भाँय-भाँय करने लगा है बड़की भउजी···! हम तो कहते हैं, सब एक साथ वहीं रहें···! मधुसूदन को किसी तरह तुम राजी कर सको तो···

जागेश्वरी आजी के गुरु काका ने वचन लिया था—

विगलित अंगोंवाले ये सभी परित्यक्त प्राणी···! इनसे किसी का कोई स्वार्थ सधने वाला नहीं···! इनकी सेवा से बड़ा कोई सुख नहीं···इस कर्म-यज्ञ में तुम्हारी काया समिधा बने, तो जीवन को सच्चा सार्थकत्व मिलेगा, मधु, देह अशुद्ध भले हो—पर इनके प्राणों की विशुद्धता मैंने अच्छी तरह परख ली है। तुम इनके सहायक बनो। यहीं रहो···! नंदिनी ने हठपूर्वक जागेश्वरी आजी को रोक लिया था। पोपले मुखवाली सुमित्रा काकी ने भी चिरौरी की थी—नए आचारजजी का मन तनिक सांत हो जाए···इतना बड़ा सदमा क्या इतनी जल्दी बिसर सकेगा—आहा, कैसी सोने की मूरत थी बहुरियाऽ, छछात जनक दुलारी-सी···

卐

जानकी जीवित थीं—राम के दर्शन की आकुल प्रतीक्षा प्राणों में समेटे रावण की अशोक-वाटिका में बंदिनी जानकी···

आसुरी अंत:पुर का शोक-विकल क्रंदन सुनती हुई भी अन्यमनस्कमना···! सागर पर सेतुबंध बाँधा गया। राम द्वारा रावण-वध का संकल्प पूर्ण हुआ···। राम—पूर्ण विजयी, पूर्ण-काम···! चौदह वर्ष की अवधि परिसमाप्ति पर है।

सीता की विरह-व्यथित दृष्टि में पूरा-का-पूरा चित्रकूट सँवर आया था—

ऋषि-महर्षियों के साथ ज्ञान-वैराग्य, धर्म-दर्शन, नीति आदि की गूढ़तम मीमांसा करनेवाले राजीवनयन और कुश-काथरी बिछाकर अर्द्धमीलित नेत्रों से पर्णकुटी की चौखट को अपलक निहारती भूमिजा···

सीते, अब तक सोई नहीं···क्या कहूँ—महर्षि याज्ञवल्क्य पधारे थे। उनके साथ योग-तत्त्व-मीमांसा में ही इतनी रात हो गई। अरे, यह क्या, लखननाथ भी अब तक जागरण-व्रत लिये बैठे हैं।

मृण्दीप की कपास-वर्त्तिका को तनिक उकसाती हुई जानकी स्फूर्त भाव से उठी थीं—भोजन की व्यवस्था यहीं करूँ···?

रघुनायक कंधे का तूणीर प्रकोष्ठ के दाहिने कोने में टिकाते हुए कुशा पर विराजमान थे। पूर्वी वातायन से चंद्रमा का झिलमिल प्रकाश प्रिया के पीत वन-पुष्प-वलय पर पड़ रहा था—

आज कोई विशेष बात है क्या? जनक-नंदिनी, तुम्हारा यह अनुपम श्रृंगार···वकुल फूलों के ये कर्णफूल···कदंब की भीनी सुगंधि से पूरा प्रकोष्ठ रोचित है।

उन्होंने स्मरण दिलाना चाहा था—स्वयंवर के वे क्षण याद हैं। मणिमय वेणु-स्तंभों का वह परिवेश, मेरे मातृगृह का रत्नखचित अलबेला कोहबर! तुमने मेरा वरण किया था—

जनक-तनया सीता का वरण श्रीराम के द्वारा···! निमिष मात्र में कितने संवत्सर बीत गए।

मर्यादा की लीक खींचते इस तापस राम के प्राणों का अनंत निनाद···धर्म और संस्कृति की रक्षा के लिए वचनबद्धता! हिमवान के ऊँचे शिखरों पर टँके सूर्य-सी राम की कीर्ति-पताकाएँ, कर्म-यज्ञ के कैसे-कैसे प्रारूप···! और सीता···

संसार की शत-सहस्र नारियों की तरह एक अति साधारण जीवन-उपक्रम! ···राम का मुख देखकर सूर्योदय का अनुमान पानेवाली सीता···दो नील नयनों में निद्रा की झलक पाकर रात्रि का अभिप्राय थाहनेवाली सीता···

तपस्या की अग्निशिखा बनकर दमकनेवाली जानकी ने रुदन के आवेशवश मुख नीचे कर लिया था—

इन अश्रुओं को हनुमान न देख पाएँ···जानकी के रोम-रोम में कैसी स्नेह-सिक्तता उमड़ आई थी—

जनकपुर छूटा···, अयोध्या नगरी पराई हुई···गहन अरण्य-प्रांतर में ऋषि-कुलों का प्रेम-पगा अपनत्व नहीं मिला होता तो···और ये महाबली हनुमान, कौन हैं ये सीता के···माँ-माँ कहते जिनकी वाणी थकती नहीं···क्षीरसागर-सी जिनकी सदाशयता, भुवन-भास्कर-सा अलौकिक तेज, अद्‌भुत बलशाली मातात्मज शिशुवत् निहार रहे हैं—समुद्र लाँघनेवाले, लंका-दहन करनेवाले हनुमान के शब्दों में सहज विनय है—

प्रभु का संदेश है माता··· ! यत् कर्तव्यं मनुष्येण—एक मनुष्य के द्वारा जो कुछ करने योग्य हो सकता है, मैंने वह सब किया। सीता के अपहर्त्ता का वध करके अपनी मान-रक्षा की। मेरे चरित्र के साथ कोई अपयश न जुड़े, मेरे उच्च कुल को कोई लोकापवाद न लगे···इसलिए मुझे यह सब करना था···। किंतु···

हनुमान का कंठ राम के संशयी शब्दों के आगे अवरुद्ध हो गया था—

मर्यादा पुरुष ने ऐसी बात कही किस तरह—

रावण के पामर हाथों से स्पर्शित सीता कलंकिनी थीं। असुरराज की वन-वीथिका में इतने दिनों तक क्या अबला सीता का सतीत्व सुरक्षित रह सका होगा··· ?

'किंतु' के आगे क्या ? उन्होंने पुत्रवत् महावीर से यह पूछने का विचार भी त्याग दिया था—

यदहं गात्रसंस्पर्शे गतास्मि विवशा···

राजीवनेत्र···आपने स्वयं कहा था—

गौतम पत्नी अहल्या को दोष-मुक्त घोषित करते हुए आपका तर्क था—

अज्ञान में किया गया कोई भी अपराध अपराध नहीं होता। अनल-शिखा-सी पावन हैं ऋषि-पत्नी···दंडनीय यदि कोई है तो कामवासना के सहस्र चक्षुओंवाला शची-पति इंद्र! अहल्या को नारी-गरिमा का परम-पद देनेवाले श्रीराम का यह कैसा न्याय··· ?

卐

मधुसूदन, यदि तुम जान जाते कि तुम्हारी सुहासिनी के साथ क्या घटित हुआ था, तब भी क्या तुम योग-वैराग्य की शरण लिये चुप बैठे रह सकते थे ? यही तो पूछा था प्रशांत ने···

बताओ मधु, वह दुष्कृत्य सुहास भाभी के साथ किया गया होता—तब ?

नंदिनी ने अपनी अम्मा की पिटारी में एक पुरानी पुस्तिका देखी थी—दूर के नाते की ममेरी बहन को कभी-कभार कुछ सतरें लिख भेजती थी—पूरी तरह बीमार होकर खटिया पकड़ने के पहले शायद कभी वह कागज-कलम लेकर बैठी थी—

अरे, यह सब क्या···मेरी अम्मा को किसी उन्माद ने घेर लिया था क्या···

हाड़-मांस के आदमी का रूप ऐसा···राक्षसों जैसे नख···विष बुझे दाँत···खुले हुए

भयावह जबड़े में सर्वस चला जाए और कुछ भी साबुत न बचे···तो···नंदिनी···नंदू···कहीं वह हमारी बच्ची को भी···

नंदिनी का माथा स्थिर नहीं रह सका था···जरूर कोई बड़ी दुर्घटना···अम्मा ने किसी से कुछ भी नहीं कहा—दुःख जब भींगता गया होगा, दर्द जब बेपनाह हो गया होगा, तब पुरानी पुस्तिका के इन हरफों में अपना संतुलन खोजा होगा उसने··· ।

मानस-मंदिर में राम-कथा का पखवारा चल रहा था—जागेश्वरी आजी अपनी दुर्बल देह के बावजूद जाने की तैयारी कर बैठी थीं—

नंदिनी, तू भी चलेगी बचियाऽ!

पहली बार गुणवंती पोती के मुँह से कठोर बोल सुने थे उन्होंने—

उस राम में मेरी निष्ठा चुक गई, आजी···! मेरी अम्मा ने किसी का क्या बिगाड़ा था?

मधुसूदन ने उसे अपने पास बिठा लिया था—

ऐसा नहीं कहते, नंदू···अपने-अपने कर्मभोग हर व्यक्ति को भोगने होते हैं··· सुहास···

मेरी अम्मा ने कोई भी हीन कर्म नहीं किया था···बाबूजी···भोर की पहली किरण-सी निष्पाप भोली-भाली थी वह···फिर भी···!

जागेश्वरी आजी के मन में महावत की अंकुसी जैसा कुछ धँसकर रह गया था—

नंदू ने यह बात क्यों कही···, वह इस तरह गुमसुम क्यों रहने लगी है···?

नंदिनी, हमारे पास आ बचियाऽ!

... ...

बता, तेरा दुःख क्या है···?

... ...

अम्मा की खूब याद आती है! हमें भी तो···इस उमिर में बड़ा भारी धोखा देकर चली गई···छोटकी के बाद असल पारी तो हमारी थी···देह छोड़ना इतना आसान भी तो नहीं···! तेरी पढ़ाई कब पूरी होगी···सुहास अपने हिस्से का यह भार भी तो हमें ही···

नंदिनी ने उन्हें अपनी बाँहों में जकड़ लिया था—रो-रोकर गहरी थकावट से भरम गई थी—

जागेश्वरी आजी की आँखों में सुहास बहुरिया का सपना सज गया था।

छठ व्रती सुहास···माँग से नाक की कोर तक भखरा सिंदूर की चटक लकीर···हरे बाँस का कलसूप—दउरा—पीली धोती पहने मधुसूदन···माथ पर धरी पगड़ी सँभालते दउरा लिये आगे-आगे···सुहास मनौती उतारने आई है। गंगाजी के निर्मल जल में उसकी कंचन काया—तीन दिन की निर्जला तिरिया—

रुनकी-झुनुकी बेटी माँगेली

पढ़ल पंडितवा दामाद छठी मइया···

मिलेगा···धिया की मान-मरजाद को निबाहनेवाला, उसे अकूत प्रीति देनेवाला सुलक्षण वर मिलेगा निश्चय ही···!

नंदिनी ने करुण परिहास किया था—

कैसा वर खोज रही हैं आजी, अपने रामचंद्रजी की तरह···जीवित जानकी को आग की लपटों में बिठानेवाले, वानर-भालुओं के साथ मिलकर एक सती के सतीत्व का परीक्षण-पर्व निहारनेवाले···? मुझे तुम्हारे राम से एक बड़ी शिकायत है···पुरुषार्थ की कमी तो नहीं थी उनमें···फिर क्यों नहीं···सारे संसार को प्रत्यक्ष चुनौती दे सके—

मैं राम अपनी प्रलंब भुजा उठाकर घोषण करता हूँ—सीता के अस्तित्व पर, उनकी दृढ़ इच्छाशक्ति पर मेरी उतनी ही निष्ठा है जितनी अपने आप पर···! फिर किसी अनल-दहन का औचित्य किसलिए? जानकी जैसी हैं···जिस रूप में हैं, मेरे लिए पूर्ववत् वरेण्या हैं···

नहीं आजी, राम के अन्याय को भक्ति, ज्ञान और अध्यात्म के तर्क से तुम उचित भले करार दो; लेकिन मेरा मन नहीं मानता···। जागेश्वरी आजी का संशय नंदिनी के सोच की प्रखरता में साकार हो चुका था। नंदिनी, उनकी तीसरी पीढ़ी···भोजपुर का नया तिरिया-जनम···

उनका मन हुआ था—बुद्धि को चिंतन की शास्ति देनेवाले अपने उस नए जनम से पूछें—अच्छा, बोल तो नंदू, तुझे राम-कथा लिखने का हक हमने दे दिया तो तू क्या लिखेगी···अपने अक्षरों का तप कहाँ से शुरू करेगी···?

नंदिनी का आत्मदीप्त चेहरा उनकी हथेलियों में था—नए उभरते सूर्य की सौ-सौ आकृतियाँ धारण करती ओज-भरी दृष्टि—

मुझे लिखना हो तो मैं सीता वनवास से शुरू करूँगी, आजी, जगज्जननी जानकी के आँसुओं से···उन खारे तप्त जल-बिंदुओं से, जिनमें मेरी अम्मा के भी आँसू सिमटे होते—तुम्हारे भी···और···

卐

जगदानंद ने अपने पाशविक कोप का सहारा लिया था—घर में दीया-बाती करनेवाला कोई नहीं···भागवंती महारानी न जाने कहाँ तीरथ-बरत पर निकल गई हैं···यहाँ बैठकर रामायण बाँचने से क्या हमारी क्षुधा को शांति मिल जाएगी···। मधुसूदन, अपनी बड़की अम्मा से कहो—गाँव चलने की तैयारी करें···!

बुझे हुए मन से जागेश्वरी आजी ने सफर का सरंजाम किया था। आश्रम छोड़ने लगीं तो सुमित्रा की भीगी हुई आँखों में गहरे बिछोह का भाव था—जा रही हो बहिनी, इतना नेह-छोह लगाकर···

फिर कब लौटोगी···? तुमसे एक ही बिनती है, नंदू बिटिया का ब्याह यहीं से

करना··· ! हम लोग भी···आँख भरकर···

जलालुद्दीन एक बार फिर उनके सामने था—चलो काकी, तुम्हारे बिना दहिवर उजाड़ है···हमारा तो कहीं मन ही नहीं लगता···तुम्हारी चउखट पर एक बार सिजदा कर लेते हैं तो सबकुछ इंजोर-ही-इंजोर···लगने लगता है। कोई भी दुःख-दर्द हो—कोई बड़ी परेशानी हो तो हम राय-मशविरा करने और कहाँ जा सकते हैं··· ?

जगदानंद ने कुटिल मुसकान छोड़ी थी—सब मरज की यही तो एक दवा हैं—पीर-फकीर-औलिया—सब झूठे, एक तुम्हारी मँझरियावाली निपट सच्ची···।

जागेश्वरी आजी की देह दहिवर के सीवान पर थी—मन नंदिनी की ओर भागा जा रहा था—

बचिया, तेरे बड़का बाबा हैं···तूने इनके पाँव नहीं छूए··· !

मुझसे जबरदस्ती मत करो बाबूजी··· ! इनका चेहरा बड़की आजी की प्रेत-कथावाले ब्रह्म-पिशाच जैसा लगता है···।

भागवंती चाची ने बताया था कि ये हर बखत···

ओड़हुल-सी लाल आँखोंवाले जगदानंद की हँसी में विचित्र-सनक थी—कैसा दीखता हूँ मैं, तेरी बड़की आजी की पोथी में छपे रावण जैसा···तुझे खा जाऊँगा··· ! इसीलिए हमारे पास नहीं आती न··· !

नंदिनी की एक सखी थी—सुमिता, महाराष्ट्र के संपन्न घराने की इकलौती संतान···मनोविज्ञान के किसी अछूते विषय पर शोध कर रही थी।

उसने बताया था—जो लोग अपने 'अहं' का अनर्गल विस्तार कर लेते हैं उनकी आवाज ऊँची, किंतु भाव खोखले होकर रह जाते हैं। यह अहंकार हावी हो जाए तो अपना उथला ज्ञान ही सर्वोपरि लगने लगता है··· !

तुम्हारे बड़े दादाजी···कुछ इसी श्रेणी के व्यक्ति लगते हैं···जैसा तुमने बताया—जागेश्वरी आजी प्रकांड पंडिता हैं—सही अर्थों में बुद्धिमती···। उनके सामने ओछे या हीन न लगें—यह भय उन्हें बराबर सताता रहता होगा। ऐसे ही लोग अपने अस्तित्व को प्रमाणित करने के लिए कभी-कभी जघन्य पाप-कर्म पर उतारू हो जाते हैं··· !

लेकिन एक बात बता नंदिनी—तेरी आजी के पिता इतने बड़े विद्वान् थे। उनसे इतनी बड़ी चूक किस तरह हो गई··· ? सुयोग्य-कुयोग्य की पहचान क्यों नहीं कर पाए वे··· ?

यह सवाल जागेश्वरी आजी से पूछा जाता तो उनका उच्छ्वास संतों की बानी बनकर बड़ी धीमी आवाज में फूटता—

करम गति टारे नाहिं टरी···अपने कर्मों का फल आप भुगतना होता है बचिया, जिनगी के ये भोग तर्क-वितर्क से परे होते हैं! अभी तू यह सब नहीं समझेगी··· ! थोड़ी और सयानी हो जा···।

卐

जगदानंद का हुकुम था—कैसी-कैसी कुष्ठ रोगिणियों के बीच पूरे छह महीने बिताकर लौटी है—मँझरियावाली···इसका डॉक्टरी मुआयना हो जाए तो···।

बक्सर अस्पताल की मद्रासी डॉक्टरनी ने अचरज में भर उनकी कोठरी की एक-एक चीज को गौर से देखा था—इस गाँव की कोठरी में हमारे पुट्टपर्ची ग्राम का एक कोना साकार हो गया है···माताजी, सच बताएँगी, क्या संस्कृत के ये सब दुर्लभ ग्रंथ आपने सहेजे हैं··· ?

जागेश्वरी आजी ने दूध का कटोरा थमाया था और मोती से उजले वे दाँत खिल उठे थे···

बहुत दिनों के बाद अपनी माँ की, अपने छूटे हुए गाँव की याद ताजा हो आई···!

आप पूर्ण स्वस्थ हैं···और ईश्वर करें—ऐसी ही रहें···!

अविवाहिता पूर्ण वयस्का उस डॉक्टरनी के आत्मविश्वास ने मन मोह लिया था उनका···

सुहास कनिया की-ही उमिर होगी···कितनी निर्भय, कैसी प्रखर···!

वे नंदिनी को मन-ही-मन पाती लिखने लगी थीं—

तिरिया-जनम की यह नई आब दिखाएँ तुझे···या विधाता-पुरुष के आगे फरियाद करें—उसने हमें भी इसी युग में क्यों नहीं पैदा किया··· ?

मानस बिसर गया था—आदिकवि वाल्मीकि की पोथी रेहल पर धरी गर्द-गुबार से भर गई थी···! सुहास और छोटकी की अधूरी गृहस्थी का इंतजाम, गोहाल में बँधे मवेशियों के चारे-दाने की चिंता···और भागवंती का कहीं अता-पता नहीं···!

अभागिनी, जैसे आँधी-बड़ेरे की तरह आई थी, वैसे ही न जाने कहाँ बिला गई? पोस-पालकर चुरामनपुर में ब्याहने चली थीं तो यह थोड़े ही जानती थीं—वह तो जलालुद्दीन बिदाई कराने गया था और सास ने भेजने से मनाही कर दी थी तो भागवंती की पीर फरियाद बनकर फूट पड़ी थी—मेरी मौसी से कहना--भइया—ये लोग बड़े कसाई हैं···दिन-रात हाड़-तोड़ मेहनत और खाने के लिए मुट्ठी-भर कोदो-जोन्हरी-बजड़ा···इतने पर भी सबर हो जाता—लेकिन तुम्हारे बहिन दामाद जनम रोगी है···मुँह से थक्का-थक्का खून आता है। दैव को यही मंजूर था···

जलालुद्दीन ने बात पूरी की थी—घुन खाए सेमल के दरख्त-सा वह मर्दुवा है—यह तो बड़ा भारी धोखा हो गया काकी···!

कई दिनों की ऊहापोह के बाद उन्होंने छोटकू से कहा था—झारी दीदी की मुसम्मात बेटी—यहीं बड़का टोले में रह रही है···न हो तो उसी से कहकर देखते···

अब मेरी देह तो चलती नहीं···! कम-से-कम बासन-चौका ही सँभाल देती···

छोटकू ने असहाय भाव से उनकी ओर देखा था—

आधी रात तक तो हम अपने कारोबार में उलझे रहते हैं—सरसों की कटनी करवानी है। ऊख पेराई के लिए गोहाल घर के बाहर खुले में पड़ी है—उसकी लदनी का सोच अलग से···! कभी-कभी लगता है—किसके लिए इतनी मेहनत-मशक्कत···गंगाजी के तीर पर बैठकर दो घड़ी सत्संगति की भी फुरसत नहीं···लेकिन यह सवाल छोड़े से भी तो नहीं छूटता···पापी पेट मानेगा थोड़े ही···!

बड़का भइया से कुछ कहो तो अजदहे की तरह फुफकार छोड़ने लगते हैं। तुम जो उचित लगे, वही करो···!

जगदानंद का हर पुराण 'जब हम फिरंगियों की चाकरी में थे' से शुरू होता था—

रेशमी ओहार लगी टमटम गाड़ी सजती थी और भरबीतना खवास चाँदी की पेंचवाला गुड़गुड़ा लिये साथ-साथ भागता फिरता था—सन् 34 के एंट्रेंस पास हम···!

तुम्हें याद है—छोटकू—तुमने अंग्रेजी बोलने में गलती कर दी थी और गोरे हेडमास्टर विलियम ने कैसे तानकर रूल चला दिया था। वह तो हमने आगे बढ़कर बात सँभाली थी। ठेठ विलायती उच्चारण में जवाब दिया था—उसे मत मारिए सर, वह मेरा अपना छोटा भाई है। मेरे चलते तुम्हारी खाल उधड़ते-उधड़ते बच गई थी।

सबकुछ याद था छोटकू को···।

जगदानंद ने कैंची छाप का नशा शुरू कर दिया था। मुसम्मात माई जीवित थीं···। उसने···रो-रोकर दुहाई दी थी—आज बीड़ी-सिगरेट, काल्ह दारू-बाजारू इमदी के मन बहकत देरी थोड़े लागेला···!

पलटनिया गाड़ी के ड्राइवर जोजेफ का बेटा···सीवान पर खड़ा रहता···उसके थैले में एक-से-एक इन्नर लोक की अजूबा चीजें होतीं—

यह बिलैती मेम है—देखा—कैसी मैदे-सी उजली। मेरा डैडी कहता है—बिलायत में सब-की-सब ऐसी ही होती हैं···!

जॉन के साथ जगदानंद कई बार कलकत्ता भागे थे—सोनागाछी की वह बिलैती छोकरी—रम पीकर कैसी कँटीली हो जाती थी···

जागेश्वरी आजी की सास ने मरते समय चिताया था—

बिना बाप के पूत···बिना दालान के घर-आँगन—एके बुझिहऽ कनिया···! गिरहस्ती के जुआ कान्ह पर परी त—जगदानन सम्हरि जइहें···। तू अफसोस मत करिहऽ···।

अफसोस करके भी क्या कर लेतीं वे—?

जगदानंद की पेटी में विलायती मेमों की कुत्सित तसवीरें कब नहीं रहीं···?

उनकी सख़्त हिदायत थी—

हमारा सामान कोई भी नहीं छुए···

जागेश्वरी आजी ने अपने रामजी के प्रति मूक कृतज्ञता व्यक्त की थी—तीनों बेटियाँ अपने-अपने घर-परिवार में मगन हैं···पूरी तरह सुखी···बस, यही एक शांतिदायक

प्रसंग है उनके लिए…

बड़की बराबर लिखती रहती—

अम्मा, गंगाजी पटने में भी हैं…! तुम्हारे दामाद और नाती-नातिनी सब तुम्हें बुलाते हैं…! आने का जी होते ही पत्र डाल देना। ये जाकर लिवा ले आएँगे…!

मँझली के बेटे का मुंडन था…उसने खूब हुलास में लिखा था। नेग का दउरा सहेजकर छोटकू ही मोगलसराय गए थे—

जगदानंद ने उस समय भी गोल-मटोल बात कह दी थी—पाँचों गाँव की पंचायत का चुनाव होने वाला है…

बरमेसर साहु हमारे लँगोटिया ठहरे। उनकी मरजी है कि…इस बार हम भी…

हमेशा संयत रहनेवाले छोटकू के चेहरे पर पहली बार आक्रोश था—

तहसीलदारी की सब कमाई लाल परी ले गई…। ऐसा मदकची सुभाव हो तो सोने की लंका भी हाथ से निकल जाए…। जिनगी-भर फिरंगियों की ताबेदारी करके कुछ नहीं मिला तो अब चले हैं सुराजी बनने…!

भउजी, हमें तो पूरा शक है—भलेमानस की कुदीठ तुम्हारे गहनों की पेटी पर है…तुम ठहरीं सुधवा गाय-सी, कोई दाव-पेंच भिड़ा देंगे और घर की लछमी स्वाहा हो जाएगी…!

छोटकू ने एकदम सच कहा था—स्वार्थ की तलब जगदानंद को मँझरियावाली की चौखट तक खींच लाई थी—

मलकिनी, सुन रही हो। सो गई क्या?

जागेश्वरी आजी सुन रही थीं—

जवारवालों का बड़ा आग्रह है—इस चुनाव में पत रह गई तो फिर जिले का चुनाव…उसके बाद पूरे राज्य का…यह साली राजनीति…गाजीपुरवाली पतुरिया से कम थोड़े ही है…इतनी मान-मनौवल करवाती है—तब कहीं…कब्जा…

ऐसे आँख तरेरकर क्या देख रही हो…? हमारी कोई भी बात तुम्हें कभी पसंद नहीं आई…हमें पता है। तुम्हारे गान्ही बाबा अधनंगे फकीर बनकर राम-राम जपते चले गए, क्या मिला उनको…?

और उन्हीं के चेले-चाटियों को देख लो…कैसे कंबल ओढ़कर घी पी रहे हैं…! खादी—माने समझी, खूब खाया और डकार तक नहीं ली। खा-ख कर पचा दी। यही खादी, अब हमारी देह पर चढ़ेगी…बक्सर के अकरम मियाँ को नाप दे आए हैं…!

जागेश्वरी आजी…जीवन का हर विरोधाभास बड़ी सहजता से ओढ़ती गई थीं। वे जानती थीं, जगदानंदजी की अगली चोट कहाँ होने वाली है?

जवारवालों को खिला-पिला अपने वश में करना होगा…! गरीब-गुरबा अमी-उमरा सबसे अपनी जयजयकार बुलवाने का एक ही उपाय है…रुपया…जितना खरचो…उसकी

दसगुनी पूँजी···सरपंची मिलते ही अपनी झोली में···!

... ...

तुम तो जानती हो, तहसीलदारी की कुल कमाई तीनों बेटियों के दहेज में फूँक दी हमने···। सरकार से मुक़द्दमा लड़ने में रही-सही पूँजी भी खरक गई। अब, कुछ भी तो हमारे पल्ले नहीं···!

... ...

अच्छा, तुम्हारे पास कुछ गहने···तो होंगे न···।

... ...

नहीं-नहीं, हम उन्हें बेचने की बात तो कभी कह ही नहीं सकते···न हो तो···सुमेधू सुनार के यहाँ गिरवी रखकर···

जागेश्वरी आर्जा की दृष्टि वैसी ही शांत, स्थिर थी—छोटकू ने पाँच बीघा जमीन रेहन रखकर उनकी तीनों बेटियों का कन्यादान किया था। तहसीलदारी की कपट-कमाई का झूठा हवाला देकर जगदानंद अपनी ही निगाह में गिर गए थे···

जागेश्वरी आर्जा ने असमर्थता में सिर हिला दिया था—

मेरे पास कुछ भी नहीं है।

पहली बार झूठ बोला था—उन्होंने! सुहासिनी अपने गहने उन्हें ही सौंप गई थी—

बड़की अम्मा, हमारी नंदू की यह अमानत···उन्होंने मधुसूदन से कहा भी था—सारे जेवर यहीं बनारस के किसी बैंक में रखवा देते—यह मायाजाल हमारे बूते का नहीं···!

मधुसूदन सुहास के शोक से उबर नहीं पाए थे—हीरे की लूट और कोयले पर छाप···इतनी कीमती चीज देखते-ही-देखते गाँठ से खिसक गई···तुम गहनों की चिंता मत करो बड़की अम्माऽ, कोई नहीं छूएगा उन्हें···!

जगदानंद दाँत पीसकर रह गए थे—जोतिसी की बेटी हमसे अंतिम बदला लेकर ही रहेगी···! भाग्यवान होते हैं वे मरद जिनकी तिरिया देह का आखिरी छल्ला तक उतारकर राजी-खुशी दे दिया करती हैं—मरद की पत रह जाए तो गहना-गुरिया कौन-सी चीज है!

उस रात देशी टर्रा की बहक बेतहाशा गर्जन-तर्जन का रूप धारण कर बैठी थी—छोटकू, तुमसे कितनी बार कहा—अब समय आ गया है! सारी जायदाद का बाँट-बखरा अब नहीं तो कब होगा···?

... ...

सुन रहे हो तुम···?

और यह मँझरियावाली···अपने कंगाल बाप की बँसवारी, ठाकुरबाड़ी—सबकुछ चचेरे भाइयों को दान कर आई···सब मउज-मजा हमारे संग और कपट-जाल भी हमीं

से···! हम कहते हैं—इस चुनाव में खड़ा होने से हमें कोई नहीं रोक सकता···तुम सब हमारे शत्रु हो···इस घर में हमारा अपना कोई भी नहीं···!

शोरगुल से दालान की छत फटने लगी तो छोटकू ने बाहर से कुंडा चढ़ा दिया था—

आप अपनी कोठरी में जाकर आराम कीजिए भउजी, हम यहीं ओसारे में हैं···

जागेश्वरी आजी ने अपने कान मूँद लिये थे—

हाँ-हाँ लखन नाथ, हमें इस काल कोठरी में कैद कर दिया ताकि उस सती सबित्तरा के साथ सुनसान कोठरी में खूब रँगरेली···

अपनी कोठरी में बिछी शीतलपाटी पर जागेश्वरी आजी का यह अग्निस्नान···आज उनके पिता या गुरु काका जीवित होते तो···

卐

महर्षि वाल्मीकि की मानस-तनया जानकी की वाणी में प्रखर ओज था—

राम, आपके मन में यह संशय आया किस तरह···? त्रिकालज्ञ माने जाते हैं आप···! समस्त ऋद्धि-सिद्धियाँ जिनकी वशवर्तिनी हैं। सकल विद्याएँ जिनके हृदय में निवास करती हैं—वे भी अपनी सहधर्मिणी के विषय में इस तरह संशयमना हो सकते हैं? सत्त्व ही जिसकी संपदा है उस शुद्ध सच्चिदानंद की चेतना में भी ऐसा तमोभाव···नारी दुर्गुणों की खान है···उसका परिहार संतजनों की पहली सौगंध है···

जागेश्वरी आजी के अश्रु एक करुणासिक्त उन्माद में तब्दील होते गए थे—तिरिया कोख से जनम धारण करनेवाले परम पराक्रमी पुरुष···आत्मपराभव की दशा में कैसी विचित्र भाषा का प्रयोग करने लगते हो तुम···!

नंदिनी और उसकी बांधवी ने जानकी-कथा के उस परिच्छेद को अपनी बागी मुद्रा में अनुचित करार दिया था—

अपनी आत्म-शक्ति अपनी संपूर्ण चेतनता का प्रमाणक हम किसी दूसरे को क्यों मानें···? राम ने कह दिया और सीता मूक बलि-पशु बनकर अनल में प्रवेश कर गईं···

जगदानंद के छल-विभ्रम से कोसों दूर अनल वेशिनी जानकी की एक दिव्य भंगिमा—जागेश्वरी आजी को पीड़ापाश से मुक्त करती उनके बिलकुल निकट थी—

रघुनंदन ठीक से पहचानिए मुझे···! वासना की पुत्तलिका कहकर अपमानित करने योग्य मेरी नाम-संज्ञा नहीं···! भू-सुता हूँ···मैं···विदेह के योग संरक्षण में पली सारे परीक्षणों से परे है मेरी यह सात्त्विक काया···। आपकी वानरी सेना आर्तनाद कर रही है; किंतु आपका सारा शौर्य एक स्त्री का देह-दहन देखकर परितृप्ति का अनुभव कर रहा है—राम, यदि इसी तरह की परीक्षा कोई आपकी लेता···? आप दिव्य हैं···और मैं दुर्बल मानवी मात्र···तब भी···यह सत्य-परीक्षण स्वीकार है मुझे···!

अपने मनोबल की तीखी धार पर चलकर अपना बचाव किया था जानकी ने···

卐

पुष्पक विमान पर चढ़ी स्वर्णालंकृता सीता की मनोदशा विचित्र थी। इच्छागामी पुष्पक पवनगति से अवधपुरी की ओर उड्डयन कर रहा था—जानकी की परिकल्पना में पिता विदेह के शब्द सिमट आए थे—

अभिनंदनीय है तुम्हारा यह पराक्रम…! पुत्री…, तुम्हारे रूप-शील का समादर करनेवाला पुरुष इस विशाल वसुंधरा में कहीं तो होगा…तुम स्वयंवरा होओगी—ताकि तुम्हारे योग्य सुपात्र की खोज पूरी हो सके…!

राम की चिर उत्फुल्ल भंगिमा में अपनी ओर निहारते पाकर जानकी प्रश्न-जड़ित रह गई थीं—क्या देख रहे हैं राम…? मेरी श्यामता, मेरी अशुभता…मुझमें अब भी कोई विकार शेष है क्या?

राम निश्छल भक्त हनुमान की ओर उन्मुख हो गए थे—

मुझे अनुज भरत का स्मरण हो रहा है। मेरी भुजाएँ उन्हें अंक से लगाने के लिए विकल हो रही हैं? कैसी होंगी माताएँ…? कैसे होंगे…अयोध्या के समस्त प्रजाजन…!

जानकी ने तिर्यक दृष्टि देवर लक्ष्मण पर डाली थी—

वीतराग देह धारण किए, शरासन साधे जैसे उनके निकट खड़ा हो…

और उर्मिला…?

वनवास के चीवर धारण कर सुमित्रा देवी के अंतर्प्रकोष्ठ में गई तो उर्मिला की आँखें क्या उनसे छिपी रह सकी थीं—

जल से काढ़े गए मीन की तड़प लिये वह दृष्टि…। वे भयाकुल हो उठी थीं—अवधपुरी का सूना राजविभव और अपने कक्ष में चौदह वर्षों का एकांत तप साधती भगिनी उर्मिला! क्या लक्ष्मण उनसे भी कहेंगे—उर्मिले…मेरी अनुपस्थिति में तुमने जो अवधि बिताई, उसका प्रमाण? तुम्हारी निष्ठा क्या सचमुच मुझी में थी? नख से शिख तक तुम मेरी हो…इसकी परीक्षा कैसे पूरी होगी?

पुष्पक विमान अवधपुरी के नभ-पथ पर नीचे उतरने का उपक्रम करने लगा था—

卐

जागेश्वरी आजी की उनींदी आँखों का स्वप्न भंग हो चुका था—

अँगनाई में यह कैसी भीड़…

कौन लोग हैं ये? इतना शोरगुल—किसलिए…?

झारी फुआ अपने केश नोचती भुतहा पीपल की प्रेतिनी बनी उनके सामने थीं—

पूत, भतार मर बिला गइल—त का! आपन जाँगर चला के जिए के कूबत बा महतारी-बेटी में…गाँव-घर के धिया बहुरिया आपन धिया-बहुरिया इ पपिया कइसे बूझ लिहलस कि…

जागेश्वरी आजी सबकुछ समझ गई थीं—

झारी फुआ की विधवा बेटी सोनहुला को जलालुद्दीन इक्केवान ने बचाया था।

गाँजे के सुरूर में जगदानंद ने उसे रहर के खेत में धर लिया था—

अब की सनीचरा बाजार से चाँदी की झमकती हुई झाँझ खरीदकर ला देंगे और लाल हरे सुआपंखी कोरवाली फरदी साड़ी भी···बस एक बार···

जागेश्वरी आजी की दी हुई रोटी-साग की पोटली सहेजती सोनहुला ने बचकर निकल जाना चाहा था—मदमाते साँड़ की तरह जगदानंद ऐन सामने आ गए थे—

अब की चुनाव में जीतकर आ गए तो तुझे महारानी का रुतबा दिला देंगे···तेरी कोठा-अमारी सबसे अलग होगी···

सोनहुला ने शोर मचा दिया था। जलालुद्दीन अपना इक्का लिये पच्छिमवाली कच्ची सड़क से गुजर रहा था—वह न होता तो···

जागेश्वरी आजी की देह का रक्त बूँद-बूँद रिसता हुआ···दिमाग के किसी कोने में जमा होने लगा था—कनपटियाँ भीतर-ही-भीतर तड़क उठी थीं और टोलेवाली औरतों की तमाशाई जमात कुछ समझ सके, इसके पहले ही वे संज्ञाशून्य होकर वहीं अँगनाई में गिर पड़ी थीं!

इतनी लंबी संज्ञाशून्यता···कहाँ आ गई थीं वे···!

मद्रासी डॉक्टरनी के कुछ शब्द किसी तरह सुनाई पड़े थे—

अब खतरे से बाहर हैं। लेकिन यह हादसा हुआ कैसे?

हादसों से भरी जिनगी के इस मोड़ पर धीरज छोड़कर क्या करने चली थीं वे? उन्होंने आगे बढ़कर झारी बुआ का दिया हुआ कलंक बटोर लेना चाहा था—

किसी का जनम दूसरों के गुनाह कबूलते जाने के लिए ही हुआ हो तो उपाय क्या है···

झारी दीदीजी, हम आँचर पसारकर माफी माँग रही हैं···

उन्होंने तो अपनी मृत्यु की कामना की थी—यह धरती फट जाती और इसकी कोख में मुझे शरण मिल जाती···

नंदिनी ने उनके सिरहाने बैठकर आँसुओं से भरा उलाहना दिया था—तुम भी हमें छोड़कर जाने की तैयारी में थीं न आजी···! अम्मा के बाद तुम ही तो···

उसी समय छोटकू आ गए थे। मधुसूदन के साथ कुछ गुपचुप बातचीत की थी उन्होंने!

नंदिनी समझ गई थी—

जगदानंद अपना बिस्तरबंद बाँधकर चार बजे तड़के ही न जाने कहाँ···

मधुसूदन के चेहरे पर निर्विकार मौन था—ऐसे आदमी को अपना बुजुर्ग कहते हुए लज्जा आती है···! बड़की अम्मा जैसी तपस्विनी को पाकर भी जो नहीं सुधरा, उसका···

छोटकू ने आशंका व्यक्त की थी—

हमें डर है कहीं झोंक में कुछ कर-करा न···बैठें···

आप निश्चिंत होकर गाँव जाइए बाबूजी···ऐसे लोगों में जान देने की हिम्मत कतई नहीं होती···।

नंदिनी ने पिता से बिना पूछे संस्कृति विभाग की नौकरी के लिए अर्जी दे डाली थी—

जागेश्वरी आजी जानती थीं—आवेदन-पत्र लेकर जमा करने जाने लगी थी तो चुपके-से अपनी लाड़ली आजी के पाँव छूकर उनके कानों में कह गई थी—

मेरे लिए अपने रामजी से मनाओ आजी···यह नौकरी मिल गई, तो तुम्हारी नंदिनी का जीवन सार्थक हो जाएगा।

करवट बदलकर लेटीं तो छोटकी का झुँझलाया हुआ चेहरा करीब था—

ब्याह-सादी लायक उमिर हुई, अब कितना पढ़ेगी··· ? आमिल-फाज़िल बनाने के चक्कर में पड़ोगे तो धिया कुँआरी बैठी रह जाएगी···समाज में कलंक होगा कि नहीं···

जागेश्वरी आजी ने दिवंगता देवरानी की स्मृतियों को सहला दिया था—

अब वह जमाना नहीं रहा छोटकी, नंदू हमारी तीसरी पीढ़ी की अकेली आस है···पिंजड़े में बंद पखेरू कभी चाहेंगे कि उनकी नन्ही-मुन्नी औलादों को भी जनम जुगी सींखचा ही नसीब हो···! आसमान की अथाह ऊँचाई हमारी नंदू के सामने है—उसे अपनी सामर्थ्य पहचानने दो···।

मधुसूदन के साथ नंदिनी ने पहली बार इतने लंबे सफर की तैयारी की थी—

बाबूजी, वह छोटी-सी अटैची भी ले लें या···

चौकी पर बिखरा हुआ सामान देखकर मधुसूदन मुसकरा दिए थे—

दो दिनों के लिए इतना सरंजाम···तू ऐसी पुरखिन कब से हो गई नंदू··· ?

दिल्ली का मौसम बिना पाल की नाव-सा आड़ा-तिरछा होता रहता है···आपको सर्दी तुरत धर लेती है···इसीलिए यह स्वेटर-मफलर और कंबल···

ये आपकी दवाओंवाली थैली···और ये मेरे कपड़े···।

जागेश्वरी आजी एक लंबे अरसे के बाद खुलकर हँसी थीं—

तुम हँस रही हो आजी···! मैं सच कह रही हूँ, तुम्हारे लिए दिल्ली के बाजार से ऊँची एड़ी की जूतियाँ लाऊँगी और वह मद्रासी डाक्टरनी जैसा गाउन पहनती है न, वैसा ही एक सफेद गाउन भी···! तुम उसे पहनकर सुमित्रा, बंशी और बलदेव की नब्ज देखना···

दस घंटों का वह सफर कैसे कट गया था—नंदिनी नहीं जान पाई···। हमेशा चुप रहनेवाले, किसी विवादास्पद प्रसंग को भी अत्यंत गंभीरता से बचा ले जानेवाले उसके बाबूजी की मुखरता कितनी सहज लग रही थी—

घर से अपनी फरारी के दिनों में कम पापड़ नहीं बेले थे मैंने···ऋषिकेश के एक

मंदिर में जटाजूट बढ़ाए हुए प्रताप बहादुर मिल गया था—बक्सर हाई स्कूल का मेरा पुराना संघतिया···। उसी ने बताया था— दिन-भर साधुओं का बाना धरकर मंगताराम का घर-घर डोलना और रात में मंदिर के भंडारे को प्रेस बनाकर हैंडबिल छापना···

बनाकर फकीरों का हम भेष गालिब···

मधु···तू यहाँ··· ?

मेरा मकसद जानकर भी वह पूरी तरह संतुष्ट नहीं हुआ था—

तेरे बड़का बाबूजी तो सरकारी मुलाजिम ठहरे। सौ फीसदी अंग्रेजों के पिट्ठू···फिर तू किस तरह?

महीनों की मशक्कत के बाद मेरी नीयत पर उसका विश्वास जम पाया था—

अपने इष्टदेव की शपथ लेकर कहता हूँ—वह घर छोड़कर कुछ करने के इरादे से ही तो यहाँ तक···

उस रात उसने तय किया था—

चलो, मेरे सभी साथी तुमसे बातचीत करना चाहते हैं!

मंदिर के पिछवाड़े पुरोहित की तंग कोठरी में पंद्रह-सोलह व्यक्ति थे···सबके चेहरे ढँके हुए···

एक ने प्रश्न पूछा था—

पढ़ाई-लिखाई कहाँ तक हुई है?

बी.ए. तक···!

विषय··· ?

संस्कृत, इतिहास, दर्शनशास्त्र···

परिवार में कौन-कौन हैं··· ?

... ...

मेरा उत्तर सुनकर एक रुखाई-भरी आवाज अँधेरे कोने से उठी थी—

इससे नहीं होगा···

प्रताप बहादुर तनकर खड़ा हो गया था—

मेरे छुटपन का दोस्त है···! इसकी जमानत मैं लेता हूँ···है किसी को एतराज···!

पहली आवाज ने समर्थन किया था—

ठीक है—नैनीताल की छावनी का फिरंगी कप्तान हमारा अगला लक्ष्य है। इसे टनकपुर भेजो—फर्जी नाम से वहाँ संस्कृत का पंडित बनकर गाँव के लोगों में अलख जगाए···। एक वर्ष···फिर देखा जाएगा···!

मेरा नया नामकरण हुआ था—अलख परिव्राजक···!

टनकपुर के उस पहाड़ी परिवेश में मेरा मन इतना रमा था कि···

दिन-भर हितोपदेश···पंचतंत्र···श्रीमद्भागवत का कथा-ज्ञान और रात में गाँव के

उत्साही युवकों से बातचीत···

मेरे साथ मिलकर कितने ही युवक एक नई बात सोचने लगे थे—

सुराज की रट लगानेवाले गांधीजी ने क्रांतिकारियों को अहिंसा के रास्ते पर चलने का परामर्श दिया था—

हमारे नेता का स्वर विक्षोभ-भरा था—

निखलिस दमन की नींव पर जिस साम्राज्य की इमारत खड़ी हो, उसे तप-बल से हिलाना असंभव है। सशस्त्र संघर्ष ही हमारी आजादी का लक्ष्य है···।

अवाक् सबकुछ सुनती हुई नंदिनी ने पहली बार टोका था—

लेकिन बाबूजी···तुम्हारे विचार तो ऐसे नहीं···फिर तुम उन लोगों के साथ किस तरह···

मैंने कहा न नंदू···मेरी उम्र वैचारिक भटकाव के ऐसे दोराहे पर थी जहाँ कोई भी एक दिशा तय कर पाना कठिन प्रतीत हो रहा था···।

गुरु काका ने भी सबकुछ जानकर चेतावनी दी थी—

तुम बेहद भावुक हो मधु···हिंसा···रक्तपात···बर्बरता तुमसे सधने वाली नहीं···कहीं ऐसा न हो कि···!

ऋषिकेश से अचानक बुलावा आ गया था—

प्रताप बहादुर की एक तुड़ी-मुड़ी पर्ची थी—

यहाँ सबकुछ गड़बड़ हो गया है—तुम तुरत चले आओ···वहाँ कुछ भी ऐसा न छोड़ना जिससे···

ऊँची आवाजवाले दल-प्रमुख ने अपना वचन पूरा किया था—

अंग्रेज कप्तान हडसन की रक्तसनी लाश चौराहे पर पड़ी थी···और दल-प्रमुख ने सबको अंतिम आदेश देकर खुदकुशी कर ली थी···

मंदिर का पिछवाड़ा एकबारगी उजाड़ होकर रह गया था।

टनकपुर छोड़कर जाने के सिवा मेरे पास कोई रास्ता शेष नहीं था।

देर तक गुमसुम सुनती नंदिनी ने बीच में टोका था—

आपको अपने पकड़े जाने का डर नहीं होता था, बाबूजी?

जोर से ठहाका लगाकर हँस पड़े थे मधुसूदन—

उन दिनों तू एक छोटी-सी बच्ची थी—तेरी माँ ने मुझे खूब रोका था—रो-रोकर अपनी और तुम्हारी सौगंध दिलाई थी; लेकिन एक वहशत थी—पागलपन की हद तक एक जोश था—आज सोचता हूँ तो लगता है, उतने बड़े खून-खराबे की ही औकात थी शायद, नहीं तो वे बर्बर फिरंगी···!

लेकिन अपनी जागेश्वरी आजी तो महात्माजी को ही अपना सबकुछ मानती हैं, फिर आप···

नंदिनी ने साफ देखा था, उसके बाबूजी की आँखों में अपनी बड़की अम्मा का जिक्र आते ही मंदिर के दीवट पर धरे दीये की लौ झिलमिला उठती थी।

तेरी आजी पिछले जनम की कोई सिद्ध-योगिनी हैं। न जाने किस अपराधवश···

दिल्ली से वापसी की यात्रा में नंदिनी एक नए आह्लाद से उमगित थी—पचास से ऊपर उम्मीदवार थे, बाबूजी—लड़कियाँ केवल पाँच ही थीं···

दो विशेषज्ञ थे, दो प्रशासनिक अधिकारी···संस्कृति विभाग से जुड़े हुए कुछ अन्य वरिष्ठ लोग भी···

एक विशेषज्ञ ने प्रश्न पूछा था—भारतीय नारी के किस रूप को आप अपना आदर्श मानती हैं ?

मधुसूदन की मुसकान में एक आश्वस्ति थी—मुझे पता है···तुमने क्या उत्तर दिया होगा···

अच्छा तो फिर आप ही बता दीजिए न···

नहीं, तू ही बता···तर्क पंचानन तो तू ठहरी न···!

विशेषज्ञ महोदय का प्रश्न पूरा होते ही जागेश्वरी आजी···उनके कानों में कुछ कहती हुई पास आ बैठी थीं—

महोदय,

इस प्रश्न की बानगी देखनी हो; तो मेरे गाँव दहिवर चलना होगा—

ग्राम—दहिवर

डाकघर—दहिवर

जिला—शाहाबाद···

बड़का टोले का पहला मकान···एक कोठरी में अपनी पोथियों का अजूबा संसार बसाए जो बैठी हैं—वही मेरे जीवन-निर्माण की साक्षी हैं···मेरी आजी···!

उसके विश्लेषण में गहरा आत्मविश्वास था—

कुंती और द्रौपदी जैसी नारियाँ तो नहीं ही, महोदय, हम भारतीय महिलाओं का आदर्श केवल जानकी ही हो सकती हैं; लेकिन···सामने बैठी प्रौढ़ महिला ने मुसकराते हुए बीच में ही टोक दिया था—

यह जानते हुए भी कि उन्हें दुस्सह दुःख झेलने पड़े थे, अग्नि-परीक्षा और वनवास का विषम भार उठाना पड़ा था—

जी हाँ···यह जानते हुए भी, क्योंकि वे पीड़ाएँ ही हर स्त्री के जीवन में वरदान बनकर फलित होती हैं···अपने व्यक्तित्व की प्रतीति पाने के लिए मर्यादाओं में बँधी संसार की हर स्त्री को विपरीतताओं का अग्नि-स्नान करना होता है, और सीता के इस प्रमाण को तब तक झुठलाया नहीं जा सकता जब तक पूरे विश्व में मातृ-सत्तात्मक समाज की पुनर्प्रतिष्ठा नहीं हो जाती···।

एक दूसरे प्रश्नकर्ता ने अपनी जिज्ञासा सामने रखी थी—

लेकिन स्वाधीन भारत के संदर्भ में स्त्रियों को जो आजादी, जो संवैधानिक अधिकार-क्षमता प्रदान की गई है, उसे देखते हुए आप किस तरह कह सकती हैं कि···

नंदिनी का आत्मविश्वास तनिक आवेश की मुद्रा अख्तियार कर चुका था—

पूर्ण स्वाधीनता का जो स्वप्न गांधीजी ने देखा था—वह पश्चिमी भौतिकता की तलछट में घुलकर बदरंग होने लगा है।

वैचारिक उदारता और अनुभव का सामंजस्य मिल सके, इसके लिए यह जरूरी है कि आज की हर सीता स्वावलंबी बने···।

शायद तभी···निर्वासन के अभिशाप से उसकी मुक्ति हो सकती है, सर···!

मधुसूदन मन-ही-मन पुलकित थे—

तूने इतना सबकुछ कह डाला, नंदू···तुझे डर नहीं लगा?

बाबूजी की बात का कोई उत्तर दिए बिना वह कपड़े समेटने लगी थी—अपना स्टेशन आने ही वाला है, बाबूजी—उठिए, आपकी चादर तह करके रख दूँ···! स्टेशन से आश्रम तक के रास्ते में उसका मन अनमना बना रहा था—

कितनी ऊँची-ऊँची डिग्रियाँ लेकर आए थे लोग···उसके पास बैठी गुजराती लड़की रमा मेवाड़ ने बताया था—पाँच वर्षों के अध्यापन का अनुभव है उसे—वेदों पर शोध की डिग्री प्राप्त है···।

वह तनिक सकुचा गई थी—

दर्शनशास्त्र में एम.ए. प्रथम श्रेणी किसी तरह मिल पाई थी। ऐन परीक्षा के समय माँ की लंबी बीमारी और फिर उसका देह-त्याग! उसने शोध करना चाहा था—बौद्ध-दर्शन उसका प्रिय विषय था···लेकिन अपने विद्वान् अध्यापक कृष्णकांत शर्मा के विदेश चले जाने की वजह से उस दिशा में कुछ भी सोच नहीं पाई थी—उधर से गाँववालों का दबाव अलग था—

सब तरफ बदनामी हो रही है। पूत नहीं हुआ तो क्या, धिया जात उसकी कमी पूरी कर देगी? इतनी बड़ी उमिर तक कुँवारी बिठाए रखने का कारन···?

मधुसूदन ने अपनी बड़की अम्मा के सामने मन की बात खोली थी—

नंदिनी के लायक सुपात्र भी तो चाहिए···और शादी-ब्याह के लिए दान-दहेज की जरूरत होगा ही···। मेरे पास तो···

छोटकू ने मीठी फटकार देते हुए चेताया था—हमें क्या सूदखोर महाजन समझ रखा है तुम लोगों ने?

भउजी···, इसे समझा दो···छोटे ही सही; पर ठोस आढ़तिए हैं हम···अपनी पोती के बियाह में थैली न खोल दी तो···। लछिमी मइया की इतनी दया तो हई है कि···

मधुसूदन के मन का असमंजस क्या था—इसे उनकी बड़की अम्मा ही थाह सकती

थीं—

तुम वर खोजने निकलो बचवा, राम ने चाहा तो तुम्हारी पत रह जाएगी…किसी से कुछ भी कहने-सुनने का मौका ही नहीं आएगा।

छोटकू ने मुखबिरी की थी—गोरी सरकार को सूचना देकर बेटे के शरणागत मित्र को रातों-रात…मधुसूदन के मन में पिता के लिए एक गुमनाम हिकारत उसी दिन से पलने लगी थी…। वे नहीं चाहते थे कि—

इक्के पर बाबूजी को झपकियाँ लेते देख उसने धीरे-से हिला दिया था--घर आ गया है, उठिए बाबूजी…!

नंदिनी मृगछौने-सी कुलाँचें भरती सीधी अपनी आजी की कोठरी की ओर भागी थी—

तू आ गई बचिया…

आजी, यह देखो हम तुम्हारे लिए क्या लाए हैं?

खूब चौड़े सिंदूरी पाढ़ की झकाझक सफेद साड़ी, लाल ब्लाउज और कोरा तहबन (साया)।

आजी घुटनों के ऊपर दोनों हथेलियों का जोर देकर उठी थीं—

तू नहा-धो ले नंदू, बता क्या खाएगी…?

अभी सवेरे के सात ही तो बजे हैं आजी, बाबूजी दस बजे से पहले कुछ नहीं लेंगे…पूरे आश्रम में घूम-फिरकर जब तक ठीक से मुआयना नहीं कर लेते, तब तक तो वे शायद स्नान-ध्यान भी नहीं करें।

आओ, हमारे पास बैठो न आजी…! लो, इस मचिया पर बैठ जाओ…

तू अपनी अम्मा से कम जिद्दी है—ऐसे थोड़े ही मानेगी…अच्छा…अब बता, क्या-क्या हुआ…उस कौरव नगरी में…!

जागेश्वरी आजी खूब प्रसन्न होती थीं तो इतिहास-पुराण के सूक्तों में गुँथी भाषा का प्रयोग करती थीं—

अब तो पूर्ण स्वराज्य है आजी, तुम्हारी रामायण और महाभारत के कथा-चरित्र सात समुद्र पार फेंक दिए गए। उजली चमड़ीवाले दुःशासन, दुर्योधन, कंस और केशी, रावण और मारीच…

जागेश्वरी आजी की ममता-भरी आँखें अचानक किसी अज्ञात पीड़ा के कलछौंहेपन से उमड़ आई थीं—

क्या बात है, आजी…आश्रम में सबकुछ ठीक-ठाक तो है न…?

उन्होंने बात टाल दी थी—

तेरी परीक्षा कैसी हुई बचियाऽ, तू वहाँ का हाल सुना…

वह परीक्षा नहीं थी, मौखिकी थी—आजी…सच बताऊँ…पहले तो मुझे बहुत डर

लग रहा था—अच्छे-खासे ओहदेदार लोग भी उम्मीदवार थे। मुझसे कितनी बड़ी, कितनी पोख़्ता उम्र के लोग···!

तुम्हारे ठाकुरजी का ध्यान करके हमने भी आखिरकार अपने मन को मजबूत कर ही लिया—हे मेरी बड़की आजी के प्रिय ठाकुरजी, प्यारी दुर्गा माता···मेरी प्रतिष्ठा अब आप ही लोगों के हाथ है। कहीं ऐसा न हो कि जीभ लटपटाकर रह जाए और आवाज ही नहीं निकले···! यकीन मानो आजी···उस समय तुम्हारे तुलसीबाबा की गोहरावन लग गई थी—

प्रबिसि नगर कीजै सब काजा
हृदय राखि कोसलपुर राजा···

और सच, उसी कोसलाधीश ने मेरा उद्धार किया···! जानना चाहती हो आजी, कैसा सवाल-जवाब हुआ तुम्हारी पोथीवाले हस्तिनापुर उर्फ दिल्ली के उस शाही दरबार में···?

जागेश्वरी आजी पोती की चुहल-भरी बातों का रस लेती मुसकरा रही थीं, तभी विषयांतर हो गया था—

उनकी किवाड़ का पल्ला धरे काली ठूँठ-सी वह नीरव-मूर्ति कौन थी? दूरस्थ जंगल की किसी अजानी खोह में बंद निरीह मेमने-सा करुण स्वर···

रसोईघर साफ हो गया है जी···

नंदिनी का मन अनगिनत सवालों से घिर आया था—कौन है यह? बड़की आजी, आपने बिना जाने-समझे इसे···कहाँ से आई है यह···?

आजी ने भौंहों के इशारे से मनाही की थी—ना बचियाऽ, इस बखत कोई भी सवाल नहीं···! बड़ी दुखियारी है बेचारी···!

नंदिनी कुछ कहती, इसके पहले ही अपने साँवले चेहरे को आँचल से ढँकती सकपकाई-सी वह लड़की तुरत कोठरी से निकल गई थी।

नंदिनी, तू हाथ-मुँह धोकर नहा ले बचियाऽ···हम अभी···

जागेश्वरी आजी ने धीरे-से मधुसूदन को बताया था—

दशाश्वमेध घाट की निचली सीढ़ी के एक कोने में बेहोश पड़ी थी यह···चारों तरफ तमाशबीनों की भीड़ थी—जितने मुँह, उतनी ही बातें···। सुमित्रा ने पानी का छींटा दिया तो होश में आई···फिर उसके गले लगी—फूट-फूटकर रोने लगी···। वही इसे उठाकर यहाँ ले आई है। दो-तीन दिन बीत जाने दो···थोड़ी हिम्मत जुटा ले···फिर···

नंदिनी ने अपना खाली समय आश्रम की बाल-पाठशाला में व्यतीत करने का निश्चय किया था—बाबूजी, इन नन्हे-मुन्नों के साथ दिन कैसे गुजर जाता है, पता ही नहीं चलता···!

तीन महीनों के अथक परिश्रम से आश्रम और पाठशाला दोनों का ही कायाकल्प हो

गया था।

लीची, आम, कटहल, दालचीनी, चंदन, चंपाफूल, अमरूद, जामुन, कितने ही नायाब किस्म के पेड़ थे, रख-रखाव के बिना पिछवाड़े की लंबी-चौड़ी बगीची उजाड़ होती जा रही थी—

नंदिनी ने बूढ़े चौकीदार रतनू काका को पूरी तरह प्रभावित कर लिया था—काका, तुम्हारा बड़ा बेटा तो एकदम बेकार बैठा है। उसे बगीचे की सफाई पर लगा लें···

नंदिनी दिन-दिन-भर आँचल की खूँट बाँधे मुस्तैद रहती—

अंगद, तुमने उस आम की जड़ के चारों ओर थाला बना लिया न, और लीची के दोनों पेड़ों से दीमक झाड़कर उस कोने की पूरी सफाई कर ली··· ?

जी दीदीजी···!

और कीटनाशक दवा ले आए··· ?

अरे रे, ऐसे नहीं, खूब सावधानी से···देखना उँगलियों से आँख-नाक मत छू लेना···

सुमित्रा काकी के साथ आई वह साँवली-सी लड़की जब-तब पिछले ओसारे पर आ खड़ी होती—नंदिनी को थोड़ी देर अपलक निहारती। फिर धीरे से अपने-आप में गुम हो जाती···!

सुमित्रा ने ही उकसाया था—जा, उसके पास चली जा, वह तुझे कुछ भी नहीं बोलेगी!

तुरही बाजे की शक्लवाले कुम्हड़े के फूलों से पूरी लत्तर गहगहा उठी थी। नंदिनी ने उसे इशारे से पास बुलाया था—

सुनो, इधर आओ···तुम्हारा नाम क्या है?

अच्छा, यह बताओ···यह डलिया किसलिए··· ?

उसने बड़ी मुश्किल से इशारा किया था—आजी ने कोंहड़े के फूल···

नंदिनी को अच्छी तरह पता था, आजी ने बेसनी पकौड़ियाँ बनाने के लिए फूल तोड़ लाने का हुक्म दिया होगा···लेकिन वह साँवली लड़की उसी भयभीत भाव से दूर खड़ी उसे देखती रह गई थी।

अच्छा···यह बताओ···क्या सचमुच तुम्हें बोलना नहीं आता···

नंदिनी की आवाज में अपने लिए तनिक नरमी का आभास पाकर उसकी हिम्मत बढ़ी थी···

आमि···ओहो···मेरा अनुमान सच निकला, तुम यहाँ की नहीं हो। अच्छा, बताओ तो···कहाँ घर है तुम्हारा?

उसने संकेत से स्थान की दूरी समझाई थी—बोलपुर से भी आगे एक छोटा-सा गाँव···बाजितपुर···

लेकिन तुम यहाँ…अकेली… ? तुम्हारे माँ-बाप…घर के दूसरे लोग…

कैसी भरी-भरी आँखों से देखती रही थी वह लड़की, फिर अचानक दोनों हाथों से अपना मुँह ढँककर बिलख उठी थी—

ना, आमि किछू बलते पारब ना (मैं कुछ भी नहीं बता पाऊँगी)…

थाक, आमि आर किछू जिगेस करते चाइ ना…तोमा के एइ दिके भालो लागछे तो… ?

अपने देस की बानी, अपनी ग्राम माटी की सुगंध पाकर आँसुओं से धुली उन आँखों में एक नई पुलक जगमग करने लगी थी—

तुमि कि बंगाली… ?

… … …

तबे… ?

कि करे एत भालो भावे बलछ…

नंदिनी हँसती हुई उसके एकदम पास आ गई थी—अरे पगली, मैं तो उड़िया भी जानती हूँ, मराठी भी…और थोड़ी-थोड़ी गुजराती भी…तो… ? अच्छा सुन…आजी ने फूल माँगे हैं न, जा तोड़ ले…और शाम की प्रार्थना में तू हमारे साथ रहना! ठीक है न… !

आश्रम के बीस नेत्रहीन बच्चे—सुमित्रा काकी, जागेश्वरी आजी, मधुसूदन और नंदिनी…तुरत नहाकर आई उस साँवली लड़की को ध्यान से देखा था नंदिनी ने—

देखो तो आजी, कितनी गहरी काली आँखें हैं इस लड़की की… ! छोटे-से चेहरे पर काले रंग की ऐसी फबन… ! अपना नाम तो यह बताती नहीं…इसे श्यामा कहकर पुकारा जाए तो कैसा रहेगा… ?

शरद् नवरात्र का दिन समीप था। कलश-स्थापना, देवी दुर्गा का आवाहन, अनाहारी रहकर नौ दिनों तक मातृशक्ति का समाराधन… ! न जाने कितने वर्षों से जागेश्वरी आजी का यह नियम अखंड भाव से निभ रहा था…।

मधुसूदन ने धीरे से मनाही की थी—तुम्हारा स्वास्थ्य ठीक नहीं है बड़की अम्मा… ! संकटमोचन के बूढ़े रामायणी बाबा को बुलवा लूँ… ! वे नौ दिन हमारे साथ ही रह जाएँगे! तुम जैसा चाहोगी, उसी विधि-विधान के साथ वे…

नंदिनी की भी यही राय थी—

श्यामा, बड़की आजी नौ दिनों तक फलाहार करेंगी…उनके और रामायणी बाबा के व्रत-नियम का सारा जिम्मा तुम्हारे ऊपर… !

श्यामा ने बड़ी कुशलता से सबकुछ सँभाल लिया था।

नई ईंटों की बड़ी-सी वेदी, मिट्टी की सतह पर मंत्रों से अभिषिक्त जौ…और उसके ऊपर गंगाजल से भरा कलश…लाल ओहार डाले देवी मइया की प्राण प्रतिष्ठा…

ॐ ऐं ह्रीं क्लीं चामुंडायै विच्चै:

प्रथमं शैल पुत्रीति, द्वितीयं ब्रह्मचारिणी

तृतीयं चंद्रघंटेति, कूष्मांडेति चतुर्थकम्

नंदिनी ने पतली लाल किनारीवाली खादी की रेशमी साड़ी दिल्ली में ही खरीदी थी, जागेश्वरी आजी के छोटे-से गोल साँवले चेहरे पर घुले हुए सिंदूर का बड़ा टीका था···रामायणी बाबा के सामने बैठी वे जप की मुद्राओं में लीन होती जा रही थीं। श्यामा ने पूर्ण पटुता के साथ व्रत का सारा आयोजन सँभाल लिया था—

तुमि चिंता कर ना दीदी···हम सब सँभाल लेगा···

नंदिनी ने हँसते हुए उसकी पीठ थपथपा दी थी···ठीक ही तो है—अभी तुम सब सँभालो, बाद में हम तुम्हारी हिंदी सँभालेंगे···!

कौन थी···यह श्यामा? टूटे हुए नक्षत्र-सी धरती के इस अजाने छोर की तरफ कैसे भटककर आ गई थी वह? नंदिनी से अपनी एक भी बात नहीं छिपाई थी उसने···

मेदिनीपुर का नाम सुना है दीदी···मेरा जन्म वहीं हुआ था···। माँ बताती थीं—नदी-तट की उस बस्ती में आए-दिन क्रांतिकारियों की धरपकड़ का तमाशा होता ही रहता था—मेरे बाबूजी एक बंगला पत्रिका निकालते थे—'तरुण-संदेश'। मेरी माँ भी मिडल पास थी—उसने मुहल्ले-भर की लड़कियों को पढ़ाने का जिम्मा उठाया था। वे हुगली के एक बड़े जमींदार की बेटी थीं; लेकिन स्वेच्छा से विवाह करने के कारण उनके पिता ने नाराज होकर संबंध-विच्छेद कर लिया था। माँ को बाबूजी की सूझ-बूझ पर पूरा भरोसा था—

हम नून-भात खाकर गुजारा कर लेंगे, पर उस दरवाजे पर कभी नहीं···!

अपने छोटे-से छापेखाने के काम से बाबूजी अकसर बाहर-बाहर ही रहते थे—लेकिन हमारा पास-पड़ोस बहुत ही अच्छा था दीदी, माँ को किसी बात की तकलीफ नहीं होती थी···

फिर···?

फिर एक दिन अचानक सबकुछ उलट-पुलट गया। नेताजी सुभाषचंद्र बोस का भाषण 'तरुण-संदेश' के विशेषांक में बड़ी प्रमुखता के साथ छापा गया था। पत्रिका आधी से अधिक बिक चुकी थी···। बाबूजी की गैरहाजिरी में छापेखाने की एक-एक चीज जब्त कर ली गई थी। हमारे खाली पड़े घर को आग लगाकर तिलंगे वापस जा चुके थे। माँ को पड़ोसियों ने अपने घर में जबरन रोक रखा था···!

महीनों बाबूजी का कोई पता-ठिकाना नहीं पाकर वे बदहवास घर से निकल पड़ी थीं—

बोलपुर के प्रसूतिगृह की डॉ. डिसूजा ने उन्हें आश्रय दिया था—तुम पढ़ी-लिखी हो, जयंती···इस बच्ची का भार भी तुम्हारे माथे है। चाहो तो तुम हमारे अस्पताल में मिडवाइफ बन सकती हो···!

माँ ने बाबूजी की तलाश में दिन-रात एक कर दिया था···मैं दस वर्ष की थी जब क्षयरोग से घुलती हुई वे···

श्यामा के आँसुओं को अपनी हथेलियों से पोंछती नंदिनी की आँखें अनायास भर आई थीं—सुहास जैसे उसके सामने थी—महतारी का आँचर माथे पर हो तो चिंता-फिकिर का नामोनिशान नहीं होता···! सोजा नंदू, तेरी सोच लिये सारी उमिर जागने के लिए तो हम हैं न बचियाऽ!

नंदिनी से लिपटी हुई श्यामा ने अपनी उस अधूरी कथा को विराम दिया था—मैं तो डॉ. डिसूजा के साथ ही रहना चाहती थी। लेकिन दीदी, मेरा चचेरा मामा प्रवीर घोष पता-ठिकाना पूछता वहाँ पहुँच गया—मेरे नाना मरण-सेज पर थे, वे मुझे देखना चाहते थे—मेरे हाथों अपना सब कुछ सौंपना चाहते थे···।

नानाजी के मरने के बाद प्रवीर की बदनीयती खुलकर सामने आ गई थी। उसने···उसने मेरी देह कलंकित करनी चाही थी, दीदी···वह नराधम···उस रात मैंने घर से निकलकर डॉ. डिसूजा के यहाँ ही जाने का निश्चय किया था; लेकिन घबड़ाहट में बनारसवाली गाड़ी में बैठ गई···! स्टेशन पर उतरकर मैं घाट तक कैसे पहुँची, मुझे कुछ भी तो नहीं पता···। अब···

जागेश्वरी आजी ने सांध्य-भोग की थाली श्यामा की ओर बढ़ाते हुए उसका अधूरा वाक्य अपनी स्नेहसनी मुसकान के साथ पूरा किया था—अब तो तू हमारी प्यारी श्यामा बिटिया है। तुझे भय किस बात का···हमारे लिए जैसी नंदिनी, वैसी ही तू···जा, आश्रम में सबको प्रसाद बाँट आ बचियाऽ, हम भी थोड़ी देर आराम कर लें! रामायण की कथा शुरू होने में ज्यादा विलंब नहीं है! ये रामायणी बाबा बड़ा मधुर गाते हैं, तूने ठीक ही कहा था नंदू, रामकथा का रस कानों में तो अमृत बनकर ढलता ही जाता है न···!

दोपहर का भोजन निपटा चुकने के बाद नंदिनी ने श्यामा को अपने पास ही बुला लिया था।

श्यामा, तूने दूध भी नहीं लिया? नौ दिनों का व्रत है···अभी तो कुल चार ही दिन बीते हैं। आजी ने तुझसे व्रत रखने को तो नहीं कहा, फिर भी तू···

श्यामा नन्ही बालिका-सी चिरौरी कर उठी थी—मुझे इसका अभ्यास है, माँ नियम से नवरात्र का व्रत रखती थीं—उनके साथ-साथ मैं भी···अगर मैं यह नियम नहीं निभाती न, तो मुझे बहुत बुरा लगता···! लेकिन एक बात का बड़ा अचरज है दीदी, ठाकुर माँ की रुचि इस व्रत में कैसे···यह तो हमारे बंगाल में···

यह सवाल अपनी ठाकुर माँ से ही जाकर पूछ। रामायण, महाभारत, वेद, पुराण और माँ दुर्गा की पूजा का व्रत···अम्मा ठीक ही कहा करती थी—पिछले जन्म में तेरी आजी कोई महापंडिता सिद्धिरूपा रही होंगी···किसी अपराधवश हमारे इस पिछड़े समाज में आ गईं···!

नंदिनी के घने लंबे बालों की चोटी गूँथती श्यामा अचानक पूछ बैठी थी—आप अपनी अम्मा के बारे में बताइए न दीदी, कैसी थीं वे··· ? क्या हो गया था उन्हें··· ?

नंदिनी कहना चाहती थी—आश्रम के पिछवाड़े गोहाल में बँधी काली गाय को देखा है तुमने··· ? दूध से उफनते थनोंवाली वह कपिला अपने मरे बछड़े की याद में जब-जब हुँकरती है, मुझे अपनी अम्मा की याद आने लगती है···

अपनी बड़ी-बड़ी आँखों में ऐसी ही तरलता लिये अंतिम क्षणों में अपलक निहारती रही थी मुझे···मेरी कलाई पर उसकी कमजोर मुट्ठियों का ढीला होता हुआ वह कसाव—तू बड़ी बेपरवाह है नंदू—बोल, जतन से रहेगी न···ठीक से खाएगी-पिएगी न··· ! हमें बस तेरा ही सोच···

संसार की किस माँ का कलेजा अपनी संतान के लिए नहीं दहता दीदी, मेरी माँ भी तो···हमेशा यही कहती रहती थी—

तोमाके छाड़ा आमि कोथाउ शांति पाब ना···

श्यामा की छलछलाई आँखों में कैसा अजीब-सा प्रश्न था—चाहे मेरी जयंती माँ हों, चाहे आपकी सुहासिनी माँ, या फिर डॉ. मेरी डिसूजा ही क्यों न हों···इस मातृशक्ति के बिना क्या दुनिया में जीवन की कल्पना की जा सकती है दीदी··· ? तब भी सारा अत्याचार हमीं पर—ऐसा क्यों··· ?

जागेश्वरी आजी सामने होतीं तो शायद अपने ढंग से उत्तर दे पातीं—

आल्हर दूब को देखा है बचियाऽ···, उसके कष्ट की कोई सीमा है क्या ? दिन-दिन-भर पैरों तले कुचली हुई, कैसे-कैसे असह्य दुःख झेलती हुई, फिर भी···चिर आनंदिता···उसकी जड़ों में न जाने कितनी जीवनी-शक्ति समाई होती है···तभी तो दूब से बड़ी दूसरी कोई वनस्पति नहीं··· ? माटी से जनम लेकर माटी के मोल को समझना और निहुरकर अपने हिस्से का दाय पूरा करने में भी एक सुख है।

नवरात्र की पूर्णाहुति के दिन जागेश्वरी आजी अनायास अनमनी हो उठी थीं—

क्यों बड़की अम्मा, तबीयत तो ठीक है न··· !

... ...

ऐसी क्लांत दिखाई पड़ रही हो···कहो तो वैद्यजी को बुलाऊँ···।

उन्होंने इशारे से मना कर दिया था—

जीवन की इतनी लंबी यात्रा···अँधेरे की कोख में आग का एक कतरा बनकर चुपचाप सुलगती हुई साँसों की पीर किसी महागाथा से कम होती है क्या ? मन की खुली किताब पर कितनी ही आड़ी-तिरछी लकीरों के दाग टँकते चले गए···। मँझरिया गाँव छूटा था, तब गुरु काका ने अंतिम उपदेश दिया था—

मानुष-गंधी क्रूरताओं का सारा इतिहास अपने भीतर समेटकर सीपी बनकर जीना ही शायद हर नारी-चेतना की नियति हुआ करती है—बचियाऽ, मान-मरजाद की आब

निखर सके, इसके लिए जीवन को तपाना ही होता है।

इतना सबकुछ झेलने के बाद, विकलांगों के बीच रहकर उनकी सेवा-व्यवस्था में अपने-आप को खपाकर जीवन के किस 'कु' को विस्मृत, विसर्जित करने चली थीं वे··· ?

नंदिनी ने बड़ी गंभीरता से कहा था—

आजी, अपना यह शोध-प्रबंध तो पूरा कर लूँ···फिर तुम्हारी कथा लिखनी है—

... ...

ना, ऐसे अविश्वास से सिर मत हिलाओ! क्या जानती हो, मुझे तुम्हारी एक-एक बात का पता है! तुम साँस भी लेती हो न···तो मुझे आभास हो जाता है कि तुम्हारे मन में क्या है? और जहाँ अटकूँगी, वहाँ तुमसे पूछकर···

मेरी कथा, इस अकारथ जनम की बिथा-कथा···

उन्होंने करवट बदलकर अवचेतन में बसी लाड़ली पोती को बहला देना चाहा था—

बक्सर के पास गंगा का कछार किस कदर ढालवाँ और बेतरतीब है···कहते हैं ताड़का-वध के लिए जाते हुए राम के चरण इसी बालुका-राशि में बार-बार धँसे थे···राम के बाणों की गति से मुग्ध भागीरथी इसी स्थान पर धनुषाकार होती चली गईं···चौसा के पास वे कर्मनाशा से मिलीं और फिर बक्सर के पास आती हुई तिमुहाने के रूप में बदलती गईं खिंचे हुए रामधनु की आकृतिवाली गंगा मइया···! और

रामरेखा घाट से बलिया के शिवपुर घाट तक फिरंगियों ने नौका-सेतु बना डाला। उसी सेतु पर सुहास की डोली का स्वागत करने गई थीं वे···! वहीं गंगा मइया की प्रदक्षिणा करके वर-वेशी मधुसूदन के साथ दउरे में डेग डालती कनिया को अँकवार में बाँधकर गाँव लौटने लगी थीं—तो मकई, चना, गेहूँ, बाजरा, सरसों, धान की लहलहाती चूनर पहने मोतियों-भरी माँग लिये विहँसकर आस-पास की भूँइ माता ने कानों में रस घोल दिया था—

होहुँ राम सिय पूत-पुतोहू

ऐसे राम-सिया की जोड़ी लेकर जा रही हो···हमारी असीस तुम्हारे साथ है।

झारो देई ने हाथ चमकाकर अपने मन की भड़ास निकाली थी—

केकइया रानी को किस पर गुमान तो अनकर कोख पर···अरे दइव रे, जो मधुसूदन अपने कोखजाए पूत होते तब तो जगेसर देई का बिमान अकास से नीचे नहीं उतरता···!

छोटकी ने एकाध-बार गुस्से से भरकर जवाब देना चाहा था—उनका इंगित पाकर चुप रह गई थी—

जनम-दुखियारी हैं—झारी दीदी, नइहर-सासुर कहीं कोई आदर नहीं! जिसने अँगूठा पकड़ा, वह पहिलौंठी संतान का मुँह देखे बिना परदेसी हो गया। इनके मन की तृष्णा बुझी नहीं···ये दया के जोग हैं, छोटकी···कह लेने दो, जो भी कहना चाहें!

नंदिनी के जन्म का वह साल···गंगा की उफनती हुई धार में गजब का वेग था। वे छठी पूजन के बाद घाट पर अकेली ही गई थीं—अँकुराए हुए चने और गुड़ की डाली हाथ में लिये···

हे गंगा मइया, हमारे मधु की पहली संतान हुई है। हू-ब-हू सुहास की आकृति···! वह फले-फूले···उसका जनम सँवरे—यह रोट और गुड़-चने की सौगात तुम्हारे लिए···!

सुहास ने कैसे करुणा-कातर कंठ से मनाही की थी—झारी फुआ आएँगी तो कलेजा बेधकर ही जाएँगी···

गीत-गवनइ की कवन जरूरत है अम्माजी···

उन्होंने अकेले ही सारी रस्म पूरी की थी। उनकी छोटी बेटी अपनी ससुराल से आ गई थी—देखो तो अम्मा, कैसी टुकुर-टुकुर निहार रही है—अपने कुल-खानदान को पहिचान रही है···

सुहास ने चुहल की थी—ननद रानी, अम्माजी वाला सोहर गाकर सुनाइए तो···

अरे वाह, सेंत-मेंत की गवनई हम नहीं करते भउजी, पहले करार तो करो—नेग में क्या?

जो तुम माँग लो···पीली धोती पहने मधुसूदन कुलदेवता की पूजा करके बाहर जाने लगे थे—सुहास ने शरारत से आँखें तरेरी थीं—अपने भाई को ही ले लो न ननद रानी···क्या हरजा है···

धत् भउजी, ठीक ही कहते हैं सब लोग, शिवपुर वालियाँ बड़ी मुँहजोर होती हैं···

भूले-बिसरे सोहर की कड़ियाँ गुनगुनाती उसी प्रिय अतीत का एक हिस्सा होती चली गई थीं वे—

ननदी भउजिया दुनो पानी भरे गइली
भउजी जवन रवनवा तोहे हरलसि
उरेहि दिखरावहु हो···

जल भरने के लिए जा रही सीता से उनकी ननद चुहल करती है—

आओ न भौजी, इस कदंब के नीचे बैठें। अच्छा, जरा उस रावण की आकृति बनाकर हमें भी दिखाओ न, जिसने तुम्हारा अपहरण किया था।

सीता की आँखों में आशंका के स्याह डोरे हैं—

जो हम रवना उरेहबि
उरेहि के देखाइबि हो
ननद, सुनि लीहें बीरन तहार त देसवा से निकालि दीहें हों—

सभी पुरुष एक-से होते हैं ननद रानी, रावण का चित्र बनाऊँ और तुम्हारे भाई राम यह जान लें तो देस-निकाला न दे डालें···नहीं-नहीं···

और ननद ने तिरिया-हठ पसारा था—

लाख दोहइया राजा दशरथ, भइया माथ छुइले हो

भउजी लाख दोहइया लछुमन भइया, त राम ना बताइब हो

अपने मृत पिता राजा दशरथ की सौगंध, लक्ष्मण और राम दोनों भाइयों की सौगंध···यह बात किसी के सामने नहीं बताऊँगी···

माँगहु गंगा गंगुलिया गंगाजल पानी नु हो

सीता समुहे के ओबरि लिपावेली रवना उरेहेली हो···

हथवा बनवली गोड़वा सिरजेली, नयना बनावेली हो

आई गइले सिरी राम अँचरवा से ढाँपेली हो···

गेड़वा-भर गंगाजल पानी से ओसारे की लिपाई हुई और सीता रावण का चित्र उरेहने चलीं--

पहले हाथ-पाँव फिर चेहरा···नेत्र सिरजने चलीं, तभी श्रीराम भीतर आ गए और भयभीत सीता ने आँचल से उस अधूरे चित्र को ढँक दिया···

नवजात नंदिनी को गोद में लिये सुहास निस्तब्ध थी—भोजपुर जनपद की लोकगाथाओं में बसी दुखियारी सीता का रोम-रोम उसकी कल्पना में था।

ननद ने पाँव के अँगूठे की ठोकर देकर उसे चैतन्य किया था—

हमारी ओर ऐसी अविश्वास-भरी नजर से मत देखो सुहास भउजी! हम सीता की जटिला ननद नहीं हैं कि···अच्छा आगे सुनो···उस जटिला ननद ने कैसा खेल रचाया—

भाई भोजन करने बैठे और बहन ने उकसा दिया—

भइया, जवन रावण तोहरो बैरी से भउजी उरेहेली हो···

बस, इतनी-सी बात पर सीता को देश-निकाला—फिर हमा-सुमा की बिसात ही क्या?

निश्छल जनक नंदिनी के संशय का अंत नहीं था—

ना मोर नइहर ना भाई—पितिया हो

देवर नाहिं रे जनक अइसन बाप

केकरा घरे जाइबि हो···

कहाँ जाएँगी सीता?

अब तो राजा जनक भी नहीं रहे···!

जागेश्वरी आजी के मस्तिष्क में तेल मँजी लउर के निशान-सा कुछ घनघना उठा था—

इसकी यह मजाल जो हमारी हुक्मउदूली करे? छोटकू, इसे इसके बाप के पास पहुँचा दो···इसी बखत···!

जगदानंद को क्या कुछ भी पता नहीं था—गुरु काका का तार पाकर भी वे मँझरिया नहीं जा पाई थीं—

और यहाँ दोनों जून की रोटी कौन पकाएगा···! बीमारी-उमारी कुछ नहीं, सब बुढ़ऊ का पाखंड है। बेटी को देखने का मन हुआ और तार भिजवा दिया···। शास्तर का नियम मानते हैं—बेटी के गाँव में रात नहीं बिताएँगे···हमारा पानी नहीं पिएँगे···! जैसे ढोंगी खुद, वैसी ही···

अपनी उस कोठरी के भीतर न जाने कितने अरण्य-भोग भोगे थे उन्होंने···

सीता ने अपने खोंइछा में सरसों की थाती सँभाली और वनपथ में छोंटती देवर लक्ष्मण के साथ वीरानी डगर पर बढ़ती चली गई थीं—

एक बन गइली, दोसर बन, तीसरे वृंदावन हो

देवर एक बूँद पनिया पियावहु पियासे बेयाकुल हो···

चंदन वृक्ष की शीतल छाँह तले सीता बैठी हैं—गर्भभार से अलसाई हुई देह एक क्षण के लिए तंद्रालस होती है। लक्ष्मण को अवसर मिल जाता है। कदंब पत्ते के दोने में जल रखकर वे चुपचाप अवधपुरी की ओर लौट जाते हैं।

सद्यःप्रसूता सुहास की आँखों में जगज्जननी के आँसुओं का संभार है—

के मोरा आगे-पीछे बइठी

त के लट खोली नु हो

के मोरा जागी रयनिया, त के नार काटी नु हो

कौन मेरी दर्द से बिखरती काया को अपनी गोद में आश्रय देगा, कौन मेरे केशों को बंधनमुक्त करेगा। कौन मेरे साथ रात्रि-जागरण करेगा और शिशु की नाल कैसे कटेगी?

जागेश्वरी आजी की बेटी का गला रुँध जाता है···

बड़ा क्लेश है इस सोहर में भउजी, तुम्हें भी क्या सूझा कि···

उआँ-उआँ करती नंदिनी आजी की ममतामयी गोदी में है। सुहास कनिया ने दोनों आँखें मूँदकर पाटी का सहारा लिये करवट बदल ली है—

वन में से निकले वनस्पति

सीता समुझावेली हो

सीता हम तोरा आगे-पीछे बइठबि

हम लट खोलबि हो···

कोई साथ दे या न दे···वनस्पतियाँ जानकी के साथ अपना सहज बहनापा जोड़ने के लिए चारों ओर से निहुर आई हैं।

मरद-मानुस की निठुराई तो देखो, अपनी जीवन-संगिनी का ऐसा निरादर···

लौंग की लचीली लता ने सीता की बाँह थाम ली···डरो मत बहना, तुम्हारे माथे की छाँह हम हैं। पीड़ा बढ़े तो हमें कसकर थाम लेना···बूढ़े वट ने अपनी सघन डालियों का आच्छादन किया—

नहीं, कोई आशंका नहीं, वन का यह पहरुआ अपनी वायव्य शिराओं का जटाजूट

धारण किए पूर्ण सचेष्ट है। पुत्री सीते, तुम्हारी समस्त आपदाओं का उच्छेद मैं करूँगा, तुम भयभीत क्यों हो? महुआ की मीठी टपकन ने जनक-सुता का ध्यान बँटा लिया था—

पीर अधिक है न राजकुँवरि···, घबड़ाओ मत···यह टीस न हो, तो बाँझ न कही जाएँ हम सब···फूलों का गलीचा बनकर बिछ जाने के लिए देह की यह टपकन बरदाश्त करनी ही होती है—सिरजनहारे हैं हम सब···आतप-सर्दी, वात-कुवात सबकुछ हँसकर झेलना है हमें···

नंदिनी ने झकझोरकर जगाया था—अरे, दीवार से उठंगी हुई आजी को ऐसी गहरी नींद आ गई···!

अपने मतिभरम पर एक सकुचाई हुई हँसी हँस पड़ी थीं वे···रहती है···रहती हैं किस समंदर में गोते खाने लगती हैं···दीया-बाती की बेर हो गई और वे···?

मन हुआ था—नंदिनी से कहें—

जा बचिया, तू और श्यामा दोनों मिलकर सांझा बाती का प्रबंध कर ले···हमें ऐसी ही चुपचाप पड़ी रहने दे···बिसरे हुए सुख की संजीवनी में कोई भी व्याघात नहीं ···कुशा बिछाकर लेटी जानकी की दिव्य मूर्ति उनके सामने थी—कुशकंथा पर कुलबुलाते···पय-पान के लिए माँ के आँचल में सिमटते शिशु-द्वय···लव और कुश···

नंदिनी उन्हें दुबारा चेता गई थी—उठो न आजी—गोहाल में अपनी कपिला ने जुड़वाँ बच्चों को जनम दिया है—बाबूजी वहीं गए हैं!

वे तुरत चैतन्य हो गई थीं—दर्द से सिहरती कपिला की रात-भर सेवा की थी उन्होंने···गुड़-घी का गरम काढ़ा···आग की हलकी आँच में उसकी देह को गरम करने के लिए रात-भर बोरसी ताजा करती रही थीं—

बेजुबान कपिला ने कैसी आश्वस्ति-भरी आँखों से उन्हें निहारा था—

देखा, कैसे हीरे-मोती जड़े हैं—मेरे ये दो अनमोल छौने···श्याम-सुभद्रा की जोड़ी है आजी—देखो न बछड़ा एकदम साँवला और यह बछिया कैसी उजली है न···!

आजी को एक क्षण के लिए विश्राम कहाँ था? वे कपिला की देखभाल में व्यस्त हो उठी थीं।

卐

नंदिनी अपने शोध-प्रबंध को अंतिम रूप देने में जुटी हुई थी—आर्ष-संस्कृति में नारी···!

उसके शोध-निदेशक डॉ. कृष्णकांत शर्मा ने सुझाव दिया था—शोध की उपाधि लेकर इस प्रबंध को आलमारी में बंद कर देने से तुम्हारा अभिप्राय सिद्ध नहीं होगा। बेहतर है, इसे प्रकाशित करवाने की चेष्टा की जाए···मद्रास में मेरे एक मित्र हैं, मैं उन्हें भी लिखूँगा।

विषय-प्रवेश से लेकर निष्कर्ष तक···वैदिक संस्कृति के मर्म को पूरी तरह परखने

की चेष्टा की थी उसने—

मातृ देवो भव···प्रागैतिहासिक काल के इस सूक्त को केवल प्रार्थना के मंत्र की शैली में दोहरा देना ही पर्याप्त नहीं, वास्तव में सामुदायिकता की परिकल्पना में मातृशक्ति को धुरी माननेवाली निष्ठा का पर्याय है—यह मंत्र···। यज्ञोपासना, विवाह, शिक्षण-कार्य, कला और संस्कृति के समस्त उत्तरदायित्वों का वरण नारी जाति किया करती थी। अवयस्क संतान की अभिभाविका के रूप में गृहकार्य—कृषि-कार्य आदि से लेकर प्रशासनिक कार्यों तक को पूर्ण पटुता के साथ संचालित करनेवाली भारतीय नारी की ओजस्विता प्राचीनतम प्रस्तर मुद्राओं में उत्कीर्ण है।

चीवरधारिणी गार्गी, मैत्रेयी, अपाला, भारती आदि पुरखिनों के कैसे-कैसे तेजस्वी स्वरूप···! पीत पद्म-सी देहयष्टि···उगते हुए सूर्य को जल का अर्घ्य देती पाटलवर्णा हथेलियाँ···अग्नि की प्रदक्षिणा करती, त्रिविध तापों के शमन हेतु शांति-पाठ उच्चारती राष्ट्र की भावी शिशुता को मानवीय गुणों का पूर्ण संपोषण देती वे आर्य ललनाएँ···!

अन्धं तमः प्रविशन्ति ये सम्भूति उपासते

विनाशशील भौतिक तथ्यों के प्रति इतनी आसक्ति क्यों? यह सब अज्ञान का घोर तम ही तो है जो बाह्य प्रलोभनों की ओर ले जाता है···

नंदिनी ने बचपन में एक बार जागेश्वरी आजी से पूछा था—तुम्हें चटक रंग पहनने की इच्छा नहीं होती आजी, चेहरे पर क्रीम-पाउडर कुछ भी नहीं, फिर भी ऐसी कोमलता किस तरह··· ? बताओ ना आजी, छोटकी आजी कहती हैं जरूर तुम कोई जादू-मंतर जानती हो···

कैसी दुर्लभ मुसकान के साथ उन्होंने अपनी पोती की बाल-जिज्ञासा को प्रबोध दिया था—अपने रामजी से यही मनाती रहती हूँ बचियाऽ, मन में कोई छल-कपट कभी नहीं व्यापे, किसी की निंदा में रस लेने का मोह हरगिज नहीं जगे··· सब लोग राजी-खुशी रहें, सबके पीछे भगवान् की थोड़ी-सी कृपा हमारे ऊपर भी हो···बस, जीने के लिए इतना ही काफी है—

नंदिनी उनके साँवले चेहरे को अपनी दोनों हथेलियों में भर लिया करती थी—कहाँ कड़वे तेल की कड़वाहट तो कहीं नहीं···तुम्हारी देह से ऐसी मीठी खुशबू किस तरह निकलती है—आजी···!

आजी धीरे से एक चपत लगा देतीं—इस उमिर में हमसे ठिठोली! अच्छा, आ, तेरे कान में एक बात बताऊँ··· यह बुझौवल है—बुझ लेगी तो सबसे बड़ा बताशा तुझे मिलेगा—

बिंधल मोती गूँथल हीरा
बाकी काँकर पाथर बीरा

बिंधा हुआ मोती, जड़ा हुआ हीरा···मानिक-रतन की आब ऐसे ही बढ़ती है—जो

बिंधने से इनकार करे, जो छिटककर दूर जा गिरे; वह—हीरा-मोती थोड़े होता है—उसे तो कंकड़-पत्थर कहकर त्याग दिया जाता है। नहीं समझी न··· ?

यही हमारी जिनगी है—नंदू, जब तक जिओ, इन्हीं भव-बंधों में पगी रहो···बाकी नाम का आधार तो है ही···वही फुलेलिया मन में बैठा अपनी नेह-रीति का इतर-फुलेल उड़ेलता रहता है···अनरस में थोड़ा-सा तो रस घुले! जीने की मोहलत थोड़ी आसान हो जाए!

नंदिनी खीजकर उठ जाया करती थी—ओहो, आजी, तुम्हारी बुझौवल हमारी पोथी के कबीर बाबा की उलटी बानी जैसी है। हमारे पल्ले नहीं पड़ने की!

दूध का भरा हुआ कटोरा सामने रखकर चुपचाप वापस जाती आजी को देखते ही उसकी बाल-बुद्धि कुलबुला उठी थी—श्यामा, ये पन्ने समेट दे—

आजी, भागो मत, हमारे पास बैठो···हमारे बाल गूँथ दो···! उसने झुककर उनकी गोद में अपना मुँह छिपा लिया था···ऐसे ही बैठी रहो···आज कोई भी काम मत करो आजी···!

देख रही है श्यामा, इतनी बड़ी हो गई—इसका बावरापन नहीं गया—जा बच्ची, चूल्हे की आँच जरा धीमी कर दे! देखना, दूध उबलकर गिर न जाए···!

विशेषज्ञों का प्रतिवेदन आ गया था, नंदिनी के शोध-प्रबंध को अविकल प्रकाशित करवाने की संस्तुतियाँ भी संलग्न थीं।

डॉ. शर्मा पहली बार उसके घर आए थे—

गोंद के लड्डुओं की तश्तरी हाथ में लिये आजी सिर का आँचल सहेजती तनिक सकुचाती हुई उनके सामने आई थीं—

अरे, माताजी, आपने क्यों कष्ट किया? आइए···बैठिए···न!

मेरी नंदू के गुरु हो बेटा···हमारे लिए तो परमपूज्य हो तुम···

लेकिन नंदिनी की आदि गुरु तो आप हैं? आपसे मिलने की लालसा बहुत दिनों से थी···! इसने आपके विषय में इतना बता दिया है कि···

आजी ने बनावटी क्रोध में भरकर नंदिनी की ओर अपलक निहारा था—

तुझसे कहा था न—मेरे बारे में किसी से भी कुछ···

वे कुछ कहतीं, इसके पहले डॉ. शर्मा उठ खड़े हुए थे—आपके बराबर आयु की मेरी माँ थीं—पिछले वर्ष देहमुक्त हुईं। आपका रुतबा तो माँ के बराबर है···

वे हक्की-बक्की देखती रही थीं और डॉ. कृष्णकांत शर्मा उनकी चरण-धूलि लेकर कमरे से बाहर निकल गए थे—

फाटक पर नंदिनी ने प्रणाम कर के दुबारा आने का निमंत्रण दिया तो डॉ. शर्मा ने उसी पुलक भाव से कहा था—जहाँ जागेश्वरी अम्मा रहती हों, वहाँ आने के लिए आमंत्रण कैसा? मैं बराबर आऊँगा—हर बार गोंद के लड्डू खिलाओगी न···!

मधुसूदन ने जागेश्वरी आजी के साथ विचार-विमर्श किया था—एक सुयोग्य घर-वर का पता मिला है—बड़की अम्मा···लड़का देहरादून में चिकित्सक है, उसके पिता यहीं कबीरचौरा में रहते हैं, वकील हैं! लड़के की बहन नंदिनी से एक क्लास नीचे पढ़ती थीं···। तुम्हारी राय हो तो···

श्यामा भावमग्न थी—बड़ दी, एबार तोमार बिए हबे···तोमाके ससुर बाड़ी जेते हबे···

और तू खूब खुश हो जाएगी—मुझे भगाकर तेरा एकछत्र राज्य जो हो जाएगा···आजी का, बाबूजी का···सबका दुलार अकेले तेरे हिस्से, क्यों··· ?

ना बाबा, आपको छोड़कर दुनिया का कोई भी सुख हमारे लिए निरर्थक होगा, दीदी—लेकिन जरा सोचिए तो···कबीरचौरा और गोदौलिया कितनी दूरी होगी भला! सुबह जमाई बाबू के साथ आकर साँझ को वापस लौट जाएँगी···!

आपस में मिलना-जुलना तो होता ही रहेगा न···!

मधुसूदन लड़के की जन्मपत्री ले आए थे। आजी ने रामायणी पंडित को बुलवा भेजा था।

अट्ठाईस गुण मिलते हैं···वर-वधू का जीवन हर तरह से सुख-समृद्धिदायक होगा···।

पीतल की परात में आटा, गुड़, घी का सीधा और दक्षिणा के रुपए सहेजकर रामायणी पंडित की बिदाई करती अपनी कोठरी में लौटी थीं—तभी गाँव से जलालुद्दीन वह बुरी खबर लेकर लौटा था—छोटकू बहुंत बीमार हैं। आप लोगों को तुरत बुलाया है—इसी लौटती गाड़ी से नहीं चले, तो···

दहिवर की सूनी दालान में छोटकू निश्चेष्ट पड़े थे··· मियादी बुखार की तेजी में रह-रहकर बड़बड़ाते हुए—

कनिया, हमारे लिए लपसी बनाओ···मलकिनी···खलिहान में एक दाना अन्न का नहीं बचे···बारिश···आने वाली है—सब कुछ भींज जाएगा।

अन्न की बरबादी···।

बूढ़े वैद्यजी ने जागेश्वरी आजी को एक किनारे ले जाकर समझाया था—

खेला खतम समझो बहुरिया! दो रात से हालत बिगड़ती ही जा रही है। कभी होश में आते हैं तो मधु, नंदू और तुम्हारी रट लग जाती है···। राम-राम गोहराओ···

छोटकू की सारी ममता धीरे-धीरे बुझ रही पुतलियों में बटुरा आई थी—

देस-जहान छूट रहा है भउजी, हमारे बाद इस घर में···

मधुसूदन के हाथ से तुलसीदल लेने के लिए ही उनकी संज्ञा एक बार फिर लौट आई थी—बक्सर के किरपासागर वकील के पास सबकुछ सहेजवा दिया है···। इस देहरी की आन तुम्हें चेतनी होगी, बचवा, हमारे बाद पुरखों की इस दालान में···

चरित्रवन की चिताग्नि छोटकू की मुट्ठी-भर देह को क्षार-क्षार कर गई थी…!

दालान की कच्ची माटी को गोबर से लीपकर दीया जलाने चलीं तो जागेश्वरी आजी के मन-प्राणों को भीतर तक भिगोते छोटकू सामने खड़े थे—

तुम्हारा यह नियम-धरम हमें एक आँख नहीं सुहाता…! जल्दी करो भउजी, माँड़-भात तैयार हो तो वही दे दो, दूकान खोलने की वेला निकली जा रही है।

फगुवा हो चाहे दीवाली, छोटकू की आढ़त का सोच कभी जो थम जाए…

गाहक लछिमीरूप होते हैं…वे लौट गए तो अनरथ हो जाएगा। दिन-भर की बरक्कत रूस जाएगी!

दहिवर के उस पुश्तैनी घर की बरक्कत भी न जाने कहाँ रूठकर चली गई थी। एकादश-कर्म से निवृत्त हुए तो मधुसूदन ने सरपंच का सुझाव सामने रखा था—

खाली पड़ा रहे इससे तो अच्छा है कि यह घर पंचायत कार्यालय के लिए दे दिया जाए…! पीछे की पाँच कोठरियों में हमारा सामान सुरक्षित रहेगा। दालान और उससे सटी चारों कोठरियों में पंचायती चीज-बतुस रख दी जाएँगी…!

तुम क्या कहती हो बड़की अम्माऽ?

क्या कह सकती थीं वे? गेरू पुती माटी की दीवाल पर हलदी-अइपन के थापे दे-देकर उनकी सास ने कितनी आरजू-मन्नत के साथ कोहबर-घर सँवारा होगा…

पितर नेवते गए होंगे—काली माता, बरम बाबा, गंगा मइया और सरग लोक में बैठे सभी पितर-पितराइन…

ए सरगहिं बसेले पदारथ बाबा
उनहुँ के नेवतबि…
ए उनका सरीखे बहुआरो देई—

पदार्थ बाबा, रामसकल बाबा…सात पुश्त के सभी पुरखे और उनके अंग लगी गँठजोड़ किए बैठी सभी पुरखिनें…इस अँगनाई में पाँव धरें अपने पूत-पुतोहू को, अपने धिया-दामाद को असीस देकर लौटें…!

मधुसूदन का यज्ञोपवीत संस्कार था, पितृ-पूजन के लिए छोटकी और वे पीली साड़ी से सिर ढँके सिल पोहने बैठी थीं—उनके राखीबंद भाई विजयानंद पांडेय ने वैदिक मंत्रोच्चार के बीच ग्यारहवर्षीय मधु को पीली धोती, खड़ाऊँ, पोथी, पटरा, कुशा और पलाश-दंड थमाते हुए भिक्षाटन का आदेश दिया था—

पहली भिक्षा का सर्वांश अपनी-अपनी माता के लिए। वह सीधे उनके पास चला आया था—बड़की अम्मा…लो आँचल फैलाओ…!

आँसुओं की हर परत के पीछे अतीत की ढेर सारी तहें…!

घर छोड़ने के पहले सारी चीज-बतुस समेटनी होंगी।

उन्होंने विजयानंदजी को बुलवा भेजा था—

पंडित भइया, छोटकू का ओढ़न-पहिरन आपके हवाले···!

अपने दादा की निशानी यह बंकुड़ी छड़ी और ऐनक नंदू रखना चाहती है।

मधुसूदन अच्छी तरह देखभाल करके एक-एक कमरे की कुंडी लगाते ताला बंद करते जा रहे थे—

बड़का बाबूजी की कोठरी में देख लो, बड़की अम्माऽ! शायद वहाँ तुम्हारे किसी काम की चीज···

पच्छिमवर्ती उस बड़ी कोठरी का किवाड़ खोलने चलीं तो कटहल की पुरानी चौखट चरमरा उठी थी—

सैंतीस साल पहले···इसी चौखट पर राई-सरसों ओइंछने के लिए उनकी सास मुस्तैद खड़ी थीं—

धीरे-धीरे मोरे बाबू चले पतिशाह के जामल रे,

हड़बड़-हड़बड़ कनियवा चले

हरवाह के जामल रे···!

देखो लोगो, मेरा पूत कितनी सधी हुई चाल से चला आ रहा है—क्यों न हो, बादशाही घराने का दीपक जो ठहरा···और इस पराए घर की धिया को तो देखो—कैसी आपाधापी में गोड़ उठा रही है—जैसे किसी हलवाहे के घर की धिया हो···

हास-परिहास के बीच सासुजी का उछाह सातवें आसमान पर था—

मथवा चूमिय चूमि देली असीस

जियसु जगेसरि सुहवा लाख बरीस···!

माथा चूमकर अपने अंग से लगा लेनेवाली विधवा सास के प्राणों की अनहद पुकार असीस बनकर बरस रही थी—

पहिल पुतोहू—कइसन मानिक अइसन जरत रूप···भागमान-लच्छन···तहरे से हमार कुल उजागर होई कनियाऽ!

करुणा-विवश देह का शैथिल्य थाहती वे वहीं चौखट पर बिखर गई थीं—

कुल-परंपरा का मान छोटकू के साथ चला गया, अम्माजी—

अब यह अँगनाई छूट रही है—गाँव-घर बेगाना हो रहा है। यहाँ रहें भी, तो किसलिए···किसके लिए···?

अपने अनकिए गुनाह की क्षमा माँगने के लिए उस चौखट पर झुकीं तो मधुसूदन ने पीछे से सँभाल लिया था—

तुम्हारा क्लेश समझ रहा हूँ—बड़की अम्माऽ! लेकिन हमारे नसीब में गाँव का दाना-पानी नहीं था। बड़का बाबूजी की सन्मति रहती तो कम-से-कम वे यहाँ···।

खूँटी पर जगदानंद की खाकी कमीज जस-की-तस झूल रही थी—संदूक में पुराने कागजातों का अंबार, पलंग के पायताने कच्ची अफीम की सूखी हुई कलियाँ···पूरी कोठरी

एक बिसाइन गंध से भरी हुई···आजी बाहर से ही वापस लौट गई थीं—

आशा···तृष्णा ना मुई···

अपनी प्रबल तृष्णाओं के पाश में बँधे निरंतर भटकाव की नियति झेलते जगदानंद···!

हम जो कुछ कहते हैं—तुम उसका उलटा करने की ठान चुकी हो···मँझरियावाली, तुमसे लाख बार कहा, हमारे नशे-पानी के बारे में कोई टीका-टिप्पणी नहीं···।

आज अक्षय-नवमी है, कल एकादशी, परसों प्रदोष···ऐसे तो तीन सौ पैंसठ दिन तुम्हारी भगताई में ही बीत जाएँगे···जो भी हो—हमारा हुकुम है—प्याज-लहसुन की बघारी हुई तरकारी बनेगी ही···

छोटकू, अपनी भौजाई से कहो, यह दान-पुन्न का सिलसिला बंद करें···हड्डी गलाकर कमाएँ हम—परदेस अगोरें हम और मालपुए का भोग लगाएँ विजयानंदजी···किसी मलंग ने आकर झूठ-सच कुछ भी कह दिया और ये उसकी झोली भरने के लिए अकबका उठीं···!

उस मलंग बाबा की करुणासिक्त आँखें भुलाए नहीं भूल सकतीं—

मतवा, अशोक वाटिका में जानकी-सी तेरी दशा है···योगमाया है—तू···वेदना के विष को उपासना का अमृत बनाकर ही सहारा जा सकता है···!

कुछ महीनों के बाद गाँव से जाने लगे थे तो उन्होंने पहली बार मुँह खोला था—

तेरी चौखट पर खिचड़ी भोग लगाने की इच्छा है माता···।

उन्होंने स्नान करके बड़े पावन मनोयोग से चौके का जिम्मा स्वयं सँभाला था—

छोटकी, तुम बाहर का ओसारा लीप दो और सुहास कनिया से कहो, पूजाघर से थालियाँ निकाल ले!

अगिया बेताल बनकर जगदानंद पिछवाड़े के रास्ते आँगन में घुसे थे—

मँझरियावाले अपने बाप की कमाई लुटाई जा रही है? दहेज में एक चुटकी अन्न साथ लाई थी क्या? दुनिया-भर के जितने चोर-उठाईगिरे हैं, सब साधु मलंग बने बैठे हैं···! और यह तिरिया चरित्तर हम क्या नहीं समझते—रामायण की सीता माता और कपटी रावण—अच्छा संयोग है···!

मलंग बाबा बिना भोग लगाए उठ खड़े हुए थे—

तेरी बिथा समझता हूँ—माता, पुत्र हूँ—फिर भी तेरे कल्याण के लिए औढ़रदानी महादेव से विनती करूँगा!

छोटकी भयभीत हो उठी थी—साधु-संत का निरादर तो उचित नहीं हुआ दीदीजी, कहीं कुपित होकर कोई कुभाखा कढ़ा बैठते तो···

छोटे-बड़े संदूकों में गृहस्थी का बिखराव समेटकर दम लेने के लिए दालान में बैठीं तो तीनों टोलों की औरतों का मजमा इकट्ठा हो गया था—

झारी देई कमर पर हाथ रखकर लाठी टेकती हुई किसी तरह पहुँची थी—

बाप-दादा के निसानी छोड़ि के जात बाड़ू भउजी···

आइए झारी दीदी···!

उन्होंने शीतलपाटी बिछाकर अगवानी की थी—दुःख-सुख, पाप-पुण्य—सारे अच्छे-बुरे के साथी छूट जाएँगे···! न जाने फिर दहिवर लौटना हो कि नहीं···!

झारी देई की कर्कशता करुणा के आवेग में न जाने किधर प्रवाहित हो चुकी थी—

तहरा से कवनो दुसमनागत ना रहे भउजी···हम बूझ ना सकलीं···! हमार दोष छिमा करिहऽ!

क्या कह रही हैं झारी देई। भला दुश्मनी किस बात की···? किसी के लिए कुछ भी सोच पाने की मोहलत उन्हें कब मिली···!

सास हँसकर गुमान-भरे स्वर में दुलार देती थीं—

उठ बहुवा साँस ल···!

छोटकू की एक ही फरमाइश होती—

जीरा-धनिया कूटना हो तो भउजी के जिम्मे···! उतनी बारीकी और किसी के हाथ में कहाँ···?

मधुसूदन जलालुद्दीन को बुला लाए थे—

वे नंदिनी की बाँह का सहारा लेकर इक्के पर चढ़ी थीं—

गोड़ लागी बड़की माई—

परनाम बड़की काकी—

फिर आइब भउजी, बिसराइब मत···

उनकी आँखों में हवा के साथ बिखरकर दूर-दूर तक पसरी नीम की पत्तियों का उदास पीलापन सिमट आया था।

शीतला माता की पूजा के लिए छोटकू से गुजारिश करती थीं—

नीम की नाजुक डेहुँगी चाहिए···तोड़ दीजिएगा बबुआजी···?

हाँ काहे नहीं, लेकिन हमारा ईनाम भउजी···

मालूम है—रसपुआ चाहिए आपको, ना, अभी नहीं, मइया पुजा जाएँ, इसके बाद ही···!

पुश्तैनी पुरानी नीम के नीचे की जगह गोबर-माटी से लिपी कैसी साफ-सुथरी दिखती थी—चूने-गारे के पक्के ओसारे से भी अधिक मनभावन···वही नीम बेटी की बिदाई से दरकी हुई छाती में आँसुओं की गंगा-जमुना सहेजती उनकी ओर मुखातिब थी···

उमिर की डोरी में बरिस-दर-बरिस कितनी गिरहबंदी हुई···हमने सब कुछ देखा···तुम्हारी पुतलियों पर तिरता हुआ सावन-भादों अपनी शिराओं में सहेजा···तुम्हारी उनींदी रातों को अपनी शीतल बयार की छुअन दी—महतारी बनकर तुम्हारे साथ हर क्षण

अपनी ममता जोड़ी…अब तुम हमें छोड़कर जा रही हो…!

जाना ही होगा…यह बिछोह ही हमारी नियति है…

बिदा…!

दहिवर की कोमल बँसवारी…अलबिदा…

हरे बाँस की झुरमुट में छिपे किसी अदेखे पाखी का टहकता हुआ स्वर…प्राणों में टीस उठा गया था—

क्वाँ…क्वाँ…

कहाँ जाती हो…? नेह-धरम का बंधन तो इसी माटी के साथ था—इसे त्यागकर…

आम-महुआ का बगीचा…फगुनाहट के झकोरे देता उनके सामने निहुर आया था—ऐसा जीवन-रस कहाँ पाओगी जागेश्वरी देई…?

मँझरिया की अमराई में झुंड-के-झुंड वानरों ने बचपन में खूब दौड़ाया था उन्हें। कच्चे टिकोरे तोड़ने के लिए सखियों के साथ माटी के ढेले बटोरतीं और हनुमान बाबा उनका अभिप्राय समझ जाते! टिकोरों की वह बरसात…माथे पर…पीठ पर…घुटनों में कस-कसकर चोटें पड़तीं।

टिकोरों के खटमिट्ठे स्वाद-सी नइहर की वो यादें…!

बनारस एक्सप्रेस गंगाजी के ऊपर बने पुल पर से गुजर रही थी—जागेश्वरी आजी का मन शृंगबेरपुर हुआ जा रहा था—

गंग सकल मुद मंगल मूला—

जनजीवन के समस्त आनंद और मंगल का विधान रचनेवाली मातेश्वरी गंगा!

रामरेखा घाट हो या मँझरिया घाट, शिवपुर घाट हो या असी घाट…उमिर की झोली में भर-भरकर जो थकन कमाई जाती है, उसका विसर्जन यहीं तो होता है—आपके शुचि कलेवर में…आपके तप:पूत आँचल की छाँह तले…भस्मीभूत देही को नई जिनगी प्राप्त होती है।

卐

सचिव सुमंत्र, अनुज लखन लाल, प्रिया वैदेही, सुनो…! लोक-व्यवहार जनित समस्त संतापों को दूर करनेवाली ये शुभ्र देव नदी हैं--ज्ञान, वैराग्य और भक्ति की त्रिवेणी भी यही हैं--संपत्ति-विपत्ति, देश-काल और भौतिक कर्मों के समस्त प्रयोजनों का शमन यहीं होता है…योग और वियोग, शुभता और अशुभता, स्वर्गिक सुख अथवा नारकीय यंत्रणा—सबका प्रक्षालन यहीं संभव है—ये गंगा माँ हमारे पूर्वजों के अथक श्रम से अर्जित सद्विवेक की स्निग्ध, तरल अनुभूति हैं, हमारी सत्य-सिद्धि की उदात्तता का साक्षी रूप हैं। प्रणम्य हैं…माँ गंगा…!

झारी देई ने अपार सूझ-बूझ से भरी पुरखिन की बानी में प्रबोध दिया था—

बाबा बिसनाथ के धाम में गंगाजी के कछार पर रहबू! रेत-परबत पर जाए के रहित

त अफसोस होइत! तहार मन के आस ओहिजे पूजी···जा, तीरथ बास कर भउजी···!

कैसा तीरथ, कैसी पूजा···? जिन्गी वनवास का कठोर दंड देने चली थी और वे···?

सुनहली धूप में हीरे-मानिक-सी दमकती गंगाजी का रेतीला पाट आँखों के आगे से ओझल होता जा रहा था—

पीतवसना सिया सुकुमारी उतरई दे रही थीं—लो केवट भइया, यह मुँदरी रखो···

श्यामवर्ण राम के मुख पर तड़ित मुसकान थी—

सेवा ही जिसका जीवन-मर्म है, वह इस रत्न-मुद्रिका को ग्रहण करेगा वैदेही···? देना ही है तो इसे विमल भक्ति दो···जीवन जीने योग्य सुदृढ़ अनुराग···जिसकी निर्मल धार में मन का सारा संशय धुल जाए···कोई अनरीति शेष न रहे···!

उन्होंने खिड़की से सिर टेककर आँखें मूँद ली थीं—

सेवक धर्म···! क्या उन्होंने सेवा में कोई खोट बरती···? गुरु काका जीवित रहते तो पूछतीं—सच बताइए···क्या यह जनम अकारथ गया? क्या उन्होंने कोई मनोरथ सहेजा था—

मन के भीतर बसे जगदानंद की कल्पना मूर्ति ने धीरे से पलकें खोली थीं—

मैं भटक गया था, मँझरियावाली, अपने पितरों की सौगंध, चेत आ गया है मुझे···अब तो माफी की दरकार है···! एक बार खुलकर कह दो···तुमने मुझे···

ऐसी बात क्यों कहते हो···!

गंगा मइया ने हमारी आस पूरी कर दी, आप भले-चंगे घर वापस लौट आए बस, और क्या चाहिए···?

नंदिनी ने धीरे-से कंधा पकड़कर हिलाया था—सो गई क्या आजी, उठो, बनारस आने ही वाला है···!

आजी की पोथियोंवाली संदूक खुली, तो श्यामा आँखें फाड़े हैरान थी—इतनी किताबें···! आजी, यह सब आप पढ़ चुकी हैं···!

लाल बेठन में लिपटी भक्तमालचरित की सुंदर तसवीरों को वह देर तक उलट-पुलटकर देखती रही थी—इसे पढ़ेगी तो और आनंद मिलेगा श्यामा···

हाँ दीदी, मैं पढ़ना चाहती हूँ, मुझे हिंदी सिखा देंगी आप···!

क्यों नहीं, लेकिन पहले यहाँ की खबर बता···तेरी व्यवस्था में सब ठीक-ठाक तो रहे न···!

एकदम सोलह आने ठीक-ठाक! हमारी बात पर विश्वास नहीं हो तो सुमित्रा काकी माँ से पूछ लीजिए···आपकी कपिला और उसके हीरा-मानिक सब एकदम दुरुस्त हैं···!

लेकिन सबकी चिंता करती-करती तू दुबली हो गई क्यों···?

श्यामा ने आजी के कपड़े तह करते हुए सूचना दी थी—

आपके गुरुजी आए थे और आपकी वह मराठी सखी भी···

अरे, सुमिता आई थी, कब?

पिछले इतवार को···आपके नाम एक चिट्ठी दे गई हैं—और गुरुजी कह गए हैं, फिर आएँगे···!

सुमिता के पत्र में कई सूचनाएँ थीं—मेरा विवाह तय हो गया है···माँ चाहती हैं कि उस समय तुम भी बंबई जरूर आओ—वे तुम्हें अलग से पत्र लिखेंगी।

जागेश्वरी आजी के मन में हलकी-सी उद्विग्नता थी—

और नंदिनी···ब्याह नहीं करेगी मेरी पोती···? उसके लिए कोई योग्य वर···

मधुसूदन ने इशारे से बता दिया था—

वकील साहब के यहाँ संबंध कठिन है···! वे अपनी लालसा जाहिर कर चुके हैं—पचास हजार रुपए नगद और बरतन-बासन, जेवर आदि से लेकर बारात की पूरी ताम-झाम तक का खर्च मधुसूदन के जिम्मे···

तुमने कहा नहीं बबुआ···, हमारी हैसियत इतने की नहीं है···और फिर इतनी बुद्धिमती हमारी नंदू···

मधुसूदन सभी बातें बताकर उन्हें दुखी नहीं करना चाहते थे—

वकील साहब ने कहलवा भेजा था—

इतना बड़ा आश्रम चलाते हैं, साल में लाखों रुपए तो अनुदान के ही मिल जाते हैं। गाँव पर जमीन-जैदाद की कोई कमी नहीं, मधुसूदन चाहें तो नंदिनी के नाम पर सबकुछ···

कृष्णकांतजी दुबारा आए थे—

माँ, यदि आपकी आज्ञा हो, तो नंदिनी हम लोगों के साथ बंबई जा सकती है, मेरी दीदी भी साथ जा रही हैं! जागेश्वरी आजी ने खादी के सूत की रंग-बिरंगी कसीदाकारीवाली चादर तैयार की थी—

यह हमारी ओर से सुमिता के लिए···

सफर के बीच कल्याणी दीदी देर तक अपनी पुरानी यादों को दुहराती रही थीं—बाईस वर्ष पूर्व, वैधव्य का कलंक माथे पर लिये इसी रास्ते से बनारस वापस लौटी थीं—क्या उम्र थी उनकी? दुनिया-भर की छल-प्रवंचनाओं से निपट अज्ञान···सिंदूर पुँछे हुए चेहरे की ओर जब-जब अम्मा देखतीं, दहाड़ मारकर रो पड़तीं—वही काल तुझे नहीं खा गया कल्याणी, रेत के समंदर-सा इतना लंबा अथाह जीवन किस तरह काटेगी तू···!

सबसे ज्यादा अंधविश्वासी माने जानेवाले पिता ने सबसे अधिक उदारता और संयमशीलता का परिचय दिया था—कल्याणी, सबकुछ भूलकर दसवीं की पढ़ाई फिर से शुरू करो, बिटिया···! विद्या-अर्जन ही तेरी मुक्ति का साधन बनेगा।

साहित्य विशारद की उपाधि लेकर काशी विद्यापीठ में पिछले बीस वर्षों से अध्यापन कर रही कल्याणी दी···

सफर का अंतिम छोर समीप था, कल्याणी दी ने धीरे-से अपनी बात समाप्त की थी—

सुमिता का ब्याह तो एक बहाना मात्र है नंदू, मेरा मन बार-बार क्या दोहरा रहा था बताऊँ···श्वसुर-गृह की पुश्तैनी दहलीज बरसों से वीरान पड़ी है···एक बार, बस अंतिम बार···वहाँ माथा टेक आती···देवर ने अमेरिका से पत्र भिजवाया है—हम घर-बेचने के लिए आ रहे हैं, भाभी···आप का मन हो तो आप भी···

नंदिनी के गुरु कृष्णकांत रास्ते-भर अपनी गुरुता भूलकर उन दोनों की छोटी-से-छोटी सुविधाओं का यत्न करने में जुटे रहे थे—

दी, पानी चाहिए क्या··· ? अरे, नंदू, तुम बहुत देर से बैठी हो—कहो तो, बिस्तर फैला दूँ, थोड़ा आराम कर लेती, अभी तो छह घंटों का सफर बाकी है। ओह दीदी, तुमने तो अपना भानुमती वाला पूरा पिटारा ही खोलकर रख दिया! अखिल भारतीय गप प्रतियोगिता हो तो तुम्हारा नाम सबसे अव्वल···

नंदू, सुन ले अपने गुरु की बातें! पूरे नौ साल छोटा है यह मुझसे··· ! बाहर इसे कोई देखे तो बुद्ध-महावीर की गुरु-गंभीर मुद्रा बनाए रहेगा! ज्ञान-विज्ञान, दर्शन-अध्यात्म के सिवा दूसरी कोई बात नहीं···और घर में दिन-भर मुझे परेशान करता फिरेगा—

क्या दीदी, जब देखो तब बालिकाओं की उत्तर-पुस्तिकाओं में सिर खपाती रहती हो··· ! देखो, मेरी कमीज के दो-दो बटन टूट गए हैं—यही पहनकर यूनिवर्सिटी चला जाऊँ क्या ?

मैं इसे जब-तब चिढ़ाती हूँ—

दादाजी की मिरजई अब भी लोहेवाले संदूक के किसी कोने में धरी पड़ी होगी—जा ढूँढ़ ले और अपने नाप की दो-चार सिलवा डाल···बस भभूत रमाने की कसर रह जाएगी···बाबा विश्वनाथ के बड़े पुजारीजी से कहकर एक शीतलपाटी तेरे लिए भी···मेरा वश चले तो इस जोगीराज के लिए असीघाट पर एक कुटिया छवा दूँ—रचो गोस्वामीजी, यहीं विराजो और एक नया मानस रच डालो; लेकिन इन्हें डर है कि इनकी रत्नावली फिर कहीं···

कृष्णकांतजी की निश्छल हँसी को किसी अज्ञात उदासी ने एकबारगी ढँक दिया था—

दीदी, तुम भूल जाती हो कि···

वे धीरे-से उठकर अपनी सीट पर चले गए थे।

कल्याणी दी भाई की पीठ की ओर निहारती थोड़ी देर के लिए हतप्रभ बैठी रही थीं, फिर वे धीरे-से उसके पास खिसक आई थीं—

तुझे सुनकर बुरा लगा होगा, नंदू···बड़े यत्न से देखभालकर बाबूजी ने कृष्ण का विवाह तय किया था—

तीन भाइयों की दुलारी बहन—मनिका···सुंदर इतनी कि मानस मंदिर की संगमरमरी प्रतिमावाली जानकीजी हमारे कोहबर-घर में आकर विराज़मान हो गई हों···!

... ...

नंदिनी ने अगली कथा जानने के लिए अपनी ओर से कोई उत्सुकता नहीं दिखाई थी। कल्याणी दी अपनी रौ में कहती गई थीं—बाबूजी के बाल-सखा की बेटी थी मणिका···हमें क्या पता था कि वह···चिर उन्माद-रोगिणी मणिका पहली रात में ही मूर्च्छा का शिकार हो गई थी—कृष्णकांत गुमसुम अपनी कोठरी में बंद हो गए थे!

कल्याणी दी महीने-भर अस्पताल का चक्कर काटती रही थीं—डॉ. दया रानी ने उन्हें अकेले में बुलाकर कहा था—संभव है, रोगिणी कभी ठीक न हो! आप लोगों को पूरे एहतियात से काम लेना पड़ेगा।

नंदिनी, पूरे एक वर्ष उस यंत्रणा से जूझना पड़ा था हमें—

कृष्ण बावला हो उठा था—मेरी नई पांडुलिपि चीरकर रख दी उसने, मेरी अनुपस्थिति में मेरा पूरा कमरा तहस-नहस करके चली गई वह···! दीदी···तुमसे किसने कहा था कि मेरे कमरे में उसे जाने दो···

सच बताऊँ नंदिनी, उस दिन खूब अच्छी-भली दिख रही थी—वह···! लाल चुनरी के पाटने सँवारती, सिंदूर से दमकती माँग लिये, नथ पहने मेरे पैरों पर झुकी तो लगा, कोई शापभ्रष्ट किन्नरी मेरे आँगन में उतर आई है—कैसी मासूमियत-भरी थी उसकी आवाज में—दीदी, जरा ऊपरवाले कमरे की चाभी···बैठे-बैठे जी नहीं लग रहा है। वहाँ की सफाई कर देंगे और···हठात्···जोर-जोर से रोने की आवाज सुनकर मैं दौड़ती हुई ऊपर गई थी--कृष्ण का चेहरा लाल भभूका हुआ जा रहा था। अपनी नई पांडुलिपि के चिथड़े बटोरता वह जोर-जोर से बड़बड़ाता जा रहा था।

मणिका काठ की मूरत-सी एक कोने में खड़ी थी। मुझे देखते ही उसने एक उन्माद-भरी हँसी हँसते हुए···घर की दुर्दशा का जिम्मा अपने ऊपर ले लिया था--

ये हमारा दूल्हा है—या इन पोथियों का! हमारे पास एक छिन भी नहीं बैठता···! इसीलिए तो हमने जान-बूझकर···और लिखोगे तुलसीदासजी···! तुम्हारी रामायण की तो धज्जी उड़ा दी हमने···!

कृष्ण ने आवेश में उसपर हाथ उठा दिया था···! मुँह से गाज फेंकती देह की ऐंठन लिये बेहोश होती चली जा रही मणिका को दूसरे ही दिन उसके बड़े भाई लिवा ले गए थे···!

तभी से ऐसी ग्रहण लगी जिंदगी जी रहा है—मेरा कृष्ण···!

नंदिनी, मुझे चौबीस घंटे अपने इस ज्ञान बावरे भाई का सोच लगा रहता है···!

कल्याणी दी ने अपनी उदासी छिपाने के लिए बंकिमचंद्र की ग्रंथावली निकाल ली थी। नंदिनी···जालियारेवाली सीट पर मुँह फेरकर लेटे कृष्णकांतजी के प्रति एक नई करुणा

से भर उठी थी···

इस वक्त बड़ी आजी पास होतीं तो शायद यही कहतीं—

अनमेल संग-साथ हो तो भरी-पूरी अयोध्या भी दंडक-वन हो जाती है बचियाऽ! तेरे गुरुजी के कपाल में यह कष्ट-भोग लिखा हुआ था। नंदिनी का मन अनायास उचटता चला गया था—और बड़ी आजी···तुम्हारे भाग्य में क्या लिखा था···? सुदिन-सुघड़ी शोधकर तुम्हारे ज्योतिषी पिता ने लग्न तय किया होगा···! तुम्हारी आत्मा में किसी के लिए कोई उलाहना क्यों नहीं जगता···?

उस दिन श्यामा ने आजी के माथे पर दिपता हुआ सिंदूरी टीका देखकर पूछ लिया था—नंदिनी दीदी, बड़े दादाजी···क्या···?

नंदिनी का मौन संकेत पाकर वह तुरंत चुप हो गई थी—बड़की आजी ने सुना नहीं—अच्छा ही हुआ! प्रभाती गाकर अपने हर दिन की शुरुआत किस नीरव प्रार्थना से करती हैं···नंदिनी को अच्छी तरह मालूम है! पिछले नवरात्र के पहले मियादी ज्वर में एक ही रट लगाए रहती थीं—

आपकी मति पलटे तो सही···! गंगाजी की कृपा होगी···मधु···देखो···तो कितना अथाह जल है···तुम्हारे बड़का बाबूजी भँवर की ओर बढ़ रहे हैं—उन्हें बचा लो बबुआऽ!

कृष्णकांतजी ने पहली बार आजी को देखा था तो देर तक गंभीर दृष्टि से उन्हें देखते रह गए थे। असह्य वेदना झेलकर थिर हो गई पुतलियों की ऐसी अद्भुत आभा···! वह क्या है, जो कर्पूर बनकर जल-जलकर निःशेष होता हुआ भी अपनी अपार्थिवता के प्रमाण देता रहता है।

ऐसा महान् धैर्य···!

सब कुछ जान लेने के बाद कृष्णकांतजी बहुत देर तक स्तब्ध बैठे रहे थे! फिर, धीरे-से उठकर नंदिनी से कहा था—बड़ी भाग्यशालिनी हो तुम···ऐसी पितामही···ऐसी तपःपूत आचार्या···! इनके समस्त संस्कार मेरे लिए शिरोधार्य हैं।

卐

सुमिता के आनंद का ठिकाना नहीं था—

मुझे विश्वास नहीं हो रहा है। क्या आप लोग सचमुच आ गए हैं···? और बड़ी दीदी, आप? आपके आने से तो मुझे इतनी खुशी हो रही है कि पूछें मत···!

सुमिता की माँ, भाभी, दोनों ताइयाँ कल्याणी दी और नंदिनी को अपने साथ भीतर लिवा ले गई थीं—विवाह अत्यंत सादगी के साथ संपन्न हुआ था।

... ...

नंदिनी···एक सप्ताह और ठहर जातीं···कल्याणी दी, आप तब तक ठाणे घूम आइए न···! सर, आप लोग रुक जाते, तो मैं लौटकर यहाँ के खास-खास दर्शनीय स्थल दिखा पाती···

कृष्णकांतजी ने तुरत मना कर दिया था—

नहीं-नहीं, मेरी छुट्टियाँ बिलकुल नहीं हैं—और मुझे कुछ जरूरी संगोष्ठियों में भाग लेने के लिए बनारस से बाहर भी जाना है। कल्याणी दी आज ही लौट आएँगी···कल दोपहर में हमारी ट्रेन है।

और नंदिनी तू··· ?

चैत्र का नवरात्र समीप है। आजी के अनुष्ठान की बात तो तू जानती ही है। मेरे रहने से ही उन्हें सहारा होगा···!

अब तेरी पारी है सुमिता···अपने दूल्हे को लेकर बनारस आना तुम···

आऊँगी···एक शर्त है···बोल, मानेगी··· ? गोदौलिया के मधुसूदन निवास में शहनाई कब बजेगी, बता तो···हमारा नेवता तो भाई, उसी दिन के लिए सुरक्षित है।

卐

जगदानंद लौट आए थे।

हहास बाँधकर आकाश की ऊँचाई छूती फेनिल लहरों के सिर धुनते अंतिम उच्छ्वास की तरह···हर क्षण उद्वेलित, हर क्षण आक्रोशपूरित चक्रवात की तार-तार हुई साँसों की तरह···

गोदौलिया आश्रम के बाहरी फाटक पर एक आकृति सहसा प्रकट हुई थी—

श्यामा ने भीतर आकर संवाद सुनाया था—

कंबल ओढ़े एक आदमी बाहर खड़ा है। कह रहा है—

मँझरियावाली को बुला दो, उसी से गरज है।

जागेश्वरी आजी का चेहरा कपास हो उठा था।

राधाकांत शास्त्री की बेटी, पहचानती नहीं··· ? ओसारे का पथरीला खंभा बनी खड़ी रहोगी या···

मधुसूदन ने धीरे-से कहा था—

बड़की अम्मा, तुम भीतर जाओ···।

वे उसी गंभीरता से फाटक तक आगे बढ़ गए थे···

आइए बड़का बाबूजी···!

मन की किताब पर आड़ी-तिरछी लकीरों के किस कदर बदनुमा दाग लेकर इतने दिनों के बाद अवश लौटे थे जगदानंद!

किसी ने उनसे कुछ भी नहीं पूछा था। नंदिनी अपनी किताब का जरूरी अध्याय लिखने के बहाने कोठरी में बंद हो गई थी—किसी सरकारी मीटिंग में भाग लेने के लिए मधुसूदन उसी शाम इलाहाबाद के लिए निकल गए थे···।

जागेश्वरी आजी की पलकों पर खारे जल-बिंदुओं का अशेष संभार था।

याद आ गया था वह दिन! दहिवर की दालान में अपंग कोढ़ी बाबा को भरपेट

भोजन, धुली हुई धोती और गमछे की भेंट देने चली थीं तो रोम-रोम में काँटें बिंध गए थे···

ना जाने राम कवन होइहें गतिया···! कादो-माटी से रची इस काया का यह गुमान···!

कसकर उमेठी हुई मूँछों का उभार और भी तन गया था—

ज्ञान-भक्ति का विवेचन इस घर में नहीं···कह दो मँझरियावाली से···निरगुनिया ढोंग रचना हो तो किसी मठ की महथिन दाई बन जाएँ, पाँव पुजवाती फिरें···! हमारे घर में यह भगताई नहीं चलेगी। यह बीमारी छूत की है छोटकू···, इस कोढ़ी ससुरे को इसी बखत निकाल बाहर करो···दालान को फेनाइल से धुलवा डालो, वरना···।

निवाड़ की खाट पर बिछी सुजनी की किनारी एकतरफ ज्यादा झूल गई थी···जगदानंद के दाहिने पाँव-सी···

क्या ले आई हो···? दूध साबूदाना···वह भी बगैर चीनी का···नहीं, हम इसे नहीं खा सकते···।

चोट खाए अजदहे की निढाल फुफकार जैसे वे शब्द···!

हम तो यहाँ आना नहीं चाहते थे—

दलसागर के बस-पड़ाव पर उतरे तो मुखियाजी ने सारी कथा कह सुनाई···! छोटकू नहीं रहे···पुश्तैनी घर चउपाल बन गया···और···

ऐसे टुकुर-टुकुर मुँह क्या देख रही हो मँझरियावाली, जानता हूँ, यही कहोगी—ऐसी ही मान-मरजाद थी—तो गाँव तजकर गए ही क्यों थे···! क्या समझती हो, अपने पातक से घबड़ाकर भागे थे हम···? हरगिज नहीं···! हमारे भीतर इतनी कूबत थी कि गाँव का नरक उधेड़कर सब सालों की नकली इज्जत का इश्तहार बना देते···झारी देई, वह नकचढ़ी बुढ़िया···और उसकी वह कसबिन धिया···अब सचाई जाननी ही हो, तो हम से सुनो···उस ससुरे जलालुद्दिनवा के साथ उसकी पुरानी सोहबत थी। उस दिन बँसवारी में हमने दोनों को रँगे हाथ पकड़ लिया और लो भई···झूठ-मूठ की बदनामी भी हमारी ही हो गई···!

गलित देह के भीतर बैठे प्रपंची मन की कैसी दुस्सह बानगी उनके सामने थी।

इक्का-घोड़ा बेचकर अपने चचा के पास कराची जाने से पहले जलालुद्दीन अपने पूरे परिवार के साथ उनके पास आया था—

चुरामनपुर में हाट लगने लगी है। दहिवर गाँव में डाकघर खुल गया है—दलसागर तक सरकारी बसें चलने लगी हैं। सुराज तो मिल गया काकी, लेकिन ये ललमुँहें फिरंगी लोहे के इतने बड़े-बड़े जिनावर हमारी रूह को तबाह करने के लिए पीछे छोड़ गए कि क्या बताएँ···! पीतल की घंटियाँ, कारचोबी ज़ीन चमड़े का मखमल चढ़ा पट्टा···कैसे-कैसे साज-सिंगार थे मेरे यार के···! अशरफ अनबोलता जिनावर नहीं था, पूत था मेरा···!

उसे बक्सर की मंडी में दलपत साह के हाथ बेचते बखत मेरी जान निकल गई थी—कई रोज तुम्हारी दुलहिन और बच्चों सहित किसी ने नेवाला तक नहीं उठाया था।

इजाजत दो काकी, फिर न जाने कब तुमसे मिलना बदा हो…जरा नंदू बिटिया को बुलवा दो…!

नंदिनी के माथे पर ममता-भरी हथेली फिराते हुए नौशाबा ने मैली ओढ़नी से आँखें पोंछ डाली थीं—

आज भाभी जान जिंदा होतीं तो…

वापसी के समय जलालुद्दीन ने धीरे-से कहा था—

एक चूक के लिए आखिरी साँस तक आपकी गुनहगारी बनी रहेगी। उस दिन मेरे कारन ही इतना बड़ा बवाल…। कसम खुदा की, डूबते सूरज की धलफलाती रोशनी में झारी देई को बिटिया की आवाज सुनते ही हम बेतहाशा भागते पहुँचे थे…! वहाँ जो माजरा देखा कि काटो तो खून नहीं…! सपने में भी यह गुमान नहीं था…! इतनी बड़ी पत-पदबी और ऐसा जलील काम…! हमने सोचा था, गरीब लड़की की इज्जत बच जाएगी और किसी को कानोंकान खबर तक नहीं होगी, लेकिन मुखियाजी, दलसागरवाले दीनानाथजी के साथ ऐन वक्त पर…हम तो दूसरे ही दिन केतारी की लदनी लादकर भुसावल गाँव चले गए थे। वहाँ से लौटे तो नौशाबा ने बताया—आपकी तबीयत यक-ब-यक…

हमें माफ कर देंगी चची, क्या जाने, इस जिंदगी में फिर मुलाकात हो…न हो…

जागेश्वरी आजी ने हँसकर जलालुद्दीन की करुणा का भार अपने माथे ले लिया था—रोजी-रोटी के लिए परदेश जा रहे हो। जाओ बचवा, लेकिन याद रहे, नंदू के ब्याह में दुलहिन को लेकर आना होगा। तुम गाँव-घर के संवाग ठहरे…अपने लोगों के बिना…!

जलालुद्दीन की आँखें भरपूर भीग गई थीं—आपकी बड़ी मेहरबानी…! अच्छा, अब इजाजत…खुदा हाफिज…!

खुश रहो बचवाऽ…!

सुमित्रा काकी अपने साथ कविराजजी को लिवा लाई थीं।

बड़की अम्मा, मलिकार ने गोरस पी लिया हो तो हम वैद्यजी को…

आजी ने कैसी निरुपाय दृष्टि उनकी ओर डाली थी…तुम बाहर चलो सुमित्रा…उन्हें मधु की कोठरी में बिठाओ, तब तक हम…

वैद्यजी नंदिनी के पीछे-पीछे वहीं चले आए थे…

बहिनी, आप लोग जरा-सा कृपा करके कोठरी से बाहर चली जाएँगी क्या? हम इनसे अकेले में…

लगभग आधे घंटे के बाद उन्होंने बाहर आकर आजी को बुलवा लिया था—

तू भीतर जा श्यामा!

बहिनी···! इनके दाहिने अंग पर फालिज़ का जबरदस्त असर है। बाएँ पैर की उँगलियों का जख़्म और भी जानलेवा हो चुका है। मधुमेह के पुराने रोगी हैं। लगातार कुसंयम से ही ऐसी विकट दशा हो गई है।

जागेश्वरी आजी के जीवन में एकाएक इतना बड़ा स्वर-भंग—

श्यामा, तू ठाकुरजी की पूजा का भार सँभाल ले बचियाऽ···हमें बूँद-भर चरणामृत दे देगी···बस···

नंदू, रसोईघर में महाराज को सबकुछ सँभलवाकर तू पाठशाला की ओर जाएगी।

उठिए···आपके कपड़े बदलवा दूँ···! यह दोहर मैली हो गई है। मधुसूदन आपके लिए नया दोशाला ले आया है।

पीड़ा की तीव्रता के बावजूद एक शैशव सुलभ कौतूहल ने जगदानंद को करवट फेरने के लिए उत्प्रेरित किया था—

मँझरियावाली, मधुसूदन हमसे नाराज तो नहीं है। कुछ कह रहा था? और वैद्यजी ने क्या कहा···हम ठीक तो हो जाएँगे न···? दूध-रोटी का कटोरा मेज पर रखकर गमछा फैलाने लगी थीं, तो तहसीलदारी वाले पुराने रोब की झलक जगदानंद की आवाज में उभर आई थी—

गुड़ की एक छोटी-सी भेली भी हमारे लिए अकाल हो गई? नहीं चाहिए यह फीका खाना···

आजी ने धीरे-से सिर हिलाया था—

अपनी कपिला का ताजा दूध है। जरा चखकर तो देखिए—गुड़-शक्कर किसी चीज की जरूरत नहीं···

नंदिनी ने बाहर से पुकारा था—

आजी, आपको नहाना-धोना नहीं है क्या?

जगदानंद ने अनमने भाव से दूध का कटोरा मुँह से लगा लिया था।

ठंडे पानी से मुँह पोंछकर लिटाने चली थीं तो बायाँ पैर खाट के पउवे से टकरा गया था—

ओह, ऐसा जानलेवा दर्द···! अब बरदाश्त नहीं होता।

आजी के मुँह से पहली बार निकला था—

माँ दुर्गा का नाम जपिए···शिव-शिव कहिए···! प्रभु ही आपकी पीर हरेंगे···!

मधुसूदन ने शहर के नामी सर्जन से सलाह ली थी—

उँगलियाँ काट दी जाएँ, तो शायद भीतर के रिसाव की रोक-थाम हो सके; लेकिन रोगी की अतिशय दुर्बलता को देखते हुए ऐसा संभव नहीं होगा। फिलहाल इनके लिए ताकत की दवाइयाँ, और ये दर्दशामक कैप्स्यूल···! पंद्रह दिनों के बाद एक बार चेक-अप करा लेना होगा।

कोयले-सी काली उँगलियों की सूजन बढ़ती ही जा रही थी···! डॉ. रघुनंदन ने नींद की दवाओं का प्रयोग किया था—

मुझे अफसोस है···ऑपरेशन से किसी लाभ की आशा मैं नहीं देख रहा हूँ। लगता है, आप लोगों ने इनकी ठीक से देखभाल नहीं की। इस उम्र में···

मधुसूदन किंकर्तव्यविमूढ़ थे—बड़की अम्मा, तुम जो उचित समझो···! मन हो, तो दिल्ली ले जाकर वहाँ के किसी बड़े अस्पताल में दाखिला···

जगदानंद दर्द की बेहोशी में कभी-कभार जोर-ज़ोर से चीखने लगते—इस गँजेड़ी की यह हिम्मत···हमारी बिल्ली हमीं से म्याऊँ···! ला, रख दे सब माल-मत्ता इधर···!

मँझरियावाली, देखो, वह मेरा सूटकेस लिये भागा जा रहा है?

अरे भागवंती, तू तो मर गई थी···फिर जिंदा हो गई···उस दलदल में हमने तुझे···

कसम जवानी की···तेरी तो···

नंदिनी घृणा से सिहरकर एकदम पिछवाड़े चली जाती—तीन वर्षों के बाद दुबारा वही नर्क, आजी का बुढ़ापा खराब करने के सिवा इस आदमी का···मकसद···

टपक शांत होती तो मधुसूदन को खोजने लगते—

कहाँ गया—मेरे छोटकू की पूत···हमारे पास आकर क्यों नहीं बैठता···!

मँझरियावाली, तुम्हारी मनमानी यहाँ भी लागू है न···! तुम चाहो और वह न आए···

मधुसूदन गहरे विक्षोभ से भर उठे थे··· तुम्हारे साथ अब भी वही आचरण···। इनकी मनुष्यता कब जागेगी, बड़की अम्मा?

जिनगी-भर संग लगा फिरनेवाला कोई जिनावर भी ऐसी बदहाली में पड़ा हो तो उसे छोड़ा जा सकता है—मधु? दुःख इतना गहरा है···इस उमिर में तुम्हारे बड़का बाबूजी वाल्मीकि होने से ठहरे न···! यह सब करमभोग मेरा है बबुआ, इनके साथ मुझे राजी-खुशी भोग लेने दो···फिर तो···

श्यामा अवाक् थी—नंदू दीदी, सच कहूँ···इन्हें देखकर मन पर बड़ा काबू रखना होता है···तुमने मनाही जो कर रखी है—

आजी रोने-धोने को बहुत बुरा मानती हैं। कहती हैं—

अपनी कमजोरी का दिखावा किसलिए? दूसरों से करुणा के दो शब्द सुनने के लिए···या कि अपनी मानसिक शांति के लिए···?

नंदू, याद रखना बचियाऽ, करुणा और उपहास एक-दूसरे के संगी बने संग-संग डोलते फिरते हैं। दिखावे के दो बोल यहाँ···और मखौल दूसरी जगह···ऐसे में आँसू अपनी मरजाद खो देते हैं···।

नंदिनी के साक्षात्कार का नतीजा उलटा हुआ था—बड़े ओहदेवाले किसी हाकिम की बहन चुन ली गई थी—उसकी ग्लानि प्रकट हो, इसके पहले आजी ने मुँह पर हथेली

रख दी थी—

समझ ले, वह उसी के भाग की चीज थी···ना, किसी की निंदा नहीं···अपनी अंदरूनी ताकत वृथा चली जाती है। इसे संगोर-बटोरकर रख बचियाऽ, कलियुग के पाप धीरज और धरम से ही कटेंगे···! अपने हिस्से के करतब पूरी करती जाएगी, तो कुछ भी व्यर्थ नहीं जाएगा!

श्यामा ने आजी की आहट सुनकर झटपट आँखें पोंछ ली थीं—

नंदिनी दीदी···आजी खोजें तो नहीं बताएँगी, मैं ठाकुरघर में जा रही हूँ···! बस, थोड़ी देर के लिए···

मधुसूदन ने वैद्यजी से परामर्श लिया था—

आप चाहें, तो किसी भी बड़े शहर में ले जाकर इनका इलाज करवा सकते हैं; लेकिन···मेरे अपने अनुमान से अब कोई विशेष लाभ नहीं···। ज्यादा-से-ज्यादा छह महीने···या···

जगदानंद की अंतिम जिद थी—

हम यहाँ नहीं रहेंगे···। मँझरियावाली, हमें दहिवर ले चलो। यहाँ सबकुछ कैसा भयावह लग रहा है। इस कोठरी के आस-पास कुछ जिंदा प्रेत हैं क्या? कैसी-कैसी डरावनी सूरतें···?

सुहागी काकी ने कपाल ठोक लिया था—राम कहो, दुनिया-जहान के हिंदू पुरनिया मरती बेर कासी आने की खातिर ललकते हैं और ये हैं कि···

आजी ने तुरत गठरी सहेज ली थी—ना, किसी के जाने की जरूरत नहीं है। मधु, नंदू, श्यामा, तुम सब लोग यहाँ का काम-धाम सँभालो···। गाँव में करना ही क्या है। दो जून की रोटी और इनकी सेवा-टहल···किसी तरह वहाँ का प्रबंध हो ही जाएगा।

卐

दो वर्षों के बाद की यह वापसी···। दहिवर गाँव एक बारगी ऐसे बदल जाएगा, आजी ने सोचा भी नहीं था—

भुइँ माता की कोख एकदम सुनसान···बाग-बगीची—सब उजाड़—बँसवारी तहस-नहस···दलसागर की पक्की सड़क अजगर बनकर आस-पास की हरियाली को साबुत निगल गई हो जैसे···चइती फसल इस कदर चौपट हो जाएगी, उन्हें अनुमान तक नहीं था—गेहूँ की बालियाँ झूमकर हवा में लहराती थीं तो छोटकू का मन कैसा बाग-बाग हो उठता था—

अब की बेर बखरी-भर जाएगी भउजी, गाँव-जवार में सबसे मजबूत फसल हमारी ही है, कटनी शुरू होने दो, फिर देखना···।

अधफटे, मैले कपड़ोंवाले सिद्धू ने रिक्शा चलाते हुए थोड़ी ही देर में उनसे अपना अपनाता जोड़ लिया था—

बहुत दिन के बाद आवत बानीं दादीजी… ?

… … …

वह अपनी रौ में बड़बड़ाता चला गया था—

गाँव के जिनगी आउर नरक हो गइल बा! हमरो घर इहे केसठ-चौंगाई परी…दू किलास पास कइलीं, त बाप मरि-हरि गइलन—महतारी कुटिया-पिसिया करेली, पेट के आग सतावे लागल त दलसागर के पीतम पांडे से हथजोर बिनती कइलीं, तब से उनकर दिहल इहे रिक्सा आ हमार दूनो गोड़…जिनगी खिंचा रहल बिया…!

निद्धू की बोली में गाँव-भर की पीर हिलग उठी थी—

भोजपुर की माटी परती होती जा रही है…। गंगाजी की असीस फले-फूले तो कैसे… ? खेती की लगन रूठती जा रही है। गाँव की माटी में लोटकर जवान हुए लड़कों को माटी से विराग होने लगा है—

जगदानंद बीच-बीच में दर्द से कराहने लगते थे—

और गान्ही महात्मा के चरन पूजो…सुराज मिल जाने से ही क्या हो गया—कौन-सा हून बरसने लगा…

आह, मँझरियावाली, इससे कहो, रिक्शा जरा धीरे चलाए। जरा-सा धक्का लगते ही ऐसी जानलेवा टीस उभरती है कि…

घर के सामने बड़का टोले के कई लोग बटुरा आए थे—

गोड़ लागीले आजी…

परनाम बड़की काकी…

लाठी टेकते हुए विजयानंदजी सबके पीछे थे—

यह कैसी हालत बना रखी है इनकी! भई को क्या हो गया है भउजी… ? बनारस में तो इतने बड़े-बड़े बैद-हकीम हैं, अँगरेजी विद्या के आलिम-फाजिल डाकडर…क्या कोई भी इनके मरज को नहीं…

नागेश्वरी आजी ने माथा झुकाकर गलियारे की बरसों से बंद पड़ी साँकल को धीरे-से छुआ था—मुँदी हुई पलकों में जगदानंद की पीड़ा-मुक्ति के लिए प्रार्थना का एक अनहद आवेग उमड़ता हुआ ठहर गया था—

काली माई, बरमबाबा और गाँव के पुरखा-पुरनिया पितर लोग, उत्तर-पूरबी सिवान पर कल-कल बहती गंगा मइया, कौन कहता है कि इनके पातक हमारे नहीं हैं… ? बिगड़ैल घोड़े की तरह नेम-धरम की रास छोड़कर भागते हुए मनवाले युवा जगदानंद के लिए क्या उन्होंने कम प्रार्थनाएँ की थीं—

यह पथ तुम्हारी सुगति का नहीं है…घर में सयानी हो रही बेटियाँ…हरदम गुमसुम रहनेवाला कुशाग्रबुद्धि भतीजा…टोले-भर की निंदा का भार झेलती घर-आँगन की मरजाद…ढलान की ओर बहते पानी-सी यह जिनगी किस काम की… ? आग बनकर तपे

होते···तो आज यह···उन्होंने एक लंबी साँस छोड़ते हुए जगदानंद को सहारा दिया था—

बहुत सँभालकर उतरिए···एड़ी पर अपना पूरा भार डालते हुए···हाँ, ऐसे···

नीम के चेहरे पर हरी-भरी उजास थी—

तुम लौट आईं मँझरियावाली, बहुत अच्छा किया···मेरी जड़ों में दीमक के ढूह उभर गए हैं···गोबर-माटी से नहला दो, सबकुछ फिर से जस-का-तस हो उठेगा···। महुआ की ठूँठ जड़ों को देखकर उनके कलेजे में दर्द की एक विचित्र सिहरन जागी थी—सुकुल और कृष्णभोग आम के तनों को दीमक ने एकदम खोखला कर दिया था। छोटकू थे तो उनके इसरार पर बक्सर बाजार से कीटनाशक दवाइयाँ आ जाती थीं, पूरे जतन से उनका छिड़काव होता था—लाही, पिस्सू कोई भी कीटाणु शेष न रह जाए···

झारी देई कमान-सी झुकी देह लिये तलमलाती हुई सामने खड़ी थीं—

कीड़ा पड़े अछयबरवा के देह में, नया-नोहर मुखियागिरी पवले बाऽ। सउँसे बँसबारी अमराई कटहर-जामुन की गाछ-बिरिछ—सब पानी के मोल बेंच दिहलस···तहरा जमीन पर महुवा के केतना सुन्नर पेड़ रहे···उ कटववला के कवन काम भला, दढ़िजरवा डाढ़-पात समेत गाँव के हरियरी भकोस गइल। राच्छस नियन त मुँह बा···देखबू भउजी त···

आजी धीरे से हँस पड़ी थीं—कसूर उस नई उमिर के मुखिया अक्षयवर नाथ का नहीं है, झारी दीदी, हम-आप सब लोग गुनहगार हैं—

उ कइसे भला··· ?

कपट की कोख से सदाचार जनम सकता है ? मलयगिरि की भीलनी-सी हमारी नियति है···जो अनमोल था, उसे फूँकते, तापते चले गए···माटी की काया का इतना भारी जतन और हजार बरिस की पक्की उमिरवाले···गाछ-बिरिछ को काट-कूटकर तहस-नहस कर देने की इतनी बड़ी साजिश···। गाँव का अहिवात रूठ गया हो जैसे।

झारी देई टोले-भर का इतिहास-पुराण बाँचती ऊँघने लगी थी। विजयानंदजी के साथ आए हुए कमकर आँगन से सटी भीतरी कोठरियों की सफाई में जुट गए थे। आजी दाल-चावल, मिर्च-मसालों की पोटलियों को खोलकर कुछ खोजने लगीं तो झारी देई को जैसे अचानक होश हुआ था—

साँझ हो गइल, तू रसोई पकावे के झंझट रहे दे भउजी! रात के कलेवा हमरा घरे से। उन्होंने मना कर दिया था—

विजयानंदजी अहीर टोले से दूध लाकर रख गए हैं। थोड़ी-सी रोटियाँ सेंकनी हैं—कितनी देर लगेगी भला···।

जगदानंद के आने की खबर सुनकर भी बिचले टोले से कोई नहीं आया था—उनके लँगोटिया दोस्त सामतादास भी नहीं···।

झारी देई ही बेतार का तार बनी हुई थीं—

हम त सभ के गोहरा अइलीं! जइसन तकलीफ जगदानंद के बा, रामजी बैरी के भी मत देसु। आपन-आन एही घरी चीन्हाला—ए भउजी··· । जाएद···हमार ममता तहरा पर हमेशा रहल कबनो बात के लेहाज मति करिह, हम तइयार बानी···

खटिया पर पड़े जगदानंद ने सबकुछ सुना था—

जनम कलंकी ठहरा ससुर, सात घाट में डुबकी लगानेवाला, तभी तो ऐसा गलीज रोग बटोर लाया है—नजदीक जाओ, तो बास आती है··· ।

नहीं भाई···छुतहा रोग ठहरा, कौन जाए···अपनी जिनगी बरबाद करने···

जैसा किया, भुगतें जगदानंद···

राधाकांत शास्त्री की दी हुई गीताप्रेसवाली सचित्र मानस-पोथी का लाल बेठन धूल से अँटा ताखे के एक कोने में सिमटा मँझरियावाली को मौन देखता रहता था।

जगदानंद की नख गलित उँगलियों की टपकन जब विशेष बढ़ जाती, तब बनारसवाले वैद्यजी का दिया हुआ अवलेप रूई के फाहे पर चढ़ाती वे धीरे-से सांत्वना देतीं—

आस-पास की चमड़ी नई हो रही है, घाव सूखने के ये लक्षण हैं···बस, थोड़े दिन और···

उस दिन रात-भर जगदानंद सो नहीं पाए थे—मर्मांतक वेदना के भीतर से फूटता आर्त्त-स्वर···

नहीं, अब और बरदाश्त नहीं होता। मँझरियावाली, इससे तो बेहतर था···कहीं से थोड़ा-सा विष···

विजयानंद पंडित ने राय दी थी—

जगदानंद की इस अंतिम दशा में मधुसूदन को···आप रात-बिरात अकेली···कहीं कोई जरूरत पड़े, कुछ हो हवा जाए तो···

कोई जरूरत नहीं पड़ी थी।

कैसी विचित्र शांति सिमट आई थी उस कोठरी में···

निवाड़ की पाटी धीरे-से चरमराई-भर थी—उनींदी आँखों का सोच तुरत सचेष्ट हो गया था—

प्यास लगी है? दर्द बढ़ गया है क्या?

बंकुड़ी छड़ी ला दें—नाली तक जाना हो तो···

जगदानंद का काँपता हुआ दाहिना हाथ धीरे से ऊपर उठा था—

लालटेन की जोत इतनी मद्धिम क्यों है—

मँझरियावाली, इसे तनिक और···तुम सो गईं क्या?

... ...

कुछ नहीं, एक बात पूछनी थी···

इतने वर्षों के बाद पति-पुरुष की मीठी मनुहार का ऐसा करुणा-कातर प्रसंग—

गोटा-टँकी पियरी का घूँघट माथे से बार-बार खिसकता हुआ—नाक तक खिंची सिंदूर की रेख भोर के पूरबी आकाश की सुनहरी कोर-सी दमकती हुई···

न जाने किस पुरातन युग की चौखट पर खड़ी वे जगदानंद को अपलक निहारने लगी थीं—

मँझरियावाली, इधर आओ···यहाँ हमारे पास···

यह क्या ? हिलक-हिलककर सिसकियाँ लेती वह जीर्ण-शीर्ण काया किस अप्रतिहत आवेग के साथ उनकी ओर उमड़ी थी—

हमारे पास रहो—सुन रही हो मँझरियावाली, वे सब हमको यहाँ से ले जाने के लिए आए हैं—देखतीं नहीं···यह भी कोई जोर-जबरदस्ती है··· ? तुम दरवाजा बंद कर दो···सुनो—जागेश्वरी···तुम्हारी प्रार्थना में बल है। हमें एक बार और बचा लो तो···

हाँ, तुम्हारी सौगंध, एक अच्छी जिंदगी साथ मिलकर जिएँगे—हम दोनों··· ! खेत-बघार···घर-दालान, कितना-कुछ सहेजना है··· !

कायाकल्प का कैसा दुस्तर क्षण था वह !

卐

ओड़ा-भर अनाज ओसाती छोटकी ने लजाकर मुँह फेर लिया था—

आप भाईजी को बरज नहीं सकतीं दीदीजी, बेला-कुबेला घर के भीतर चले आते हैं। यह नहीं होता कि खेत पर जमे रहें। कटनी का काम-काज देखें···। छोटकू पसीने से लथ-पथ ताड़ का पंखा डुलाते बीच में टोक पड़े थे—

भइया और खेती···राम भजो··· ! भउजी की चेतावनी पर ध्यान दिया होता तो अब तक वे···

卐

हमारी ओर ऐसी अविश्वास-भरी आँखों से क्यों देख रही हो ? मँझरियावाली, यकीन मानो···बस एक बार यह देह सुधर जाए तो···

आप ज्यादा न बोलें—हाँफ बढ़ जाएगी···। वैद्यजी ने कहा है कि···

हम समझ रहे हैं, तुम्हें नींद आ रही है—सो जाओ—मँझरियावाली···

नहीं···एक पल के लिए भी पलक तक नहीं झपकाई थी उन्होंने। न जाने कैसा अँदेसा लिये सिरहाने बैठी एकटक दियरखे की ओर देखती रही थीं—ओसारे में झारी देई सोई थीं—

कवना काम पड़ी त जगा लीह भउजी, आज के रात बड़ी अँधरिया बा··· !

नहीं, कोई काम नहीं पड़ा था। जगदानंद के चेहरे पर शिशु की निष्कलंकता थी···दिन-भर मनमानी कर चुकने के बाद माँ के आँचल में सिमटे शिशु की-सी निर्भय प्रतीति पा रहे थे वे···

नसों के उभारवाली सुन्न पड़ी बाँह को अपनी गोद से अलग करने चलीं तो देह की

पोर-पोर जगदानंदमय हो उठी थी—

नहीं, तुम्हारी चिरबिदा नहीं है यह···अंगों की गलित पीड़ा से मुक्ति पाकर मुझमें समा गए हो तुम···

आज तक जो उमिर कटी, उसमें तुम होते हुए भी सचमुच थे क्या?

सुनो जी, आज की रात ही हमने तुम्हें भरपूर पाया है···मन-प्राणों में रचे-बसे इस अहिवात को कौन छीन सकता है भला···?

मधुसूदन आए थे···। नंदिनी और श्यामा भी आई थीं। अंतिम यात्रा की तैयारी उसी अथाह मौन के साथ देखी थी उन्होंने—

राम का नाम ही अंतिम सत्य है। एक-न-एक दिन प्रत्येक जीवित प्राणी को इस सत्य का वरण करना ही है। अक्षर ब्रह्म में बूँद-भर चेतना का चिर-विलयन—

यस्मिन् सर्वाणि भूतान्यात्मैवाभूद विजानतः।

तत्र को मोहः कः शोक एकत्वमनुपश्यतः॥

एक बार इस सत्य की प्रतीति पा जाने के बाद शोक, मोह, जड़ता कुछ भी तो नहीं···

भस्मीभूत पुरखे को जलांजलि देकर मधुसूदन घर लौटे तो···आँखें उस दृश्य की कसक झेल नहीं पाई थीं—

नंदिनी ने चुपके से ले जाकर दिखाया था—

बड़का बाबा के पुराने कपड़े, उनका चश्मा, नौकरी के दिनोंवाले बरसाती बूट, बंकुड़ी छड़ी···सबकुछ सामने फैलाए बड़की आजी कैसी नीम-बावली-सी बैठी हैं—आप उन्हें टोकिए न बाबूजी···ऐसे तो वे···

इस वक्त कोई दखल नहीं—वह महापातक होगा—नंदू···।

जीवन-भर का खोया सुख छूटे हुए इन्हीं स्मृति-चिह्नों में सिमट जाए तो···। बड़की अम्मा को जी लेने दे—ये क्षण ही उनकी पीड़ा-मुक्ति का सबसे बड़ा अवलंब होंगे···।

मधुसूदन ने प्रस्ताव रखा था—

अब लौट चलो बड़की अम्मा···वहाँ सब लोग तुम्हारे लिए चिंतित हैं···सुमित्रा काकी ने कहलवाया है—तुम्हारे बिना सब कुछ सूना-सूना लगता है।

श्राद्ध में सम्मिलित होने के लिए आई बेटियों ने भी एक सुर से भाई की बात का समर्थन किया था—

यहाँ हारी-बीमारी में कौन पूछेगा···अम्माऽ···मधु भइया बेकार चिंता में पड़े रहेंगे···हमारा मन भी तुम्हारे अकेलेपन की सोच-सोचकर अलग छटपटाता रहेगा।

उन्होंने एक-एक कर के बेटियों को बिदा किया था—

मधुसूदन, सबकी देनदारी कर तुम भी अपना काम चेतो बचवाऽ···

और तुम बड़ी अम्मा?

बोलो न आजी, तुम्हारे मन में क्या है?

श्यामा ने एक किनारे ले जाकर नंदिनी को चेताया था—

हमें तो डर लग रहा है दीदी··· आजी की यह चुप्पी···

उनकी कोठरी में मधुसूदन जड़ीभूत बैठे रहे थे—

उस रात तुम्हारे बड़का बाबूजी पहली बार अपने पूरे चेत में थे। साँस की डोर टूटने से पहले उनकी वह छटपटाहट—पूरे-पूरे गँवई-गाँव के मानुष बन गए थे वे! गंगाजी की धार का सुच्चापन मन में धारते हुए थके-माँदे उस जीव की अंतिम जिजीविषा—

एक बार जो मोहलत मिल जाती, तो हम तुम्हें दिखा देते मँझरियावाली, दहिवर गाँव की पत बिगाड़ी है! इसी भूईं माता की सौगंध—गाँव की माटी के साथ खून-पसीना एक करके जन्मों का कलंक हम मेटेंगे। हमारी फिकर मत करो मधु, नंदिनी और श्यामा को लेकर कल ही तुम बनारस लौट जाओ।

जागेश्वरी आजी दहिवर गाँव की पुरानी ममता के तागपाट सहेजती एक बार फिर अपने भीतर के सत्त्व को पहचानने के लिए उत्कंठित हो उठी थीं।

卐

भूमिजा सीता···दशानन की अशोक-वाटिका में राम का विजय संवाद सुनने की प्रत्याशा लिये मूर्तिमान पीड़ा-सी बैठी हुई थीं···रोम-रोम श्रवण बने हुए···कोई तो आकर यह पुलक-स्वर देगा—

मेरे राम आ रहे हैं। आततायी दनुजों का संहार करके वे मुझे लिवाने के लिए अपने सैन्य-दल के अधिपति को आदेश देने ही वाले हैं—

रावणं च हतं रणे···

रावण युद्ध में मारा गया।

राम के शब्द लेकर श्रीजानकी के दीन-हीन दुखित प्राणों को अमृत-सरोवर में निमज्जित कर रहे हनुमान सामने थे—

निहतो रावणो देवि···

सीता के नेत्र निष्पलक प्रस्तर चैत्य पर बिखरे सूखे हुए अशोक पत्रों पर टिके रह गए थे—

विश्वास नहीं होता···। क्या सचमुच राम ने रावण का वध कर डाला?

निरानंद सीता के पीत-मुख पर नव-स्फूर्ति की हलकी आरक्त आभा का संचार होने लगा था—

इतनी लंबी दुस्सह अवधि के पश्चात् क्या मेरे राम फिर मुझे मिलेंगे?

हाँ, राम मिले थे···परंतु···कैसा मिलन था यह?

राजर्षि जनक की धनुष यज्ञशाला में भुवन मोहिनी स्मित की निश्छल आभा जिस

नीलोत्पल मुख पर थी, वह क्या दूसरा था? चित्रकूट की कुश-शय्या पर, पंचवटी के गेरू खचित उटज-द्वार पर जो अनुराग-विह्वल दृष्टि उनके रोम-रोम में अनहद पुलक का संचार करती रहती थी—उसमें यह प्रश्न-विह्वलता क्यों?

राम···सच कहें, आपकी चेतना के क्षितिज पर यह कलुष-रेखा कैसी? सागर-तट की स्फटिक शिला पर बैठे आप किस शून्य-गह्वर में खो गए? आपकी उत्फुल्लता को कौन-सा ग्रहण लग गया?

रत्न-जटित शिविका से बाहर निकलने के प्रयास में बायाँ चरण आगे बढ़ाती जानकी अकस्मात् स्थिर हो गई थीं—

क्या सोच रहे हैं स्वामी···, कोई अकल्पनीय तथ्य, किसी नई दुश्चिंता के नागपाश ने जकड़ लिया है राम को···?

जानकी के आहत अंतर्मन ने एक ही क्षण में उस संशय की कलौंछ को छू लिया था—

लंपट रावण के अंतःपुर में पुरजनों, परिजनों के बिना निपट अकेली जानकी ने इतने दिन बिताए···क्या उसका शील सुरक्षित···

रावण की कुदृष्टि जिस पर लगी हो, वह सीता खरे सोने की प्रतिमा होने के बावजूद क्या पहले-सी पावन रह गई हैं?

卐

जागेश्वरी आजी जानकीमय हो चुकी थीं—

卐

संशयग्रस्त राम, मेरे एकमात्र पुरुष···नीति और अनीति की कथा मैं नहीं जानती···स्त्री हूँ···इसलिए मेरे ज्ञान की भी एक सर्वविदित सीमा है। शील-सौभाग्य और अक्षय अनुराग का व्रत लेकर ही आपकी अनुगता बनी बीहड़ अरण्य प्रांतर में निश्शंक निवास करती रही···! हाँ, एक अपराध मुझसे अवश्य हुआ था···कांचन मृग की छलना में नहीं बँधी होती तो शायद आज यह दिन···लेकिन राघव, प्रारब्ध तो आप भी मानते थे—आपने स्वीकार किया था—कोई भी जीवात्मा जड़-मूल से अपावन नहीं हो सकता···। नियति के विधानवश हर मनुष्य को पाप और पुण्य के आवर्त्त में घिरना होता है। जिस तरह पूर्ण प्रोज्ज्वल सूर्य को भी केतु के अधीन होना होता है, उसी तरह अक्षय कीर्तिमान नर-नारी भी अपकीर्ति के प्रभाव से अछूते नहीं रह सकते। स्थितप्रज्ञ उस कलंक के मिथ्या आवरण को भेदकर सत्य की पहचान पा लेता है और तदनुरूप आचरण करता है।

आपकी स्थितप्रज्ञता मेरे प्रसंग में कहाँ खो गई, प्रभु···? कह दीजिए कि यह समस्त ज्ञान ऋषियों की बौद्धिक सभाओं में वाक्-विनिमय तक ही सीमित था···। स्वीकार कीजिए कि अंतर्द्वंद्व की यह कठिन घड़ी आपको अनिश्चय की राह से नीचे ले जाती हुई किसी असंभाव्य निर्णय की दहलीज पर टिका चुकी है।

सीता, कैसे विश्वास हो कि रावण ने तुम्हारे स्पर्श का लोभ संवरण कर लिया था? कैसे प्रतीति हो कि शत्रु के राज-परिसर में इतने दिनों तक निवास कर चुकी मेरी भार्या का शील-संस्कार सचमुच सुरक्षित है··· ? नहीं, मैं अपने मुख से किस प्रकार कहूँ कि सीता···

मैं समझ गई स्वामी··· ! निरपराधिनी मैं रावण के द्वारा बलात् अपहृता होने मात्र से ही आपके लिए विष-फल की तरह त्याज्य हो चुकी हूँ। कुंभकार के अग्निकुंड में तपाए गए मृत्तिका-पात्रों की तरह प्रतीक्षा की जिस धीमी आँच में इतने दिनों तक मौन दहती रही; क्या वह तप व्यर्थ हो गया? तो क्या सचमुच, प्रेमवश नहीं, संसार की कहासुनी को अपने ऊपर से दूर हटाने के लिए राम ने अपनी कुलवधू का उद्धार किया? नारी के अस्तित्व को इस भौतिक जगत् की वासनामयता तक सीमित रखनेवाले पुरुष···फिर, तुमने जड़ीभूत अहल्या का उद्धार क्यों किया था—मात्र अपनी जागतिक यशोवृद्धि के लिए? गौतम ऋषि की परित्यक्ता, इंद्र द्वारा कलंकिता उस नारी को रामत्व का वरदान मिला—विश्व ने राम की जीव-वत्सलता को सराहा, किंतु सीता? क्या भूमिजा राम के इतने भी विश्वास के योग्य नहीं रह गई थीं कि वे···

卐

नंदिनी भारतीय नारियों के वैशिष्ट्य पर पुस्तक लिख रही थी। आजी से जब कभी मिलने का मन होता, श्यामा को साथ लिये पहुँच जाती।

आजी जानती थीं—सीता की अग्नि-परीक्षा का प्रसंग सामने आते ही उनकी लाड़ली पोती अनायास गंभीर हो उठती, उसकी बड़ी-बड़ी आँखों में वैचारिक आवेश कमान की तरह सध जाता—

तुम्हारे राम को दोष देना मेरा अभिप्राय नहीं है, आजी; लेकिन सीता के लिए एक आंतरिक जुड़ाव का अनुभव जरूर करती हूँ। इसीलिए कह रही हूँ—कैकेयी ने राम को देश-निकला दिया, सीता उनके साथ-साथ गईं, चौदह वर्षों के वनवास का अभिशाप दोनों ने संग-संग झेला। राम से विलग होकर भी सीता का रोम-रोम राममय ही रहा—राम स्वयं यह अच्छी तरह जानते थे—योगिराज जनक की पुत्री सीता असत्य भाषण नहीं कर सकतीं—फिर उनके चरित्र पर इतना बड़ा लांछन किसलिए? तुम्हारे तुलसी बाबा के राम सीता के विरह में वन-वन भटकते भले यह संदेश भिजवाते हों—

कुबलय बिपिन कुंत बन सरिसा
बारिद तपत तेल जनु बरिसा···

लेकिन आदिकवि ने जानकी के अनल-प्रवेश का संदर्भ देकर क्या प्रमाणित करना चाहा है—और फिर अग्नि-प्रयोग सीताओं के लिए ही क्यों? पत्नी वियुक्त राम से सीता ने यह तो नहीं पूछा—

क्या प्रमाण है कि आप मेरे प्रति निष्ठावान रहे हैं—आपके मन में कभी कोई विकार···

जागेश्वरी आजी को सरल हँसी हँसती देखकर नंदिनी का मन कोई नया निष्कर्ष पाने के लिए कुलबुला उठता—

बताओ न आजी, ऐसे चुपचाप टाल देने से मेरी बात अधूरी रह जाएगी। तुम इतनी कथाएँ गुनती रहती हो, तुम्हारे मन में कभी तो यह सवाल आता होगा कि···

नंदिनी को एक कोमल स्नेह-भरी हथेली का स्पर्श मिलता—बताऊँगी, अपनी थोड़ी-सी समझ के अनुसार तुझे अपने मन की बात बताऊँगी, नंदू, आ, हमारे नजदीक बैठ—

नंदिनी और श्यामा तन्मय श्रोता बनी आजी के एकदम करीब बैठ जातीं—जोड़ों की पीर से हर पल कराहती झारी देई अपना कष्ट भूलकर अवाक् देखती रहतीं—मँझले टोले के रामबदन साहु की दोनों पुतोहुएँ, विजयानंदजी की सबसे छोटी पोती, गाँव-घर की धिया उत्कंठित आँखों से आजी को निहारती रहतीं—

वनवास हर पुरुख का होता है बचियाऽ, अपने गाँव-जवार की भुइं त्यागकर आहार जुटाने के लिए जो मरद-मानुस आन देश जाता है, उसके संग-संग उसका पूरा परिवार तो नहीं चला जाता न···! सिया सुन्नरी तो फिर भी सौभाग्यशालिनी थीं—राम के संग लगी कानन में भी अवध का अहिवात भोगती रहीं।

रामबदन देवरजी की इस छोटकी पुतोहू को देखो—कलकतिया चाकरी के बहाने शिवविलास एक बार गाँव से बाहर गया, सो गया···गौने की पियरी का रंग भी नहीं उतरा था हमारे गाँव की इस बहुरिया का···। तीन बरिस हो चुके···अब जो वह आकर पूछे—हमें तुम्हारे सत की साखी चाहिए···

झारी देई सुगबुगा उठी थीं—ई कवनो नयकी कहानी नइखे भउजी···एह गाँव के बीस-पचीस गो नया-नोहर लड़िका बहरा गइले। वर्दी-पेटी कसले मुखिया के माझिल बेटवा लउटल त अपना कनियवा के हुरपेटे लागल--

फोटोवाली विलायती मेम अइसन साज-सिंगार करबे, तबे हमरा संगे गुजर होई ना त···हमनी के गाँव के सभ हरियल सुग्गा लाल सेमर पर टकटकी लगा देता लोग! असल गायब, कमअसल मँहग—इहे त कहाउत बाऽ···।

आजी की कोठरी में दबी-ढँकी हँसी की लहरें उमड़ आतीं—

अब झारी आजी का मुँह बंद हो—तब तो यह कथा आगे बढ़े···।

झारी देई पोपले मुँह से सती-परीक्षा का गीत सुनाने के लिए उतावली हो उठतीं—

बरहो बरिस पर जब शिव लवटेले
गउरा से माँगले बिचार···

[बारह वर्षों के बाद महादेव घर लौटे तो सती गौरा से निष्कर्ष माँगने लगे।]

जब रे गउरा देई सरप हाथे छुएली
सरप बइठेला फेंटा मारि

[गौरा ने सर्प को साखी माना, उसका स्पर्श किया और सर्पराज कुंडली मारकर बैठ गए।]

जब रे गउरा देई गंगहिं हाथे छुएली
गंगा पड़िय गइले रेत रे···

[जब गौरा ने गंगा को साक्षीस्वरूप छुआ तो गंगा रेत-ही-रेत रह गई।]

जब रे गउरा देई सुरुज हाथे छुएली
सूरुज भइले छपित···

[जब गौरा पार्वती ने सूर्य को छुआ, तब सूर्य उनके सत्य की आँच से मर्माहत होकर छिप गए।]

इहे किरियवा गउरा मैंना पतिआइब
हमरा ही माथे हाथ देहु···

[कौतुकी शिव ने कौतुक किया--यह सौगंध भी नहीं चलने की गौरा रानी, तुम्हारे सत को तो तब मानूँ जब हमारे माथे पर हाथ रखकर वचन दो।]

जब रे गउरा देई शिव ही माथ छुए चलली
शिवजी हँसेले मुसकाइ···
हमरा ही मुअले गउरा बड़ दुःख होइहें रे
सिर के सेनुरवा दुलम होई···

[जब खीजी हुई गौरा ने शिव का छूने का संकल्प बाँधा तब वे मुसकरा उठे।

तुम्हारे सत को जानता हूँ प्रिये···मेरे मर जाने का अर्थ जानती हो···माथे का यह सिंदूर, अहिवात का यह सिंगार—सब दुर्लभ हो जाएगा।]

गीत के अंतिम बोल झारी देई की सिसकियों में तब्दील हो जाते—

फटिती ही धरती समाइ बलु जइतों रे
मोरा जियरा लवले उद्बास।

[हे धरती माँ, फट क्यों नहीं जाती कि मैं तुममें समा जाऊँ···इस अडबंगे पुरुष ने मुझे दुखी करके रख दिया है।]

जागेश्वरी आजी का निष्कर्ष प्रत्यक्ष होता—हम सब भूमिजाएँ हैं—अपने-अपने जीवन के ताप में तपती हुई, अपने चारों तरफ के अनल में दहकर कांचन-वर्ण होती हुई···। राम से बड़ा वनवास तो सीता का था नंदू···मैंने इससे कभी इनकार नहीं किया बचिया, हर अविश्वास को विश्वास की अगिनपरीच्छा के सहारे मिटाती, हर कलंक को फूलों की चंगेरी बनाकर सिर-माथे सहेजती वह साँस-दर-साँस वनवास ही तो भुगतती रहती है—आदिकवि थे वाल्मीकि! उनकी मानस कन्या सीता ने उपालंभ भी तो दिया था।

अच्छा यह कहो, बलि पशु को कोई कसाई जबरन अपने साथ ले जाए तब भी क्या उसकी कोई स्वच्छंदता रह जाती है···? वह प्राण-पण से चाहे तो भी तो क्या उसकी

मुक्ति संभव हो सकती है··· ?

जानकी रावण की दुर्दांत वासनाओं की क्षुधा-तृप्ति का साधन मात्र थीं—उनकी अपनी इच्छा-अनिच्छा का कोई प्रश्न था वहाँ··· ? राम मुक्तिदाता होकर आए···उन्होंने अपनी भार्या की मरजाद निबाही···लेकिन लोकापवाद के सामने सिर उठाने का साहस उनमें भी नहीं था, अन्यथा···

卐

आदिकवि की करुणा का सर्वांश उस क्षण जानकी के लिए समर्पित था—

हम इतने वर्षों तक एकत्र रहे, फिर भी आपने मुझे नहीं पहचाना···

यदि तेऽहं न विज्ञाता···

राम, मेरा त्याग किसलिए··· ?

कपियों की इस विराट् सेना के समक्ष प्रवर जाम्बवान्, योगी विभीषण, महाबली हनुमान, सबको साक्षी मानकर मेरा यह निवेदन है—

भूमिजा हूँ मैं···धरती के रेशे-रेशे में गुँथी हुई वेदना की पूरी पहचान है मुझे···। शत-सहस्र फावड़ों की चोट झेलती सृष्टि के प्रचंडतम ताप को अपने वक्ष में सुरक्षित रखकर मेरी वसुंधरा माँ समस्त जीव-जगत् को अमृतोपम स्नेह-वत्सलता ही तो देती रही है। उसी धरित्री की बेटी मैं—सीता, अनल प्रवेश के लिए प्रस्तुत हूँ—मेरी करुणा का वरदान इस जीव-जगत् को मिले, इसलिए···मेरे बाद जो भूमिजाएँ इस संसार में देह धारण करें—उन्हें इस अनल-स्नान की वेदना नहीं सहनी पड़े, इसलिए भी···

卐

नंदिनी प्रतिवाद के लिए सहसा उद्यत हो जाती—

वे देवी थीं—अनल से बाहर आ गईं! एक नई दिव्यता, एक अद्भुत पावनता का प्रतीक बनी अग्नि-स्नाता सीता; लेकिन आजी, हम जैसी साधारण मानवियों की क्या गति है ?

रोज चिताएँ चुनी जाती हैं और हमारे जीवन का प्रमाण अकाल मरण बनकर फलता है—इसके विषय में क्या कहोगी तुम··· ? मेरी अम्मा जीना नहीं चाहती थीं ? श्यामा की अम्मा का—श्यामा का, भागवंती काकी का क्या कसूर था ? उस अनल-दाह से क्यों नहीं उबर पाईं वे सब··· ?

मोन्हा पिटारी बीनती, दउरा-डाली के लिए सींक सहेजती, सुजनी पर कसीदाकारी करती तीनों टोलों की धिया-बहुरिया बेर डूबने के पहले अपने घर लौट जातीं···।

झारी देई का गुड़गुड़ा साँझ के झुटपुटे में रह-रहकर बज उठता—

गुड़-गुड़···गुड़प···

गुड़प···गुड़···

लालटेन की धीमी रोशनी का उनमान पाते ही विजयानंद खेत-बधार की व्यवस्था

समझाने के लिए दालान में आ जाते···।

उस दिन आजी ने खूब सोच-समझकर प्रस्ताव रखा था—

विजयानंदजी···पंचायतवालों से कहिए···यह घर खाली कर दें···, हमें दरकार है···

विजयानंदजी की प्रश्न-भरी दृष्टि को थाहकर वे धीरे-से हँस पड़ी थीं—

आपको अचंभा हो रहा है, देवरजी···दिन-भर खाली बैठे रहकर ही तो यह विचार मन में आया है···।

गाँव के तीनों टोलों को मिलाकर पंद्रह-बीस धिया होंगी···चुरामनपुर की पाठशाला में उनके लिए कोई स्थान नहीं···! उतनी दूर जाएँ भी तो कैसे, सो हमने सोचा है कि···

नंदिनी ने कृष्णकांत से आग्रह किया था—करुणामूलक जिजीविषा देखनी हो तो मेरे गाँव चलें, पिछली बार की यात्रा में आजी आपके विषय में पूछ रही थीं···।

मधसूदन ने नंदिनी की ओर से अपनी चिंता व्यक्त करते हुए कहा था—नंदू के लिए जगह का बदलाव बहुत जरूरी है। बल्कि हम तो चाहते हैं, इस लंबी छुट्टी में तुम अपना पोथी-पतरा समेटकर महीने-भर के लिए गाँव हो आओ···।

और आपका स्वास्थ्य···कब पुरानी खाँसी फिर से उठ जाए, क्या ठिकाना, ऐसे में···

श्यामा ने नाश्ते की तश्तरी कृष्णकांत के सामने रखते हुए आश्वस्त किया था—

मैं बाबूजी की देखभाल कर लूँगी···विद्यालय बंद हो जाने से केवल आश्रम का जिम्मा रहेगा—सुमित्रा मौसी और मैं—हम दोनों मिलकर सब सँभाल लेंगी। आप दीदी को ले जाएँ, गुरुजी···ऐसे तो ये···

नंदिनी ने उस दिन किताब की पांडुलिपि मेज के एक किनारे सरका दी थी—

भारतीय अर्थव्यवस्था और नारी···

भारतीय सामाजिक संदर्भ और नारी···पुनर्जागरण का परिवेश और भारतीय नारी···

इन परिच्छेदों में उलझे रहकर जब-जब उसने किसी निष्कर्ष को पकड़ना चाहा, उसे यही लगता रहा—मनुस्मृति के युग से लेकर कितने बड़े-बड़े छद्म रचे जाते रहे हैं—देवीरूपा स्त्री, भार्या, माँ···भगिनी···कैसे-कैसे रूप···! क्षमा, धैर्य और धर्म के आगार दशरथ की तीन रानियाँ···द्वापर के पंचपांडवों की एक ही भार्या द्रौपदी—सामाजिक संतुलन के नाम पर पुरुष का पलड़ा हर क्षण ऊपर, नीति, मर्यादा और पुरुषार्थ के नाम पर अपेक्षाकृत अधिक वजनी होता हुआ···पुरुष संसार द्वारा घोषित युग-धर्म के अनुकूल भारी को सानुपातिक अनुबंध कायम करने ही हैं; अन्यथा—

अन्यथा? क्या-क्या दुष्परिणाम संभव हैं—अपघात, पराभव, शीलहरण, सार्वजनिक तिरस्कार, सामाजिक कलंक···इस बिसात के सभी उलटे दाँव स्त्री के ही पाले···?

उस ऊहापोह से मुक्ति का पथ खोजती अपने मन की गहराइयों में उतरने चली थी तो कृष्णकांत के शब्द सहसा दस्तक देने लगे थे—

नारी और पुरुष की चेतनता में कोई वैभिन्नय तो नहीं···दोष तो हमारी सामाजिक अवधारणाओं का है। नंदिनी, यह मत भूलो, मनुष्य का मनोबल, उसकी समस्त आस्थाएँ, उसके क्रिया-कलाप, बुद्धि, भाव और कर्मनिष्ठा के एक ही ताने-बाने से बुने गए रहते हैं।

नंदिनी निष्पलक निहार रही थी—चिरप्रफुल्ल, शांत, मृदुल मुख पर योग-सिद्धि की सहज आभा लिये कृष्णकांत उसके समक्ष थे—

भीति, द्वंद्व या संकोच का कोई औचित्य नहीं, खुलकर साँस लो, निर्द्वंद्व जीने का अभ्यास डालो···सहज रहकर ही संघर्ष की यातना को सुगम बनाया जा सकता है···अतीत के भग्न वैभवगृह में एकांत पड़ी किसी खंडित प्रतिमा के भीतर साँसों का संचरण हो उठा हो···कृष्णकांत की गांभीर्यपूर्ण उक्तियाँ नंदिनी के लिए एक नई स्फूर्ति का उपादान बन जाती थीं—

राम के 'रामत्व' का अनुभव तुमने नहीं किया न···अपनी जागेश्वरी आजी की ऐकांतिक वेदना को सबसे बड़ा प्रमाण बनाकर परंपराओं से नारी-उत्पीड़न के प्रमाण सहेजती रहीं—तुमने अपने बड़का बाबा को देखा, पुरुष का वह रूप तुम्हें गहरे विक्षोभ से भरता रहा···और तुम्हारी सारी अनुभूतियाँ आक्रोश के साँचे में ढलती रहीं···। जानता हूँ, तुम्हारे मन में मेरे निजी जीवन के उस प्रसंग को लेकर भी कम क्षोभ नहीं है—दीदी मुझे बता चुकी हैं—

सारनाथ की भग्न वीथिकाओं में कृष्णकांत ने उसे जानबूझकर रोक लिया था—

सुनना चाहती हो, नंदिनी, तो सुनो···। अपने जीवन की संपूर्ण एकनिष्ठता उसे सौंपकर मैं निश्चिंत हो जाना चाहता था···। पहली बार उसे देखने के बाद यही प्रतीति हुई थी मुझे···

असहजता के उस भयंकर दौर में भी यही प्रार्थना की थी—हे देवाधिदेव, इसके जीवन का यह विष यदि तुम हर सको तो···

दीदी ने तुम्हें यह भी तो बताया होगा, नंदिनी···उसके नहीं रहने के बाद कितने प्रस्ताव आए···।

मेरी अन्यमनस्कता क्या थी, तुम्हें बताऊँ··· बाहरी सौंदर्य नहीं, जीवन को संतुलन की दिव्य आभा देनेवाला कोई संग-साथ जुड़ेगा--शायद यह मेरे प्रारब्ध में ही नहीं···। संभव है, विधाता पुरुष ने एकाकी रहकर सृजन करने के लिए ही मेरा निर्माण किया हो—तो यही सही, लेकिन नंदिनी, जीवन के अशुभ पक्ष को सोच-सोचकर पूरे वर्ग या समुदाय के प्रति कोई एक धारणा बना लेना—यह कहाँ का न्याय है तुम्हारा···यह एकतरफा सोच रहा तो शुष्क क्षोभ के सिवा···

कृष्णकांत की चिंता को थाहकर नंदिनी लहरों के सुर में सुर मिलाती हँस पड़ी थी—

आप तो सचमुच इतने गंभीर हो गए कि… ! ठीक-ठीक बताऊँ—अम्मा के असमय चले जाने के बाद बाबूजी के लिए ही मेरा मन विशेष उद्वेलित रहता है। उनके अकेले जीवन के विषय में सोचती हूँ तो…

वह सहसा उठ खड़ी हुई थी—

आपने एकदम उचित कहा—जीवन की अशुभता को भूलकर मुझे सहसा अपने शुभत्व का स्मरण हो आया। बाबूजी हमारी प्रतीक्षा कर रहे होंगे, आइए, घर चलें…

मधुसूदन जागेश्वरी आजी की चिट्ठी लिये प्रफुल्ल मन बैठे थे—

एक खुशखबरी है, नंदू…जलालुद्दीन अपने गाँव वापस आ गया है। आजी लिखती हैं—

माटी का छोह ऐसा ही होता है बचवाऽ, ऊँची उठानवाले फलदार गाछ-बिरिछ को जड़ से उखाड़कर कहीं रोपना भी चाहो तो कितना बड़ा पातक हाथ लगेगा… ! जलालुद्दीन बिलख रहा था—उसकी झोंपड़ी किसी ने उजाड़ दी है—रोजी-रोटी सबका प्रबंध हमारे ही आसरे—हमने उसे अभय दिया है—

पूत, जैसे हो, पिछवाड़े की दोनों कोठरियों में पड़े रहो… । जो तुम्हारा विचार हो तो विजयानंदजी एक हथकरघा बैठाना चाहते हैं, जलालुद्दीन उनके साथ जुड़ जाएगा, उसके बाल-बचवन के रोटी-पानी का दुःख दूर हो जाएगा। बाकी ठाकुरजी की मरजी…

मधुसूदन ने चिट्ठी नंदिनी को थमा दी थी। आजी ने आगे लिखा था—

नंदू अपने गुरुजी को लेकर आना चाहती है, तो खरीफ कटने के बाद चली आए…हमने दालान खाली करवा ली है, छोटकू की कोठरी भी एकदम साफ-सुथरी है। गुरुजी को कोई कष्ट नहीं होगा… ।

कृष्णकांत ने मुसकराते हुए टाल दिया था—

दीदी की तबीयत ठीक नहीं चल रही है। इस बार रहने दो…आजी का आतिथ्य मेरे लिए किसी तीर्थ से कम नहीं। उनसे कह देना, अगली बार जैसे की कोई सुयोग बना… ।

नंदिनी अकेली ही दहिवर आ गई थी। जागेश्वरी आजी का दल उसकी अगवानी के लिए प्रस्तुत था—

इससे मिलो नंदू, यह प्रधानजी की बड़की बिटिया गुणवंती है। जैसा नाम वैसी ही योग्यता—आठवीं कक्षा में पढ़ रही है, गीत-संगीत, कसीदाकारी सबमें निपुण… ! और यह विजयानंदजी की सबसे छोटी नातिनी है बिंदा—देखा कैसे मेरे आँचल से लगी छिपकर तुझे निहार रही है—बिंदा, यह तो तुम्हारी नंदिनी बुआ है—इससे डरती है, आ जा बचिया, ना ऐसे डरते नहीं…

और यह है मुखिया अक्षयवर नाथ की बड़ी बेटी सुनयना!

सूने कपाल वाली उस युवती की करुण-कातर आँखें श्यामा की याद दिला गई थीं—

जाओ धिया, आज सबकी छुट्टी। कल सबेरे अपना-अपना पाठ याद कर के चली आना।

दालान की चौखट पार करने के पहले सुनयना ने झिझकते हुए महीन आवाज में पूछ लिया था—

आजी, आप कहें तो हम दीदीजी के लिए चाय…

नहीं बचियाऽ, हमारी नंदू चाय नहीं पीती…और फिर तुझे जल्दी से घर जाकर सबके लिए रोटी भी तो पकानी है न, जा धिया…जा…!

अचरज भरी खुली आँखों से नंदिनी को देखती हुई वह धीरे-धीरे बाहर चली गई थी।

आजी ने शरबत के लिए शक्कर निकालते हुए नंदिनी का असमंजस दूर किया था—

बाल विधवा है—बेचारी—ससुरालवाले घोर कष्ट देते थे। इसकी माई ने रो-रोकर मुखिया को राजी कर लिया। जब से आई थी—अपने घर की चौखट में बंद! बाप-भाई की सख्त पहरेदारी थी—कहीं जाए नहीं, किसी से बातचीत नहीं करे। हमने अक्षयवर की पत्नी को समझा-बुझाकर राजी किया है। दोपहर को मेरे पास दो घंटे की मोहलत लेकर चली आती है।

इसकी आँखें देखना नंदू…सारनाथ के मृगया-विहार की हरिणी-सी…वज्र की मारी पहले तो खूब रोती रहती थी। धीरे-धीरे शांत हुई है। अब तो खुलकर हँसती है, बोलती-बतियाती है—चेहरे पर जिनगी की एक नई आब फूटने लगी है।

नंदिनी ने आजी के चेहरे की ओर गौर से देखा था—

जनम बावरी, ऐसे टुकुर-टुकुर क्या निहार रही है—तेरी आजी वही है, कोई दूसरी तो नहीं हो गई…!

आजी के कोरदार आँचल में मुँह छिपाकर उसने कबूल किया था—

मेरा मन ही शायद दूसरा होता जा रहा है। इस बार वादा करती हूँ—तुमसे लड़ूँगी-झगड़ूँगी नहीं, चुपचाप तुम्हारी बातें सुनूँगी…

आजी ने शरबत का गिलास थमाते हुए परिहास किया था—

क्यों री नंदू, अपने तरकस के सभी तीर कहाँ छोड़ आई, किसे दे आई अपना चुलबुलापन… ? ना बचियाऽ, तू हँसती-बोलती, रूठती-मनाती ही अच्छी लगती है—एक-ब-एक इतनी सयानी न हो जा कि हम अचंभे में पड़ जाएँ…किसी जटिल जोगी ने मंतर तो नहीं फेर दिया हमारी नंदू पर…

आजी-नातिनी का वह विनोद-मिलन देखकर झारी देई बिहँस उठी थीं—

एक धिया सोने के पुतरी दूसर सुकुमारि
कइसे-कइसे जइबू ए बचिया सात नदी पार…

[एक तो बेटी सोनपुतली है—ऊपर से इतनी सुकुमारी, क़हो बेटी, सात नदियाँ पार करके ससुराल कैसे जाओगी।]

आजी नंदिनी के रूखे केश सुलझाते हुए झारी देई के सुर-में-सुर मिलाकर धीरे-से गुनगुना उठी थीं—

बाएँ जइहें लोकनी दहिन जेठ भाई
बेनिया डोलावत जइहें बत्तीसो कहार···

[मेरी बेटी अकेली नहीं जाएगी—बाएँ दासी होगी, दाहिनी ओर बड़ा भाई, पालकी लिये चँवर डुलाते बत्तीस कहार संग-संग जाएँगे।]

आजी की आँखों में सुहासिनी कनिया का अधूरा स्वप्न एक नई बानगी लेने लगा था—

नंदू, तेरी पोथी कब पूरी होगी बचिया, मधु को एक ही चिंता है। तेरे हठ के आगे कुछ बोलता नहीं, तेरा तप पूरा हो तो हम भी गंगा नहा लें···

नंदिनी की आँखों में मौन प्रश्न था—मुझे अपने से दूर करने की इतनी हड़बड़ी क्यों, आजी··· ? मैं इतनी ही भार बन गई होऊँ तो···

ना बचिया, तू नहीं जानती, भोजपुरिहा बाप की पीड़ा अकथनीय है नंदू, कैसे-कैसे परिताप, कैसी विवशताएँ···कुपात्र, सुपात्र की पहचान का संकट अलग। पहले घर-परिवार का संस्कार तो मिले···

झारी देई ने दूर ओसारे में बैठे-बैठे ही टिप्पणी जड़ी थी—

बेटी के बाप सातू-पिसान के मोटरी बन्हले घर से बाहर जाला गोड़ के पनही जब ले ना खियाई, तब ले बेटी जोग बर कइसे जुरी··· !

नंदिनी ने धीरे-से आजी की कोहनी दबा दी थी—

यह प्रसंग अभी रहने दो न आजी, नहीं तो तुम्हारी ये बेतार की तार पूरे गाँव में···

आजी ने सिर हिला दिया था—झारी दीदी का कायाकल्प हो गया है नंदू, देखती नहीं, दिन-भर तो यहीं बैठी रहती हैं—मेरी गृहस्थी में इनकी कितनी सहज खपत हो गई है, कभी चावल चुन देती हैं, कभी गेहूँ फटक देती हैं, मकई के दाने छुड़ाने में इनकी फुर्ती देखने लायक है···इनकी ओर से अब तो तू निश्चिंत हो ना!

आजी की गृहस्थी ने नंदिनी का मन बाँध लिया था। विजयानंदजी लाठी टेकते सुबह-सुबह चले आते। जलालुद्दीन की नमाज पूरी होती और आजी प्रार्थना का अंतिम श्लोक दुहराती दिन की अगवानी करने के लिए तैयार हो जातीं—विजयानंदजी दालान और बाहरी कोठरियाँ खुलवाते। नीम के नीचे का चबूतरा झाड़-बुहारकर साफ कर दिया जाता और झारी देई की पोपली बड़बड़ाहट के साथ दिन की शुरुआत हो जाती—

लाख बेर कहलीं—मुँह में अनाज-पानी डाल के काम में जुट, बाकी जागेसरी भउजी, हमार बात काहे के मनिहें—के हईं कम इनकर··· ?

आजी तनिक ऊँची आवाज में प्रबोध देतीं—हमने केला-दूध खा लिया है झारी दीदी, डेगची में आपके हिस्से का दूध रखा हुआ है। जल्दी से पी लीजिए और हमारे साथ चलिए—

इ भोरे-भोरे कहँवा जाए के तइयारी करि लिहलू—

आपसे रात में कहा था न, मनसू की घरवाली का सतमासा बच्चा बहुत बीमार है…बक्सर से बड़ी डागडरनी को बुलवाया है। वहीं…

जल्दी चलिए, नहीं तो लड़कियाँ आ जाएँगी और घर में ताला बंद देखकर…

विजयानंदजी अस्त-व्यस्त हो उठते—जाना ही है तो भंडार की चाभी देकर जाइए भउजी, आलू के बीज का दउरा निकलवाना है। धान कुटवाने के लिए आज ही नहीं भेजा गया तो…

आजी की फुर्ती देखने लायक होती—आइए झारी दीदी…ताला खुला रहने दीजिए…जलालू है न, सब सँभाल लेगा—

दिन-भर गाँव की कनिया-बहुरिया का ताँता लगा रहता। घूँघट में मुँह छिपाए दालान में घुसतीं और जागेश्वरी आजी के पाँव छूती थोड़ी ही देर में इतनी उन्मुक्त हो जातीं, जैसे इस घर-आँगन से बरसों का संबंध रहा हो उनका।

आजी, रसोईघर में कैसी कलौंछ बैठ गई है। अभी तो बिंदा आपके पास है। हम तब तक रसोई की सफाई किए देती हैं।

आजी, आपके लिए माई ने सरसों का साग और कढ़ी बनाकर दिया है। हम रोटी सेंक दें… ?

नंदिनी की आँखों में मीठा-सा उलाहना तैर जाता—

अच्छा, तो यह बात है, तभी कहें मेरी आजी को इतनी सारी नातिनियाँ मिल गई हैं—अब भला मेरी परवाह इन्हें क्यों हो? अच्छा, ठीक है—अभी बनारस जाकर बाबूजी से मशविरा करती हूँ। आपको वहाँ बुलवाना बहुत जरूरी है। यहाँ रहकर आप हमारे हाथ से निकल गईं तो बस…

आजी-पोती के परिहास को विजयानंदजी की बातों का बल मिल जाता—

हमारी जागेश्वरी भौजी ने दहिवर गाँव की काया पलटकर रख दी है नंदिनी बिटिया. वाल्मीकि के आश्रम में सीता माता ऐसे ही रहती होंगी…

इतनी बड़ी पटतरी हमारे लिए…आप तो पंडित मानुस ठहरे देवरजी, अच्छी तरह जानते हैं, सीता आदि माँ थीं। कहाँ उनकी अलौकिक महिमा और कहाँ माया-मोह में बँधी हमारी तुच्छ जिनगी।

किन जनमों का पाप बटोरती जीवात्मा को इतनी बड़ी पीड़ा भोगनी होती है। इस परिताप से मुक्ति के लिए कुछ तो करणीय ठहरा न…कंठी-माला लेकर काशीजी का सेवन करती तो यह संतोष शायद कभी नहीं मिलता।

उस रात नंदिनी की खाट अपनी बगल में बिछाकर आजी ने सोने के पहले अपने गुरु का स्मरण किया था—

सो गई नंदू, कल सुबह ही बनारस चली जाएगी···न···कुछ दिन और रह जाती तो···

लेकिन नहीं, उन्होंने अपने आप से तर्क किया था, मधु की देह दिन-दिन दुर्बल होती जा रही है। हमें उसका सोच है बचियाऽ, बालेपन का जिद्दी ठहरा···काम करने बैठेगा तो नहाने-धोने, खाने-पीने की भी सुध नहीं रह जाएगी। तुझसे उलझता नहीं, तेरे हठ को जानता है—तू उसके पास रहती है तो हमारा मन अपने पूत की ओर से स्थिर हो जाता है···।

नंदिनी के अनमनेपन ने सहसा एक गहरी उदासी का रूप ले लिया था--

एक बात पूछूँ आजी, हमारे परिवार को किसी ने अभिशाप दिया था क्या? कितने अकेले, कितने चुपचाप हैं हम सब···अपनी-अपनी पीड़ाओं का भार सहज भाव से ढोते हुए···तुम यहाँ गाँव में आ गईं—हमसे छिटककर इतनी दूर···ठीक है कि तुम्हारे सुख-दु:ख को बाँटनेवाले लोग यहाँ भी जुट आए हैं। तुम तो अपने आप में एक कुनबा हो आजी, जहाँ रहोगी वहीं···

लेकिन बाबूजी की मनोव्यथा का कोई अंत है भला! किसी से कुछ कहेंगे नहीं, अपने मन की गुत्थियों में आप उलझे रहेंगे। दिन-भर की दौड़-भाग, विद्यालय की व्यवस्था, आश्रम का प्रबंध···अभी दस दिनों तक तेज ज्वर भुगतकर उठे···तो तुरत दिल्ली जाने की जिद करने लगे···ब्रेल लिपि में रूपांतरण के लिए पुस्तकें दे रखी हैं, उन्हें लाना बेहद जरूरी है। नया सत्र शुरू होने वाला है। बच्चियों की पढ़ाई का नुकसान हो जाएगा।

उसने करवट बदलकर आजी की दाहिनी बाँह पर अपना माथा टिका दिया था—गंगाजी की छाती पर तैरती अपनी-अपनी दूरी आप तय करती पाल चढ़ी नौकाओं-सा हमारा जीवन नहीं है आजी? लहरों का संयोग जुटता है और हम एक-दूसरे के निकट चले आते हैं। लहरें धकेल देती हैं और हम फिर अलग-थलग पड़ जाते हैं।

आजी बड़ी कोमलता के साथ उसकी पीठ सहलाती रही थीं—

सुहासिनी कनिया इस अधूरी गृहस्थी की सबसे बड़ी धुरी थी। उसका असमय मुँह मोड़ लेना ही सबसे बड़ा संकट हो गया! हमारी आत्मा कहती है—मधु का अब तक उस हादसे से उबार नहीं हुआ है। उसने वह विष अपने भीतर सहेज लिया है। उस दाह को अकेला झेल रहा है हमारा मधु···क्या कहें; इतने बड़े दु:ख से उसका निस्तार किस तरह हो···? अपने मन की कलप किसी से बता भी देता तो···नंदिनी, तू जा बचियाऽ···बिंदा और सुनयना मिडिल क्लास का परचा लिखने वाली हैं, उनके इम्तिहान पूरे हो जाएँ तो हम भी···

नंदिनी का अँदेसा ठीक निकला था···बनारस पहुँचते ही श्यामा ने सारी सूचनाएँ

एक साँस में दे डाली थीं—

बाबूजी हमारी बात एकदम नहीं मानते थे, इन्होंने खूब मनमानी की, दीदी, दिल्ली से लौटे तो गंगा-स्नान के बहाने घाट पर चले गए और आधी वेला वहीं बिताकर लौटे—सुमित्रा काकी ने पूछा तो टाल गए—

तैराकी का अभ्यास छूट गया था, नहाने के लिए उतरा तो जी चाहा कि···

मधुसूदन ने लेटे-लेटे ही आवाज लगाई थी—

श्यामा, नंदू···दोनों हमारे पास आओ! क्या चुगली हो रही है हमारी···!

नंदिनी अपनी आँखों की नमी छिपा नहीं सकी थी—

आजी ने ठीक ही कहा था—

मणिकर्णिका घाट की ओर गए होंगे···चिताओं की भस्मी में अपना अतीत टटोला होगा···भग्न सीढ़ियों पर पछाड़ खाती गंगा की हर लहर को मनस्ताप का आवेग बनाकर अपने भीतर उतारते चले गए होंगे···!

बाबूजी, सच कहें, अम्मा के साथ इतना ही नेह था तो फिर आपने उसे···

नंदिनी जानती थी—

कुछ भी पूछने का अधिकार उसका नहीं था···अल्पवयस्का थी, जब उसकी सुहासिनी अम्मा का अंतिम शृंगार किया गया था, उसने कैसी जलती हुई आँखों से पिता को देखा था—मेरी अम्मा को सब लोग लिये जा रहे हैं और आप इन्हें टोकते भी नहीं! बाबूजी, कितने निष्ठुर हैं आप···!

अब जाना था नंदिनी ने, अपने ज्ञान-गुरु कृष्णकांतजी की वाणी में छिपे मर्म की पहचान हो गई थी उसे—

जो चले जाते हैं, उनकी समस्त पीड़ाओं का अंत हो जाता है, मुक्त हो जाते हैं वे! लेकिन जीवितों का अंतर्दाह सबसे भयावह होता है नंदिनी, मेरी बात की प्रतीति चाहती हो तो अपने बाबूजी की आँखें टटोलना···कभी-कभी कितना गहन वैराग्य छलक आता है उनमें···

मनोयंत्रणा के ऐकांतिक ज्वार में डूबती-उतराती वे आँखें—

विरही राम के करुण आत्मालाप की अदृष्ट लिपियाँ उभर आती हैं—उन पुतलियों में—

कहिहू ते कछु दुख घटि होई
काह कहौं यह जान न सोई···

किससे कहें—आजी का अपना कष्ट क्या कम है···? तुमसे कुछ भी कहने का साहस जुटा सकते हैं वे···! मैं फिर कहूँगा नंदू, असाधारण पुरुष हैं तुम्हारे पिता···इतना धैर्य, इतनी कोमलता···ऐसा अथक श्रम···आजी के सच्चे पूत ठहरे, तभी तो···

जागेश्वरी आजी ने नंदिनी के सामने एक बार स्वीकारा था—

तेरे बड़का बाबा के मन में गहरा मलाल था बचियाऽ, एक-पर-एक तीन-तीन धिया, दालान की जिम्मेवारी सँभालनेवाला कोई पूत नहीं! हमारी पाग की विरासत हमारे साथ चली जाएगी···यह तिरिया भी निछक्की निपूती निकली···! अब इससे पूछे कोई, इसकी पोथी-पतरी पूत बनकर हमें तारेगी क्या—ये ही हमारा श्राद्ध-तर्पण करेंगी?

और जब मधु पैदा हुआ—तब भी उनकी बौखलाहट हमारे सामने उमड़ी थी—

इतने अच्छे करम हमारे कहाँ··· ? छोटकू का पुण्य बड़ा, उनके घर बेटा पैदा हुआ!

जागेश्वरी आजी ने जगदानंद के सोच को एक दूसरी दिशा देनी चाही थी—

छोटकू का पूत आपका कोई नहीं लगता क्या? मानिए तो देवता, नहीं तो···

जगदानंद तिनककर बाहर निकल गए थे—

अपना उपदेश अपने तक ही रखो, मँझरियावाली, तुमने हमें कोई भी सुख नहीं दिया···!

मधु को हमने अपनी कोख से जनम नहीं दिया; लेकिन तेरा बाप मेरे लिए सगे पूत से भी बढ़कर है नंदू···कौन जाने जो अपना बेटा होता और सुभाव से कपटी, कुचाली हो जाता तो···मधु···के लिए ही मेरे प्राण तरसते रहते हैं बचियाऽ, ऐसा तपी पुरुष है हमारा लाल···

नंदिनी के शब्द आँसुओं में डूबकर रह गए थे—

आपने किसी का कहा नहीं माना न बाबूजी, आजी ठीक ही कहती हैं, आपके भीतर एक हठी बालक—

मधुसूदन के सूखे हुए होंठों पर वात्सल्य-विनोद की मद्धिम उजास थी—

तू आ गई न, तेरे हाथ की साबूदाना-खिचड़ी मिलते ही मैं ठीक हो जाऊँगा, नंदू। जा, कपड़े बदल हाथ-मुँह धोकर मेरे पास बैठ—तुझसे कुछ जरूरी बातें करनी हैं।

नंदिनी ने माथा छूकर देखा था—ताप पहले से कुछ कम था।

श्यामा, तू थोड़ी देर यहाँ बैठेगी। मैं दस मिनट में···

पुत्री का चिंताकातर स्वर मधुसूदन को एक दूसरी दुनिया में ले गया था—

ठीक इसी तरह सुहासिनी जरा-सी बात पर अस्त-व्यस्त हो उठती थी···। गौने के महीने-भर बाद पंद्रह दिनों तक वे मलेरिया से पीड़ित रहे थे···! बड़की अम्मा ने बताया था—

कनिया की हालत तो देखो, खाना-पीना सब छोड़े बैठी है। ऐसे तो इसी को कुछ हो जाएगा···। मधु···देखा बचवा, तेरे लिए कैसा मोह है—हमारी पुतोहू को···

करवट फेरकर दोशाले की कोर में आँखें सुखाते हुए वे उसी अवसाद की मनोदशा में देर तक पड़े रहे थे।

सो गए बाबूजी, लीजिए यह साबूदाना···मीठा डालूँ या नमक के साथ···

जो तेरी मरजी, नंदिनी, तुझे पता है, तेरे गाँव जाने के बाद कृष्णकांतजी दो-दो बार

आए थे। तुम्हारी पुस्तक का संशोधन हो गया है। दिल्ली के किसी अच्छे प्रकाशक से उनकी बातचीत भी हो चुकी है। वे चाहते हैं कि इस साल के अंत तक…

श्यामा ने खाली कटोरा उठाते हुए धीरे-से उलाहना दिया था—

तुम्हारे गुरुजी किस कदर परहेजी आदमी हैं, दीदी, हमने कितने शौक से उनके लिए आलू-पकौड़े बनाए थे। एक छोटा-सा पकौड़ा उठा लिया और बस…!

इस उम्र में खान-पान के प्रति संयम बरतना ही बेहतर होगा…जो लोग स्वाद पर नियंत्रण नहीं रख पाते, उन्हें कैसे-कैसे रोग…?

श्यामा ने मधुसूदन की आँख बचाकर नंदिनी की ओर धीरे से संकेत किया था—

जैसे गुरु वैसी ही चेली, आप कुछ कम थोड़े ही हैं! अच्छा बताइए, रात के खाने में क्या बनेगा, सादी रोटी, खिचड़ी या और कुछ…।

तेरी जो इच्छा, और सुन श्यामा, मेरी अच्छी बहन, सुमित्रा काकी, शिवानंद बाबा, सबसे पूछ ले…। छात्रावास का इंतजाम एक बार खुद जाकर देखती आओ। मुझे यहाँ बाबूजी के पास…

मधुसूदन का ज्वर पहले से बहुत कम था। फटी धोती की मुलायम पोटली से पाँव सहलाती नंदिनी अपने पिता को अपलक देख रही थी—

छत की धरन को निहारते, आँखें मूँदते-उघारते मधुसूदन की विकलता का कुछ तो कारण होगा ही—

माथा दबा दूँ, बाबूजी, कहीं दर्द हो रहा है?

नहीं नंदू…बस थोड़ी-सी कमजोरी महसूस हो रही है। तू जा, थक गई हो तो तनिक लेट रह…। देखता हूँ, मुझे भी नींद आ जाए…

जबरदस्ती नींद लाने के लिए छत की ओर टकटकी लगाने की जरूरत नहीं…। लाइए, मैं माथा सहलाए देती हूँ, इससे आराम मिलेगा, नींद भी अच्छी आ जाएगी।

नंदिनी के मन में कृष्णकांत के अक्षर आँसुओं की धार बनकर उमड़ने-घुमड़ने लगे थे—

तुम्हारे पिता ने जिस विरहत्व को धारण किया है, वह बाहर से भले ही शांत, गंभीर, पूर्ण संतुलित रहने की शास्ति देता रहता है, लेकिन भीतर के पारावार में हर क्षण डूबते-उतराते वे निपट अकेले हैं। उनका पितृत्व अलभ्य है, नंदिनी तभी तो…

मधुसूदन ने कृष्णकांतजी को बताया था—

सुहासिनी के नहीं रहने के बाद नंदिनी मेरी मोहजनित दुर्बलता का एकमात्र केंद्र है। जानता हूँ, बड़की अम्मा-सी सहिष्णुता उसमें नहीं है। स्वभाव में मुझपर गई है। किसी भी गलत बात को सहन नहीं कर सकने वाली…अन्याय का प्रत्युत्तर देने के लिए तुरत सचेष्ट हो जाने वाली। पीले पोखराज-सी दिपती अपनी इस संतान के लिए ही विशेष चिंता है मुझे…

नंदिनी की आँखों में उमड़ते वाष्प-कण मधुसूदन से छिपे नहीं रह सके थे—

तू रो रही है पगली! किसलिए? अरे, मुझे कुछ हुआ थोड़े ही है। सच बता, तुझे मेरी इतनी चिंता क्यों रहती है? मैं क्या छोटा-सा बालक हूँ जो···

नंदिनी अपने निष्पाप पिता के गले से लिपटकर जीभर रो लेना चाहती थी—

आज अम्मा होतीं तो···! मेरे निष्पापी पिता की आँखों का रंग क्या ऐसा होता—जेठ की गंगा के मटमैले पानी-सा···!

मधुसूदन ने कितनी बारीकी से सब कुछ थाह लिया था—

जो चले जाते हैं, उनकी याद तो मणि-माणिक्य-सी अनमोल धरोहर बनी प्राणों के संग लगी फिरती है। देहधारी का मन उद्विग्न हुआ और वह आब भीतर-बाहर छिटक गई—कायांतर से बड़ा यह मन्वंतर हुआ करता है, नंदिनी···! उसे अपने समीप मानो बच्ची, वह तुमसे दूर कहीं नहीं गई···!

नंदिनी अपना चेहरा घुमाकर चुपचाप बाहर चली गई थी।

मधुसूदन ज्वर-मुक्त होकर पहला पथ्य लेने के बाद अनायास अस्त-व्यस्त हो उठे थे।

आज न जाने क्यों, बड़की अम्मा की बेतरह याद आ रही है। नंदू, देख तो उनकी कोई चिट्ठी आई हो; शायद डाकिया तेरी पाठशालावाले कार्यालय में डाल गया हो, कभी-कभी ऐसा करता है वह!

नंदिनी उठकर कमरे से बाहर जाती, इसके पहले श्यामा लगभग भागती हुई आई थी—

दीदी, बाबूजी···, आजी आई हैं। साथ में विजयानंद पंडितजी और जलालुद्दीन भाई भी हैं।

आजी ने पाँव पर झुके मधुसूदन को धीरे से उठाकर अपनी अँकवार में बाँध लिया था—

जी कैसा है बचवाऽ, तूने हमें खबर तक नहीं दी। क्यों री नंदू···तुझसे इतना भी नहीं हुआ कि···

मधुसूदन विस्मय पुलक से भर उठे थे—

तुम्हें किसने बता दिया बड़ी अम्मा? मैं तो बिलकुल ठीक···

तू क्या सोचता है, हमसे झूठ बोलकर तेरी पकड़ाई नहीं होगी! श्यामा, एक गिलास ठंडा जल ले आ तो बच्ची, विजयानंदजी के लिए छोटी कोठरी खुलवा दे। जलालू तो अभी ही लौट जाएगा—उसके जलखावे के लिए कुछ हो तो···

पानी पीकर मधुसूदन की खाट से लगी शीतलपाटी पर दाहिनी हथेली का सहारा लिये बैठने चली थीं, तो नंदिनी ने टोक दिया था—ऊपर बैठो न आजी···रास्ते में ऐसी कौन-सी छूत लग गई जो तुम···

तू जानती है बचियाऽ, बिना कपड़ा छोड़े···लेकिन नहीं, हम तो तुझसे नाराज हैं, तूने शिवानंदजी को दहिवर भेज दिया होता···हमसे इतना लुकाव-छिपाव···! वह तो श्यामा के हाथ की लिखी छोटी-सी चिट्ठी मिली। हमारा मन वैसे भी पहले से ही अशांत था, कैसे-कैसे कुसपन आ रहे थे···!

नंदिनी ने आजी का मान सिर-माथे लिया था, अपना मुँह उनकी गोद में छिपाती छोटी बच्ची बनकर अपनी फरियाद सुनाने लगी थी—

अपने पूत को तो अब तुम्हीं सँभालो आजी, किसी की बात मानते ही नहीं—हमारी भी···नहीं। अभी तुम नहीं आई होतीं तो पाठशाला की ओर जाने की जिद ठाने बैठे थे—आश्रम का कामकाज जब तक अपनी आँखों से नहीं देख लें, इन्हें चैन कहाँ पड़ने वाला है! देह इतनी कमजोर है, चलते हैं तो पाँव सीधे नहीं पड़ते। डॉक्टर ने कम-से-कम दस दिन पूरी तरह आराम करने के लिए कहा है। अब तुम्हीं समझाओ···! मधुसूदन अपनी बड़की अम्मा के कंधे से टिके आह्लादमग्न थे—

और तुम इसे भी तो समझाओ, बड़की अम्मा, यह मेरी बेटी है या मैं इसका बेटा हूँ? ऐसे हुक्म चलाती है जैसे···

नंदू ने कुछ भी गलत नहीं किया मधु, तेरे जैसे हठीले के साथ यही व्यवहार उचित है···

इसका मतलब? मूल से सूद अधिक प्यारा···क्यों बड़ी अम्मा?

दहिवर गाँव के नीम तले की तीन पीढ़ियाँ आनंद-किल्लोल में मग्न थीं, कृष्णकांतजी ने व्याघात डालना उचित नहीं समझा, वे बाहर से ही लौट गए थे···

ओसारे की सीढ़ियों के पास श्यामा ने बड़ी फुर्ती से उन्हें पकड़ा था—

अरे वाह गुरुजी, एइ रकम चोरी-चोरी···ऐसे क्यों चले जा रहे हैं? घर में सब लोग तो हैं, आपको पता नहीं, गाँव से आजी भी आई हैं—आज ही, आधा घंटा पहले···

निश्छल बालिका श्यामा से क्या कहते वे—वात्सल्य में पगी मुँदी हुई आँखोंवाली जिस आजी के दर्शन करके अभी-अभी लौटे थे···उसकी ममता ने क्या उन्हें नहीं बाँध लिया था?

आजी ने हँसकर उनका स्वागत किया था—आओ कृष्ण बेटा···!—हमारे बाल-गोपाल कैसे हैं—देख लिया तुमने, नंदू तो निपट नादान ठहरी, लेकिन मधु···इतना सयाना होकर भी कैसे-कैसे दुःख देता रहता है हमें···।

अच्छा तुम लोग बैठो, बातचीत करो, हम तब तक स्नान करके आती हैं।

कृष्णकांतजी एक प्रस्ताव लाए थे···

मेरे शोध-छात्रों ने मिलकर जगन्नाथपुरी का कार्यक्रम बनाया है, कल्याणी दी भी साथ जा रही हैं। नंदिनी, तुम भी चलतीं तो···! लेकिन यहाँ की स्थिति को देखकर ही।

मधुसूदन ने तुरंत हामी भर दी थी—बड़की अम्मा आ गई हैं, अब किसी बात की

चिंता नहीं। नंदू, तू जरूर जा, बल्कि श्यामा को भी अपने साथ लेती जा। बेचारी महीनों से कहीं भी नहीं गई··· । उसका मन बहल जाएगा।

जागेश्वरी आजी ने भेद खोला था—

विजयानंदजी इसीलिए तो रुक गए हैं। हमारा गाँव जाना बहुत जरूरी है मधु···वहाँ कटनी चल रही है, आधा अनाज खेत में, आधा बखरी में। सामने रहो तो कमकर मुस्तैद रहते हैं, नहीं तो···

नंदिनी ने बात काट दी थी—

मैं नहीं जा सकूँगी, सर, आपने देखा नहीं। कुछ दिनों के लिए आजी के पास रहने गई और यहाँ बाबूजी ने अपनी सेहत चौपट कर ली···

आप लोग जाएँ—पुरी के मंदिर में बाबूजी के शीघ्र स्वास्थ्य-लाभ के लिए प्रार्थना करना नहीं भूलेंगे।

मधुसूदन ने यात्रा के उस प्रस्ताव को एक नया मोड़ दिया था—अच्छा, यह विवाद रहने दे, नंदू··· ! मान लिया ज़ाए कि हम सब साथ-साथ चलें। बड़की अम्मा, आपने इस तीर्थ के दर्शन नहीं किए हैं। विजयानंद काका गाँव लौटकर वहाँ का प्रबंध सँभाल लेंगे—चार-पाँच दिनों की तो बात है। न हो तो वहाँ से लौटकर हम सब इकट्ठे गाँव चले चलेंगे। बड़की अम्मा को पहुँचाने के बहाने सबसे मिलना-जुलना हो जाएगा।

बनारस और दहिवर की देहरी लाँघकर न जाने कितने युगों के बाद जागेश्वरी आजी एक लंबी यात्रा पर निकली थीं—

उत्कल प्रदेश··· ।

सागर की उत्ताल गर्जना से कंपित होती भूतल-सीमाएँ।

नंदिनी पहली बार समुद्र का साक्षात्कार करने जा रही थी। सागर-तटिनी होने का गर्व बंगदेशीय कन्या श्यामा की आँखों में छलका पड़ रहा था—

ओरेबाबा, कत विराट्, दारुण सुंदर··· !

दीदी, तुम्हें ऐसा लगेगा जैसे जिंदगी में इतना सुंदर दृश्य फिर कभी देखने को नहीं मिलेगा··· ।

कृष्णकांत गंभीर स्मित लिये कल्याणी दी और जागेश्वरी आजी को समझा रहे थे—बहुत ही कम आयवाले निवासियों का लोक है यह। मछलीपालन या बहुत हुआ तो धान की खेती···वह भी पूरी तरह वर्षा की आमद पर निर्भर है··· ।

मधुसूदन ने कृष्णकांत को लक्ष्य करते हुए कहा था—

लेकिन उत्कल निवासियों की सादगी और सरलता का अपना एक वैशिष्ट्य है। आपने देखा नहीं। सागर की शांत सतह-सी शुभ्रता-भरी इनकी चितवन··· !

जागेश्वरी आजी अपने आप में खोई हुई कह उठी थीं—आदमी किसी भी देस का हो, वह केवल आदमी होता है, बचवाऽ··· ! जिनगी के तरीके भले अलग-अलग हों, भाव

के संसार में सबकुछ एक जैसा होता है—वही भूख-प्यास, वे ही रोग-व्याधियाँ, वही दु:ख-दर्द, मिलन-वियोग की वे ही प्रतीतियाँ—

कृष्ण बेटे, तुमने तो संस्कृत की, दर्शन-पुराण की बड़ी-बड़ी पोथियाँ बाँच रखी हैं—एक बात बताओ···दशावतार की इतनी बड़ी कल्पना हमारे ऋषि-मुनियों के मन में क्यों आई···? मीन, वराह, कच्छप, नरसिंह, वामन, राम, परशुराम, कृष्ण, बलराम और कल्कि रूपों में महाशक्ति ने अपने को प्रमाणित किया, हमारे गुरु काकाजी कहा करते थे—

जल में, थल में, सूने आकाश में, जहाँ तक जीवात्मा का विस्तार है सब कुछ ईश्वर रूप ही तो है न···! उस महाप्रभु ने मानुष तन को सबसे उजला मन दिया—शीशे की तरह झक सफेद—सबकी परछाईं को अपने भीतर उतार सके, सबके साथ अपनापा जोड़ सके···इसीलिए न···तब भी इतनी निष्ठुरता, ऐसी भयावह आपाधापी—न जाने किसलिए?

नंदिनी ने लक्षित किया था, कृष्णकांत आजी की ओर देखते हुए पलकें झपकाना भूल गए थे। मधुसूदन ने मुसकराकर प्रसंग को बदल देना चाहा था—

दार्शनिक आप हैं; लेकिन दर्शन हमारी बड़ी अम्मा की रग-रग में बसा हुआ है। देखा न···हमेशा चुपचाप रहती थीं—न इस यात्रा पर हमारे साथ आतीं और न यह भेद खुलता···श्रीमती जागेश्वरी देवी हमारे दहिवर गाँव की भारती···हमें डर है, समुद्र की लहरें गिनती ये यहीं बैठी न रह जाएँ और इनकी ग्राम शिष्याएँ हमें कोस-कोसकर अपना बुरा हाल कर लें···! जागेश्वरी आजी ने झेंपकर खिड़की की ओर मुँह घुमा लिया था—तुझे अच्छी ठिठोली सूझती है मधु, अच्छा ले···अब हमारी जबान बंद···!

नंदिनी ने बाबूजी की शह पाकर धीरे-से टहोका दिया था—

अब आँख भी मत बंद कर लेना आजी, समुद्र-तट आने ही वाला है।

जगन्नाथ धाम—पुरी का सुप्रसिद्ध सामुद्रिक तट उनके सामने था। श्यामा एक छलाँग में लहरों को छू लेने के लिए उतावली हो उठी थी—शंख-सीपियों, मूँगे-मोतियों की कैसी सुरम्य हाट···

कृष्णकांतजी की शिष्य-मंडली अतिथिशाला में व्यवस्थित होने के बाद उनसे अनुमति लेकर बिखर गई थी। कल्याणी दी घुटनों के दर्द से परेशान घंटे-भर सो लेने की इजाजत लेकर अपने कमरे में चली गई थीं। आजी ने मधुसूदन को साथ ले लिया था—

यहाँ की सांध्य-आरती के विषय में हमारे बाबूजी बताया करते थे, शत-सहस्र अर्चियाँ एक साथ श्री जगन्नाथ, श्री बलराम और देवी सुभद्रा के स्तुतिगान की लय में घूमती हैं तो मन वृंदावन हो जाता है। तू हमें वहीं ले चल बचवा ऽ!

नंदिनी अकेली ही समुद्र-तट की ओर निकल पड़ी थी। काशी की गंगा के क्षितिज पर उगते हुए सूर्य को नमस्कार कर यह यात्रा प्रारंभ हुई थी। समुद्र के चौड़े वक्ष पर रोशनी की लकीर बनकर सिमटता हुआ सूर्य अपना उत्तरीय हिलाकर बिदा ले रहा था—जब तक

यह अथाह जलराशि दिखाई नहीं पड़ी थी—कैसी-कैसी परिकल्पनाएँ थीं—इसे लेकर! अद्भुत होगा—अत्यंत उदात्त होगा वह महासागर!

हलकी गीली रेत पर बेसुध खड़ी उस पार की छवि को थाहने में आँखें एकटक उलझी थीं, तभी एक बड़ी लहर हहास बाँधती आई और नंदिनी के तनिक उघड़े हुए पाँवों को अपनी आर्द्र शीतलता सौंपकर त्वरित वेग से वापस लौट गई।

उसे श्यामा की याद हो आई—जिद करके आजी के साथ मंदिर चली गई। अभी साथ होती तो लहरों के आगे-पीछे वह धमाचौकड़ी मचाती कि···

नंदिनी ने अनुभव किया था, इस पूरी यात्रा में श्यामा थोड़ी गंभीर, कुछ खोई-खोई-सी दिख रही थी।

उसने टोकना चाहा था, पर आजी ने मना कर दिया था—

कलकत्ते की बिटिया—समुद्र-तट कोई भी हो, उसकी छूटी हुई जनमभूमि की याद कुरेदे बिना नहीं रह सकता···। उसे चुप रहने दो नंदू, अपने आप से मिलना, अपने पुरानेपन को जी लेना कभी-कभी जरूरी हो जाता है।

नंदिनी आत्मस्थ भाव से रेत के टीले पर बैठ गई थी—एकांत इतना सम्मोहक हो सकता है, इसकी प्रतीति क्या उसे पहली बार हुई थी? बनारस की गंगा का कोई सूना तट खोजकर घंटों बैठना उसे पहले भी सबसे अच्छा लगता रहा था।

आजी कहती थीं—

गंगा मइया बोलती हैं—उनकी लहरों में गुँथी हुई अनंत कथाएँ सुनने की साध हो, तो उनके नजदीक जाकर बैठो···सांसारिक माया-मोह की सब चिंताएँ छू-मंतर! थोड़ी देर के लिए मन गंगाजल-सा निर्मल हो जाता है—जीवन-संघर्ष को नई शक्ति प्राप्त होती है।

लेकिन समुद्र के इतने निकट आकर ऐसा अजीबो-गरीब अनुभव क्यों? उत्ताल लहरों की पछाड़ खाती हुई फेनिल विवशता देखकर न जाने क्यों नंदिनी की आँखें अनायास नम हो आई थीं। अपने पूर्वानुमान के अनुसार वह अभिभूत भी नहीं हो सकी थी—बस, अवाक् अपने आप में उलझती चली गई थी—

आजी संग होतीं तो कहतीं—विचित्र हैं मेरी इस धिया की मन-बुद्धि! इसकी मति-गति तो समुद्र पर सेतुबंध बनानेवाले राम-रमैया ही जानें···

हलकी-सी पगध्वनि का आभास-भर हुआ था—

प्रथम प्रहर की चाँदनी में कृष्णकांत उसके पास आ खड़े हुए थे—

क्या देख रही हो, नंदिनी? अत्यंत विराट् महिमावाले इस सागर-तट को! युगों से कितनी पुराकथाएँ, कितनी किंवदंतियाँ अपने भीतर सहेजे, अपनी आवेगमयता में भी कितना शांत, किस कदर संतुलित है यह जलनिधि···!

नंदिनी के मन में एक प्रश्न उमड़ा था—

लेकिन इसकी इतनी निरुपायता क्यों? अपनी मर्यादा में बँधा हुआ, अपनी अथाहता

को मौन थाहता हुआ—अपने गर्जन-रव की रहस्यमयता से दिशाओं को स्तब्ध करता हुआ···अतिक्रमण की चेष्टा में हर बार पग-भर पीछे हटता हुआ···उन्मदता का ऐसा सुंदर संतुलन···आखिर किस तरह ?

कृष्णकांत का स्वर समुद्र की लहरों पर उछाल खा-खाकर स्थिर हो जा रही छोटी-छोटी डोंगियों को किनारे खींचते नंग-धड़ंग मछुआरों की विजय-ध्वनि के साथ एकाकार हो गया था—

सृष्टि की तरलता का सबसे बड़ा प्रतीक समुद्र अपनी मर्यादा में रहकर क्या यह सीख नहीं देता—क्षुद्र मानव-जीवन कितना भी निर्बाध क्यों न होना चाहे, उसे अपनी सीमाओं को स्वीकारना ही होगा। हमारे पैरों के नीचे माटी का सच वहीं तक होगा—जहाँ तक उसे पकड़े रहने की शक्ति हम जुटा पाएँगे। आनंद हो या पीड़ा—उन्मदता का अतिरेक फेनिल ज्वार बनकर सब कुछ बहा ले जाए—ऐसा तो उचित नहीं हो सकता न··· !

तट का कोलाहल, सैलानियों की आवा-जाही—सब कुछ उस शांत-स्थिर स्वर में विलीन होकर रह गया था—पूर्णिमा का भरा-पूरा चंद्रमा लहरों का हिंडोला छोड़कर थोड़ा और ऊपर आ गया था—

नंदिनी अनुभव कर रही थी—पास बैठे प्रवर पुरुष की आँखों में आकाश की नीलिमा का अनंत विस्तार था। समुद्र की अनहदता उसके समक्ष थी और वह स्वयं एक लघु तरंग बनी उस विस्तार में सिमटती जा रही थी।

उठो नंदिनी, वापस चलें—सब लोग हमारा इंतजार कर रहे होंगे। कल फिर···

कल फिर··· ? क्या यह मुहूर्त दुबारा लौट सकेगा ? एक बार जिए हुए काल-खंड को फिर से वैसे-का-वैसा ही प्राप्त किया जा सकता है क्या ?

किससे पूछती···कृष्णकांत लंबे-लंबे डग भरते बहुत आगे निकल चुके थे और उसके पैरों के नीचे की भुरभुरी रेत उसे जकड़ रही थी—

लौट आओ नंदिनी···एक बार उसे आवाज तो दो···वह एक पल जो अभी-अभी तुम्हारे भीतर सिमट गया है···उसकी अनिर्वचनीयता को थाहने के लिए थोड़ी देर रुको तो सही !

आजी श्री जगन्नाथ के देवालय की भव्य शोभा देखकर आत्मस्थ हो गई थीं—नंदू, यह प्रसाद ले—सबको बाँट देना। कल सबसे पहले मंदिर जाना बचियाऽ, समझी···

कल्याणी दी दर्द की दवा लेकर पहले ही सो चुकी थीं—मधुसूदन और कृष्णकांत उत्कल प्रदेश की प्राचीन धरोहरों का जिक्र छेड़े बैठे थे।

आजी ने गहरी ममतां-भरी आवाज में पूछा था—समुद्र कैसा लगा, नंदू··· ? इतनी देर क्या करती रही वहाँ—कुछ खरीदारी भी की या··· ?

उन्होंने स्मरण दिलाया था—तेरे विजयानंद बाबा ने बड़े शंख की फरमाइश की

है—सुनयना और बिंदा ने सीप के खिलौने माँगे हैं—कल तू और श्यामा इकट्ठी चली जाना··· । अब सो जा···रात बहुत हो गई है।

नींद नंदिनी की आँखों से बिछुड़कर न जाने कहाँ अदृश्य हो चुकी थी। अतिथिशाला के आदमकद झरोखे खुले हुए थे और बाहर पछाड़ खाती लहरें दूधिया आकाश की ऊँचाई को थाहने की कोशिश में जुटी हुई थीं।

नंदिनी जानती थी—आजी की बंद पलकों में किस प्रार्थना के बोल थरथरा रहे थे—उसकी सुहासिनी माँ की पुण्य-तिथि थी वह! जिंदगी की सौ-सौ चोटें झेलनेवाली वह दिवंगता नारी! आक्रांता होना तो उसने कभी सीखा ही नहीं था—क्या इसलिए कि वह कोमलांगी स्त्री मात्र थी?

नहीं, मधुसूदन वर्षों अज्ञात स्थानों में भटकते रहे—उस समय नंदिनी ने अपनी माँ की आँखों में धुँधले पहाड़ों पर जल रही अग्नि-रेखाओं-सा कोई जलता हुआ आभास पाया था—सारी विवशता के बावजूद उभर आई वे विद्युत्वर्णा लकीरें!

यह किस आक्रोश की भाषा थी जो अधरों के मौन तट पर पछाड़ खाती वापस लौट जाती थी। हर विपरीतता के सामने सीधी-सतर खड़ी हो जाने की शक्ति थी तो उसमें—फिर भी वह मौन क्यों बनी रही? हरित बाँस का तना बनकर थोड़ी निहुरी, थोड़ी दबी, किंतु अपने विरोध का छीलन-भरा एहसास देती सुहासिनी माँ—

हम ना रहब, तब बुझाई।

ठीक ही तो, चूल्हे के धुएँ की शक्ल में सुगबुगाती, कोयले-सी दहकती, होली-दीपावली का रंग-रोगन बनाकर घर-आँगन की दीवारों पर चमक फैलाती, अगरु बनी जल-जलकर निःशेष होती आजी की लाड़ली सुहासिनी कनिया अब इस संसार में नहीं है। अपने अंतर्विरोधों की त्रासदी में आनंद के संधान का सतत संघर्ष करती वह नारी अपनी साधारणता में विशिष्ट नहीं थी क्या? उसके स्पंदन की गति को आजी के सिवा कोई पहचान सका था? उसी अदेखे मन की स्मृति-गाथा अपनी भीगी पलकों में सहेजती आजी जप की दुनिया में चली गई थीं—

—सब अपनी मुक्ति का वर माँगने आते हैं—हम अपने पूत मधुसूदन की सुख-शांति और अपनी पुतोहू सुहासिनी की मुक्ति माँग रही हैं···परमप्रभु···तुम्हारे धाम में हमारी यह इच्छा पूरी हो!

नंदिनी जानती थी—पासवाले कमरे में उसके बाबूजी अकेले जाग रहे होंगे, असमय बिदा लेकर जानेवाली अपनी भार्या की स्मृतियों का अवशेष बने, तुड़े-मुड़े ध्वस्त डैनों से अपना मुँह ढाँपे त्रस्त चक्रवाक की तरह··· । रेत सरीखे उस तन में सागर बनकर उफनाते हुए मन को किस तरह प्रबोध दे पाएगी नंदिनी?

पौष पूर्णिमा की उस अर्द्धरात्रि में समुद्र वीरान हो चुका था—किनारे खड़े लैंप पोस्ट ऊँघने लगे थे। रुद्राक्ष के मनके सिरहाने सँजोकर आजी निश्छल बालिका-सी निर्भेद

सो रही थीं—एक बार उसने पूछा था—

तुम्हें इतनी जल्दी नींद किस तरह आ जाती है, आजी···मैं ग्यारह बजे के बाद किसी कारण से जगी रह जाऊँ तो फिर हो जाए पूरी रात की छुट्टी!

आजी ने सहज चित्त उत्तर दिया था—

जप में बड़ी शक्ति है, नंदू, दुनियावी बाधाएँ जितनी पीड़ा देती हैं, उससे निस्तार के लिए एक ही उपाय है—बिछावन पर जाने के पहले मन को शांत करो—देह स्थिर रहे—मेरुदंड सीधा-सतर···फिर माँ के प्रिय नाम का अनवरत जप करो···इस योग-क्रिया में सारे खटराग आप-से-आप शमित हो जाते हैं। अगली सुबह फिर जूझने के लिए मन को पोख्ता करना हो तो···

आजी के शब्द मन की तलहटी में देर तक गूँजते रहे थे। वे सशरीर जप बनी उसके सामने थीं। नंदिनी की पलकें नींद के भार से स्वतः मुँदने लगी थीं।

कृष्णकांत के मुँहबोले छात्र सुविमल ने उत्साहित होकर प्रस्ताव रखा था—

यहाँ से कुछ किलोमीटर की दूरी पर कोणार्क है—प्रसिद्ध सूर्य-मंदिर, अति प्राचीन प्रस्तर-कला का नायाब नमूना···! नंदिनी दीदी, समुद्र-स्नान के पश्चात् क्यों न हम सीधे कोर्णार्क चले चलें···! दोपहर का भोजन उधर से वापसी में ही कहीं···!

अभी जलपान हुआ नहीं और तुम्हें दोपहर के भोजन की सूझने लगी। सुविमल, ऐसी लंबी यात्राओं में उदर पर काबू रखना होता है।

यानी कि पेट पर पट्टी बाँधकर···? ना बाबा ना···और हमारी आजी माँ की पिटारी में एक-से-एक नायाब व्यंजन के रहते हुए? खोलिए तो आजी माँ, देखें आपकी वह ठेकुआवाली गठरी—और साथ में निखालिस सरसों के तेलवाले आम के अचार की एक बड़ी-सी फाँक···!

जगन्नाथजी के दर्शन करके आ गया सुविमल···?

अरे कहाँ आजी माँ···, गुरुजी ने मुँह अँधेरे वापसी के टिकट के लिए स्टेशन दौड़ा दिया था, पाँव-प्यादे···! इतनी भूख लगी है कि पूछिए मत···अब पहले पेट-पूजा करूँ या···वैसे भी जगन्नाथ की इस नगरी में तीसरी बार हमारा आना हो रहा है।

हर बार पुरातत्व का भूत माथे पर लिये···इस बार आपके हलधर से विनती करके जा रहा हूँ···अपने हल की नोंक से हमारे मस्तिष्क की कड़ी चट्टान में जरा-सी सुराख कर दें—हजारों वर्ष पुरानी भारतीय सभ्यता···और इसे विश्लेषित करने के लिए गुरुजी को मुझ जैसा छात्र चुनना था—आजी माँ, अब तो अंतिम पूजा इस शोध-कार्य से निपटकर ही संपन्न होगी।

हाँ, आप दर्शनार्थ जरूर जाएँ···आपके पुण्य का पचासवाँ हिस्सा भी हम लोगों को मिल जाएगा तो हमारे सारे पाप कटेंगे ही!

उत्कल प्रदेश की ग्राम-छवि कोलतार पुती सड़क के दोनों ओर चित्रलिखित

औत्सुक्य बनी हर पर्यटक को अपनी ओर खींच रही थी। कोर्णाक का जगत् प्रसिद्ध सूर्य-मंदिर अपने भव्य कँगूरों के साथ ठीक सामने दिखाई पड़ने लगा था। अट्ठारह चक्रोंवाले रथ के आकार का विराट् सूर्य-मंदिर अपने भग्नावशेषों के साथ अतीत के उत्कृष्टतम वास्तुशिल्प की प्रतीति देता हुआ। हर प्रस्तर-खंड पाषाण-शिल्पियों की छेनी-हथौड़ी से उकेरी जानेवाली अद्भुत स्थापत्य-कला का स्फूर्त नमूना, हर मूर्ति बोलती हुई-सी! मंदिर के चतुष्कोणों पर बनाए गए चैत्यों की ओर कृष्णकांत ने एक मौन इंगित किया था—

प्रवर पंडितों की महासभाएँ जीवन-जगत् के गूढ़ तथ्यों का सुविचार यहीं करती होंगी।

नंदिनी की कल्पना सूर्य के सप्त अश्वों से आगे न जाने किस छोर की तरफ दौड़ी चली गई थी—और जब रश्मि वल्गाएँ थामे भुवन-भास्कर की यात्रा को अंतिम विश्राम मिलता होगा, जब वनपाखी विश्रांत अपने-अपने कोटर गृह के द्वार पर बैठे तंद्रालस होते होंगे—तब वेणु, पखावज, मृदंग धारण किए नर्तन वादन को उद्यत ये प्रतिमाएँ सहसा सोते से जाग पड़ती होंगी…ओडिसी की सुंदर भंगिमाएँ, लास्य की लय पर झूमती हुई वनश्री, कोणार्क मंदिर के सबसे ऊँचे परकोटे पर टिका हुआ चंद्रमा अपनी धवल ज्योत्स्ना का छिड़काव करता उत्कल देश की शास्त्रीय कलाओं के सम्मान में सिर झुका देता होगा।

नंदिनी के मन ने प्रश्न किया था—

सच कहो, यहाँ पहले कभी आई थी क्या? फिर क्यों ऐसा लग रहा है? इस स्थान के लिए मन में ऐसी ममता क्यों उमड़ रही है?

जागेश्वरी आजी और कल्याणी दी सूर्य की प्रतिमा के सामनेवाली ऊँची सीढ़ियों पर बैठी सुस्ता रही थीं। सुविमल विदेशी पर्यटकों के उछाह-भरे कदमों से कदम मिलाता मार्गदर्शक के साथ घूम रहा था। कृष्णकांत सघन वृक्षों की छाया में बैठे कुछ लिख रहे थे। मधुसूदन ने ही सबको आवाज दी थी--

नंदू, सुविमल, चलो, वापस चलें!

पिपली ग्राम से आगे की छोटी-सी यात्रा में उदयगिरि, खंडगिरि और धवलगिरि! पहाड़ की ऊँचाई पर स्थित प्राचीन शिव मंदिर—औढ़रदानी शिव के दरबार में पंडों का अनर्गल आचरण देखकर मधुसूदन क्षुब्ध हो उठे थे—

हिंदुओं के तीर्थों को इनके लोभ-तत्त्व ने गँदला कर रखा है। सात्त्विक पूजा-उपासना का अनुकूल परिवेश कहीं हो, तब न…! बड़ी अम्मा, चलो यहाँ से।

कृष्णकांत सुविमल को साथ लेकर बौद्ध मंदिर की ओर बढ़ गए थे—

नंदिनी, कल्याणी दी और आजी को लेकर तुम धीरे-धीरे चढ़ो। सीढ़ियाँ ऊँची हैं…।

दर्शनार्थियों की कतार कितनी शांति से आगे बढ़ रही थी, कहीं दूर-दूर तक कोई पुजारी नहीं। विश्राम की मुद्रा में अधलेटे बुद्ध, समाधिस्थ बुद्ध, उपदेशक बुद्ध और

निर्वाण के परिकल्पक बुद्ध···आजी आँखें बंद किए न जाने किस मंत्र का स्तवन कर रही थीं—मधुसूदन ने धीरे से उनके कंधों को अपनी बाँह से घेर लिया था—किस लोक में चली गईं, बड़की अम्मा!

इस पुरखे को देख रहे हो बचवाऽ, जिनगी की आपाधापी, राग-विराग—सब कुछ पीछे छूट गया, दुःख में, सुख में—बस एक समभाव—लगता है—अभी समाधि टूटेगी—भगवान् बोल उठेंगे··· । इन पुराने देवस्थानों का अपना महत्त्व तो है ही। यहाँ आकर ढलान की ओर भागता हुआ मन कितनी बड़ी ऊँचाई को थाहता है।

सब लोग उदयगिरि, खंडगिरि की ओर आगे बढ़े थे। सुविमल ने दोनों पर्वतों से जुड़ी पुराकथाएँ आजी को सुनाने की गरज से उनकी बगल में सीट ले ली थी—

कहते हैं, कलिंगराज खारवेल ने अपने राज्य के संतों, ऋषि-महर्षियों के लिए इस ऊँचे पर्वत के मध्यभाग में समाधि प्रकोष्ठों का निर्माण किया था। विश्व-कल्याण की साधना में अहर्निश जुटे, निर्विघ्न अपना तप पूरा करते वे साधु-संत···पर्वत के शिखर भाग पर विशालकाय हस्तिराज की आकृति का आभास देता परिषद् चैत्य भी था। रनिवास, राजरानियों के महिला अंगरक्षकों की आवासीय व्यवस्था भीतर-ही-भीतर सुरक्षात्मक सुरंगों का सरंजाम! किसी आक्रांता के खतरे का आभास होते ही स्त्रीकुल को, बाल-वृद्धों को सुरक्षित अन्यत्र पहुँचा देने की अत्यंत गोपनीय व्यवस्था···

आप सुन रही हैं न आजी, ऐसा कहा जाता है कि जब सम्राट् अशोक ने कलिंग पर विजय पाई थी, तब खंडगिरि की निभृत ऐकांतिक उदग्रता पर, द्वादशभुजा दुर्गा की जाग्रत प्रतिमा के तनिक ऊपर बुद्ध का मंदिर बनवाया था उन्होंने! और कालांतर में जब जैन धर्म आया, तब दिगंबर भगवान् महावीर की मूर्ति पहाड़ी के सबसे ऊपरी कँगूरेवाले हिस्से में स्थापित की गई। इस तरह आप देखेंगी—एक ही पहाड़ी पर तीन-तीन धर्मावलंबियों के प्रतीक-स्थान!

आजी उस चढ़ाई को दूर से ही थाहती कल्याणी दी के साथ गाड़ी में बैठी रह गई थीं—

हमसे जाया नहीं जाएगा बचवा, तुम सब लोग हो आओ···

अरे, क्या गजब कर रही हैं आजी माँ, यानी कि इतनी देर का मेरा भाषण व्यर्थ गया··· ? आप कोशिश करके देखिए न···कल्याणी दी, आप भी तो···यह नहीं होता कि आजी को उत्साहित करने के लिए खुद आगे-आगे चली चलतीं···!

श्यामा खिलखिलाकर हँस दी थी—आपका शोध पूरा होगा तब अकेले ही आइएगा सुविमल दा, और इन्हीं समाधि प्रकोष्ठों में देर तक ध्यान लगाकर इनकी प्रासंगिकता पर चिंतन-मनन कीजिएगा, कुछ ध्यान भी है, एक दिन की मोहलत है—कल ही हमें लौट जाना भी हो···!

इसका अर्थ यह हुआ कि पिपली ग्राम के उत्कल शिल्प-उद्योग में आप लोगों की

कोई रुचि नहीं···उड़िया शैली की कसीदाकारी के सामान, सीप के गहने-खिलौने, मोतियों के गहने, कटकी डिजाइन की सुंदर साड़ियाँ, कुछ भी नहीं खरीदेंगी आप लोग··· ? नंदिनी दी, इतनी कृपणता से भी कोई पर्यटन करता है भला! अच्छा, कुछ न सही, हमारे लिए एक सुंदर थैला तो खरीद दीजिए···गुरुजी बता रहे थे—उत्तर प्रदेश सरकार ने आपकी पुस्तक का प्रकाशन व्यय-भार उठा लिया है, कम-से-कम इसी खुशी में···

वापसी के समय समुद्र एक बार फिर सामने था। नंदिनी, किस अघोषित संधि-पत्र पर हस्ताक्षर करने चली थी···पोर-पोर में कैसी अवशता समाई जा रही थी···

सामान सहेजते हुए मधुसूदन ने पूछा था—तुम ठीक तो हो न नंदू, यहाँ आकर अच्छा नहीं लगा क्या?

नहीं तो, आपने यह कैसे सोच लिया? बाबूजी, आजी मंदिर से लौटें तब तक मैं समुद्र-तट तक हो आऊँ···

नहीं नंदू, देर हो जाएगी, बेटी, तेरी आजी आती ही होंगी—सुविमल और श्यामा उनके साथ हैं—उन्हें समय का ठीक-ठीक अंदाजा है। बल्कि तू अपनी कल्याणी दी के पास चली जा, सामान समेटने में उनकी मदद···

कल्याणी दी अधलेटी अस्त-व्यस्त हुई जा रही थीं; नंदिनी को देखते ही उमग उठीं—

मैंने कहा था न, मुझे साथ न ले जाओ···कृष्ण नहीं माना—मुझे लाकर क्या हो गया बोलो तो, दिन-भर वात का दर्द लिये कराहती रही···झूठमूठ तुम सबको परेशान किया—अब देखो न, इस थैले में सामान अँट ही नहीं रहा है। कृष्ण हमारी मखौल उड़ाए जा रहा है—और भात खाओ···दीदी, तुम औरतों की बदपरहेजी से ही हमें ये कष्ट-भरे दिन देखने पड़ते हैं।

नंदिनी को हँसी आ गई थी—आप कपड़े बदल लें दी, मैं सब कुछ ठीक किए देती हूँ।

मेज पर कृष्णकांत की नोटबुक खुली रह गई थी। कल्याणी दी बोलती जा रही थीं—मेरे लिए दर्द की दवा खरीदने गया है—कहीं रास्ते में तकलीफ अधिक बढ़ गई तो···

खुले हुए पृष्ठ पर छोटी किंतु सधी हुई इबारत थी—

—जी होता है—अरबी घुमक्कड़ इब्नबतूता की तरह दूर, बहुत दूर निकल जाऊँ···ऊँचे पहाड़, उन्मुक्त प्रपात-नदियाँ, सागर, बियाबान···अपने भीतर के अँधेरे से जूझने के लिए रोशनी का सिलसिला शायद इन अंतहीन यात्राओं में ही मिलेगा···शुभता का शोध करती जिंदगी का कोई एक सिरा भी तो हो···या कि इस जलधिराज की बनती-बिगड़ती महातरंगों-सी उद्भ्रांत मनोदशा लेकर ही···

नंदिनी चित्रलिखित-सी रह गई थी। स्मृतियों के महासिंधु पर संतरित सुख-कंपित वह एक मुहूर्त क्या उसके भीतर दुबारा उमड़ आया था··· ?

उसने जानबूझकर आजी को कुरेदा था—तुम्हारी आस्था राममय है आजी, सच बताओ…जानकी का परित्याग करनेवाले राम क्या पूरी तरह दोषमुक्त कहे जा सकते हैं? किसी भी परिस्थिति में आज कोई पुरुष मिथ्या संशयग्रस्त होकर स्त्री को प्रताड़ित करने का एकतरफा निर्णय लेता है—तो उसे अदालत दोषी ठहराती है…। समाज की दृष्टि में भी वह अभियुक्त ठहराया जाता है—कम-से-कम शिक्षित नारी समाज की दृष्टि में तो अवश्य ही।

तब, राम ने सीता को अकारण वनवास की सजा दी और जगवंदनीय बने रहे—ऐसा किस तरह संभव हुआ… ?

आजी को पता था, उनकी बुद्धि-प्रवण पौत्री की चेतना द्वंद्व के किस दोराहे पर खड़ी थी?

बचिया, तेरे इस सवाल का जवाब रामायणी बाबा ठीक से देते या हमारे गुरु काका होते तो…अच्छा तेरे मन की कसक मिटाने के लिए कुछ-न-कुछ तो करना ही होगा…

आजी की बोलती हुई आँखें त्रेता युग के राम का आह्वानक बन चुकी थीं—

राम युग-पुरुष थे, नंदू—सीता आदि माता…! अपने मन के गुन-अवगुन को परखना हो—अपनी जिनगी को थाहना हो, डेग-डेग पर अपनी परछाईं निहारनी हो तो सिया-राम के मंजुल मुकुर को सामने रखना होगा। तेरी बात उचित है। राम नें श्रीजानकी का त्याग किया…

मनस्ताप से भरे कोसलाधीश राम…! किन जन्मों के अभिशाप से उनसे इतना बड़ा पातक करवाया? गर्भ-भार से अलस थीं वे— आपने उनकी अभिलाषा पूछी।

रघुनंदन, मैं ऋषियों का पावन उटज-वन देखना चाहती हूँ, वहाँ एक रात्रि-भर बिताना चाहती हूँ, यदि आपका आदेश हो तो…

राम, आपका अपना ही मन अविश्वासी हो गया था—या बालबंधु भद्र के शब्दों को आप्तवाक्य मानकर इतने अप्रत्याशित निर्णय के लिए सन्नद्ध हो उठे थे—

शृणु राजन् यथा पौराः कथयंति शुभाशुभम्

—आपके विषय में कैसी शुभाशुभ बातें हो रही हैं, आपको पता है? लेकिन आजी, विभीषण साक्षी थे, अवध के युवराज लक्ष्मण ने अग्नि-परीक्षा का वह दृश्य अपनी आँखों से देखा था, फिर भी…

अपने दुर्द्धर्ष मनोबल को धारण करती जनक-पुत्री दिव्य योगसाधिका-सी अपने सतोगुणी तेज का सहारा लिये अनल में प्रवेश कर गई थीं—

मेरी जननी वसुंधरा, तप बल से टिके हुए व्योम पुरुष दिक्पालो, सुनो…यदि मैं सत्यरूपा हूँ तो यह वह्नि मुझे छूकर शीतल हो जाएगी…मैं प्रमाणित करूँगी कि…

तेरे मन की इस पीड़ा से हमारा दुराव नहीं हो सकता बचियाऽ! पुरुष का समस्त पौरुष, उसका जप-तप, उसकी मान-मरजाद स्त्री जाति के कुल-शील को कच्चे सूत के

सिवा कुछ नहीं मानती। पति-पुरुष चाहे किसी भी देशकाल का क्यों न हो-- उसकी एकांत अभिलाषा होगी—गृहिणी ऐसी हो जो धरती पर आँखें झुकाकर चले, पर-पुरुष का ध्यान--मात्र भी जिसके लिए महापातक हो··· ! त्रेता युग के भद्र ने अपनी सामाजिक चिंता का ही परिचय दिया न—लोग-संग्रही राम, तुम लोक-मत की अवहेलना कर ही नहीं सकते। चाहे इसके लिए निष्कलुष जानकी को अपने से हमेशा के लिए दूर हो क्यों न करना पड़े।

मिथिला जनपद की ग्राम-पुत्री जागेश्वरी आजी जानती थीं—उनके गाँव-जवार में सीता की मनोवेदना जनकनंदिनी के प्रति किए गए राम के अत्याचार को दुस्सह आत्मग्लानि के साथ दुहराया जाता है—सीता के स्वाभिमान की गौरव-गाथा गाई जाती है।

राम ने लक्ष्मण को आदेश दिया था—

अन्तरात्मा च मे वेत्ति सीतां शुद्धां···

फिर भी···

तत्रैतां विजने देशे विसृज्य···

सीता को उस विजन देश में छोड़ आओ!

जागेश्वरी आजी की स्मृति में सद्यःप्रसविनी सुहासिनी कनिया की आँसुओं से लबालब भरी बड़ी-बड़ी आँखें उग आई थीं। छोटी ननद ने सोहर के बोल कढ़ाए थे—

लव-कुश के जन्म का शुभ संवाद लेकर वन से संवदिया आया है—

वनबा के हईं हम नउवा अजोधिया कइले आइले हो
राम सीता के भइले नंदलाल लोचन पहुँचाइले हो···
एतना वचन राम सुनेले सुनहिं ना पावेले हो
राम ढुरे लागे मोतियन बूँद पीतांबर भीजेला हो—

—राम ने संवाद सुना और उनकी आँखों से आँसुओं के मुक्ताहल बरसने लगे—पीत पट भींगने लगा···।

लोकगाथाएँ राम की मर्मवेदना को प्रमाणित करती हैं। उन्होंने एक बार फिर प्राणप्रिय अनुज लक्ष्मण का अवलंब लिया—

कुसुवा ओढ़न कुस डासन, बनफल भोजन हो
राम लकड़ी के करेली अंजोर संतति मुँह देखेली हो···

कुश का ओढ़ना, बिछौना, कंदमूल-फल खाना, सुनो राम, तुम्हारी पत्नी लकड़ी की ढेरी सुलगाकर अपनी संतान का मुँह निहारती है।

और राम का दुःख विह्वल निवेदन—

अरे-अरे लछुमन भइया बिपतिया के नायक हो
भइया एक बेर जाहु मधुबनवा सीता के लेइ आवहु हो

मेरी विपत्ति के साथी लखन लाल, एक बार मधुवन जाओ, मेरी सीता को लिवा ले

आओ···।

तेरे जनम के समय मधु आन गाँव भटकता फिरने वाला बावला फकीर जो बना बैठा था। तेरी सुहासिनी माँ की पीर जानकी की कथा में घुलकर गंगोत्री बनी हुई थी—

सीता-वनवास के इस सोहर को जो भी तिरिया गाती या सुनती है—उसका कंठ आदि पुरखिन के आँसुओं से तर हुए बिना नहीं मानता···।

सुलक्षणा ने···भर्राए गले से गीत के अगले बोल पूरे किए थे—

लक्ष्मण के साथ गुरु वसिष्ठ भी गए और उन्होंने सीता को 'पुत्री' संबोधन दिया—

सीता हमरो कहल आजु करहु अजोध्या पग ढारहु हो।

[सीता, मेरे वृद्धत्व का मान रखो—अयोध्या में तुम्हारे चरण पड़ें तो···।]

मिथिला की उस धिया ने पूरे स्वाभिमान के साथ कुलगुरु का मान रखा था—

राउर कहल गुरुजी करबि, बचन नाहिं टारबि हो
पाँचहि डेगि हम जाइब फेनु फिरि आइबि जी।

—आपका वचन भंग न हो, इसलिए पाँच पग अयोध्या की दिशा में बढ़ाकर मैं फिर वापस लौट आऊँगी।

गुरु मर्माहत थे—

भला ऐसा क्यों पुत्री···?

और सीता ने स्मरण दिलाया—

एक दिन ए गुरुजी उ दिन जाहि दिन गरभ रहले
ए गुरुजी, अगिनि परीखा राम लीहले त घर से निकारि दिहले
जाहि बने सीकियो ना डोले ले बघवो ना बोलेला हो
गुरुजी ताहि बन राम भेजि दीहले लखन तजि आवेले हो
गुरुजी, अब नाहिं जाइबि अजोध्या, बचन देव पुरवसु हो

—गर्भावस्था थी मेरी, पहले ही अग्नि-परीक्षा ले चुके थे राम, फिर उन्होंने घर से निष्कासित कर दिया। मैं उस सघन वन में रही, जहाँ वायु का भी प्रवेश निषिद्ध था—बाघ-सिंह तक का स्वर नहीं सुनाई पड़ता था—ऐसे वन में मेरा एकांतवास···! पूज्य गुरुजी, आप ही कहें, क्या दोष था मेरा···? नहीं···, मेरी पत ईश्वर रखें···अब मैं अयोध्या वापस नहीं जाऊँगी।

नंदिनी ने अपनी माँ की अछोर वेदना का छोर माप लिया था—सुलक्षणा बुआ ने सीता के भूमि-प्रवेश का प्रसंग सुनाकर आँसुओं का तीर्थोदक उलीच कथा की पूर्णाहुति की होगी और एक नया वनवास उसकी माँ के मन में उग आया होगा—

सीता मइया को देश निकाला मिला और दहिवर गाँव का वह पुश्तैनी घर सुहासिनी के लिए किसी बीहड़ वन से कम था क्या?

मधुसूदन के अपने तर्क थे—

बाहर का संसार बुलाता हो तो बागी मन घर की दहलीज से बँधकर स्थिर कैसे रह सकता है··· ?

आजी की आत्मा में मथित होकर राम का एक अभिनव रूप नंदिनी के सामने था—

राम को देखना-परखना हो, तो जानकीजी की आँखों को, उस आत्मा को अपने भीतर धारण करना होगा। सीता अक्षय अनुरागिनी थीं···पति की वशवर्तिनी होकर रहना उनकी कोई बाध्यता नहीं थी—अपने राम को भलीभाँति परख लिया था उन्होंने···।

सूर्य की प्रोज्ज्वल रश्मियाँ, चंद्रमा की नवल-धवल ज्योत्स्ना, सागर की महातरंगें जिस तरह भिन्न दिखाई पड़ती हुई भी शाश्वत अभिन्नता रखती हैं, उसी तरह राम-सीता दो नहीं थे! इस माटी के मानुस को भी देखो और परखो—

मन का मेल नहीं हो, तो सात भाँवरों को अपना मान खोते देर कहाँ लगती है! और उस मानसिक गँठजोड़ के लिए दोनों प्राणियों को संग-संग तपना होता है—अपने-अपने झूठे अभिमान को दीये की बाती के ऊपर जमी कलौंछ की तरह काटकर दूर हटा देना होता है—तभी सच्चे नेह की अँजोर फैलती है।

जनक दुलारी स्वयंवरा थीं नंदू, उन्होंने श्रीराम की मरजाद के मुताबिक अपने आप को ढाला था—प्रजापालक राम की रीति-नीति को समादर दिया था—तभी तो वे जगत्-वंदनीय हैं। राम से कहीं बड़ी हैं सीता···!

लेकिन याद रहे बचिया, हर बिटिया की जिनगी में राम पग नहीं धारते···जो प्राप्य है, उसके अनुरूप होकर भी पूरे मान-सम्मान के साथ जीने की ओषधि तेरे भीतर ही तो है···साहस और मनोबल के उस पारस को साध लेगी नंदू···तो देह-मन की बड़ी-से-बड़ी पीड़ा को हँसकर सहार जाने की राह खुद-ब-खुद खुलती जाएगी···!

देर से चुप बैठे मधुसूदन ने बीच में हस्तक्षेप किया था—राम-कथा की पंडिता तो तुम हो बड़की अम्मा, लेकिन इधर कुछ दिनों से एक विचार मेरे मन में अनवरत पोख्ता होता जा रहा है—

इस संसार में प्रत्येक मनुष्य एक निश्चित जीवन जीने के लिए आता है। सब कुछ पहले से तय है—नियति जिस लक्ष्य के साधन को अभिप्राय बनाती है—हम उधर ही बढ़ते जाते हैं। मर्यादा पुरुष राम के जीवन की अलग प्रतिबद्धता थी—सीता की अलग—

कर्मयोगिनी थीं वे···जनक के राजवैभव में रहकर भी उस महामानवी को पिता की कठोर जीवन-चर्या का अनुभव हुआ था—वैभव का त्याग ही आत्मा के उत्थान का पहला अनुबंध हुआ करता है। जनकपुरी के ऐश्वर्य के बीच भी विदेह-नंदिनी श्वेत-पद्म-सी निरलस थीं—चिर-स्फूर्त, चिर करुणामयी, राजकुँवरि···। संभव है, महान् योगी जनक ने पुत्री के कपाल पर लिखा अदृष्ट बाँच लिया हो—

कुश-काँस से भरी खुरदुरी माटी पर लहूलुहान तलवे लेकर दर-ब-दर भटकना

होगा—निशाचरों के भयावने समूह का सामना करना होगा···। कोई अभिभाविका नहीं···, कोई सहयोगी नहीं···! वनस्पति की गोद में अकेली अपने शिशुओं को जन्म देनेवाली जानकी का दुस्साहस कम नहीं रहा होगा—परिस्थितियों पर विजय पाना ही सबसे बड़ा स्वावलंबन है। सीता पूर्ण स्वावलंबिनी थीं! आज वही शक्ति तो चाहिए···

नंदिनी ने स्नेह-भरी आँखों से पिता को निहारा था—

बाबूजी, अप्रत्यक्ष रूप से आप मेरे ही तर्क को प्रमाणित कर रहे हैं। श्यामा, उठ तो, स्वावलंबन का पहला नमूना आजी और बाबूजी के सामने रखना है। चल, आज हम दोनों बाजार चलें···। बाबूजी की धोती तार-तार हो गई है—आजी की ऐनक बदलवानी है। तुझे अपनी किताबें भी लेनी हैं न···!

卐

कृष्णकांतजी का सेवक महेश वह दुःसंवाद लेकर आया था—

कल्याणी दी···क्या हो गया कल्याणी दी को···? अभी दो रोज पहले ही तो आई थीं—पूरा आश्रम घूम-घूमकर देख गई थीं—नेत्रहीना नई बालिका सुशीला को कितनी ममता से अपनी गोद में बिठाया था—

श्यामा के हाथ का बना सूजी का हलवा सराहकर खाती गई थीं—और नंदिनी को न्योता दे गई थीं—

कृष्ण को बताना नहीं, अगले मंगलवार को उसका जन्मदिन पड़ रहा है। मैं व्रत रखती हूँ···तू आएगी तो पूजा के काम में हाथ बँटा देगी, अपनी मनपसंद खीर खाने के लिए थोड़ी देर तक रुकना होगा—आजी को बताकर आना—रात हो जाए तो चिंता नहीं करेंगी—मैं या कृष्ण पहुँचा देंगे···!

आजी ने निर्द्वंद्व स्वीकृति दी थी और मधुसूदन ने अपनी ओर से आश्वस्त किया था—

देर हो जाए तो आने की जरूरत नहीं, तू रात में वहीं रुक जाना नंदू···! हम सुबह गंगा-स्नान के लिए उधर आएँगे ही···तुझे लिवाते आएँगे!

महेश कुछ भी नहीं बता पाया था—

सुबह से बिलकुल ठीक थीं—कल की पूजा के लिए सामान की फेहरिश्त बना रही थीं—अपनी कोठरी में···! अचानक जोर से किसी चीज के गिरने की आवाज आई···। भइयाजी दौड़कर गए और चीखने लगे···!

फिर न जाने क्या हुआ···, बड़ी दीदी को तब से होश नहीं है— दो-दो डॉक्टर लगे हुए हैं। हम भागकर सीधे यहीं आ गए···आप लोग जल्दी चलिए न!

वहाँ पहुँचने के पहले सब कुछ शेष हो चुका था···! कल्याणी दी की साँसों का तार टूट चुका था—हृदय-रोग का पहला और अंतिम जानलेवा आक्रमण···! लाल स्वस्तिक टँके सादे कागज पर उनकी सुडौल लिखावट अधूरी रह गई थी···!

आजी को देखते ही कृष्णकांत छोटे-से बालक बन गए थे—जोर-जोर से सिसकियाँ भरते···मधुसूदन के कंधे से लगे थर-थर काँपते हुए···

जागेश्वरी आजी की करुणा ने बड़ी कोमलता से उन्हें सहलाया था—

हिम्मत से काम लो बचवा, वह गई नहीं···यहीं कहीं है···तुम इस तरह बिखर जाओगे तो—उसका मोक्ष कैसे होगा··· ? कल्याणी···तुम्हारी बड़ी बहन नहीं, तुम्हारी माँ थी कृष्ण, उठो बेटा, उसकी अंतिम यात्रा की तैयारी करो···

अपने गुरुजी को सँभालता सुविमल स्वयं विचलित हो उठा था—हमें क्या मालूम था कि यह अघटित होने वाला है। जोर देकर बुलाया था दीदीजी ने···

सिंधिया घाट होते हुए आना सुवि; मेरी पुरानी मित्र शारदा को कल के लिए नेवता दे देना—कह देना—

पिछली बार भी बच्चों की परीक्षा के बहाने नहीं आई थी, इस बार ऐसा नहीं करेगी।

मधुसूदन और सुविमल जरूरी व्यवस्था करने में जुट गए थे···एक लंबे भयावह मौन के बाद कृष्णकांत ने नंदिनी को इंगित से पास बुलाया था—

दीदी को हरसिंगार के फूल बहुत प्रिय थे! कहीं से मिल जाएँ तो··· ।

महेश चंगेरी भरकर ताजा हरसिंगार ले आया था—कल्याणी दी के सिरहाने बैठे कृष्णकांत तनिक हिले-भर थे—

उठो कृष्ण, रंथी तैयार है।

आजी ने कल्याणी दी का ठंडा माथा धीरे-से छुआ था—

जाओ बच्ची, बहुतेरा दुःख सँगोरती रही। उस लोक में शांति पाओ··· !

क्या सचमुच कल्याणी दी ने अपना अंत जान लिया था ? जागेश्वरी आजी के साथ पिछली यात्रा में कितनी अंतरंग हो गई थीं वे··· !

आजी माँ, आपको सामने पाकर न जाने क्यों अपनी पीड़ा कम लगने लगती है।

बाईस वर्ष की उम्र में वैधव्य का अभिशाप लेकर बंबई से अपने जन्म-स्थान काशी लौट आई थीं—ससुर ने छोटे देवर को कई बार भेजा—इस घर में ही उतनी ही ममता मिलेगी—चली आओ बहू··· ! एक बार गई थीं—महीने-भर रहकर नियति की डोर में बँधी वापस चली आई थीं—दूर के रिश्ते की जिठानी ने पूरे मुहल्ले में दुष्प्रचार कर दिया था—

बुढ़ऊ की कुदीठ जवान विधवा बहू पर है··· ! और इस कुलच्छनी को तो देखो—नाम कल्याणी और इस घर का अकल्याण करने में कोई चूक नहीं। ससुर सामने खड़े होकर खिलाते हैं। अपने साथ सैर-सपाटे के लिए ले जाते हैं। दोनों के लच्छन देख-देखकर तो···घर में कोई सयानी औरत होती—तब न रोक-टोक करती···

कृष्णकांत विद्यार्थी थे उन दिनों। बड़ी बहन से मिलने के लिए बंबई गए, तो सारा

हाल मालूम हुआ। बस जिद पर आ गए—तुम्हें मेरे साथ चलना होगा, दीदी—यहाँ एक क्षण भी नहीं···कल्याणी दी ने बेजान हँसी हँसते हुए अपनी रामकथा को विराम दिया था—

जीने का कोई-न-कोई बहाना होना चाहिए न, आजी माँ···मेरा छोटा भाई कृष्ण ही मेरी सुख-शांति का सबसे बड़ा मकसद बन चुका है। जरा-सा उदास देखता है, तो आतुर हो उठता है—

क्या बात है—किसी ने कुछ कहा? विद्यालय में कुछ ऐसी-वैसी बात तो नहीं हुई···? महेश ने तुम्हारी बात टाली क्या दीदी···तुम स्वस्थ तो हो न···!

कल्याणी दी के श्राद्ध के दूसरे दिन साँझ के धुँधलके में कृष्णकांत नंदिनी के घर पहुँचे थे।

आँखों के नीचे गहरी कालिमा, उचाट मन लिये किस कदर वीतराग हो गए थे···

आजी, उस घर में रहना मेरे लिए कठोर दंड के बराबर है···कल्याणी दी के बिना···

सब मौन थे···। हमेशा खिलखिलाती रहने वाली श्यामा अपने आँसू छिपाती कमरे से बाहर निकल गई थी। नंदिनी ने जानबूझकर अपना चेहरा दूसरी ओर घुमा लिया था—

आजी उठकर कृष्णकांत की बगल में खड़ी हो गई थीं—

इतने विद्वान् पुरुष ठहरे, क्या तुम्हें भी समझाना होगा, कृष्ण बचवा, हम जानती हैं—इस समय तुम्हारे मन का दुःख सबसे बड़ा है। कल्याणी की जगह कोई नहीं ले सकता···फिर भी तुम्हें संयम से काम लेना होगा। सृष्टि-चक्र के अनुगत हम सभी हैं···। मेरे बाबूजी श्रीमद्भगवद्गीता की व्याख्या करते थे—

समस्त शोक से मुक्त जीवन धारण करनेवाले को लोकहितार्थ कर्म करना होता है। जानेवाले के साथ प्राण नहीं चले जाते···जीवितों का धर्म दूसरा ही होता है। तुम तो स्वयं समबुद्धिवाले हो, धीरज धरो···!

धीरज ही तो छूट रहा है, आजी माँ, अपने आपको बहुत अकेला, बहुत त्रस्त अनुभव कर रहा हूँ। मैंने विचार किया है—कुछ दिनों के लिए काशी से बाहर चला जाऊँगा। कल्याणी दी जहाँ-जहाँ जाने की इच्छा रखती थीं···वहाँ-वहाँ जाऊँगा। मन को थोड़ी शांति मिलते ही लौट आऊँगा···

महेश कल सुबह गाँव चला जाएगा—सुविमल को महीने-भर की छुट्टी की अर्जी दे आया हूँ—वह पहुँचा आएगा। नंदिनी···घर की चाभियाँ यहीं कहीं रख लो···! आऊँगा तो···

कृष्णकांत ने आजी के पाँव छुए थे—आपसे मिलकर नहीं जाता, तो भीतर कहीं पापबोध पनप जाता···आशीर्वाद दीजिए, फिर न जाने कब मिलना हो···!

मधुसूदन नीरव थे···दुःख किसी का भी हो, उस बहाने मनुष्य आपबीती को ही बार-बार जीने लगता है। कृष्णकांत की शोक-जड़ित मानसिकता को उन्होंने कोई सांत्वना

नहीं दी थी···बस धीरे से उनका आलिंगन-भर किया था—दुःख से दूभर साँसों की गति एक हो गई थी। कृष्णकांत थके हुए कदमों से बाहर निकल गए थे···

आजी फिर अपनी दुनिया में लौट गई थीं—जलालुद्दीन दो-दो बार विजयानंदजी का कहाव लेकर आ चुका था—यहाँ काम का बोझ बेतरह बढ़ गया है। खेती हो तो किस तरह! अक्षयवर ने बोरिंग का किराया एकबारगी बढ़ा दिया है। कहता है—

जगदानंदजी बड़ी कमाई छोड़कर गए हैं। जागेश्वरी देई थैली खोलें और पानी काटकर ले जाएँ···! हमारी बोरिंग का पानी मुफ्तिया नहीं है कि जो चाहें सो···

दो बीघा मकई की पटवन नहीं हुई तो···!

आजी को अच्छी तरह पता था—स्वेच्छा से कुछ जिम्मेदारियाँ ओढ़ रखी थीं उन्होंने—

जलालुद्दीन का परिवार दहिवर के सिवान से उठकर उनके पिछवाड़े सिमट आया था।

आन मुलुक में रहना दोज़ख में रहने के बराबर है, चाची···नौशाबा ने फटे दुपट्टे से आँखें पोंछकर वहाँ का सारा दुखड़ा सुनाया था—कहने को तो सगे मामू ठहरे इनके, लेकिन ऐसे बेमुरव्वत इनसान कि क्या कहें—हमारी फरीदा बूँद-भर तेल के लिए तरस जाती थी—मुमानी की कोठरी में निखालिस कड़वे तेल का कनस्तर भरा होता, फिर भी क्या मजाल कि···ऊपर से दिन-भर की हाड़-तोड़ मेहनत। कराची से तो अपना यह गाँव कहीं बेहतर है, चचीजान, यहाँ घोड़ा-गाड़ी हाँकते थे—वहाँ मामे के ठेले में जिनावर की तरह वेला-कुवेला खुद जुते रहना पड़ता था।

अक्षयवर को एक नहीं कई बातों का मलाल था—बुढ़िया ग्राम-सुधार करने के लिए नाहक दहिवर लौट आई—भली-चंगी अपने भतीजे के पास काशीवास कर रही थी—घर की औरतें सुसरी भी, जब देखो तब उसी का पच्छ लेती रहती हैं—क्यों न लें—गिरहस्ती का जुआ उतारकर अल्हड़ बछेड़ियों की तरह दिन-दिन-भर हुड़दंग मचाने के लिए जागेसर देई की पचास फुटा अँगनाई जो मिल गई है···। सोहर, झूमर, जंतसार और हर परब-तेवहार पर सबका जुटान उसी नीम तले। बुढ़िया का नइहर बंगाले में ठहरा। जरूर कोई जादू-टोना जानती है। इस उमिर में देह-मुँह की आब तो देखे कोई···!

सोचा था—पंचायती काम-काज के बहाने दालान और बाहरी हिस्सा दखल हो जाएगा। जगदानंद का भतीजा या उसकी निहंग बेटी गाँव आने से रहे। इतनी बड़ी जैदाद मुफ्त में···। लेकिन इस महथिन दाई ने तो सब किए-कराए पर···

अक्षयवर ने दूसरी चाल चलनी चाही थी—पच्चीस बीघे की खेती मामूली नहीं होती। दलसागर और चुरामनपुर···से लेकर दुखिया के इनार तक की लंबी-चौड़ी जमीन का अकेला मलिकाँव जागेसर देई का···! नहीं, कुछ-न-कुछ करना होगा।

विजयानंद हताश थे—इस बुढ़ौती में उसने हमारा अपमान किया! सुनयना वहीं

खड़ी थी—पूछ लो इससे···!

सुनयना की आँखें डबडबाई हुई थीं—हमार बाप हवे, हम का कहीं; लेकिन आजी, उनकर मति मरा गइल बाऽ!

अक्षयवर ने गरजते हुए तेल से पोख्ता हुई लाठी उठा ली थी—

बोरिंग हमारा है। हम जिसे चाहें पानी दें—जिसे चाहें न दें···! है हिम्मत किसी माई के लाल में? इस लउर के दम पर मुखियागिरी पाई है। आपको सिंचाई की बंदोबस्ती करानी हो तो एकमुश्त रुपइया यहाँ धर दीजिए—नहीं तो अपना रास्ता नापिए पांड़ेजी···और हाँ सुनिए···पइसा का बहुत जोर है—आपकी धरम भउजाइ के पास तो दुखिया के इनार में मोट डलवा दें सब पानी खिंचवा लें—हमें कोई उजर क्यों होने लगा···?

मधुसूदन उलझन में पड़ गए थे—अक्षयवर की नीयत ठीक नहीं लगती, बड़की अम्मा! तुम वहाँ अकेली रहोगी, हमारे मन को हर घड़ी खटका लगा रहेगा—

आजी अपने रामजी का सुमिरन करके उठ खड़ी हुई थीं—गीदड़ की हुआँ-हुआँ से डरकर कोई जंगल की राह गुजरना छोड़ देता है मधु···? अक्षयवर का लोभ बोल रहा है। और लोभी से बड़ा कापुरुष कोई नहीं होता···! उसे लेकर परेशान होने की कोई जरूरत नहीं है बचवाऽ!

जलालुद्दीन दलसागर के कहार टोले से बीस कमकर बटोर लाया था—चल भइयवा, बड़की चाची की आन का सवाल है। पटवन तो हर हालत में होगी···चाहे रात-दिन अपना लहू क्यों न बहाना पड़े—मकई की कमसिन बालियों को सूखने से बचाना ही है।

आजी मेड़ पर खड़ी देख रही थीं—मोट से उलीचा जा रहा पानी दुगुने वेग से सूखी माटी को तर करता जा रहा था—गीली मिट्टी से नन्हे-नन्हे बाँध बनाते कमकरों के कुशल हाथ पानी के बहाव को व्यर्थ नहीं जाने दे रहे थे, जितनी जरूरत हो उतनी-भर ही पटवन होती चली जाए···। हरी लंबी पत्तियों पर बेशुमार बूँदों का जमाव था—नटखट बालकों की टोली खेल-खेल में जैसे एक-दूसरे के चेहरों पर पानी के भरपूर छींटे उछाल रही हो···प्यास मिटी तो फसल आलस छोड़कर दो मुट्ठी और ऊँची उठ खड़ी हुई थी।

अक्षयवर की खीझ सुनयना पर उतरी थी—

अब से तेरा नीम तले जाना एकदम बंद! उधर गोड़ बढ़ाते देखा तो कुट्टी काटनेवाली गँड़ासी से बोटी-बोटी छटका देंगे···क्या समझी···?

सुनयना सकते में आ गई थी—यह क्या अनहोनी सुना दी उसके बाबू ने···एक महीने बाद एंट्रेंस की परीक्षा है···आजी से उसने वायदा करवा लिया था—

नंदिनी दीदी ने कितनी ऊँची किलासें पास कर ली हैं···वे कैसी आलिम-फाज़िल हो गई हैं न···खुद कमाती हैं। आजी, क्या हम भी उनकी तरह···

क्यों नहीं, तू पहले एंट्रेंस पास कर ले। बक्सर की बड़ी डाकटरनी से हमने बात

कर ली है—वे तुझे नर्स की ट्रेनिंग के लिए अपने साथ रख लेंगी···

बिंदा ताली बजाकर किलक उठी थी—सुनयना दिदिया नरस बनेगी—खूब ऊजर फराक पहनकर ऊँची एड़ी की सैंडिल खटखटाती सबको दवाई बाँटती चलेगी—झारी दादी को सबसे पहले सूई लगाना दिदिया, वह सूई के नाम से ही आँचर में मुँह छिपा लेती है।

सुनयना से उस दिन भात खाया नहीं गया था—उसकी माई ने भी उसे ही दोष दिया था—घर का मरद-मानुख जइसा कहे—तइसा ही करना होगा—हम तो लउँड़ी ठहरीं, कोदो-मकई खाकर सबकी टहल बजवनी करने वाली···

करिखाही हाँड़ी फूट जाए तो उसे कोई नहीं पूछता। मुसम्मात की जिनगी ऐसे ही टूटहे बासन-सी होती है। घर-भर की बहारन उसी में डाल देते हैं सब, तेरी औकात ही क्या है? बाप-भाई जो कहे—वही कर सुनयनी, हमारे बाद इन्हीं का आसरा है···

आजी जानती थीं—सुनयना की दोनों छोटी बहनें अक्षयवर के चमरौंधे की नोक पर रहती थीं—जब किरोध की ऐंठन उमड़ी—माटी के लौंदे की तरह कूट-पीटकर रख दिया···सुनयना की माई मना करती तो लाठी-जूता सब कुछ बरस जाता···।

नंदिनी ने अक्षयवर को पहली बार देखते ही कहा था—सामंती युग का अवशेष है यह आदमी···पूरा गाँव इसकी मिल्कीयत हो जैसे···। आजी, इसकी आँखें देखी हैं तुमने···घर की औरतों के प्रति इसका ऐसा कठोर आचरण है—लाठी-डंडे के जोर पर मनमानी करने की छूट दे रखी है सब लोगों ने, तभी तो···

आजी झारी देई को साथ लिये बिचले टोले की ओर निश्शंक चली गई थीं—

क्या कहा—बड़का टोले की जागेसरी आजी खुद चलकर आई हैं? सुनयना की माई सहसा अस्त-व्यस्त हो उठी थीं—ठहरिए काकीजी, खटिया निखहरी है, इस पर सुजनी तो डाल देने दीजिए···

ऐसे ही ठीक है दुलहिन···! तुम जरा सुनयना को तो बुलाओ···

अक्षयवर की प्रौढ़ा पत्नी छोटी बच्ची की तरह सुबक उठी थी—दोहाई काली माई की, काकीजी···हमारे यहाँ गवनई होती है न—

सत्रु के धिया जनि होइ···

हमारे कपार पर तो तीन-तीन डाकिनी असवार हैं···। सुनयनी का करम फूट गया···हमें क्या पता था कि इतना बड़ा बजरपात हो जाएगा। इसके बाबू की मनसा आपसे छिपी नहीं है, काकीजी, आप नाहक···

झारी देई बीच में ही बात काटकर सुनयना की माई को डपट उठी थी—

सब असगुन धिया के कपारे···महतारी होके अइसन कुभाखा उचारत बाड़िस दुलहिनिया, तोर दोख नइखे···घर के माथ-मालिक बेबूझ हो जाए त केहू के हतयारी लग जाई···। धिया जात ना रही त सिरजना कइसे होई—अक्षयवर के जनम कवनो कूँड़ा-हाँड़ी

से नइखे भइल, महतारी के कोख से भइल बा···

सुन दुलहिनिया—बेटी जात, आम-महुवा के बगइचा में बइठल कोइलि होले···ओकरा बिना घर झन-झन करेला, अँगना रोएला···

झारी देई ने दबे हुए कंठ से अपने बोल के प्रमाण दिए थे—

एक सइ अमवा लगवनी सवा सइ जामुन हो
रामा तबहूँ ना बगिया सोहावन एक रे कोइलि बिनु हो।
रामा तबहूँ ना अँगना सोहावन एक रे धिया बिनु हो···

[सौ आमों का, सवा सौ जामुन का बाग लगाया, बाग की शोभा फीकी है—क्योंकि वहाँ कोयल नहीं है—आँगन सूना है—क्योंकि वहाँ बिटिया नहीं है।]

अक्षयवर की पत्नी ने गुड़हा बताशा की डाली सामने रख दी थी—मुँह मीठा करिए काकीजी—सुनयनी अपनी कोठरी में होगी···। हम उसे···

रो-रोकर बुरी तरह सूजा हुआ चेहरा लिये सुनयना उनके पास आई थी—माटी पर बैठकर उनके घुटने से लगी बिलख उठी थी—

हमारी पूरी मेहनत बरबाद गई। बाबू ने इस चौखट से बाहर निकलने पर पाबंदी लगा दी है। आजी ने उसे अपनी गोद में लेकर ढाढ़स बँधाया था—तेरा बाबू कसाई नहीं है, बचियाऽ—उसके भीतर बाप का कलेजा है—तो वह जरूर दहेगा। अभी महीना-भर बखत है। हम यही कहने आई हैं—तू हमारे टोले की ओर मत आना—घर से बाहर कहीं मत जाना, लेकिन खबरदार, पढ़ाई-लिखाई नहीं छूटे···। रामजी चाहेंगे तो सब कुछ ठीक हो जाएगा।

आजी ने भयभीत हिरनी-सी दूर खड़ी सुनयना की माई को अपने पास खींच लिया था—तुम्हारी बेटी असगुनिया नहीं है, कनियाऽ, आम की बौर-सी महमह करती उसकी भी इच्छाएँ हैं···उसका जतन करो···। तुम इतना बड़ा संसार चलाती हो···अपने भीतर के सत को पहचानो—अपना मन पोख्ता करो···! एक बात याद रहे···, तुम भात राँधती हो, कुटिया-पिसिया करती हो—अपनी देह गलाकर अपने परिवार की सुखकामना करती हो—तुम्हारी ताड़ना का अधिकार किसी को नहीं है—अपनी हैसियत को जान जाओगी—तो अकारण दंड नहीं झेलना पड़ेगा···!

विजयानंदजी बौखलाहट में अपने भीतर की आशंका खोल बैठे थे—

जिसके सिर पर दुश्मनी का भूत सवार है—उसके घर जाने की कवन जरूरत थी भला?

अक्षयवर को नहीं जानती भउजी, दोमुँहा साँप है वह···जो गलती से सामने पड़ गया होता और मुँह से बिखबानी फूटी होती तो···? नाहक आपका अपमान होता और हम भी चुप नहीं रह पाते···। सुनयना उसकी बेटी है, वह उसका भविष्य चेते चाहे जीते-जी नरक में झोंक देवे, हमें क्या···?

कंधे की चादर उतारकर तहाते हुए आजी ने बड़ी गंभीरता से प्रतिवाद किया था—सुनयना पूरे गाँव-जवार की धिया है, देवरजी···उसके साथ अक्षयवर ने पिता होकर अपराध किया···जनमरोगी वर के गले मढ़ आया···इस कलंक का मार्जन हमारा-आपका सबका धरम है। हमारे मिथिला में सीता की कथा कहती हुई हर तिरिया का हिया दरकने लगता है। राजा जनक की दुलारी सीता कौन लगती हैं हमारी? किस जुग-जमाने की राजकुँवरि और उनसे हमारा इतना जुड़ाव···किसलिए··· ? सुनो, देवरजी—एक मानुसी भाव है, जिसकी झिलमिल जोत के जगते ही संसार अपना लगने लगता है—धरती की हर धिया सिया ही तो है···। अक्षयवर को किसी अज्ञान ने घेर रखा है। सुनयना को हमारी जरूरत है। हमसे जो भी बन पड़ेगा···

卐

दो महीनों की यात्रा के बाद श्रांत-क्लांत कृष्णकांत वाराणसी लौट आए थे। मधुसूदन की स्वास्थ्यजनित खिन्नता थी, फिर भी नंदिनी को साथ लेकर शीतलाघाट की ओर निकल गए थे—

साँकल की आवाज सुनकर महेश ने दरवाजा खोला था। दीदीजी, बाबूजी, आप लोग···! अरे, ऐसे क्यों खड़े हैं। भीतर आ जाइए न···!

कल्याणी दी की कोठरी खुली हुई थी—महेश ने खिड़की-दरवाजे खोलकर दीदी की हर चीज करीने से सजा दी थी।

मधुसूदन कृष्णकांत के साथ बैठक में ही रुक गए थे।

नंदिनी कल्याणी दी के कमरे में देर तक चुप बैठी रही थी।

अलगनी पर तह करके धरी हुई दो सफेद-रेशमी साड़ियाँ—

सुविमल उन्हें जब-तब छेड़ता रहता था—

कल्याणी दी, इतनी कमाई, ट्यूशनों की आमदनी और अपने लिए कुछ भी नहीं··· ? छुट्टी दे दीजिए—घिसी-पिटी डिजाइनवाली इन दोनों साड़ियों को—

कल्याणी दी सहज मुसकान के साथ उलटा परिहास करतीं—

तेरा ब्याह होने दे—नेग में एक नहीं, पाँच रेशमी साड़ियाँ लूँगी। उस उम्मीद में तो इन्हीं दोनों पुरानी रेशमी साड़ियों से काम चलाना पड़ेगा न···!

कैसा अद्‌भुत कंठ पाया था कल्याणी दी ने···! नंदिनी ने सफेद मेजपोशवाली छोटी मेज के सहारे कोने में टिकाए गए सितार को बड़ी करुणा के साथ आहिस्ते से सहलाया था—

मेरे अकेलेपन का संगी यही सितार है, नंदू···मन में कोई चक्रवात उमड़ने लगे···चित दुविधाग्रस्त हो जाए ···किसी मृग-मरीचिका में फँसे प्राण ऊभ-चूभ करने लगें तब उपनिषदों की स्वस्तियाँ इसी सितार की लय पर सारी पीड़ाओं का शमन करती भीतर-बाहर की पावनता दे जाती हैं।

ॐ सह नाववतु। सह नौ भुनक्तु···।

कृष्णकांत किसी कार्यवश भीतर आए थे···

नंदिनी! यहाँ अकेली बैठी क्या कर रही हो ?

वह भूल ही गई थी—महेश न जाने कब चाय की प्याली रखकर वापस चला गया था।

उठो ···, तुमसे कुछ जरूरी बातें करनी हैं···!

कुछ कहना चाहते थे कृष्णकांत, बहुत कुछ सुनना चाहती थी नंदिनी—

कहाँ रहे इतने दिन··· ? ब्रह्मपुत्र के किनारे···कनखल की गंगा के तट पर···वैशाली, पावापुरी, नालंदा, बोधिवृक्ष के आसपास भटकते रहे···उज्जैन के महाकाल मंदिर की सीढ़ियों पर ध्यानस्थ बैठे रहे···या कि पशुपतिनाथ की शरण में सुख-शांति खोजते—दूर पहाड़ों की ओर चले गए थे···

सब कुछ बताऊँगा। थोड़ा-सा प्रकृतस्थ तो हो जाने दो···अरे···दीदी के प्रिय ये हरसिंगार कौन रख गया इन्हें ?

नंदिनी ने कोई उत्तर नहीं दिया था—कल्याणी दी जब भी उसके घर जातीं, पिछवाड़े मह-मह करते हरसिंगार तले थोड़ी देर जरूर ठहर जाती थीं—

नंदू, श्यामा से कहना, थोड़े-से फूल चुन देगी।

श्यामा फूलों का जालीदार थैला लिये हाजिर होती—

हमें पता है, दीदीमनि···! हरिसिंगार की खुशबू में आपके प्राण बसते हैं।

कृष्णकांत एक ठंडी साँस भरकर कल्याणी दी की चौखट से बाहर चले गए थे—

केवल खुशबू ही तो बाकी रह गई है अब!

चंपकवर्णा कल्याणी दी का दर्द से काला पड़ गया चेहरा नंदिनी के ऐन सामने था—जमीन पर गिरी कष्ट के आवेग से तड़फड़ाती कल्याणी दी···! किसी चिकित्सक, किसी औषधि की कोई जरूरत नहीं पड़ी थी—दीदी बिना कुछ कहे चुपके-से चली गई थीं।

यायावरी से मन की भटकन शांत होती, तब न···। दीदी के बिना यह घर, मेरा जीवन, इस कदर रिक्तता का अनुभव करने लगेगा—मैंने कल्पना नहीं की थी—।

शाक्य का विराग कृष्णकांत की आँखों में धीरे से अपनी एक झलक दिखा गया था।

आजी सामने होतीं तो कहतीं—

सुख-दुःख के साज-बाज पर ही जिनगी की लय सधती है बचवा···। तुम्हें हो न हो, कल्याणी को अपने नहीं होने का एहसास था जरूर—

कैसी-कैसी व्याधियाँ देह को घेरती जा रही हैं···! दवाइयों के सहारे कब तक चल पाऊँगी आजी···! मेरी तो एक ही कलप है—कृष्ण का जीवन अधूरा रह गया—मेरे बाद

उसकी सुध लेने वाला कोई भी नहीं··· ।

कल्याणी रुदन कर दिखावा करनेवाली तिरिया नहीं थीं—कृष्ण बेटा, सुख जितना बँटे उतना ही बेहतर, दुःख जितना भीतर सिमटे, उतना ही मधुर··· !

हमने उसके इसी रूप को थाहा था··· !

कृष्णकांत ने इंगित किया था—

बाबूजी जाने के लिए कह रहे हैं—आओ नंदिनी··· !

सूने बरामदे पर अकेले खड़े कृष्णकांत को मधुसूदन ने बार-बार चिताया था—विश्वविद्यालय से लौटते हुए हमारे यहाँ आना नहीं भूलिएगा··· ! आपसे कुछ जरूरी मशविरा भी करना है।

नंदिनी जानती थी—बाबूजी कौन-सा जरूरी मशविरा करने वाले थे—

आपको जाननेवाले लोग पूरे देश में हैं। नंदिनी की जिद बहुत मान ली, हमने—अब आपको ही प्रयास करना होगा। अपने शिष्यों में ही यदि नंदिनी के योग्य कोई पात्र ढूँढ़ सकें तो···

नंदिनी एकाएक अस्थिर हो उठी थी—यही तो बाबूजी की सरलता हुई—परिस्थिति, समय कुछ नहीं देखेंगे···ऐसी बातों पर मशविरा करने का यह कोई उपयुक्त समय है भला ? उसने सोचा था—घर जाते ही मना कर देगी—कृष्णकांतजी से कुछ भी कहने की जरूरत नहीं है··· !

घर पहुँची तो विजयानंदजी अपने दुसूती झोले का तकिया बनाकर खाली चौकी पर पड़े-पड़े ऊँघ रहे थे··· ।

क्या बात है—काकाजी—दहिवर में सब कुशल-मंगल है तो··· ?

अक्षयवर जैसा नाग-नाथ जिस गाँव में फण काढ़े बैठा हो, वहाँ कुशल कैसी ?

अब क्या हो गया··· ?

जमीन की हदबंदी करनेवाले आए थे··· ! उसने खासी रकम दे-दिलाकर तुम लोगों की खड़ी फसलवाली डेढ़ बीघा जमीन अपने परदादा के नाम दिखलवा दी है। परची कट चुकी है—मुआवजे के नाम पर हजार रुपल्ली देकर अपना स्वार्थ साधना चाहता है—अक्षयबरवा···

आपने अपने कागजात अमीन को नहीं दिखाए··· ? हमारे नक्शे में तो पूरा हिसाब एकदम साफ-साफ है।

यह अमीन बड़ा खाऊमल है मधु, भउजी के मुँह पर सुनाकर गया···आप लोगों के कागज-पत्तर में कुछ घपला मालूम पड़ता है, खतियान देखने से तो साफ जाहिर है कि आपके देवर ने पिछली नापी के समय जबरदस्त घपलेबाजी करवाई है। ललमुँहे फिरंगियों के मुलाजिम थे—आपके मरहूम शौहर! यह सब बंदोबस्ती उन लोगों की मिलीभगत से ही हुई है।

नंदिनी ने उकताहट में कह दिया था—आजी को या हम लोगों को इस पचड़े में नहीं पड़ना है, बाबाजी, अक्षयवर की पहुँच टोपीवालों तक है···। पैसे और पैरवी के जोर पर दिन को रात करार देगा···। मुझे तो आजी के लिए घबड़ाहट हो रही है। आपने उन्हें मना नहीं कर दिया?

भउजी···को इसकी चिंता नहीं है। डेढ़ बीघा खेत मामूली नहीं होता···। फिर भी वे कह रही हैं—

इसे हड़पकर भी जो उसकी शांति हो जाए तो···लेकिन मधु बचवा, उसकी पैंतराबाजी, एक नए षड्यंत्र को जनम देने वाली है। हमें इसकी भनक मिल गई है। इसीलिए तो हम तुम्हें आगाह करने आए हैं—

अक्षयवर ने छोटकू के हस्ताक्षर की नकल उतार ली थी और बक्सर के सामता बाबू वकील की साठ-गाँठ से जागेश्वरी आजी के घर का अगला हिस्सा दखल में लेने की जुगत भिड़ाने वाला था—

उसकी दलील तैयार थी—मधुसूदन के बाप ने अपनी औरत की बीमारी में नीम तले की समूची जमीन और दालान सहित आगे की चारों कोठरियाँ पंचायत-घर के नाम पर अक्षयवर के हवाले कर दी थीं। उसका गुमान था—अदालत कागजी प्रमाण देखती है···। जिसके कागज-पत्तर फिट हों, गोटी उसी की लाल समझो···!

मधुसूदन विजयानंदजी के साथ ही गाँव चले गए थे।

जागेश्वरी आजी एकदम सहज थीं—इतना उद्विग्न होने की जरूरत नहीं बचवाऽ, तुम नाहक अपना काम-काज छोड़कर यहाँ चले आए···।

चलो ठीक ही हुआ—तुमसे एक ही मदद हो सकेगी···बक्सर की बड़ी डाकटरनी के पति पटने में नामी-गिरामी वकील हैं। हमने पता लगवा लिया है। अपने लड़के के ब्याह के सिलसिले में वे बक्सर आए हुए हैं। हमें उनके पास लिवा ले चलो···! और देवरजी—आप भी चलें···लेकिन एक बात का खयाल रहे, गाँव में किसी को कानोंकान भी यह सूचना नहीं हो कि···

वकील ईश्वर बाबू ने···समझ-बूझकर एक अर्जी तैयार कर दी थी—

मेरे पितामह श्री शारदानंद के दो बेटे जगदानंद-सदानंद···जगदानंद की तीन बेटियाँ और सदानंद के एक बेटा—ग्रामीण भूहदबंदी कानून के मुताबिक दहिवर, दलसागर चुरामनपुर के बीस बीघा खेत और बड़का टोले का रिहाइशी मकान मेरे अख्तियार में है। मेरे पिता श्री सदानंद ने मँझले टोले के श्री अक्षयवर नाथ के साथ किसी भी किस्म का कोई इकरारनामा तय नहीं किया था···श्री सदानंद की मौत के दो वर्षों के बाद मेरे रिहाइशी मकान का बाहरी हिस्सा ग्राम पंचायत को पचास रुपया महीना किराए पर दिया गया था। मेरी बड़ी माँ मुसम्मात जागेश्वरी देवी बालिकाओं की संस्कृत पाठशाला चलाने के उद्देश्य से मकान के सामने का हिस्सा साल-भर पहले ही पंचायतवालों से खाली करवा

चुकी हैं, इसलिए…

कृष्णकांत का प्रस्ताव था—

पटना के सचिवालय में मेरा शिष्य सुशांत भूहदबंदी विभाग का उच्च पदाधिकारी है। वह इस मामले में स्वयं रुचि लेगा…। आपको जाने की जरूरत नहीं है। सुविमल मेरा पत्र लेकर जाएगा, बस…

सुशांत सेन ने तुरत पहल की थी—बक्सर के आला हाकिम ने छोटे अफसरों से पूछताछ शुरू कर दी थी—अमीन सिराजुद्दौला गिरता-पड़ता हुआ अक्षयवर के पास जा पहुँचा था—

दोहाई मुखियाजी—न जाने किस मरदूद ने ऊपर तक रपट पहुँचा दी है। जालसाजी की धर-पकड़ के लिए मामला बन गया है। आप तो बड़े आदमी ठहरे—बेदाग बच जाएँगे। खतावार हम ठहराए जाएँगे। हमारी नौकरी तो बस गई समझिए हुजूर…।

अक्षयवर अपने गुर्गों के बीच विषधर बना बैठा था—

अंधों का इस्कूल चलानेवाले, कोढ़ियों की कायापलट का दम भरनेवाले उस मरियल से मधुसूदनवा को इतनी ताकत मिली कहाँ से…? अबे सिराजुद्दीन, क्या मेहरिया की तरह टसुवे बहा रहा है—हमारी जाँघ-जागर की कूबत का अंदाजा भी है तुझे…? छेदी पहलवान, यह सौ का पत्ता थमाओ इस मरदूद को और कहो—पासी टोले में ताजी चुआई गई है—कुल्हड़-भर पी लेगा, डर-भय सब छू-मंतर…! मधुसूदन को एक ही अँदेशा था—बड़की अम्मा, ऐसी अगलगी में तुम्हारा यहाँ अकेली रहना ठीक नहीं… नंदिनी और श्यामा ने जोर देकर तुम्हें साथ लाने की ताकीद की है। नंदिनी के गुरुजी की भी यही राय है।

जागेश्वरी आजी निर्भय थीं—अंत के डर से यहाँ का अधूरा काज छोड़कर पलायन कर जाने की सलाह दे रहे हो बचवाऽ! जानते हो—हमारी पाठशाला को मिडिल कक्षा तक की मंजूरी मिल गई है…इस काम का सारा पुण्य ईश्वर बाबू के हिस्से—उन्होंने अथक मेहनत नहीं की होती तो…

वे जान-बूझकर अपने सपनेवाली बात छिपा ले गई थीं। पिछली कई रातें कैसी उनींदी बीत रही थीं। जरा-सी आँख झपकती और जगदानंद सामने खड़े हो जाते—चाँदी की मूठवाली छड़ी, लहरिया चुनदार धोती, भागलपुरी रेशम का कुरता कसमसाते, अपने आप से बातें करते हुए जगदानंद—

मँझरियावाली!, फिरंगियों की तहसील का सारा धन सरकार के हवाले करवा दिया था—आज वह खजाना होता तो…अक्षयवर जैसे साँप को उसकी बाँबी में ही मार डालने की जुगत अपने आप आ जाती। क्यों नहीं कहती मधुसूदन से, उसने तुम्हारी गरदन मरोड़ने की धमकी दी है—गंगाजी की रेत में गाड़ देगा! जो अकेली घर से निकली तो कहर बरपा देगा…अरे नादान औरत, राधाकांत शास्त्री का जमाना लद गया—जप-तप

करती बैठी रहेगी और ये राक्षस तेरा सिर उतारकर ले जाएँगे···। क्यों कर रही है—परोपकार, चली क्यों नहीं जाती, बनारस··· ?

दो रोज पहले···, दोनों भाई साथ-साथ थे—हमारी आढ़त को लेकर सब लोग मसखरी करते थे—सोते-जागते पैसों की हाय-हाय···छोटकू मरेंगे तो सब कुछ अपनी छाती पर धरकर ले जाएँगे···तब तो एक कमावै—दस उड़ावै वाली बात मसल थी—बड़की भउजी···तुम किस खटराग में जान फँसा बैठीं ? खेती-बधारी मरद-मानुस से तो सँपरता नहीं···तुम तिरिया होकर इस उमिर में···

आजी ने छोटकू की अगवानी की थी—पानी पिओगे देवरजी, नीम की छाँह में तनिक जुड़ा लो···

जगदानंद भेद-भरी मुसकान छोड़ते छोटकू की बाँह पकड़कर उठ खड़े हुए थे—इस मँझरियावाली को इतने दिन साथ रहकर हम नहीं पहिचान सके—यह तुम्हें कुछ नहीं बताएगी। छोटकू, आओ चलें···

आजी की आत्मा चीत्कार कर उठी थी—कैसे निर्मोही हो तुम लोग! देखते नहीं, तुम्हारे पुरखों की ही सेवा में तो जुटी हुई हैं हम···। सुनो जी···, तुम्हीं ने कहा था न···एक जनम और मिल जाता तो गाँव-जवार को अपना पुरुषार्थ दिखा देते तुम···खेत तुम्हारे माई-बाप होते और तुम निहुरकर माटी की मिन्नत करते किसानी में जुट जाते···! गाँव से तुम्हारा नामोनिशान मिट जाए, यही चाहते हो तुम लोग, तो सुनो! छोटकू अपने इस घर-आँगन को ठीक से निहारो—गाँव-जवार का तिरिया-जनम सहेजने के लिए विद्या का अलख जगाए बैठे हैं हम···इस जनपद की कोयलें हैं हमारी धिया···इनका कुहुक-स्वर सातों आसमान को गुँजाएगा···। ऐसे हँसो मत, देवरजी, यह विरासत तुम्हारी नंदिनी की होगी···जा रहे हो अरे, सच्चे मन से उसे असीसते तो जाओ···तुम दोनों···!

जागेश्वरी आजी ने सब कुछ सुना था। झारी देई चुपके से बता गई थीं—

बुताइल दियरी के जोत जरवले बाड़ू भउजी—काली माई तहार मुँह ऊजर करिहें··· ?

बुझे हुए दीये की जोत हमने जलाई—सो किस तरह··· ? खोलकर बताइए न झारी दीदी, आपकी तो हर कथा सिंहासन बत्तीसीवाली बुझौवल से शुरू होती है—त सुनि लऽ! अछयबरवा राजी हो गइल···

अक्षयवर राजी हो गया ? लेकिन किस बात के लिए··· ?

झारी देई एक साँस में पूरी घटना दोहरा गई थीं—

जे दोसरा खातिर कुआँ खोनेला, भगवान् ओकरा खातिर खोने ले···

ओहो—फिर वही कूट बोली—

झारी देई विनोद की भंगिमा में थीं—

आरे रामा गंगा-जमुनवा के चिकनी रे मटिया

चलत-चलत पउँवा गइले बिछिलाईऽ चलत-चलत···

तुम्हारी मेंड़ पर फसल कटवाने के लिए खड़े थे—अछयबर नाथ—मोगलिया पठान बनकर गलमोंछ पर ऐंठन दे रहे थे—धरती मइया ने कसर पूरी कर दी--मेंड़ धँस गई और अछयबर चारों खाने चित्त···दाहिनी कोहनी खटाक से टूटी, गोड़ की हड्डी छिटक गई···अब बक्सर हस्पताल में पड़े हैं। सुना—बड़की डाकडरनी ने ताक-ताककर खरी-खोटी सुनाई है—

जइसन देवता ओइसने पूजा···

कहावत ह—बड़ बतियवले— नान्ह लतियवले—

ऐसी नान्ही बुद्धिवाले अक्षयबर को डॉक्टरनी ने आड़े हाथों लिया था--

दुनिया कहाँ-से-कहाँ जा रही है—और तुम दूसरे की फसल कटवाने में ही अपनी बहादुरी का सबूत देने चले थे—हो गई न छह महीने की छुट्टी···! सुना है कि सुनयना के साथ जालिमों जैसा व्यवहार किया है तुमने! अपनी बेटी के साथ···? जागेश्वरी मौसी ने उसका भला चेता था और तुम···उसकी पढ़ाई रुकवाकर तुमने अच्छा नहीं किया अक्षयवर, आज नहीं तो कल, तुम्हें इसका अफसोस होगा जरूर···

सुनयना ने आजी को और भी बहुत कुछ बताया था—

इधर महीने-भर से बाबू घर के भीतर नहीं आते थे—खाना-सोना सब दालान पर ही···! माई ने दो टूक कह दिया था—

तुम बाप नहीं, कसाई हो! अपने बाल-बचवन से किस जनम का बदला लेना चाहते हो जी?

आजी, आपको पता है—माई मार खाकर भी चुप नहीं रही थीं—

कब तक देह-जाँगर के जोर पर दबाते रहोगे, सुनयनी के बाबू—सब कूबत लुगाइयों पर ही···?

माई ने अपनी हिम्मत के बल पर हमको यहाँ भेजा है···आजी···यह इम्तिहान में बैठने की अर्जी है और ये रुपए हैं। आप विजयानंद बाबाजी से बक्सर स्कूल में भिजवा देंगी—बस इतना ही काम था।

चश्मे के भीतर धुँधला गई आँखें पोंछती सुनयना को बाहर तक छोड़ने गई थीं, तो झारी दीदी की चेतावनी कानों में पड़ी थी—

अजगर के माँद में फेर जाए के पहिले समझ-बूझ लीह—भउजी···साबूत निकल अइबू त वाह-वाह, ना त···

जागेश्वरी आजी ने सुबह-सुबह विजयानंदजी को बुलवा भेजा था—हमारे साथ बक्सर चलना होगा—

किसलिए···?

ऐसे ताज्जुब से मत पूछिए देवरजी···अक्षयवर को देखने जाना जरूरी है। उसकी चोट गहरी है। गाँव-जवार का संवाग ठहरा—हमारा फरज बनता है कि···

झारी देई मुँह चमकाकर एक कोने में बैठ रही थीं—

राजा हरिसचंदर के औतार हऊ का भउजी···सपना में राजपाट दान कइलन, जगला में खोजत फिरलन···। अबो कवनो दान-दच्छिना बाकी बा का? ना हो विजयानंद, इनकर आउर-बाउर बुद्धि के फेरा में मत पड़···तू आपन काम देख···

जलालुद्दीन हैरान था—चाची अकेली चली गईं और आप लोगों ने जाने दिया? झारी फुफू—आपको दिक्कत थी तो नौशाबा को बुलवा भेजा होता! हम बुवाई का काम छोड़कर नहीं आ सकते थे—वह तो खाली बैठी थी—बड़ी कमजात औरत है—चाची को रोका क्यों नहीं उसने··· ?

जागेश्वरी आजी अकेली नहीं गई थीं—सुनयना और उसकी माई—दोनों उनके साथ थीं। अक्षयवर की पत्नी बड़ी मुश्किल से राजी हुई थी—

गाँव के सिवान का मुँह तो कभी देखा नहीं। चुटकी-भर सेनुर के लिए मन तरसकर रह जाता है। उतनी दूर जाएँ और कहीं ज़ो सुनयना के बाबू सबके सामने गरियाने लगें तो···

तुम चलो दुलहिन···दुःख-तकलीफ में अपने संवाग को देखने जा रही हो—नाटक-नौटंकी देखने तो नहीं जा रही हो न···! कोई कुछ भी नहीं कहेगा—अक्षयवर के मन जोग खाने-पीने की कोई चीज-बतुस हो तो···

सुनयना ने कटोरदान में गाढ़ी मलाईदार खीर सहेज ली थी—

बाबू को बहुत पसंद है।

वार्ड के बाहर ही छेदी पहलवान दिख गया था—अपने उस्ताद के लिए जलेबियों का दोना लिये जा रहा था···

अरे मलकिनी, आप लोग हियाँ··· ? उसकी रीछ जैसी भवें दोनों किनारों पर सिकुड़ गई थीं—

इस बुढ़िया के साथ ये दोनों जनी, दाल में कुछ करिया बुझाता है।

केसठ चौंगाई के सरपंच सीतराम अक्षयवर की कुशल-क्षेम पूछने आए थे—आजी को देखते ही अक्षयवर की ओर झुककर धीरे से पूछ बैठे थे—

तहसीलदार जगदानंद की मुसम्मात हैं न ये··· ?

अक्षयवर की आँखों में सुर्ख लकीरें उमड़ने लगी थीं—

इस औरत की हिम्मत देखो जरा···और राजनीति का पहला दाँव हमारे घर से ही···

उसने बेखयाली में दीवार की ओर करवट फेर लेना चाहा था—बायाँ घुटना पलंग के लोहेदार पाए से टकरा गया था और एक चीख निकलते-निकलते रह गई थी—सीताराम ने उठकर आजी की पालागी की थी—

ऐसे उजबुक मत बनो अछयबर, गाँव की बड़ी-बूढ़ी हैं, तुम्हारा हाल लेने आई हैं—समय को पहिचानकर बेवहार करना सीखो···

आजी ने सब कुछ सुन लिया था—छेदी पहलवान बाहर बैठा अपने किसी अखाड़ेबाज से जोर-जोर से कह रहा था—

बड़ी मरदानी अउरत है भइयवा, गज-भर का जिगरा तो इसी का ठहरा···। कहीं ऐसा न हो कि ससुरी कोई नया पासा फेंकने चली हो···। गाँव-भर पहिले ही इसके बस में हो चुका है। हमारे उस्ताद दागी साँड़ की तरह फोंफियाते फिरते हैं···कूट बुद्धि तो कोई इस बुढ़िया से सीखे—का जाने कवन मंतर चलाने हियाँ तक चलकर आई है···!

गनेसी ने अपनी मंसा जाहिर की थी—कहो तो उस्ताद—एक टँगरी लगा दूँ—यहीं चित्त हो जाएगी—हाड़-गोड़ छटक जाएगा—सब लीडराई भुला जाएगी···

नहीं रे गनेसिया, हनुमानजी का सुमिरन कर···अउरत को छूने की इजाजत लँगोटबंद पहलवानों को नहीं है···! तिरिया जनम का लाभ उठाकर बचती जा रही है।

जागेश्वरी आजी का कंठ-स्वर पूरी तरह स्वाभाविक था—

सुनयना की माई हमारे कहने पर आई है अक्षयवर···। सुनयना तुम्हारी रुचि की कोई चीज ले आई है—कटोरदान खोलकर अपने बाबू को खिला बचियाऽ, तब तक हम बड़ी डाकटरनी के पास हैं।

अक्षयवर ने मुँह दूसरी ओर घुमा लिया था—हमें नहीं खानी कोई भी चीज···सुनयनी···तुझसे किसने कहा था यहाँ आने के लिए—हम हफ्ते-भर के लिए गाँव से हट क्या गए हैं—कि तुम सब···

मेला-घुमनियों की तरह हस्पताल में आने की कवन जरूरत थी—यहाँ छेदी है, गनेसी है, हमारे इयार-दोस्त लोग हैं···।

सुनयना जान-बूझकर बाहर निकल गई थी। अक्षयवर की पत्नी रुआँसी होने के बावजूद चुप नहीं रह सकी थी—

हम आपके दुसमन तो नहीं हैं जी···गाँव-भर की औरतें जरा-जरा-सी बात पर आरा-पटना करती रहती हैं—हम तो आपको देखने के लिए···अच्छा लीजिए गुस्सा थूक दीजिए···सुनयनी ने यह पायस खास तौर पर आपके लिए···

कटोरदान से उठती केसरिया खुशबू अक्षयवर को डाँवाँडोल कर गई थी। पत्नी के सामने अपनी कमजोरी खोले तो किस तरह···उसने जब्त करने की कोशिश की थी—

इसे यहीं रख जाओ···हम बाद में···

थोड़ा-सा अभी खा लीजिए···बाकी रात में···

पल्ले की ओट से सुनयना ने देखा था, भींगे हुए गमछे से माई ने बाबू का मुँह पोंछ दिया था—

अब हम जाएँ···।

हाँ, लेकिन अकेली नहीं, तुम दोनों छेदी के साथ जाओगी···।

आजी इसी बीच बड़ी डाक्टरनी के साथ लौट आई थीं—

इन्हें घर जाने की इजाजत कब मिलेगी—बच्ची?

आपके गाँव का यह रोगी थोड़ा जिद्दी किस्म का है, मौसी। डॉक्टरों की सलाह मानता ही नहीं—कल इसने अकेले कमरे में चहलकदमी करने की कोशिश की थी—लड़खड़ा गया—चोट दुबारा ताजा हो गई···।

अच्छा अक्षयवर नाथजी, यह बताइए—गीली माटी की पोरसा-भर ऊँची मेड़ पर चढ़ने की क्या सूझी थी आपको? बरगद के तने से माथा टकरा गया होता, तब तो···।

आजी ने सीधी निगाह से अक्षयवर को देखा था—

काया का गुमान ऐसी की गफलत में झूठा हो जाता है—बचवा···! हाथ-गोड़ सही-सलामत रहे—तब न कोई भी लड़ाई लड़ी जा सकती है? चलो दुलहिन, चल सुनयनी, साँझ घिरने से पहले दहिवर पहुँचना जरूरी है, नहीं तो झारी दीदी, विजयानंदजी सब लोग पड़ाव अगोरने के लिए चले आएँगे···।

अक्षयवर मूढ़ बना देखता रह गया था—

बड़का टोले की इस उस्तानी ने उसकी भी मति हर ली क्या? अभी-अभी क्या कहकर गई वह···? हमारा मखौल उड़ाकर गई या···?

सुनयना के परचे शुरू हो गए थे···अक्षयवर को सब कुछ मालूम था—छेदी ने जी भरकर लाई जोड़ने की कोशिश की थी—

सब खुराफात जगेसरा देई की है। जो कहीं बचिया के ससुरालवालों को इस बात की जानकारी हो गई तो···? कवन ठिकाना उसका पियक्कड़ भसुर यहीं आकर बाही-तबाही मचाने लगे—भद्द उड़ जाएगी—हमारी तो···।

अक्षयवर ने पहली बार छेदी को जोर से डपट दिया था—

अपने काम से मतलब रखा करो···! जरूरत से ज्यादा चबर-चबर की तो···

प्लास्टर चढ़े पाँव में क्रोध की ऐंठन लिये बेबस पड़े रह गए थे अक्षयवर नाथ—

यह सारी कुचाल उस मंथरा की है···उसी घरफोड़ी ने हमारी बेजुबान अउरत के मुँह में जुबान डाल दी—उसे तनकर बहस करना थोड़े ही आता था। अब चेत गई···अपना हक चीन्हने लगी···। अच्छा, यह गोड़ की हड्डी एक बार जुड़ जाए, फिर देखा जाएगा···!

जगदानंद के वार्षिक श्राद्धवाले दिन···आजी ने व्रत रखा था—विजयानंदजी गरुड़पुराण बाँचकर उठे थे—तभी झारी दीदी संवाद लेकर प्रकट हुई थीं—

उपारा तुड़ऽत एगो अनहोनी बताईं···।

अक्षयवर ने किसी छोटी-सी बात पर सुनयना की माई को कुट्टी काटनेवाली गड़ाँसी से घायल कर दिया था, कनपटी में चोट गहरी थी—मांस का लोथड़ा बाहर निकल आया था—खून देखकर वह चुपचाप भाग खड़ा हुआ था।

जागेश्वरी आजी के चेहरे पर पहली बार क्रोध की लकीरें थीं—

ऐसे आदमी को तो जेहल में होना चाहिए···दोष सुनयना की माई का भी है···आज

तक सहती रही—उस खल को शह देती रही।

उपवास तोड़ने के लिए केले का एक टुकड़ा लेकर बैठीं तो मन के भीतर अपनी ही परछाईं बगावत करने लगी थी—-

सुनयना की माई तो निपट निरक्षर है—मरद के लात-जूते को सोहाग-भाग माननेवाली—पिटाई सहकर भी उसी का राग अलापनेवाली। तुमने तो संसार-भर के ऊँच-नीच का ज्ञान सहेजा था—फिर··· ? क्यों नहीं कह सकीं जगदानंद से--

तुम्हारी देह जूठे बासन की तरह है—तुम्हारा नरक खूब जानती हैं हम! खबरदार जो हमारी सेज पर···

जो उन्होंने जगदानंद को हमेशा के लिए बरज दिया होता, तो क्या हो जाता···पास-पड़ोस, गाँव-समाज···उनका प्रतिरोध सबकी निगाह में कलंक हो जाता···। जगदानंद और उनके बीच में जो कुछ घटित होता—सब जानते उसे···सबकी कानाफुसकी का स्वाद अलग-अलग होता···

ऐसे क्षणों में जहरबेल-सी लिपटती उस कामुक देह को अपने से अलग धकेल देने के आवेश को किस भीषण दर्द के साथ झेल पाती थीं—वे—

मँझरियावाली—सोनागाछी की वह नेपाली बेसवाऽ, आह, क्या नखरे थे उसके—भई, हमारे पास आओ तो अपना यह थोबड़ा तो दुरुस्त कर लिया करो तुम···जरा लहकता हुआ सिंगार-पटार! मरद को कैसी तिरिया लुभाती है—पता है—चउँसठ विद्याओंवाली कसबिन जैसी···यह क्या कि···

विजयानंद के अंतिम श्लोक की आवृत्ति उनके मन में आँसुओं का अंबार बनकर उमड़ने लगी थी—

यह तिलांजलि तुम्हारे समस्त बुरे कर्मों के लिए···तुम्हारे भीतर छिपे कलंकी दनुज के लिए···यमलोक में शांति पाओ तुम···तुम्हारे विकारों से लड़ते हुए भी मन से माना था तुम्हें···वरना सुनयना की माई से अलग जिनगी थोड़े ही थी हमारी···।

छोटकी कहा करती थी—

हठयोग साधती हैं—दीदीजी···तभी तो···दूसरी तिरिया होती तो कब की रसातल में चली गई होती—गंगाजी में धँसकर परान दे देती—बड़का भाईजी जैसा मरद-मानुस नहीं देखा—दिन देखते हैं न रात···, छोटे-बड़े का कोई भी लिहाज नहीं···

मधुसूदन का एक लंबा पत्र आया था—

बड़ी अम्मा, न जाने क्यों, तुम्हारी बहुत याद आ रही है। यहाँ का काम-काज सब ठीक चल रहा है। नंदिनी और श्यामा दोनों मजे में हैं। कृष्णकांतजी बीच-बीच में आते रहते हैं—धीरे-धीरे सहज हो रहे हैं। भूलना तो है ही, मन पर शोक का बोझ रखकर कोई कब तक संतुलित रह सकता है? सुनयना अच्छे अंकों से एंट्रेंस पास कर गई···यह तो बड़ी खुशी की बात है। उस अबोध बच्ची को तुमने ही अँधेरे बियाबान से बाहर निकलने

की राह बताई है···लेकिन बड़की अम्मा, न जाने क्या बात है—कुछ दिनों से मेरा चित्त अस्थिर रहने लगा है। नींद नहीं आने की शिकायत तो पहले से ही थी, अब तो···दवा लेने के बाद भी···तुम नंदिनी को यह सब मत बताना, खामख्वाह मुझपर बरसने लगेगी, परेशान हो उठेगी···!

हाँ, उसके बारे में भी तुमसे कुछ जरूरी सलाह करनी थी—उधर से फुरसत हो तो—दो दिनों के लिए ही सही—हमारे पास चली आओ न···!

जागेश्वरी आजी ने पूरे मन से तैयारी की थी—

जलालू—नए गेहूँ की दो बोरियाँ, कड़वा तेल का कनस्तर···, रहर की दाल और ताजा गुड़ अपने साथ रखना न भूलना! झारी दीदी, आप फेंकन माई की घोनसारी में सामने बैठकर चना भुँजवा लेंगी—मधु को अच्छे सत्तू की खूब पहचान है। नंदिनी के लिए नए चने का होरहा भी और श्यामा के लिए नया बताशा, सोंधी रेबड़ी···!

सुनयना ने सब कुछ ठीक से समझ लिया था।

आप निश्चिंत जाइए आजी···झारी बुआ दादी—यहाँ हैं ही। माई हमारे साथ सोने के लिए रात का काम निपटाकर चली आएगी···! दस दिनों की तो बात है···।

नंदिनी और श्यामा के बीच छीनाझपटी मच गई थी—

देखो न आजी—हमारे हिस्से का बताशा भी दीदी, तू जिद न कर श्यामा, खा लेने दे उसे···आ हमारे पास···हमने अलग से छिपा रखा था।

ओहो यह बेईमानी···आजी—हमारा हिस्सा इतना कम क्यों···?

मधुसूदन गोबर-माटी से लिपे चबूतरे पर आजी के साथ बैठे थे—

तू अपने देह को जतन नहीं करता···क्या बात है मधु···? कौन-सी चिंता है जो तुझे खाए जा रही है—हमसे नहीं कहेगा बचवाऽ?

तुमने जीवन में कम कष्ट भुगता है बड़ी अम्मा···! तुमसे क्या कहूँ···? कैसे···

जागेश्वरी आजी के मन को संशय की नागफाँस ने जकड़ लिया था—

क्या कहना चाहता है मधु···कहीं नंदिनी ने कुछ ऐसी-वैसी तो नहीं, याकि श्यामा···? कौन जाने उसी से कोई चूक हो गई हो···? कुम्हड़े की आल्हर लत्तर-सा फूला-फूला अंग है—हाथ लगाओ तो मुरझा जाए···मन कच्चे दूध-सा सुच्चा···लेकिन दैव की गति कौन कह सकता है। आश्रम में दोनों धिया अकेली रहती हैं—कहीं कुछ उलटा-सीधा तो नहीं···

मधुसूदन ने देर की चुप्पी के बाद मुँह खोला था—नंदिनी के सिरहाने सुहासिनी की हिसाब-किताबवाली पुरानी पुस्तिका पड़ी थी, मैंने सोचा—अपनी माँ की लिखावट को ममतावश सहेज रखा है नंदू ने···। पलट कर देखा तो···

कहो बचवा, हमसे कुछ भी मत छिपाओ···सुहासिनी कनिया ने ऐसा क्या लिखा है जो···

मेरे पीछे तुम ही तो उसकी सब कुछ थीं, बड़की अम्मा, सच बताना, क्या कभी उसके साथ कोई अनहोनी घटी थी··· ? वह कौन-सा पाप-बोध था, जिसने उसे तिल-तिल करके गला दिया··· ? मुझे अब लग रहा है—वह क्यों कहती थी—

हम मरना नहीं चाहते; लेकिन नंदू के बाबूजी—हमारे लिए दूसरा कोई रास्ता भी नहीं है! आप ही बताइए क्या करें हम··· ?

जागेश्वरी आजी ने सुहासिनी कनिया के एक-एक हरफ को सत्य ज्ञान की तरह धारण किया था—दु:खदायी अतीत की वे परतें—एक-एक करके उनके सामने उघड़ती चली गई थीं—

जगदानंद अफरातफरी में गाँव छोड़कर चले गए थे···सुहासिनी का चेहरा पाला मारे हुए तुरई के फूल-सा हो गया था···

उसकी छाती में बटुराया हुआ दु:ख मवाद बनकर इन्हीं अक्षरों में फूटा होगा—

बाभन पुरोहित को विष्णु रूप मानकर गऊ दान में दी जाए और वह कसाई बनकर उसका वध कर देना चाहे···सुबह-शाम जिसकी चरण-धूल बड़की अम्माजी अपने माथे चढ़ाती हैं···उसके मन में इतना बड़ा पाप···! यह कलंक-कथा किससे कहें हम···नहीं, इसका प्रायश्चित हमें अकेले ही करना होगा···! बड़की अम्मा से कैसे कहूँ—उनकी अयोध्या ही मेरे लिए दंडकवन हो गई···।

इसके बाद के पन्ने एकदम कोरे थे—या आजी की आँखें जवाब दे गई थीं··· ?

क्या हुआ बड़की अम्मा···! तुम ठीक तो हो न··· ?

उन्होंने हाथ के इशारे से मना कर दिया था—हमें क्या होगा···बचवा, हम तो···

जागेश्वरी आजी की संपूर्ण चेतना सुन्न होती चली जा रही थी—

यह पाप-बोध सुहासिनी कनिया का नहीं, हमारा है।

दशग्रीव जैसा था वह पुरुष, जिसके सारे पातक अपने ऊपर लेती आई हैं वे···आम के नए पत्तों-सी हथेलियोंवाली सुहासिनी कनियाऽ···तूने उस आततायी का वध क्यों नहीं कर डाला? उसका अंग-भंग ही कर देती।

नारीलोलुप रावण की मदोन्मत्तता को रोक पाई थी रंभा···कैसी कातर चिरौरी की होगी उसने—

तुम्हारे बड़े भाई कुबेर के पुत्र की प्राण-प्रिया हूँ मैं! मेरी ओर भी तुम्हारी कुदृष्टि···! ऐसा अधर्म मत करो दशकंधर···

नंदिनी की आँखों में जगदानंद के लिए तिरस्कार की जलती हुई लकीर देखी थी उन्होंने···। आग की भभकती हुई लपटें बनकर वे आँखें उनकी एक-एक शिरा को भस्म कर देने के लिए उद्यत थीं—

तुम अपनी आस्था के हाथों छली गई हो आजी···! तुम्हारी निष्कलुषता औरों के पातक-कर्म का रक्षाकवच भले बन जाए, लेकिन तुम जबरदस्ती किसी को पूजनीय नहीं

बना सकतीं··· !

उसी असत् पुरुष की चिर-मुक्ति के लिए उपासना के कैसे-कैसे विधान रचती रही थीं वे···

आजी की आँखों के आगे हरसिंगार के फूल, चौरस आँगन, गोहाल की खपरैल, सामने बैठे हुए मधुसूदन, सब कुछ चक्राकार घूमने लगा था। संज्ञाशून्य होने के पहले वे मधुसूदन से करुणा कातर निवेदन करना चाहती थीं—

तुम्हारी सुहासिनी का वध जिसने किया—वह हमारा सुहाग था—बचवाऽ, उसके पाप-पुण्य का फलाफल हमारे साथ भी जुड़ा हुआ था—आज हम उसके सारे गुनाह कबूलती हैं—हमें पता है—उस महापातक की कोई क्षमा नहीं हो सकती···तुम्हारी नंदिनी का हिया तुमसे कहीं बड़ा है मधु, हमें कष्ट पहुँचेगा, यही सोचकर ऐसा भयंकर विष अकेली सहारती रही···

मधुसूदन घबड़ाहट से पसीने-पसीने हो उठे थे—

बड़की अम्मा···हमारी सौगंध···चेत करो···होश में आओ··· ! मैंने व्यर्थ ही तुगरो··· !

हम ठीक हैं—बबुआऽ, इतनी जल्दी ये पामर प्राण निकलने वाले थोड़े ही हैं। तुम नहीं बताते तो शायद हमारे प्रति तुम लोगों का दोहरा अन्याय होता। अक्षयवर के कुबोल हम पर कितने सटीक बैठ रहे हैं—

जगदानंद जैसे कुकरमी की विधवा! ऊजर ओढ़न—ऊजर पहिरन, उस पापी की संगत में रहनेवाली कैसी भगतिन बनने चली है···गाँव के लोगों को समझाना होगा, कन्या पाठशाला की आड़ में कहीं चकला खुल गया तो···दहिवर गाँव पर कहर टूट पड़ेगा··· !

मधुसूदन मनस्ताप में भरे फूट-फूटकर रो पड़े थे—बड़की अम्मा, तुम्हारे लिए किसी की जबान से कोई अभद्र शब्द निकले तो उसकी गरदन मरोड़ दूँ मैं··· । नंदिनी के मन में तुम्हारा आसन सुहासिनी से भी ऊपर है, बड़की अम्मा, बहुत ऊपर··· । जानेवाली तो बहुत-सी अनकही अपने साथ लिये चली गई, दंडनीय को दंड देनेवाले हम-तुम कोई नहीं हैं। बड़का बाबूजी ने अपना नर्क भाग भुगता नहीं क्या··· ?

धीरे-धीरे चैतन्य हो रही आजी की आँखों में एक आक्रामक ज्वार उमड़ आया था—मत कहो—उसे बड़का बाबूजी··· ! यह संबोधन उस पतित के लिए··· ? उस आदमी की सारी मैली गठरियाँ आज तक ढोती रही थीं हम··· काश, मरती बेर उसने कह दिया होता—यह अधरम भी हमीं ने किया है। दुनिया का कोई भी गरुड़ पुराण हमारी सद्गति के द्वार नहीं खोल सकता··· ।

हमारी छलना का कोई अंत है मधु···त्रेता होता तो कहती, धरती मइया, तुम्हीं आसरा दो···अब इस उमिर में···

मधुसूदन ने उन्हें झकझोरते हुए अपने कंधों पर सहेज लिया था—

तुम्हारी बेगुनाही का सबूत हम हैं, बड़की अम्मा, हमारे जीवन की धुरी हो तुम···

तुम्हारे नहीं रहने की कल्पना भी नहीं कर सकते हम···

दशाश्वमेध की चिताओं का अनंत दाह आजी की आँखों में सिमट आया था—किसी के बिना संसार रुकता नहीं बचवाऽ···सुहासिनी चली गई, कल्याणी ने आँखें मूँद लीं—दुनिया का कौन-सा नियम बिगड़ गया?

किसलिए अँटके हैं ये पापी प्राण···?

दूसरा कोई दिन होता तो मानस की पोथी, चाहे श्रीमद्‌वाल्मीकीय रामायण लेकर बैठ जातीं—

जो सहि दुख परछिद्र दुरावा।
वंदनीय जेहिं जग जस पावा॥

स्वयं आँसुओं के कीच में सनी जगदानंद के सारे दोष मूँदती रहीं वे···काश, कि उन्होंने ऐसा नहीं किया होता···क्या कर लेते जगदानंद? ज्यादा-से-ज्यादा यही होता न···खोटे सिक्के-सी मँझरिया गाँव वापस भेज दी गई रहतीं—

पुरुष के अधीन नहीं रह सके, वह तिरिया ही क्या? जोतिषी बाप ने यही सिच्छा-दीच्छा दी थी अपनी धिया को···सँभालो शास्त्री, जगेसरा देई का दहिवर में वास असंभव है।

बाबूजी शोक-विह्वल होते गाँव-भर में अपवाद फैल जाता, अच्छा ही होता। गुरु काका की छत्रछाया में कौन जाने, जीवन इससे बेहतर ही बीत गया होता···

जिय बिनु देह नदी बिनु वारी···तैसिय···ऐसे पुरुष को प्राणों की पटतरी दी जा सकती है···? फिर···जागेश्वरी आजी के तलपेट से जुगुप्सा की एक तेज मरोड़ उठने लगी थी—

अपावन है यह देह···! मधुसूदन और नंदिनी को अपना कहने का कोई अधिकार रह गया है उन्हें···?

घिसटते हुए पैरों से वे गुरु काका की बरसों से बंद पड़ी कोठरी की ओर चली गई थीं—

मन घटाटोप अँधेरे से घिर जाए···भीतर-बाहर की दुनिया प्रलय का अनुमान पाने लगे···अपना आप अकारथ जान पड़े, तब राम नाम का जप करना बचिया—

नीलांबुज श्यामल कोमलांगम् सीता समारोपित वाम भागम्। पाणौ महासायक चारु चापं···

गुरु काकाजी, जप में हमारा मन स्थिर नहीं हो रहा है···इतने बड़े उद्वेग को संग-संग लिये फिरना किस तरह संभव होगा···? आँखों से झरते आँसुओं को निःशब्द बह जाने दिया था उन्होंने···ऐसी अशुद्ध काया, ऐसे भ्रमित मन-प्राण लेकर अपना जनम सुधारने चली थीं वे···

अधम ते अधम अधम अति नारी···

उस नीम अँधेरी कोठरी में खाली पड़े कुशासन पर कौन विराजमान था—आस्था की डोरी टूटने न पाए जागेश्वरी…!

भावना की दृढ़ता के नाते हम तुम्हें विश्वास दिलाना चाहते हैं। ये सारे नाते इसी लोक तक सीमित हैं, दूसरों का कलुष अपने माथे क्यों…? यह जीवन शाप नहीं है बचियाऽ…। कर्तव्य की धार पर साध लिया है तुमने इसे…फिर संशय कैसा? मुक्त हो जाओ इस मनोयंत्रणा से…।

दरवाजा जोर-जोर से पीटने की आवाज सुनकर वे चैतन्य हुई थीं।

धीरे से उठकर साँकल उतारते ही नंदिनी का भय से सफेद पड़ा चेहरा सामने आ गया था—पीछे मधुसूदन, श्यामा और सुमित्रा…

क्या बात है, तुम सब लोग ऐसे…

नंदिनी को हठात् न जाने क्या सूझी थी—आजी के गले से लिपटकर बेतहाशा रो पड़ी थी—

अरे पगली, क्या हो गया नंदू…? तेरी तबीयत तो ठीक है न…

सुमित्रा ने नंदिनी को सँभालते हुए कैसी अभियोग-भरी आँखों से निहारा था—

ऐसी गलती की जाती है दीदी…हवा बतास का नामोनिसान नहीं, धूल से अँटी इस कुठरिया में तीन पहर कैसे बंद रह गईं तुम…साँस-परान साबुत हैं, यही गनीमत समझो…!

थोड़ी देर के लिए तो हमारे मन में भी थरथरी समाय गई रही, कवनो भूत-परेत की लीला सुरु हो गई क्या भगवान्…? तुम तो इस तरफ कभी आती नहीं थीं, आज अचानक…सब ठीक तो है न, बहिनी…?

सुमित्रा काकी को भूत-प्रेत पर गजब का विश्वास था—तुम्हारे गुरु काका की इस कोठरिया के पास जब भी आओ, मन कैसा-कैसा तो करने लगता है। हमारे गाम में ऐसे ही एक सिद्ध पुरुख हुए थे, बड़ तले एक टँगरी पर खड़े तपेसवा करते रहते…मरे, तो जिमींदार को सपन देने लगे—हमें ठाँव दो…इसी बड़ के नीचे हमारा चबूतरा बँधे…! आधी रात को चिरई-चुरुंग का भी वहाँ जाना निखिद्ध…! हम बरम बनकर तुम लोगों का प्रतिपाल करेंगे…!

नंदिनी और श्यामा खूब हँसती थीं—

लेकिन सुमित्रा काकी, आपको कैसे पता कि हमारी आजी के गुरु काका मरने के बाद भूत-प्रेतों की योनि में चले गए हैं…?

अरे सिव-सिव…, उनके बारे में हमने ऐसा थोड़े ही कहा, लेकिन नंदू, तुझे बिसवास हो, चाहे नाहीं हो…गुरुजी महातमा पुरुख थे—एकदम सतयुगी…! आसरम के लिए उनका मोह-छोह तो इतना था कि…मरती बेर उन्होंने सबको पास बुलाकर कहा था—हम यह चोला छोड़ रहे हैं; लेकिन हमारे प्रान यहीं रहेंगे—आप लोगों में! यहाँ की एक-एक पत्ती को, गाछ-बिरिछ को संतान की तरह पाला है हमने…इस जगह को

छोड़कर हमारी मुक्ति नहीं होने वाली है।

सच बताओ बहिनी···तुम तो उनकी पोसधिया ठहरीं, तुम्हारे सपन में गुरुजी आए थे क्या··· ?

आजी निरुत्तर थीं—सूनी कलाइयोंवाली हथेलियों से माथे के ऊपरी भाग को ढाँकने की कोशिश करती, अपने-आप में सिमटती हुई—श्यामा ने तुरत लक्षित किया था—माथे पर चोट का यह निशान कैसा? आप गिर पड़ी थीं आजी··· ?

मधुसूदन की जड़ता टूटी थी, बड़की अम्मा, अपने आप पर यह कैसा ज़ुल्म···तुमने यह भी नहीं सोचा कि···बिजली की कौंध की तरह नंदिनी को सब कुछ समझ में आ गया था···। सुहासिनी अम्मा की पुस्तिका दस-बारह दिनों से मिल नहीं रही थी। उसने सोचा था—मेज पर पड़ी पुस्तकों के अंबार में कहीं सुरक्षित होगी। तो यह बात है··· ? तभी, बाबूजी ने रात में देर तक जगे रहकर आजी के पास पत्र लिखा था। हर बार तो उसी को देते थे—यूनिवर्सिटी जा रही है नंदू--तो जरा हमारा यह पत्र भी···! सप्ताह-भर पहले दोपहर में घर से निकलने लगे, तो श्यामा ने टोका भी था—इस बेला··· ? यह तो आपके आराम का समय है बाबूजी···ऐसी क्या दरकार··· ?

कुछ नहीं श्यामा, एक जरूरी चिट्ठी डालनी है, बस चौक तक जाकर तुरत लौट आऊँगा।

आजी को हठात् रिक्शे से उतरती देख नंदिनी थोड़ी अचंभित हो गई थी—

ऐसे क्यों देख रही है नंदू···अपनी आजी को पहचानती नहीं क्या··· ?

नहीं आजी, लेकिन तुम··· ?

है कुछ जरूरी बात···अच्छा बता, मधु कहाँ है ? और आजी सीधे बाबूजी के कमरे में चली गई थीं। उसके बाद··· ? श्यामा ने बताया था—तुम्हारे विश्वविद्यालय जाते ही बाबूजी और आजी आश्रम के पिछवाड़े सूने चबूतरे की ओर चले गए थे···। हमें सुमित्रा काकी के साथ तरकारी खरीदने जाना था। लौटकर आने पर देखा, बाबूजी उसी चबूतरे पर अकेले बैठे हैं और आजी कहीं नहीं हैं···

सुमित्रा काकी का दिमाग खुला था—ऐसे ठक खड़े देख क्या रहे हो तुम लोग, बहिनी को खुली हवा में ले चलो···। श्यामा, तू गरम दूध का कटोरा ले आ तो बच्ची···नंदू···कैसी दूध पीती बच्ची बनी अब तक रोए जा रही है, जा···कोई मलहम हो तो माथे पर लगा दे···!

आजी ने नंदिनी का माथा अपने कंधे से सटा लिया था—ऐसा बावरा मोह···! ना धिया···ना···मन की माटी को थोड़ा सख्त बनाना सीख···! ऐसे तो डेग-डेग पर···

डेग-डेग पर तो तुम लोग मुझे सताते हो—तुम और बाबूजी दोनों मिलकर···

सुमित्रा काकी, आप ही बताइए···मैं क्या इतनी व्यर्थ हो गई कि मेरे कारण···!

मधुसूदन ने टिंचर आयोडीन का फाहा जागेश्वरी आजी की कनपटी पर धरते हुए

समझौते के स्वर में कहा था—

तुझसे किसने कह दिया कि मैं या बड़की अम्मा तुम्हें लेकर···

मुझे इतनी नादान न समझें, आजी, अब बताओ, उस सूने चबूतरे पर घंटे-भर क्या बातें हुईं? तुम अपने गुरु काका की इस दमघोंटू कोठरी में अकेली बैठी कौन-सा दिव्य ज्ञान प्राप्त करने चली थीं—यही न कि नंदिनी नाम के अपदार्थ जीव से तुम दोनों का छुटकारा किस प्रकार हो?

मधुसूदन मुसकरा उठे थे—श्यामा···, कहीं तेरी दीदी अपने मन की बात तो नहीं कह रही···? यह जाए और तुम्हारा रास्ता खुले···

देखा दीदी, तुमने ठीक अनुमान लगाया! बाबूजी और आजी दोनों की व्यूह-रचना अब पकड़ में आ गई! सुमित्रा काकी माँ···आपकी बानी भी मिथ्या नहीं···! आजी अपने गुरु काका से राय-मशविरा करने गई होंगी—गाड़ी अँटक रही है, अब आप ही दिशा-ज्ञान दीजिए···

दूध का कटोरा थामती आजी हलके-से मुसकरा उठी थीं, तुम दोनों की चुहल तो हमें सरग से भी वापस खींच लाएगी धिया···हम क्या नहीं जानतीं कि···

सुमित्रा काकी और आजी स्नान के लिए गंगा-तट की ओर रवाना हुई थीं तब नंदिनी ने मधुसूदन को औचक धरा था—

बाबूजी, बहुत हो गया। लाइए, वह पुस्तिका अब मुझे···

लेकिन तुझे कैसे मालूम नंदू कि···

मुझे सब मालूम है···आपने आजी के प्रति बहुत बड़ा अन्याय कर डाला···बताइए तो क्यों किया आपने ऐसा?

मधुसूदन डबडबा उठे थे—तू ठीक कहती है, नंदू···आवेश में एक बड़ा अपराध मुझसे हो गया···। अब महसूस कर रहा हूँ···एक निर्दोष को शूली पर चढ़ाने का पापबोध मैंने कमाया है···! बड़की अम्मा से वह सब कहकर नाहक ही···

नंदिनी दुबारा रुआँसी हो चली थी, आपने यह भी नहीं सोचा—आजी को कुछ हो जाए तो···मैं···। उन्हें खोने के बाद जो शून्य उपजेगा, उसका अंदाजा लगा सकते हैं आप···

आजी की नीरव उदासी नंदिनी के सामने प्रकट थी—सुनयना से कहे कि मियाद पूरी हुई नंदू। अक्षयवर गाँव लौट आया होगा···हमें जाना चाहिए···।

सच बताना आजी, तुम्हारा मन यहाँ नहीं लगता क्या? आईं नहीं कि बस दहिवर जाने की जिद···

मन तो खूब लगता है! तेरे पास रहकर तो ठूँठ भी हरियरा उठे धिया, हमारे लेखे तो जहाँ राम, तहाँ अजोध्या···।

मालूम है, अब तू कहेगी, फिर यह रास्ता हमने क्यों कबूला? सुन नंदू···दहिवर के

नीमतले का वह घर हमारे लिए घर कभी नहीं रहा···चालीस बरसों से बनवास ही तो झेलती रही वहाँ, अब आदत-सी पड़ गई है। ज्यादा सुख—ज्यादा मोह-छोह रास नहीं आता··· । हाँ, कल की बात कौन बता सकता है··· ! देह थकित होने लगेगी···तो ममता का बंधन और कहाँ ले जाएगा···यहीं, तेरे ही पास न··· !

कृष्णकांत को आजी की वापसी यात्रा का संवाद मिल गया था। उनके पास कुछ जरूरी सूचनाएँ थीं—पटने के अधिकारियों ने सारी तहकीकात पूरी कर ली है। अमीन सिराजुद्दौला ने अपना दोष कबूल लिया है—अक्षयवर के पास आप लोगों के मकान संबंधी जो कागजात थे, वे भी जाली पाए गए हैं··· !

आजी आप निर्द्वंद्व जाएँ··· ! आप की पाठशाला को अब कहीं से भी कोई खतरा नहीं है··· !

नीम तले उतरीं तो चारों तरफ की दशा देखकर सन्न रह गई थीं—अधबूढ़ी नीम सहसा उजाड़ हो गई थी! पत्तियों का बेशुमार पीलापन···माटी के चबूतरे पर अजीब-सी थकान बनकर पसरा हुआ था—छोटी-बड़ी टहनियाँ टूटकर इधर-उधर बिखरी हुई थीं, पीली चोंचवाली मैना का जोड़ा न जाने कहाँ चला गया था···

विजयानंद क्लांत भाव से आँखें मलते बाहर आ खड़े हुए थे···

रात-भर तूफान ने ऐसा कहर बरपाया कि पूछो मत···बनारस में क्या कुछ भी नहीं हुआ? अरे तुम्हारा चेहरा ऐसा क्यों लग रहा है? वहाँ जाकर बीमार पड़ गई थीं क्या··· ?

आजी की आँखें नीम की उचाट देह से बँधी हुई थीं—तो तुमने भी बहुत कुछ सहा··· ? डाल-पात सब बिखर गए— तब भी इतनी शांत हो···नीम मइया, बताओ तो किस तरह··· ? तुम्हारी कोटर में भी कोई अजदहा पल रहा था क्या··· ? कौन लील गया तुम्हारे चिरई चुरमुन···को—वह गुंजार क्या फिर वापस आ सकेगा?

विजयानंद नौशाबा को आवाज देने के लिए पिछवाड़े चले गए थे—यह नहीं हुआ कि मुँह अँधेरे जरा-सा झाड़ू-बुहारू ही कर देती···हमें भी क्या पता था कि भउजी आज की अचानक··· ! सफियाना मिजाज की ठहरीं—ऐसा न हो कि आते ही खुद बढ़नी उठा लें और···

आजी ने वैसा कुछ भी नहीं किया था—अपनी कोठरी का ताला तक नहीं खोला था—विजयानंद अवाक् देखते रहे थे—अरे, नीम के तने से सटी खड़ी-खड़ी निंदिया गईं क्या भउजी?

आजी बेखबर थीं—नीम की इसी छतनार छाँह तले उनके पिता पंडित राधाकांत शास्त्री पटुका बिछाकर सुस्ताने के लिए बैठे थे—

मँझरियावाली के बाप आए हैं—शायद बिदाई कराने की नीयत से··· ।

सूर्यास्त के थोड़ी देर बाद घर के मरद-मानुस इधर-उधर हो गए थे—चलो मँझरियावाली, अपने जोतिखी पिता से मिल लो··· ।

चतुर्दशी का चंद्रमा इसी ऊँची डाल की फाँक से बाप-बेटी का वह मिलन देख रहा था—तू राजी-खुशी तो है न बचियाऽ, तेरे बिना वहाँ सब बावले हो उठे हैं। चलेगी मँझरिया? कह तो बात करूँ···दामाद बाबू से···!

क्या कहतीं वे—अँगनाई में कानाफूसी की हाट गरम थी—जो ले जाने की बात मुँह से कढ़ावें तो कह देना जगदानंद, पछाँही बरध की अपनी जोड़ी इसी नीम तले बाँध जाएँ तब सोची जाएगी। जगदानंद जलखावा पूछने के बहाने पहले ही कमान तान आए थे—

हमारी फुआ कह रही है—आपका लखराँव किस काम का···? एक बेटी थी—सो उसका इतना अच्छा संबंध करके गंगा नहा चुके···अब तो वानप्रस्थ की बेला ठहरी, मन माने तो जागेश्वरी को सबकुछ दे-दिलाकर छुट्टी करें···

उनके कलेजे का दाह बाबूजी की आँखों से छिपा नहीं रह सका था—जरूर हमसे कहीं कोई बड़ी चूक हो गई जागेश्वरी, तेरे गुरु काका ठीक कहते हैं—वे उठ खड़े हुए थे—

चार पहर ढल गया···मुझे अभी निकलना होगा, बच्ची···! उन्होंने धीरे से उनके माथे पर हाथ फेरा था—इसी नीम-सी छतनार बनी रहना बेटी···जीवन का सारा कड़वापन अपने लिए और शीतल छाँह, मंद बयार दूसरों के लिए···!

विजयानंदजी सकते में आ गए थे। कुछ पूछें, वहीं खड़े रहें या जल्दी से झारी देई को बुला लाएँ···।

पतली गली के मुहाने पर झारी देई की तेज-तेज बड़बड़ाहट सुनकर वे तनिक स्थिर हो गए थे—भली आई···इधर-उधर की कथा-कहानी सुनाएँगी, अपने आप मन बहल जाएगा···।

आजी ने अवश भाव से खड़े-खड़े ही कुंजी झारी देई की ओर बढ़ा दी थी, झारी दीदी, कोठरी का ताला खोल लीजिए···हम अभी···तहरा का भगइल अइसे कटुवाइल काहे बाडू हमार त अलगे अक्किल मराइल बा···!

आजी ने सुना या नहीं झारी देई को इसकी भी परवाह नहीं थी—

एही से कहल जाला—पहिले देख बर, तब देख घर, आ तब देख दिया के तर···

पहले वर देखो—योग्य है कि नहीं···फिर घर देखो—अनुकूल है कि नहीं, और अंत में भीतरी छिपी हुई बातें पता लगा लो, तभी बेटी का ब्याह ठानो···

विजयानंदजी समझ गए थे, झारी देई अक्षयवर के चचेरे भाई की घर-गृहस्थी का खटराग लिये बैठी थीं—

कहो भला···कइसी सुन्नर, सुभेख-दियरी जइसन मुँह वाली बहुरिया है और किरपलवा को खउराहा कुकुर हबक लिया, सूपनखा की औतार उठा लाया है सहर से—कहता फिरता है—धरम की मेहरिया तो यही है हमारी—वह तो बाप-महतारी ने ऐसी

उजबुक गले बाँध दी···हम क्या करते···जूट मिल की चाकरी है, इसका भी पेट पाल ही देंगे और जो सीधे से नहीं मानी तो लतियाकर गाँव के सीवान से बाहर कर आवेंगे! जाए ससुरी, जहाँ जी में आवे···।

झारी देई ने आजी की बाँह पकड़कर धीरे-से झकझोर दिया था—अइसे चुप काहे बाडू भउजी···कुछ कर सकि तू···त···।

क्या कर सकती थीं वे···? गिरिवर को सरे चौराहे चाबुक लगातीं और उसकी चमड़ी उधेड़कर ललकारतीं—

अपनी ब्याहता को इतना दुख दे रहा है पापी···या कि उस काँरवासूती साड़ीवाली का नकली सिंगार-पटार नोचकर उसे कलकत्ते की गाड़ी में बिठा देतीं···! कौन साथ देता उनका? गिरिवर की कनिया ने सुनयना से कहाव भिजवाया था—वे हमारा धरम की महतारी हैं! एक बार आकर खड़ी हो जाएँ, तो इस कसबिन का हियाव टूट जाएगा···!

गिरिवर ने तानकर लाठी घुमाई थी—तेरी यह मजाल, बड़का टोले की जगेसरा देई को सुनयनी से संदेसा भिजवाया तूने···! तो सुन ले कमीनी···हम अक्षयवर नहीं हैं। गाँव में राजनीति करने के लिए चित-पट राहे वह! आज ही बोरिया-बिस्तर बाँधकर अपनी इस उड़नपरी के साथ छूमंतर हो जाएँ, तो क्या कर लेगी तू मेरा···तू और तेरी यह मुसरिया-सी लौंडिया? घर-घर भीख न माँगे तो कहना···भला चाहल है तो चुपचाप हम दोनों की सेवा-टहल कर···

गिरिवर ने सुनयना को सुनाकर कहा था—बड़का टोले के जगदानंद क्या कम रसिक थे···नौटंकीवाली उस बिजुरी बाई के साथ···

झारी देई की बड़बड़ाहट अपने आप एक बोलती हुई चुप्पी में तब्दील हो गई थी—कुछ-न-कुछ बात बाटे जरूर। भउजी के आँखि में अइसन बिरोग कबहूँ ना देखलीं···?

नहीं, विराग नहीं था—वह? अपने आप को पहचानने की अबूझ छटपटाहट थी, जिसने नीम की उजाड़ भयावहता का रंग उनकी आँखों में घोल दिया था।

सुनयना रोटी बनाकर रख गई···जलालुद्दीन दबे पाँव दो-दो बार आकर लौट गया—झारी फूफू, चची का जी ठीक नहीं है साइत, उन्हें आराम करने दीजिए—हम मोगलसराय जा रहे हैं। साँझ तक···

卐

नंदिनी ने आश्रम की एकरस जीवनचर्या में सहसा एक बदलाव का अनुभव किया था। सुविमल लगभग रोज आने लगा था—नंदिनी दीदी, कहाँ गई आपकी खुकूरानी···! हमारा मतलब सुश्री श्यामाजी से है। हमसे 'कपाल कुंडला' मँगवाया था और एक प्याली अच्छी चाय पिलाने का वादा भी किया था···। आप जरा मेहरबानी करके···श्यामा माथे का पसीना पोंछती झटपट बाहर निकल आती—सुविदा···यह भी कोई समय है किसी के यहाँ जाने का? चाय तो नहीं, गरमागरम आलू-पराठा मिलेगा!

नेकी और पूछ-पूछ! जो है, वही ले आओ···! सुमित्रा काकी सुविमल की बातों में खूब रस लेतीं—

आहा, लॉज में ऐसी चीजें थोड़ी मिलती होंगी, क्यों बबुआऽ!

अरे नहीं काकी, वहाँ तो बस माँड़ मिली हुई एकदम पतली दाल, लाल मिर्च का शोरबा और कभी-कभी घुन लगी बेसन की कढ़ी···

श्यामा, जरा दहिवर से आया हुआ आम का अचार तो देना···

श्यामा रसोई से ही आवाज लगाती—नहीं है—खतम हो गया, सब आपके पेट में···अब खाइए···बिना अँचार के···

अरे, ऐसा जुल्म मत करो···। मधु चाचा के आश्रम में इतना बड़ा झूठ···! हाँड़ी निकालो, हम खुद देखेंगे···

श्यामा ने इंटरमीडिएट की परीक्षा अच्छे अंकों से पास की थी। सुविमल विशेष प्रसाद लाया था—हमारी नाक कटते-कटते रह गई। संकटमोचन की कृपा से ही श्यामा देवी की नाव पार लगी—लीजिए सब लोग यह लड्डू भोग लगाइए···सबसे पहले सुमित्रा काकी, आप···

कृष्णकांत ने श्यामा का पक्ष लिया था—सारी मेहनत श्यामा की है···तुमने दो-चार सवाल क्या ठीक कर दिए, इतना बड़ा यश लेने चले···!

सुविमल ने तुरत दाँव लगाया था—देखिए सर···कल को तो आप यह भी कह सकते हैं—आर्य सभ्यता के अवशेष पर सारा शोध मेरा किया थोड़े ही है। सभी छाले तो सुश्री श्यामा के पाँव में पड़े हैं···आज माजरा क्या है? क्यों नंदिनी दी—हमारे आने के पहले श्यामा ने गुरुजी को बेसन के लड्डू खिलाए हैं न···बताइए तो···

आश्रम के कार्यालय में खाली बैठे होते तो मधुसूदन को भी उस गप्प-गोष्ठी में शामिल होने का सादर न्योता भेजा जाता···। सुविमल बड़े अदब से परदे के बाहर खड़ा होता—

कोई व्यस्तता तो नहीं है चाचाजी, हम भीतर आ जाएँ···?

क्यों सुविमल, क्या बात है, श्यामा से फिर कोई झगड़ा···?

अरे नहीं चाचाजी, उससे निपटारे के लिए तो नंदिनी दीदी की छोटी अदालत ही काफी है—हम तो यह कहने के लिए आए हैं कि आपकी सेवा में दो नए मरीज हाजिर हैं—वे आपको बुलवा रहे हैं—

... ...

नहीं समझ में आया न···? श्रीमान् बेगुन भाजा और श्रीमती पोस्तादाना चटनी···अब जल्दी से चलिए, नहीं तो सब मजा···

तुम लोग खाओ न···मुझे ये सब चीजें पचती कहाँ हैं···!

खूब पचेंगी···सुमित्रा काकी का अजवायन चूर्ण किस दिन काम आएगा? आप

चलिए तो सही…।

महीने-भर तक सुविमल का कहीं कोई अता-पता नहीं था। रसोईघर में श्यामा की बेवजह खटपट अनायास शांत हो गई थी।

क्यों री श्यामा…ऐसी अनमनी-सी क्यों पड़ी है…तेरा जी तो ठीक है न…बच्ची…

हाँ, काकी…कुछ काम था हमसे?

अरे नहीं, तेरे बाबूजी दो-दो बार पूछ गए…! नंदिनी जाने के पहिले तेरी कोठरी से होकर गई और तुझे कुछ पता नहीं…

सुविमल का एक संक्षिप्त पत्र आया था--

नंदिनी दी! गजब हो गया… बंगाल का काला जादू हम पर हावी हो ही गया—हमारी नौकरी यहाँ के पुरातत्व विभाग में संरक्षक के तौर पर पक्की…अब हम हाँड़ी-भर रसगुल्ला लिये अगले हफ्ते पहुँच रहे हैं।

सच…सुवि दा मसखरे ठहरे, उन्होंने जरूर कोई…श्यामा की आँखों में हरिद्वार की गंगा पर तिरते सांध्य दीपों की लौ झिलमिला उठी थी—यकीन नहीं होता न…? यानी कि हमारी हर बात तुम्हारे लिए मसखरी ठहरी…अच्छा मान लो कि मेरे मर जाने का संवाद पहुँचे तब भी तुम यही कहोगी…मसखरा ठहरा…

छि: ! ऐसा निष्ठुर परिहास किया जाता है…! मधुसूदन के सामने सुविमल की पेशी हुई थी—तो तुम बनारस छोड़कर जा रहे हो?

सुविमल के चेहरे पर पहली बार गंभीरता दिखाई पड़ी थी—

चाचाजी, आप लोगों के आशीर्वाद से ही इतनी अच्छी नौकरी मिली है…इतनी ऊँची पैरवियों का जमघट था वहाँ… मेरी तो सबसे बड़ी समस्या हल हुई है। स्कॉलरशिप की मियाद तो कब की पूरी हो चुकी…कृष्णकांत गुरुजी नहीं होते तो यहाँ एक दिन भी रह पाना मेरे लिए…

मधुसूदन ने उसी वात्सल्य भाव से अचानक पूछ लिया था—

तुम्हारे घर में और कौन-कौन हैं बेटा…?

सुविमल उठ खड़ा हुआ था—मेरे बारे में राई-रत्ती गुरुजी को मालूम है। चाचाजी, बेहतर होगा कि आप उन्हीं से…

मधुसूदन को विश्वविद्यालय में आया हुआ देख कृष्णकांत थोड़े परेशान हो उठे थे—क्या बात है, सब कुशल-मंगल तो हैं न…मुझे खबर मिली होती तो मैं छुट्टी के वक्त वहीं चला आता…

मुझे आज ही भोपाल जाना है—एक सप्ताह के लिए…'कुष्ठ रोगियों के मनोविज्ञान' पर एक संगोष्ठी है वहाँ! सुविमल को भी कल ही कलकत्ता जाना है। मैं उसी की बाबत…

क्यों क्या हुआ उसे…? उसने कुछ गड़बड़ तो…

नहीं-नहीं···बहुत नेक लड़का है तुम्हारा यह शिष्य···! अच्छा एक बात बताओ···उसका परिवार···उसका गाँव-घर···

कृष्णकांत को कुछ-कुछ समझ में आने लगा था—पहले आप सुविमल के विषय में सब कुछ जान लें···गुजरात के एक स्वतंत्रता-सेनानी का पुत्र है वह···! एक मामूली शिक्षिका थीं उसकी माँ···विधिवत् विवाह भी नहीं कर पाए थे दोनों···सोमनाथ मेवाड़ के अंतरंग मित्र ने मुखबिरी की थी और पोरबंदर के गाँव में रातोरात अंग्रेज पुलिस ने छापा मारा था—सोमनाथजी किसी तरह चकमा देकर भाग खड़े हुए थे, लेकिन सुविमल की माँ पर रोंगटे खड़े कर देनेवाला कहर ढाया गया था—बुरी तरह आहत वह बहादुर महिला कोख में पल रही संतान के सकुशल प्रसव तक जीवित रही थीं—

और सोमनाथजी?

वे बाद में पकड़े गए थे। जेल में ही उन्हें तपेदिक हो गई थी और वे···सुविमल को तो उन्होंने देखा भी नहीं था···

मधुसूदन हतवाक् बैठे रहे थे···।

कृष्णकांत के स्वर ने उन्हें सोते से जगाया था—

जिस महिला ने सुविमल का पालन-पोषण किया, वे हरिजन थीं। अब तो वे भी नहीं रहीं···।

मधुसूदन की गंभीरता देखकर कृष्णकांत थोड़े संशयग्रस्त हो उठे थे—

यह प्रस्ताव मैं स्वयं अपनी ओर से आपके सामने रखने वाला था; लेकिन श्यामा के मन की बात जाने बगैर···

नंदिनी ने श्यामा से बिना किसी भूमिका के पूछ लिया था—तुझे सुविमल पसंद है श्यामा···? शरारत से नाचती हुई पुतलियों में दालचीनी के नए पत्तों की गुलाबी आब निखर आई थी—

ऐसी छुई-मुई बनकर मत खड़ी रह। मेरी बात का जवाब दे···तुम दोनों···

उसने दोनों हथेलियों से मुँह ढँक लिया था—दीदी···तुम तो ऐसे पूछ रही हो जैसे···

तेरे जीवन-मरण का प्रश्न है पगली, बाबूजी कृष्णकांतजी से पूछने गए हैं। तेरे मन की बात जाने बगैर···

हठात् श्यामा को न जाने क्या हुआ था, नंदिनी के गले में बाँहें डालकर जोर से रो पड़ी थी—लेकिन हम यहाँ से और कहीं नहीं जाएँगे दीदी···! तुम लोगों को छोड़कर···

तुझे कोई कहीं नहीं भेजेगा श्यामा, तू यहीं रहेगी, हमारे पास! शर्त यही होगी कि···

उसकी आँखों में संशय देखकर नंदिनी उसे दुलारती हुई हँस पड़ी थी···कि तेरे सुविमल को घर-जमाई बनकर रहना होगा। मंजूर है···?

धत् दीदी···उसने ऐसी कोई बात कही है क्या···?

नहीं, बेचारा क्या कहेगा? तेरे बंगुन भाजा ने उसकी बोलती जो बंद कर दी है···।

मधुसूदन ने जागेश्वरी आजी को हाथों-हाथ पत्र भिजवाया था—

श्यामा के ऋण से मुक्ति पाने का समय आ गया है—बड़ी अम्मा! अपना सुविमल कैसा रहेगा···? कलकत्ते में अच्छी नौकरी पा गया है। बंगाल की बिटिया फिर अपनी जन्मभूमि पर पाँव धरेगी···। अड़चन एक ही है—दोनों के अभिभावक हमीं होंगे···। विवाह किस पद्धति से किया जाए···यह सब तुम्हें ही तय करना है···! तुम पत्र पाते ही यहाँ आ जाओ···।

आजी ने अपना उत्तर लिख भेजा था—सुविमल के विषय में तुमने सब कुछ पता लगवाया। इसी तरह उचित है कि श्यामा के बारे में भी राई-रत्ती उसे बता दिया जाए···। यह विवाह बाबा विश्वनाथ के मंदिर में करो मधु···कल्याणकारी शिव से बड़ा साक्षी कोई नहीं···। आज हमें सच्ची प्रसन्नता मिली है। दूसरे की धिया का उद्धार तुम कर रहे हो, तुम्हें रामजी इसका पुण्य देंगे···!

झारी देई हुलास में भरी सबको बटोर लाई थीं—मधुसूदन बचवा की पोस धिया स्यामा का बियाह है। सुनयनी, बिंदा, श्री रूपा···चलो सब···अरे कोई हमारे घर से ढोलकी उठा ले आओ···

नीम तले जाजिम बिछा दी गई थी—विजयानंद ने जलालुद्दीन को पेट्रोमैक्स दुरुस्त करने के लिए कह दिया था—

झारी दीदी की गवनई आधी रात के पहले थोड़े ही खतम होने वाली है। रोशनी नहीं हो तो···सबसे पहले झारी देई के पोपले गले से टहकार सुर फूटा था—

पुरइन पात पर सूतेली गउरा देह, सपना देखेली अजगुत···

मोरंग देसे बजन एक बाजेला, केकर होला बियाह···

पुरइन के चिकने पत्तों की सेज पर सोई हुई गौरादेई एक विचित्र सपना देख रही हैं—मोरंग देश में बाजे बज रहे हैं, किसका ब्याह हो रहा है?

बिंदा ने ठुनकते हुए कहा था—झूमर गाओ न दादी, यह गीत कितना पुराना है···कोई झझकाल गीत शुरू करो—एकदम नए जमाने का···

झारी दादी बनावटी चिढ़ से भर उठी थीं—

बैसकोप देखि के तहनी के मन चलंत हो गइल बा बिंदवा···

गिरिवर के रखनिया गावे ले—मैं बन की चिड़ियाँ बन-बन डोलूँ रे···इ मालूम होखे के चाहीं कि भोजपुरिहा गाँव-समाज में शिवजी के गीत बिना कवनो कारज सुभ ना मानल जाला···

बिंदा ने मुँह फुलाकर झारी देई की सुस्त लय पर थाप देना शुरू कर दिया था—

उहँ, कलेजा में जोर तो है नहीं, चली हैं गवनई करने। सुनयना ने धीरे से उसे शांत

करा दिया था, थोड़ी देर में तेरी बारी आ जाएगी। गा लेना—झूमर जोग—सहाना—सबकुछ···

ढोलक धीरे-धीरे हिलोर लेने लगी थी ढम-ढम···ढिमिक ढम···ढिमिक-ढम···ढम···

आप गाइए ना आजी!

हाँ, आजी माँ···अब आपके मुँह से हो जाए···एक बढ़िया गीत···

आजी ने झारी दीदी की ओर देखा था—

हँ भउजी, गाव ना···

ऊँचही राम के लिलार चनन भल सोभेला हो

ऊँच ही सीताजी के माड़ो, कलस भल सोभेला हो—

[राम का ललाट ऊँचा है—उस पर चंदन का तिलक शोभित हो रहा है। सीता का लग्न-मंडप ऊँचा है—उस पर सोने का कलश सुंदर लग रहा है]

卐

जागेश्वरी आजी ने पहली बार पूत का परिछन किया था। मधुसूदन वर वेश में खड़े थे—

बड़की अम्मा, भागवंती को देखो न, हमें कैसे चिढ़ा रही है, कुछ भी हो, हम काजल नहीं लगाएँगे। पैर में आलता तो एकदम नहीं! क्या लंगूर बनाकर भेजना चाहती हो तुम लोग···उन्होंने चटपट अपनी पीली साड़ी का ओहार तान दिया था—

नहीं, मधु की मरजी के खिलाफ कोई कुछ नहीं करेगा।

छोटकी परेशान थी—

लेकिन दीदीजी—रीत-नीत भी कोई चीज होती है—काजर नहीं पहिरेंगे और ससुराल में कोई कुदीठ लगा देगी तो? भीड़-भाड़ में टोना करनेवाली भी तो जुटी रहती हैं—

मधु नहीं माना था—

बड़की अम्मा, तुम इन लोगों को समझा दो···काले रंग वालों पर किसी के जादू-टोने का कोई असर नहीं होता···

अंत में किसी तरह मामला तय हुआ था—माथे पर रोली-चंदन का तिलक, रेशमी कुरता और चौड़े पाढ़ की धोती···गुलाबी चादर की पगड़ी पर मौर पहनकर मधुसूदन पालकी में बैठने लगे थे। आजी आँखें मूँदे बरम बाबा को गोहराने लगी थीं—

हे देवता-पितर लोग, सबकुछ शुभ करना···

卐

सुविमल दस दिन पहले ही गाँव आ धमका था—आजी माँ···आपके लिए बारह कहारोंवाली पालकी का इंतजाम करना होगा क्या?

अरे सुवि, तू बचवा ऐसे अचानक···?

ओहो आजी माँ···आप तो ऐसे बन रही हैं जैसे आपको कुछ पता ही नहीं···नंदिनी दी ठीक कहती हैं, आपको बंधक बना लिया है दहिवर गाँव ने···कहीं ऐसा न हो कि दिन-रात इन लोगों की चिंता-फिक्र में घुलती हुई आप हमारे संग्रहालय में धरी यक्षिणी की प्रतिमा-सी टुकुर-टुकुर हमें ताकती रह जाएँ—कौन हो तुम, हम तुम्हें पहचानती नहीं···

आजी बिहँस उठी थीं—ले यह ताजे गुड़ की भेली तो खा पहले, पानी पी ले, थका-माँदा आया है। थोड़ा आराम कर ले···फिर ठीक से···

आराम··· ? यह शब्द तुम्हारे रामजी ने कम-से-कम हमारे लिए नहीं बनाया···घंटे-भर का समय है। तुम्हारी अशोकवाटिका की इन निशाचरियों से कहो, अब प्राण बख्श दें—अपने-अपने घर जाएँ···चौखट से लगी बिंदा को उन्होंने प्रश्न-भरी दृष्टि से देखा था। वह सकुचाती हुई पूछ बैठी थी--केतारी का रस इनको नहीं भाएगा—शहरी आदमी ठहरे, चुहानी घर में चाय-पत्ती धरी है, कहिए तो···गोईंठा सुलगाकर···

सुविमल हड़बड़ाकर बोल उठा था—केतारी और गोईंठा तो समझ में आ गया—लेकिन यह चुहानी घर क्या है आजी माँ ?

तेरे गुजरात में रसोईघर को क्या कहते हैं ?

भाणस।

और बहन को··· ?

बेन।

तो समझ ले, यही बिंदा तेरी बहन है। तुझे काजल लगाई का नेग इसे ही देना पड़ेगा—नहीं समझ में आया न—तो सुन—हमारे गाँव में ब्याह के लिए जाते समय माँ, बहनें, भावजें दूल्हे का परिछावन करती हैं—उसे काजल लगाती हैं, राजी-ख़ुशी दुलहिन के साथ उसके लौट आने की कुशल मनाती हैं। वर-वधू आँगन में उतरते हैं तो कोहबर की चौखट छेंककर बहन खड़ी हो जाती है—ऐसे नहीं, पहले हमारा नेग दो, तब कनिया रानी के साथ भीतर जाने की इजाजत होगी···

कोहबर लिखे चलली बिंदा बहिनी—
हथवा कलम मसि यानि जी
आरी पासे लिखेली चकवा-चकइया
बिचवा चनन केरा गाछ जी

[हाथ में कलम-दावात लिये बिंदा बहन कोहबर लिखने चली। किनारे-किनारे उसने चकवा-चकवी बनाया, बीच में चंदन का वृक्ष उरेहा···]

बड़े ध्यान से आजी की बात सुन रहे सुविमल के चेहरे का उतार-चढ़ाव गौर से निहारती बिंदा चौखट से लगी खड़ी रह गई थी—

सुविमल की आँखों में एक साथ कई रंग उभर आए थे—

इधर आओ···!

डरो मत बचियाऽ, भीतर आ जाओ···अपने घर का लड़का है यह तो···!

क्या नाम है तुम्हारा?

वह चुपचाप आजी को देखती रह गई थी।

आजी ने ही जवाब दिया था—

अपने विजयानंद देवरजी की पोती है—बिंदा···!

अच्छा बताओ तो बिंदा, हमारे साथ तुम भी बनारस चलोगी···?

... ...

ओ, समझ गया, आजी माँ कहेंगी तब···आजी इसे भी ले चलो न···कहो तो विजयानंद बाबा से मैं पूछ लूँ···

बिंदा की उमंग का ठिकाना नहीं था—चौदह साल की उमिर में पहली बार छुक-छुक गाड़ी पर बैठेगी—सहर देखेगी—गंगाजी पर नाव की सैर, बैसकोप, हाट-बाजार···उसने अपनी पूरी पेटी उलट दी थी—उँहूँ—एक भी ढंग का कपड़ा नहीं! यही बदरंग सलवार-समीज पहनकर बनारस जाएगी? छिः, लोग क्या कहेंगे—विजयानंदजी की पोती, ऐसी कंगाल-सी···?

उसने सुनयना के पास जाकर धीरे-से कहा था—सुनयनी दिदिया, तुम्हारी पेटी में पहलेवाली कोई साड़ी है—क्या—बियाह के समय की···हमें पइंचा दे दो ना—आते ही लवटा देंगी···!

सुविमल की ओर से कुल पाँच लोग विवाह में सम्मिलित हुए थे—कृष्णकांतजी, उनके विभाग के दो प्राध्यापक और सुविमल के दो अंतरंग मित्र। श्यामा का रो-रोकर बुरा हाल था। नंदिनी अपने गले का हार पहनाने चली, तो वह सुबकती हुई उससे लिपट गई थी—

आजी, इसे समझाओ जरा···! पंद्रह दिनों से खाना-पीना सब छोड़ बैठी है···!

श्यामा, हमारी बावरी धिया, आ इधर···!

आजी! तुम लोगों ने हमें ही फालतू समझा था—नंदिनी दीदी बड़ी है, फिर भी···

किसने कहा कि तू फालतू है, श्यामा···! इतनी अच्छी जोड़ी मिल गई—मधु ने तुझे नंदिनी से अधिक दुलार दिया है। उसकी आँखें देखी हैं तूने···? उसके सामने ऐसी बात मुँह से मत कढ़ाना बचियाऽ!

बिंदा सुविमल की एकदम सगी बन बैठी थी—भइया, थोड़ा-सा काजल लगवा लीजिए न···दस्तूरी होती है···

अरे, यह क्या, दही-चीनी की कटोरी तो पड़ी ही रह गई! इसे खाकर घर से निकलना है! यह सगुन तो करना ही होगा···

कृष्णकांतजी के घर से सुविमल के संग लगी निकली थी बिंदा। नंदिनी की दी हुई

गुलाबी साड़ी का जरीदार पाढ़ सँभालती बाल कपोती-सी इतराती फिर रही थी—

सुविमल ने मधुसूदन के पाँव छुए थे और आजी की गोद में छोटे बच्चे-सा सिमट गया था—अपनी माँ को मैंने नहीं देखा, आजी माँ, सुना-भर है···आपको पाकर लगता है, उसे फिर से पा लिया है मैंने···

आजी की ममता ने उसे आश्वस्त किया था—ना, ऐसे शुभ मुहूर्त में आँसू नहीं···राम का आराध्य धाम है यह! शिव सब कुछ मंगल करेंगे!

रामायणी पंडितजी ने बड़ी दत्तचित्तता के साथ वैदिक मंत्रों का उच्चार किया था। सुमित्रा काकी पुलकित मन से गुनगुना उठी थीं—

आँगूठ धर सिरी राम सिया जी तिहारी जीऽ !

—हे श्रीराम, पाँव का अँगूठा पकड़िए! आज से सिया सुंदरी आपकी हुईं।

मधुसूदन की आँखों में रह-रहकर वाष्प उमड़ता आ रहा था—

बाबूजी, आपके लिए खासतौर पर यह खीर बनाई है। बस दो चम्मच और ले लीजिए न···

अरे, यह क्या, अपनी धोती आप सुखाने चले—छोड़िए तो, आप जाइए···अपना काम देखिए···

नंदिनी दीदी बाजार जा रही हो क्या···? सफेद खादी चाहिए—पाँच गज, बाबूजी की गंजी फट गई है। अरे नहीं, हम खुद सिलेंगी। आजी ने सिखा दिया है।

वही श्यामा लाज और करुणा की मूर्ति बनी उनके सामने खड़ी थी! हर घड़ी आँखों में शरारत लेकर बिजली की फुर्ती से सारे काम निपटानेवाली उनकी पालिता पुत्री श्यामा कहाँ खो गई थी?

आजी ने टोका था—मधु, उठो बचवा, श्यामा के जाने का समय हो गया···

अरे छह बज गए···! मंदिर से लौटकर भरम गए थे क्या वे?

कटी हुई कच्ची टहनी-सी श्यामा उनकी गोद में बिखर गई थी—नहीं मेरी बच्ची, ऐसे कातर नहीं होते···। हम लोग जल्दी ही तुमसे मिलने के लिए कलकत्ता···

सुमित्रा काकी ने अपनी ठूँठे उँगलियों में आँचल लपेटकर मुँह ढाँप लिया था—इतना मोह-छोह लगा के चल देती हैं बिटिया, कैसा संसार है प्रभु···!

नंदिनी की विचित्र दशा हुई जा रही थी—श्यामा का सामान सहेजती, मिठाई की टोकरी बँधवाती वह दूर-दूर भटकती फिर रही थी—

सुविमल ही उसके पास चला गया था—दीदी, आपको बहुत तकलीफ हो रही है न···! श्यामा को आप जब चाहें, बुला लेंगी—वह सदा की तरह आपकी ही तो है। मेरा विश्वास नहीं क्या आपको···?

श्यामा नंदिनी की असाधारण चुप्पी देखकर घबड़ा उठी थी—दीदी, ऐसी पत्थर-सी मत खड़ी रहिए, कुछ बोलिए, हमें पहले की तरह डाँटिए न दीदी···

नंदिनी की हँसी में एक बनावटीपन था—मुझे कुछ नहीं हुआ, श्यामा, चलो···सारा सामान सहेजा जा चुका है।

श्यामा को पता था—सबको बिदा करने के बाद एकांत में नंदिनी का दुःख पिघलेगा···फिर आधासीसी का दर्द और चार-पाँच दिनों के लिए घर से बाहर निकलना मोहाल···!

श्यामा वैद्यजी की टिकिया और चाय लिये पास खड़ी होती—दीदी, देर मत करो···दवा नहीं खाओगी तो कष्ट और बढ़ेगा।

कमरे से बाहर निकलने के पहले उसने धीरे से नंदिनी के कानों में कह दिया था—

सिरदर्दवाली दवा की टिकिया तुम्हारे सिरहाने है, और छोटे थर्मस में चाय भरी रखी हुई है।

ओसारे पर आजी अविचल खड़ी थीं।

आजी···श्यामा उनकी अँकवार में बँधी फफक उठी थी—

आप दो-तीन दिन रुककर गाँव जाएँगी···! नंदिनी दीदी और बाबूजी को छोड़कर···

आजी की आँखों का वीतराग आँसुओं में घुलकर श्यामा-श्यामा पुकार उठा था—सुविमल के साथ खड़ी तरुणी श्यामा अनायास चौदह-पंद्रह बरस की निष्पाप बालिका बन गई थी—

ओ मा गो, आर आमि कोथाय जाबो···दशाश्वमेध की सीढ़ियों पर सिर पटककर रोती वह बालिका देखते-ही-देखते मधुसूदन की, सुमित्रा काकी की, नंदिनी और आजी की सबसे अधिक प्रिय बन बैठी थी—

आश्रम में कभी भूलकर भी किसी ने उसका परिचय मधुसूदन की पालिता पुत्री कहकर दिया तो वह रो-रोकर आँखें सुजा लेती थी—

इनसे कह दो बाबूजी, हम आपकी बेटी हैं—बस···स्टेशन पहुँचने तक नंदिनी रास्ते-भर सीख देती रही थी—पानी पीना हो या किसी और चीज की जरूरत हो तो सुविमल को बताना। अकेली इधर-उधर मत जाना···। पहुँचते ही चिट्ठी—

गाड़ी खुलने के ठीक पहले सुविमल ने कैसी विचित्र बात कह दी थी।

नंदिनी ने चिंतावश पूछा था—

पास में पैसे तो पूरे हैं न···? नई जगह, नई नौकरी···बताओ सुविमल, जरूरत हो तो···

उसने झुककर नंदिनी के पाँव छू लिये थे—आप हैं, हमारे कृष्णकांत गुरुजी हैं। इस युगल जोड़ी के रहते हुए हम दोनों को चिंता किस बात की···बस दोनों मिलकर सच्चे मन से असीस देते रहें—यही निधि तो साथ जा रही है दीदी···

उसने बिजली की रोशनी में सुविमल का चेहरा पढ़ना चाहा था—नहीं तो, आँखें एकदम शांत, चेहरा गंभीर, शरारत या परिहास की भंगिमा कतई नहीं···! फिर···?

उसने तनिक दूर खड़े कृष्णकांत को देखा था—सुविमल के शब्द इनके कानों तक गए होंगे क्या? शायद हाँ, शायद नहीं···उसी अथाह मौन के साथ धीरे-धीरे सरक रहे सुविमल के डब्बे को देखते रहे थे वे।

निःशब्द आँसू बहाती श्यामा और पायदान पर खड़ा हाथ हिलाता सुविमल···

चलो नंदिनी, घर चलें···! सुनसान होते जा रहे प्लेटफॉर्म पर कृष्णकांत ने वहीं से आवाज दी थी—

रास्ते-भर कृष्णकांत ही बातचीत की पहल करते गए थे—जो कुछ हुआ, बहुत अच्छा हुआ न···!

सुविमल के साथ श्यामा सचमुच सुखी रहेगी, तुम्हारा क्या विचार है···?

... ...

श्यामा के जाने से तुम्हें बहुत बुरा लगा होगा न···! वह है ही ऐसी; अपने सेवाभाव से, अपने मधुर व्यवहार से किसी का भी हृदय जीत लेने वाली···

... ...

खैर, चिंता की कोई बात नहीं—दोनों जल्दी ही वहाँ व्यवस्थित हो जाएँगे···। सुविमल ने कहा है, अगले महीने बुद्ध पूर्णिमा की छुट्टी में वे दोनों बनारस जरूर आएँगे।

... ...

तुम कुछ भी नहीं बोल रहीं—तुम्हारी तबीयत तो ठीक है न···!

वह फिर भी चुप रही थी। न जाने क्यों, उसे ऐसा लग रहा था कि स्टेशन से घर का फासला दस गुना बढ़ गया है और उसे घर पहुँचने की ऐसी व्यग्रता पहले कभी नहीं हुई थी।

घर के बाहरी ओसारे पर आवश्यकता से अधिक गहमागहमी देखकर उसका मन सशंकित हो उठा था—पड़ोस के वकील नित्यानंद, होमियोपैथ सुदामा शर्मा, डॉ. प्रमोद भट्ट—ये लोग इस वक्त उसके घर किसलिए···

उसने कृष्णकांत को इशारे से रोका था—

क्या बात है सुमित्रा काकी···?

काकी ने बदहवासी में भीतरवाला कमरा दिखा दिया था—किसको क्या हो गया···? बाबूजी, आजी—कहाँ हैं सब···

डॉ. भट्ट ने पीछे से आकर उसे गलियारे में ही रोक लिया था—इस तरह घबड़ाकर भीतर मत जाओ, नंदिनी! मधुसूदनजी हठात् अस्वस्थ हो गए···हमें शक है—हृदय रोग का पहला आक्रमण···तुमको बहुत हिम्मत से काम लेना होगा—अभी दवा दी जा चुकी है। ऑक्सीजन चल चुकी है। हम लोग एक घंटा तक निगरानी करेंगे, फिर जो उचित होगा···

नंदिनी हहास बाँधकर अपने बाबूजी से लिपट जाना चाहती थी—यह क्या नली

लगा रखी है···खाट पर ऐसे जकड़े पड़े हैं···आपको कुछ नहीं हुआ—उठिए बाबूजी, आपके संध्या-वंदन का समय हो गया है।

मधुसूदन ने बड़ी मुश्किल से आँखें खोली थीं—दर्द की असह्यता पलकों के कोरों को आँसुओं का भार सौंप गई थी—किसी तरह मुसकराने की असफल कोशिश की थी उन्होंने···फिर एक अर्द्धचेतनता उनपर हावी होती चली गई थी।

कृष्णकांत पायताने बैठी आजी को नंदिनी के साथ-ही-साथ बाहर लिवा लाए थे—घबड़ाने की कोई बात नहीं, डॉक्टर भट्ट का कहना है कि खतरा टल गया है। नींद का असर है—जितना सो सकें उतना ही बेहतर! तुम जाकर हाथ-मुँह धो लो, नंदू! मैं महेश को बताकर घंटे-भर में वापस आ जाऊँगा।

आजी ने दहिवर खबर भिजवा दी थी—एक महीने तक हमारा गाँव आना नहीं हो सकेगा—इस बीच घर और पाठशाला—दोनों की जिम्मेदारी सुनयना पर···बाकी काम विजयानंदजी सँभाल ही लेंगे···।

पूरी तरह स्वस्थ हो जाने के बावजूद मधुसूदन घर की चारदीवारी में बँधकर रह गए थे—डॉ. भट्ट की खास हिदायत थी—सुदूर स्थानों की यात्रा फिलहाल आपके लिए वर्जित रहेगी—घी-तेल या अधिक मिर्च-मसालेदार भोजन से परहेज रखना होगा। और हाँ, याद रहे, किसी भी तरह की मानसिक दुश्चिंता या दिमागी तनाव बिलकुल नहीं!

एक खिसियानी हँसी हँसकर उन्होंने अपनी खीज प्रकट की थी—यानी कि जनम रोगी बनकर रह गया मैं···! सुन रही हो बड़की अम्माऽ, रोग की यंत्रणा से बढ़कर उसके एहसास का ऐसा आल-जाल खड़ा कर देते हैं ये डॉक्टर लोग···!

मैं घर में बंद हो जाऊँ और स्कूल की, आश्रम की सारी व्यवस्था ठप्प हो जाए···।

नंदिनी ने धीरे-धीरे पूरे आश्रम का कार्यभार अपने ऊपर ले लिया था—अनुदान की राशि के लिए दौड़-भाग करना—नए रोगियों की चिकित्सा का प्रबंध, नेत्रहीना बालिकाओं का समुचित परिपालन···!

मधुसूदन के सिरहाने बैठी पूजा की कोठरी में जप करती आजी किसी अनहोनी की आशंका मात्र से विचलित हो उठती थीं।

हे प्रभु! कठोर आपदाएँ ही तो देखी हैं मेरे मधुसूदन ने···! उसे आरोग्य-सुख दो, रामजी! विजयानंदजी हर तीसरे-चौथे दिन गाँव से चले आते—कभी सजाव दही की हाँड़ी, कभी ताजा पिसा हुआ सत्तू और कभी लाई-बताशे की पोटली!

हम गाँववालों की यही सबसे बड़ी नेमत ठहरी बबुआ, तुम जल्दी से ठीक हो जाओ—इस बार बीजू का गांछ बौर से लदा झमाझम कर रहा है। ठाकुरजी चाहेंगे तो बोरी भर-भरकर···

मधुसूदन ने क्षीण हँसी हँसकर गाँव-घर की कुशल पूछी थी—

आपके अक्षयवर नाथ का क्या हाल है, काकाजी···आजकल कोई नई दुरभिसंधि···?

अरे, राम भजो···इस बार एमेले का चुनाव जीतने की सहक चढ़ी है ससुरे को! हाँ भउजी, एक बात बताना तो हम भूल ही गए···

छेदी पहलवान को गरदनिया देकर अपनी दालान से बाहर कर दिया अछयबरवा ने···गनेसिया का पत्ता भी उसके साथ-साथ ही साफ···लेकिन कहाउत है न···नंगे को काहे का गुमान—तो अपनी नंगई का···बिना गुंडागर्दी किए चुनाव कइसा सो···अछयबर ने थैली खोलने का इकरार किया है—मिरजापुर से किराए के लठइत आएँगे और बकसर में चुनाव लड़ा जाएगा···

एक और संवाद···है तो बड़ा मनहूस, लेकिन भउजी, बाद में कहेंगी कि हमने बताया क्यों नहीं···

गिरिवर की पत्नी शहरी औरत के विषबुझे कारनामे सहन नहीं कर सकी। उसने घर के पिछवाड़ेवाले इनार में कूदकर अपनी जान दे दी···

और उसकी छोटी-सी बच्ची··· ? नंदिनी चिंतातुर होकर बीच में ही पूछ बैठी थी।

बेचारी बिना महतारी की अभागत धिया, बचेगी थोड़े—मुँह से कुछ बोलती नहीं, हर आने-जानेवाले को टुकुर-टुकुर ताकती रहती है। सुना है, अछयबर पुछार करने गए थे तो खूब गरमागरमी हो गई थी। गिरिवर ने गड़ाँसा निकाल लिया था—

हमारी जोरू मरी है—आपका आठो अंग किसलिए सुलग रहा है···! बहुत हमदर्दी उपजी हो, तो ले जाइए इस गूँगी को अपने साथ, पाल-पोसकर दिखा दीजिए तो जानें···!

नंदिनी बाबूजी के सामने किसी तरह अपने आवेश पर काबू कर पाई थी। विजयानंदजी को बाहर ले जाकर उसने पूछा था—इतनी बड़ी घटना हो गई और किसी ने थाने में खबर तक नहीं की! बाबा, इस हत्यारे को तो जन्म-कैद की सजा मिलनी चाहिए थी—और यह···

विजयानंदजी की उसाँस तुलसीमय थी—समरथ को नहीं दोष गोसाईं, जानती हो फिर भी पूछ रही हो बचियाऽ!

गिरिवरवा की कलकतिया कमाई किस दिन-रात के लिए है? थानेदार ने रपट बना दी—कुएँ पर चढ़कर पानी भर रही थी। पाँव फिसल गया, डूब गई···! बस किस्सा खतम···

जागेश्वरी आजी कुछ भी कह पाने की स्थिति में नहीं थीं—मधुसूदन की बीमारी के दस-बारह दिन पहले···गिरिवर की कनिया घर के पिछले दरवाजे पर देर तक चुप खड़ी रही थी। सहमी हुई साँकल की आवाज सुनकर नौशाबा ने किवाड़ खोला था—चची···जल्दी आइए···न जाने कउन है, हम पहिचान नहीं पा रहीं—वह आप ही को खोज रही है—

उसने पालागी करते हुए अपनी पहचान दी थी—

हम रूकब ना काकीजी, एकरा बाप के खबर होते जुलुम हो जाई···। एके गो निहोरा बा···हमार गूँगी के आपन सरन दे दीहीं—एकर प्रतिपाल हो जाइत त हमरा मुकती

मिल जाई…!

तुरत कोई भी जवाब नहीं दे पाई थीं वे—

बड़हन आस लेके आइल रहलीं। राउर हिरदय गाँव के परती अइसन बिसाल बा…भगवान् कवनो कमी नइखन देले…इ राउरे अंस ह काकीजी, हमरा बाद…

उन्होंने बड़ी-बड़ी आँखोंवाली नन्ही बालिका को गुमसुम रोते देखा था और गिरिवर की पत्नी की कलप सुनती स्तब्ध बैठी रही थीं—

एह दुनिया में हमार कोई नइखे काकीजी, दुःख के अइसन मँझधार से हमार उबार के करी…?

वे कहना चाहती थीं—साहस से उठो कनिया, इस गाँव की मान-मरजाद हो तुम…पंचायत किसलिए है…? इतनी बड़ी-बड़ी नाम-पदवियों वाले पुरुख पगड़ी का तुर्रा उठाए मूँछ पर ताव देते बैठे हैं—किसलिए…?

गिरिवर की पत्नी की आँखें धिक्कार से सनी थीं—मान-मरजाद नाम-पदवी…! हुँह! देख लिया सबको…जब अपना पुरुख ही पातकी हो गया तो…!

जाने के लिए वापस मुड़ी थी—तब न जाने क्यों एक अनजानी आशंका उन्हें भीतर तक दहला गई थी—कहीं इसने कुछ कर लिया तो…? नहीं, नहीं…! हे भगवान्…इसे रोकना होगा, जैसे भी हो—इसके लिए कुछ-न-कुछ करना होगा…

सुनयना की माई के अपने तर्क थे—हर घर में माटी की एक ओबरी धधक रही है काकी, गंगाजी का समूचा जल उझल दिया जाए, तब भी यह दहकन नहीं जाने की…! न्याव पाने कहाँ जाएगी बेचारी…कुँइया-तालाब की सरन गहेगी और क्या…?

सुमित्रा काकी ने अदेखे गिरिवर को सरापना शुरू कर दिया था—अंग-अंग गलित होगा पापी का…घर की तिरिया का ऐसा निरादर और पाप की तिरिया गले का हार…देख लेना बहिनी, सबसे बड़ा कोरट ऊपर खुला है—वही उसके किए का हिसाब माँगेगा…

आजी ने देखा था—मधुसूदन के चेहरे पर उद्विग्नता साफ झलक उठी थी—

नंदू…बक्सरवाली बड़ी डाक्टरनीजी चाहें, तो कुछ हो सकता है—बच्ची को वे किसी के पास रखवा दे सकती हैं…गिरिवर के मामले में वकील साहब अकेले ही काफी हैं…! उन्हें सूचना देना अत्यावश्यक है—तू हमारा पैड और कलम ले आ तो…

विजयानंदजी ने तुरत टोका था—अपराध हो गया हमसे…! तुम इतने विचलित मत हो बबुआ, किस-किसकी बिथा मेटते फिरोगे—ऐसे करम-भोगी दुनिया में एक-दो थोड़े ही हैं…!

आजी को लगा—उनकी शक्ति निचुड़ती चली जा रही है। हारती जा रही हैं वे, लेकिन किससे…? अपने आप से, गिरिवर से या अक्षयवर से…? रात को सोने के पहले जप करने चलीं तो गुरु काका का चिरप्रफुल्ल मुख बार-बार ध्यान में उभरने लगा था—

बीच राह थककर बैठ गई बचियाऽ! अरे…अभी अंत कहाँ है…काँस-कुश के

कैसे-कैसे वन पार करने हैं…माया-मोह की जटिलता में उरझ जाएगी तो…अपनी ताकत गँवा बैठेगी…

लेकिन हम क्या करें, गुरु काकाजी…मधु की दशा देखकर मन घबरा-सा गया है…साहस जुटे भी तो किस बल पर…जगदंबा ने अनेक भुजाओं से रक्तबीज जैसे असुर का विनाश किया था—रक्त की एक बूँद से उत्पन्न होनेवाली शत-सहस्र आसुरी शक्तियाँ…उनसे पार पाने का दुस्साहस कोई साधारण मानवी कर सकती है? किस तरह? ये रक्तबीज तो पनपते ही जा रहे हैं काकाजी…

गुरु काका का मधुर स्वर कितने पास से आता हुआ प्रतीत हो रहा था--आस्था की डोर कभी न छूटे, जागेश्वरी—कल्मष किस युग में नहीं रहा, तो क्या उससे पराभूत होकर जीवन अवशिष्ट हो गया—सृष्टि की अनवरुद्धता का भार आस्था की सहस्र भुजाओं पर ही टिका रहता है—हम तो निमित्त मात्र हैं। अपनी जिजीविषा को कभी मत छोड़ो…दिशाएँ अपना अनुमान स्वयं देती पास खड़ी मिलेंगी।

मधुसूदन को बरामदे में टहलने की, एकाध घंटे हलका-फुलका काम करने की अनुमति मिल गई थी। जागेश्वरी आजी ने विजयानंदजी के पास सूचना भिजवाई थी—

जलालुद्दीन को भेज दीजिए…। हम गाँव आना चाहती हैं…।

आजी के जाने वाले दिन श्यामा और सुविमल अनायास आ गए थे--

आपने हमें खबर देने की जरूरत नहीं समझी बाबूजी…इतनी बड़ी क्रूरता हमारे साथ…

हिचकियाँ लेती श्यामा को बड़ी मुश्किल से संतुलित कर पाई थी नंदिनी—तुम दोनों की नई गृहस्थी है—सुविमल को छुट्टी मिल पाती कि नहीं…

हाँ-हाँ, हम खूब समझती हैं, नंदिनी दीदी—जो हमारी जगह आप होतीं, तो क्या इस तरह की दलील को सच मान लेतीं—यह क्यों नहीं कहतीं कि…

आजी आश्वस्त थीं—श्यामा, तू यहाँ रहकर कुछ दिन अपने बाबूजी को सँभाल ले बचिया, हमारा गाँव जाना जरूरी है। अगले महीने ही लौट आएँगी…

नंदिनी ने बीच में हस्तक्षेप किया था—आपके अगले महीने की मियाद छह महीनों से कम की थोड़े ही होगी आजी! वहाँ जाती हैं, तो ऐसी रम जाती हैं जैसे…

नंदिनी और श्यामा को कैसे समझातीं वे?

न जाने क्यों, मन-प्राण उस घर की चौखट के साथ इस कदर बँधे हुए हैं कि वहाँ से अलग एक क्षण के लिए भी स्थिरता का बोध नहीं होता… यह जानते हुए भी कि निष्ठुर आचरण के कितने ही प्रमाण उस छोटी-सी कोठरी की गेरू पुती दीवारें अब भी अपने भीतर धारण किए हुए हैं। सच, जागेश्वरी आजी के लिए अयोध्या और दंडकवन—दोनों का एक ही पर्याय था—दहिवर…!

बिदा के समय पाँव छूने के लिए झुकी श्यामा के तनिक मुरझा गए चेहरे पर सहसा

आँख पड़ी थी—श्यामा, तेरी तबीयत तो ठीक है न…!

लाज-भरी पुलक को छिपाने की कोशिश में श्यामा उनकी गोद में सिमट आई थी। नंदू, इसके खाने-पीने का विशेष ध्यान रखेगी बचियाऽ…। समझ गई न…!

गाँव पहुँचीं तो एक नया कुरुक्षेत्र सामने था। चुनाव में बुरी तरह हार जाने के बाद अक्षयवर ने एक भीषण प्रपंच रचा था—हमको सब पता है—नान्हटोली का पूरा भोट कटवाने के लिए जलालुदीनवा की तैनाती कर गई थी, जागेसरी देई…बड़ी उस्तादनी है जगदानंद की यह बेवा…! हमने इतना खिलाया-पिलाया और सबके सब ससुरों ने नमकहरामी की हद कर दी…! हमारे पल्ले का सारा भोट बक्सरवाली डाक्टरनी के मरहुए को दे आए…! अच्छा, कोई बात नहीं—कहाउत है—सौ सुनार की तो एक…देख लेंगे हम भी उस बुढ़िया को! इसी दहिवर के चौराहे पर भीख का कटोरा लेकर नहीं घुमाया तो हमारा नाम…जलालुद्दीन ने राई-रत्ती हाल सुना दिया था—बड़ी डाक्टरनी आपा के लिए सबका फर्ज था। छोटे लोग गरीब सही, एहसान फरामोश नहीं हो सकते न…रधिया का जवान बेटा साँप काटे के इलाज बिना तलफकर मर जाता…आपा ने रात-दिन एक करके उसे बचाया था—बुढ़ऊ फजलू चचा का मोतियाबिंद नजरलेवा हो चुका था, आपा नहीं होतीं तो क्या मुफ्त में ऑपरेशन हो सकता था उसका? उकील साहिब घर-घर गए थे…सबने उनका साथ दिया—क्या गुनाह किया बताइए तो चची…तुम्हें डर किस बात का है—अछयबर की बंदर भभकी का—हमारी लाश बिछ जाएगी—वह कुछ भी नहीं करने पाएगा—डँसने की ताकत तो यह एमएलए का चुनाव अपने साथ ले गया—अब तो बस फुफकार बाकी है—आप निसा खातिर रहें…!

सुनयना ने पक्की सूचना दी थी—

बखरी के पास अपने लोगों की पहरेदारी लगवा दीजिए आजी, हमने पिछवाड़े कुछ लोगों को खुसुर-फुसुर करते सुना है।

विजयानंदजी निश्चिंत थे—अब की चुनाव में हारकर अक्षयबरवा की दशा फन कुचले हुए सरप-सी हो गई है। रावण के दस सीस काटनेवाला कोई तो पैदा हुआ…उकील साहब की चलती इतनी कि जमानत तक जब्त हो गई ससुर की…

उन्होंने जान-बूझकर बातचीत का प्रसंग दूसरी ओर मोड़ दिया था—

फगुआ नजदीक है…इस बार मधु बबुआ और नंदिनी गाँव आ जाते तो गवनई का आनंद आ जाता…। छोटकू के बाद से इस नीम तले की सहना एक दिन के लिए भी गुलजार नहीं हुई!

जलालुद्दीन कहाव लेकर बनारस गया था—यह देसी घी है और यह चने दाल की अदौरी…। बाकी चची का विशेष फरमान यह है कि—

सुविमल खिल उठा था—नंदिनी दीदी, आप गुरुजी को मना लें! वैसे भी एक लंबे अरसे से उनकी दहिवर यात्रा किसी-न-किसी कारणवश टलती ही जा रही है। आहा…वे

साथ चलेंगे···तो आनंद आ जाएगा—क्यों श्यामा···

मधुसूदन की विशेष रुचि नहीं थी। एक साथ सब लोग चले जाएँगे तो यहाँ का प्रबंध···

श्यामा ने तुरत उनकी बात काट दी थी—अपने मन को सँभालिए, बाबूजी—दिन-रात बस दूसरों की चिंता···गाँव जाकर आबोहवा बदलेगी, आपके पुराने संगी-साथी मिलेंगे—यह क्यों नहीं सोचते···थोड़ा आराम भी तो हो जाएगा कि नहीं···अब आप ना-नुकुर मत कीजिए···

पुराने संगी-साथी···!

मधुसूदन की आँखों में एक रेतीली कसक जाग उठी थी—गाँव की आत्मा में कितने छेद होते चले जा रहे हैं—अक्षयवर क्या उनका बाल-संघतिया नहीं था—पाटी-पोथी लेकर विजयानंदजी के ओसारे में एकदम सटकर बैठा करते थे दोनों! एक मिनट जो स्थिर बैठ पाता होगा वह···

सिवानवाले बगइचा में मदारी का खेला उतरा है—चल रहे हो देखने···कि नहीं···?

और बक्सर में मीना बाजार लगा है—ऊँची चकरी, आसमान को छूता हुआ झूला—बिलैती मेमोंवाला बैसकोप···। यहाँ फूस की मड़ई में बैठे रहे मधुवा, तो जनम अकारथ समझो! हम तो चले···

विजयानंदजी को अक्षयबर के गुस्सैल बाप गोकुलपति ने सख्त हिदायत दे रखी थी—बीच में इसकी छुट्टी हरगिज मत करिएगा पंड्डीजी···ससुर न जाने कैसी पिशाचात्मा है—घर-भर की नाक में दम कर रखा है इसने···

विजयानंद दूसरे बच्चों का पाठ सुनने के लिए पीठ मोड़ते और अक्षयबर बिजली की फुर्ती से बस्ता समेट गायब हो जाता···एक बार बीस बेंतों की सजा भुगतकर उनके साथ बैठा तो रीछ की तरह देर तक गुर्राता रहा था—इस पंडितवा को सबक सिखाना होगा—आज ही···

मधुसूदन ने घबड़ाहट में पूछ लिया था—क्या करोगे तुम···?

कुछ भी···बस देखते जाओ···

चुरामनपुर के सँपेरे का पिटारा चुरा लाया था अक्षयवर···शीतल पाटी पर सोए विजयानंदजी उघारे बदन पर एक नहीं, तीन-तीन साँप···आँख खुली तो चीख मारकर बेहोश हो गए थे—अक्षयवर की पढ़ाई को वहीं पूर्ण विराम लग गया था!

मधुसूदन के समझाने पर उसने बेपरवाही से जवाब दिया था—

पढ़ाई-लिखाई हमारे बस का रोग नहीं, बाबू! अगर फिर विजयानंद के यहाँ ले गए, तो अबकी उनकी ही दुर्गति हुई समझो···

फिर क्या करोगे तुम···? करना क्या है···? पाँच हल की खेती है—मेरे बाप के बाद इतनी बड़ी जमींदारी किसकी होगी—जोलो तो···

गोरों ने कुछ किया—अपना दिमागी घोड़ा दौड़ाकर बैठे-बैठे राज करते रहे कि नहीं··· ? हम हुकूमत के लिए पैदा हुए हैं मधु, जिसे झोली ढोनी हो—वह विजयानंद की बेंत सहे···

हमने तो उस पंडित ससुरे को कई बार अपना जूठा पानी पिलाया है—बड़ा आया बरमगियानी बनकर···

मद की कोख में पलती हुई उसी मानसिकता की देन है आज का अक्षयवर—

तुम मधुसूदन···कौपीनधारियों की जमात के एक मामूली सदस्य बनकर रह गए···और कुछ नहीं सूझी तो कुष्ठाश्रम के संचालक हो लिये···। अपने गाँव-जवार में, अपने समाज में कौन पूछेगा तुम्हें··· ? साझीदारी के लिए किसी भी हुक्के का पेंचवान उठ तो जाए तुम्हारी ओर···! दुनिया-बाहर का काम करने चले तभी तो देखो, जिनगी-भर की फक्कड़ई हाथ लगी···!

सुहासिनी के नहीं रहने के बाद पहली बार दहिवर जा रहे थे वे—

जागेश्वरी आजी की अस्त-व्यस्तता उछाह-भरी थी—

सुनयना, दालान की सफाई ठीक से करवा देना बच्ची! झोल-मकड़ा एक भी नहीं रहे। मधु को गंदगी बरदाश्त नहीं होती···। नंदिनी के लिए हमारी कोठरी में चौकी डलवा दे···

विजयानंदजी, छोटकू की कोठरी का पुराना पलंग निकलवाकर दोनों नई चौकियाँ वहाँ लगवा दें और जलालुद्दीन को आज ही बक्सर भेज दें। चाय पत्ती-चीनी, गरम मसाला, नहाने का साबुन सब कुछ लेता आएगा और बड़ी डाकटरनी को न्योत भी आएगा। गवनई वाले दिन वे और वकील साहब दोनों ही आ जाएँगे तो ठीक रहेगा···

बिंदा ने रच-रचकर नीम तले वाले चबूतरे की लिपाई की थी—हमारा सहरी भइया आ रहा है और साथ में उसके गुरुजी भी। तुमने उन्हें कभी देखा नहीं है न सुनयनी दिदिया, देखेगी तो बस···बँसवारी के पीछे रोज सुबह उगते सुरुज देव की उजास जैसे हैं—बरम बाबा के चौतरे पर बैठो तो कैसी थरथरी-सी समा जाती है न पोर-पोर में···बनारसी गुरुजी के सामने थोड़ी देर ठहर जाओ तो ठीक ऐसा ही लगता है···

बहुत कम बोलनेवाली सुनयना की आँखें डबडबा गई थीं—माई ने कहा है—हफ्ता-भर इधर की आवाजाही बंद···क्यों भला··· ?

बाबू नहीं चाहते कि सहरी काका के आने पर हम यहाँ एक छन भी···हमारा बहुत मन था नंदिनी दीदी से मिलने का, श्यामा को देखने का। जब से तुझसे सब कुछ सुना है—तब से तो और भी···

तो हमने क्या झूठ कहा है ? गंगा मइया की सौंह, हमारी बात नहीं मानती तो झारी दादी से पूछ लो—चाहे बाबाजी से पुरवासाखी करवा लो···।

अच्छा···सुनयनी दिदिया, तुम्हें एक जुगत बताएँ···

पूरे गाँव की समत तो हमारे घर के पिछुवारी जलाई जाती है—तुम समत पूजन के बहाने काकी के साथ चली आना—नंदू दीदी—श्यामा दीदी से भेंट भी हो जाएगी और···

सुनयना ने आजी से कसीदाकारी सीखी थी रूमाल पर, मेजपोश और चादर पर साड़ी की कोर से निकाले गए रंग-बिरंगे धागों की फूलकारी···

आजी मुग्ध हो जाती थीं—'शुभ-स्वागतम्', तिरंगा, चरखा, डाल पर बैठे शुक-सारिका की जोड़ी, सूई-धागे से कैसी महीन कला उरेहती है हमारी सुनयनी बछियाऽ···!

उसने तय किया था—सुविमल और मधु काका के लिए रूमाल की जोड़ी, नंदिनी और श्यामा के लिए मेजपोश, और बनारसी गुरुजी के लिए···?

बिंदा ने उसकी समस्या चुटकी बजाते हल कर दी थी—हमारे बाबाजी को तिरंगे की कढ़ाईवाला तकिया का खोल जो दिया था तुमने, उसे माई ने जस-का-तस बक्से में धर दिया है···न हो तो वही···

अरे नहीं···उसके जोड़ की दूसरी खोली तो हमारे पास है ही। हम चाहती थीं कि···

कृष्णकांत आए थे, मधुसूदन, सुविमल, श्यामा और नंदिनी भी···

विजयानंदजी की हाँफवाली बीमारी न जाने कहाँ छू-मंतर हो गई थी—

भउजी, अपने यहाँ दूध कम पड़े, तो पहले से ही बोल देना—फगुआ की भीड़-भाड़ है—ऐन बखत पर कहोगी तो···और झारी दीदी—भाँग की गठरी आपके पास ही है, न···वही जो मोगलसराय से जलालुद्दीन ले आया था! हम कहते हैं, पहले से ही चुन-बीनकर सहेज लीजिए···ऐसा न हो कि···

श्यामा, सुनयना और बिंदा—तीनों ऐसी घुल-मिल गई थीं—जैसे कितने जनमों की पहचान हो—

श्यामा दीदी, तुम धुएँ में देर तक मत बैठो—तबीयत खराब हो जाएगी तो···बिंदा ने धीरे-से छेड़ा था—सुविमल भइया हमीं पर गुस्सा होंगे—कैसी बहन है तू—भावज का इतना-सा भी खयाल नहीं···देह की ऐसी दशा है और तू···

···धत्—बिंदा···सबके सामने ऐसी बातें नहीं करते···!

सब कहाँ, यहाँ तो बस हमारी सुनयनी दीदी हैं—उन्हें बताने में कैसी लाज! सुविमल ने गंगा-स्नान का कार्यक्रम बनाया था। विजयानंदजी उसके साथ-साथ गए थे। रास्ते-भर दहिवर का अतीत एक लंबे उसाँस की तरह उनके बीच पसरता चला गया था—इस गाँव का बड़ा सुजस था बचवाऽ···मिर्जापुर के जमींदार की पुरोहिताई त्यागकर चले आए थे रत्नदेव बाबा···भोजपुरिहा आन की बात थी—दरबार में किसी ने उस पुरनिया को कंगला कहकर मसखरी की थी—जमींदार कहते रह गए···बाबा नहीं माने, गरभ से थीं पुरखिन मइया! डेरा-डंडा उठाने का हुकुम दिया, पोथी सँभारी और लंबे-लंबे डेग भरते चल ही तो पड़े—सौंह जो ले रखी थी—काया की शक्ती जहाँ जवाब देने लगे, वहीं बसेरा समझो···बक्सर का ताड़का बन पार किया···मइया थहराने लगीं—अब नहीं चला

जाता···छिन-भर बिसराम कर लेते···उठो मलकिनी···बस थोड़ी दूर और···ठाकुर जी ने चाहा तो यहीं कहीं हमारा ग्राम बसेगा···हमारी अपनी परधानी होगी—काली मइया मुँह की लाली रखें···और यह तिवारीपुर दहिवर दीमकों का ढूह था बबुआऽ···हमारे ग्राम-पुरुख ने अपने बाहुबल से माटी को समतल किया, धरती माता प्रसन्न हुईं और घास-फूँस की झोंपड़ी में रत्नदेव बाबा के बाहुबल से तीन-तीन संततियों की परवरिश हुई···पुरखिन मइया के तीन बालक उन्हीं तीनों के नाम पर तीन टोले बने हैं—बड़का, मँझला, छोटका—बड़कू खेती-बारी का हुनर जानते थे—मँझलू आढ़त की विद्या में पारंगत थे—छोटकू का दुनियादारी में तनिक मन नहीं लगता—दिन-रात ब्रह्म-चिंतन, दया-धर्म और उपासना। मुट्ठी-भर अन्न और दो जोड़ी वस्त्र के सिवा किसी चीज की चाह जो कभी उनमें पैदा हुई हो···।

यह बरम बाबा का चौरा देख रहे हो न, यही है हमारे आदि पुरखे का स्थान···

विजयानंदजी थोड़ी देर के लिए वहाँ ठहर गए थे—जियनी-मरनी, सादी-बियाह, शुभ-अशुभ, कोई भी कारज हो; दहिवर के पाँव इन्हीं सीढ़ियों पर टिकते हैं—

सुविमल आश्चर्य से भरा देखता रह गया था—

प्रकृति का ऐसा अद्‍भुत करिश्मा—धरती की कोख से फूटती पीपल की तीन शिराएँ एकदम अलग-अलग दिखाई पड़ती हुईं और कुछ दूरी पर जाकर तीनों एक-दूसरी के साथ परस्पर ऐसी गुँथी हुई कि कहीं से भी अलगाव का कोई आभास तक नहीं मिले···

सुविमल ने चबूतरे पर बैठकर पीपल की ऊँचाई को आँखों से मापना चाहा था—क्या देख रहे हो बबुआ? इस बुढ़वा पीपल की उमिर को थाहना कठिन है! आसमान तक फैला हुआ इसका छत्र, पाताल में धँसा हुआ इसका सिंहासन···दहिवर गाँव के पुरानेपन का अनुमान ही तो देते रहते हैं पीपल बाबा···! बिसवास न हो तो हमारी झारी दीदी से पूछना! वे कहेंगी—

ई पीपर गाँव के पुरनिया बराबर बा···एगो डेहुँगी केहू तुड़े ना पावे गाँव पर रोग-विपद पड़ेला त रात-बिरात खड़ाऊँ चटकावत पुरनिया बाबा दुआरी-दुआरी घूम आवेलन उनके किरपा से दहिवर बाँचल बा नाहीं त···

यह पीपर गाँव के पुरखे की तरह है—इसकी एक भी टहनी कोई तोड़ने न पावे···गाँव पर कोई भी आपदा पड़ती है तो अपनी खड़ाऊँ चटकाते पुरखा बाबा—हर द्वार पर कुशल-मंगल पूछने के लिए घूम आते हैं—उनकी कृपा से ही यह गाँव बचा हुआ है—अन्यथा···

卐

नीम के खुरदुरे तने से मूँज की डोरियाँ झुलाकर आम के हरे टहकार पत्तों की बंदनवार बनाई गई थी।

निखहरी खाट पर अधलेटे मधुसूदन की उनींदी आँखों के सामने तीस साल पहले

का दहिवर फगुनाहट का कैसा अजूबा इंद्रजाल रचता सुहासिनी की लाज-भरी हँसी में मादक गुलाल सहेजता चुपचाप अपनी झलक दिखा गया था—

ऐसे सज-धजकर बैठते हैं क्या आज के दिन···! चाँदनी धुला बारीक मलमल का कुरता और बगुले की पाँख-सी झक सफेद यह धोती···नहीं, कम-से-कम आज के दिन तो···

सुहास की दोनों हथेलियाँ अबीर से सनी थीं···

वे हड़बड़ाकर उठ बैठे थे—

नहीं सुहास, तुम जानती हो, हमें यह गीला रंग एकदम पसंद नहीं—खबरदार जो···

सुहासिनी ने सकुचाते हुए दोनों हाथ पीछे की ओर खींच लिये थे--जागेश्वरी आजी ने ओसारे से रस-भीने सुर में ताड़ना दी थी—

ऐसे बावले वर से निवाहना भी क्या हमीं सिखाएँगी कनियाऽ, उसने मना कर दिया और तुम मुँह लटकाए चली आईं···कुरते की पीठ पर लाल रंग की थाप देते भी नहीं बना···!

मधुसूदन साफ सुन पा रहे थे—नान्ह टोले से आ रही ढोल-ढमाके की आवाज नीम की कचनार टहनियों में अटकती-भटकती उन्हें अपने संग न जाने किस ओर लिये जा रही थी—

पवन तनय आजु होरी मचाई···
वारिधि लाँघि गयो लंका में···
आरे रामा हो···हो···हो···जी···
सिया जी के आस पुजाई···

मधुसूदन का चिरविरही मन एकबारगी उचाट होता चला गया था—दवा की टिकिया लिये नंदिनी सामने खड़ी थी—आपने अभी तक कपड़े भी नहीं बदले? विजयानंद बाबा गाँव-भर में सूचना दे आए हैं—घंटे-भर में सब लोग पहुँचते ही होंगे···।

गवनई हुई थी—श्यामा के बनाए रस भरे पुए सब लोगों ने खूब पसंद किए थे—सुविमल सधे हुए फोटोग्राफर की मुद्रा में सब ओर तैनात था—नंदिनी दी, आप और श्यामा जरा इधर देखेंगी—और आजी माँ, आप भी—

श्यामा ने जीभ निकाल दी थी—लो, ऐसी ही तसवीर अच्छी आएगी! मुँह पर काला रंग जो पोत दिया है तुमने···साक्षात् माँ काली दिख रही हूँ न···!

अरे, रे···क्या करते हो! रोकिए आजी···चूल्हे के पास मत आना सुविमल, कठौत की पूरियाँ खराब हुईं न तो···!

कृष्णकांतजी दालान के पिछवाड़े हरसिंगार की झाड़ी के पास चुपचाप बैठे थे—सुविमल ने उन्हें ऐन मौके पर जा पकड़ा था—

क्या बात है, गुरुजी, विजगानंद बाबा की बूटी जमकर चढ़ी है क्या?

कृष्णकांत की बड़ी-बड़ी आँखों में ममत्व-भरा परिहास उभर आया था—तुमने क्या मुझे भी अपनी तरह सोच लिया है—सुविमल, श्यामा से कह दूँ···उससे छिपकर भाँग का दमदार गोला किसने उड़ाया है और तुम्हारे कुरते की निचली जेब में कौन-सा माल-मत्ता छिपा हुआ है?

गुरु की उन्मुक्त हँसी सुविमल की उँगलियों के संकेत से बँधी कैमरे की कोख में स्थिर हो चुकी थी—अपना काम पूरा कर चुकने के बाद जमीन पर पसरते हुए उसने बातचीत का क्रम आगे बढ़ाया था—

नंदिनी दी और श्यामा दोनों आपकी तलाश में हैं। और आप यहाँ··· ?

मैं यहीं ठीक हूँ, सुविमल···वहाँ शोर-शराबे से उकताहट होने लगी थी—यहाँ बैठकर गवनई का आनंद भी ले रहा था और···

और क्या गुरुजी··· ? क्या मैं जानने की धृष्टता कर सकता हूँ कि इस समय आप किस ऊहापोह में···

कृष्णकांत ने सुविमल की मुखरता का तनिक भी बुरा नहीं माना था—

नंदिनी और उसके परिवार के विषय में सोच रहा था मैं··· !

इतना बड़ा हवेलीनुमा घर और इसमें रहनेवाले कुल जमा कितने लोग··· ! जागेश्वरी आजी नहीं होतीं तो···

सुविमल को अपने गुरुजी की आँखों में छपी गहन चिंतन लिपि को पढ़ने में विशेषज्ञता हासिल थी—

धन-संपत्ति भार हो जाती है। वैभव की उन्मदता अवसाद के सिवा कुछ भी तो नहीं दे पाती···। फिर भी लोग-बाग भीतर कौड़ियों की हाट में मन का हीरा-रतन गँवा बैठते हैं? क्यों सुविमल, किसलिए··· ?

सुविमल की मानसिक कचोट एकाएक सुलग उठी थी—मेरा पालन-पोषण जिस माँ ने किया—काश, उनकी एक झलक आप देख पाए होते गुरुजी···बड़ी-बड़ी उन आबदार आँखों को मैं कभी नहीं भूल सकता—

तू मुझसे पाप और पुण्य का भेद जानना चाहता है न सुवि···आ, इधर मेरे पास बैठ—आदमी के मन का संशय ही सबसे बड़ा पाप है—और उसकी आँखों से फूटती सच की जोत ही उसका सबसे बड़ा पुण्य··· !

जागेश्वरी आजी माँ को जितनी बार करीब से देखा है, उनकी आँखों में एक नए संकल्प की आब पाकर विस्मयजड़ित हो उठा हूँ मैं—श्यामा का स्वभाव उसके धर्म-पिता से, उसकी नंदिनी दीदी से कितना मिलता-जुलता है। सच कहूँ गुरुजी, अपने आप पर विश्वास नहीं होता···अनाथ-सा जिंदगी-भर दर-ब-दर भटकता रहा मैं··· ! किन्हीं जन्मों का पुण्य ही रहा होगा आप जैसे गुरु—श्यामा-सी संगिनी···

कृष्णकांत धीरे-से मुसकराकर अनायास गंभीर हो गए थे—

मनुष्यता की खोज अनंत हुआ करती है। तुमने अतीत के गह्वर में छिपे हुए सत्य का शोध किया है···क्षरित होते जीवन का ढेर सारा अंश मिट्टी की परतों में गुमनाम सुरक्षित रहता है। चेतना देह से अलग गुमसुम बैठी देखती रह जाती है—उन्मुक्त होते हुए भी नाना रूप, नाना ध्वनियों से एकीकृत होने की झंकृति···कभी-कभी लगता है, जो कुछ दिखाई पड़े—संबंधों की इतिश्री वहीं तक नहीं होती। इस अनंत यात्रा में बहुत कुछ ऐसा है जो अनकहा रह जाता है—भीतर-ही-भीतर कहीं अधिक निरलस, कहीं अधिक प्राणवान···

सुविमल एकटक देख रहा था—सत्त्वयोगी-से डॉ. कृष्णकांत···, मनुष्यत्व की खोज में आकुल-व्याकुल एक अकेली संज्ञा—जिससे सबने सब कुछ लिया, जिसने विमुक्त भाव से अपने ज्ञान का अक्षयघट उड़ेल दिया—अपने प्राणों की तलहटी में कितना कुछ छिपाए उन्नत हिमनग से कृष्णकांत गुरुजी···!

किसी ने हलकी-सी चिकोटी काटी थी और सुविमल चैतन्य हो उठा था—मन कनखल की गंगा, प्राण नवद्वीप और देह प्रस्तर-खंड-सी चेतना की किस गहन गुफा में चले जा रहे थे उसके गुरु और साथ-साथ वह भी···।

ऐसे क्या देख रहे हो सुवि···मेरा मन बावरा ठहरा। क्षण-भर में कहाँ-से-कहाँ भटक जाता है! पर मेरा क्या? आगे नाथ न पीछे पगहा···तुम लोग संसारी जीव ठहरे···! मेरी भाषा, मेरे आचरण का अनुकरण करेंगे तो···

श्यामा की दबी हुई खिलखिलाहट ने दोनों को अस्त-व्यस्त कर दिया था—

देखो भला, आजी कब से थाली परसकर इंतजार कर रही हैं। नंदिनी दीदी झूठमूठ परेशान हो रही हैं और आप दोनों यहाँ···

सुविमल ने भयभीत होने का अभिनय किया था—

चलिए गुरुजी, हिटलर की नाफरमानी का अंजाम तो आप जानते ही हैं—

ठंढई की हलकी खुमारी श्यामा की जिह्वा को अनायास अनियंत्रित कर गई थी—

गुरुजी से पूछो न, अपने लिए एक हिटलरिनी कब लाएँगे···?

सुविमल ठठाकर हँस पड़ा था—बालिके, तुम्हें लज्जा आती है? तुम्हीं क्यों नहीं पूछ लेतीं···?

श्यामा की बड़ी-बड़ी आँखों में भरपूर शरारत थी—ना बाबा, मेरे ससुर मोशाय जो लगे···लेकिन गुरुजी, अब यह रिश्ता बदल जाना चाहिए···हमारी नंदू दीदी तो···

कृष्णकांतजी ने उँगली के इशारे से उस प्रकरण को वहीं विराम देने का निदेश दिया था और श्यामा के पीछे-पीछे रसोईघर की ओर चल पड़े थे।

आजी का हुलास देखने योग्य था—टोले का एक भी आदमी बिना मुँह जुठारे न जाए···। विजयानंद देवरजी से कहो, पूरी चौकसी बरतें—बिंदा, तू पाठशाला की सभी

बच्चियों को न्योत आ! आज वे सब भी इसी घर में···

आधे घंटे के भीतर विजयानंदजी बदहवास दौड़ते हुए भीतर आए थे—हम बरबाद हो गए भउजी···जिनगी की रही-सही उजास भी चली गई···हमारी बिंदा···

जागेश्वरी आजी की पथराई हुई चेतना ने उस अकथनीय सच का भार धारण किया था—रह-रहकर उफनते आँसुओं का ज्वार समेट सब कुछ सुनती रही थीं वे—

अक्षयवर के लठैतों ने जागेश्वरी आजी की पुरजोर फसल को तहस-नहस कर डाला था···शिवाला के पिछवाड़े खड़े ट्रैक्टर पर धान के पूले लदवाकर रातोरात कहीं और पहुँचा देने का इंतजाम पोख्ता था। तभी बिंदा जोर-जोर से चिल्लाने लगी थी—

आजी, बाबा, मधु काका, जल्दी आइए। पाठशाला की फसल चुरा रहे हैं ये लोग···

एक नकाबपोश गुर्राते हुए उसकी ओर लपका था—

ठहर छोकरी, अबहीं तेरा टेंटुवा मरोड़कर···

बिंदा की बालसखी करुणा ने रो-रोकर सारा हाल सुनाया था—

वे पाँच-छह जने थे। बिंदा को उठाकर शिवाले के पीछे ले गए···उन लोगों ने हमें भी पकड़ना चाहा था—आजी, जैसे भी हो, बिंदा को बचा लीजिए···

नीम के नीचे पसरा जीवन का अंतिम राग इस कदर हृदय-विदारक होगा, किसी ने यह नहीं जाना था। आखिरी साँस तक लड़कर अंतिम गति पाई थी विजयानंद बाबा की वंश-बेलि ने—

पाठशाला की फसल बच गई आजी···भाग गए वे राक्षस!

सिर के पिछले भाग में, गरदन और दाहिने कंधे पर दराँती के गहरे घाव थे। बेहोश होने से पहले उसने सुविमल को जोर से आवाज दी थी—

भइया, वह टहल राउत था—उसे जाने मत दीजिए—

चुरामनपुर के सजायाफ्ता टहल को गाँववालों ने पकड़ लिया था। जबरदस्त मार के बाद उसने कबूल लिया था—

अक्षयवर ने हजार रुपए दिए थे—यह तो आधी रकम है—आधी फसल उठा लेने के बाद···जो बीच में आए उसे देशी तमंचे से भून देना टहल···देखें···इस गान्ही की चेली का सत दहिवर गाँव में कितने दिन तक निभ पाता है? अपनी हार का बदला नहीं लिया तो···

बड़ी डॉक्टरनी दीदी और वकील साहब के जी-तोड़ प्रयास के बावजूद बिंदा चली गई थी···

विजयानंद बाबा पटुका से मुँह ढाँपे अस्पताल के सूने बरामदे में देर तक सिसकते रहे थे—शिवलोचन और बहुरिया की यही एक निशानी थी भउजी···! श्री जानकी जैसी मेरी बिंदा···हमेशा कहती थी—अन्याय के खिलाफ लड़ोगे नहीं बाबा, तो केंचुए की तरह कुचले जाओगे···। अक्षयवर ने हमारी खेती का बड़ा हिस्सा अपने कब्जे में कर लिया है

और तुम हो कि…

सुविमल का शोक उन्माद की सीमा पर था—

बिंदा, मेरी फूल-सी बहन, तेरे हत्यारों को गिन-गिनकर सजा नहीं दिलवाई तो…। आजी का कलेजा आँवे-सा धधक रहा था—उसे हमने ही भेजा नंदू…! वह तो अपनी सखियों के साथ खेल में मगन थी--ठहरो आजी, पाठशाला की सभी लड़कियों को बटोर लें तो साथ-साथ खाएँगे…! रसपुए की कठौती टटोलती गई थी—ना—बहुत हैं—दो-दो बाँटे तो भी कम नहीं पड़ें…बच्ची की अकाल मौत का सारा बोझ मेरे ही सिर…

विजयानंदजी की दुःख कातरता अपने चरम पर थी—दोष किसी का नहीं भउजी…वह सोने की मूरत हमीं से नहीं सहेजी गई। रह-रहकर पूछती थी—मेरी माई क्या बहुत सुंदर थी—बाबा, और मेरे बाबूजी…? देखो तो कैसा दुख न…नाव पलटी और गंगाजी ने उन दोनों को अपने भीतर समेट लिया। माई की गोदी में हम थे—हमें गंगा मइया ने ऊपर फेंक दिया—जा बिंदा—तेरे बाबाजी अकेले हैं, उनके साथ रह…

सो आज वह भी मेरा साथ छोड़कर चली गई भउजी…जानती थी—उसका सरबहारा पितामह दहेज डोली का खरच नहीं जुटा पाएगा…दो साबुत पहिरन तक तो दे नहीं पाते थे उसे…! अच्छा हुआ…मरनलोक में चली गई बचियाऽ…!

दाह-संस्कार सुविमल ने किया था—यह अधिकार मुझे दीजिए, बाबा…उसका कोई बड़ा भाई होता तो क्या…!

श्यामा की दशा देखकर नंदिनी भीतर तक काँप गई थी—

श्यामा, तेरी तबीयत ठीक तो है न…! तू इस तरह एकटक…

मधुसूदन और कृष्णकांतजी ने तय किया था—गाँव में रहना श्यामा के लिए ठीक नहीं। बनारस जाएगी तो मन बदलेगा…। बिंदा के श्राद्ध-कर्म तक आजी और सुविमल दहिवर रुकेंगे, फिर वे भी…

श्यामा आजी की अँकवार में बँधी उन्मत्त प्रलाप करती रही थी--

आजी, बिंदा से वादा था--भतीजा होगा और वह सोने के कनपासे लेगी—उसने सोहर के नए बोल सीखे थे—

सीता को वन में लाल हुए
देवता पुजवइया कोई नहीं
जहाँ सास नहीं, जहाँ ससुर नहीं
आनंद बधइया कोई नहीं…

[वनवासिनी सीता ने वन में पुत्रों को जन्म दिया है—किंतु कुलदेवता की पूजा कौन करे? सास-ससुर कोई भी तो आनंद मनानेवाला नहीं…]

आजी की ममता-भरी हथेली को जोर से जकड़ती वह चीखकर रो पड़ी थी—

बिंदा मेरी इकलौती ननद थी, आजी—सुविमल की एकमात्र बहन…!

उसे वापस ले आओ नंदू दी, बाबूजी, उसे ऐसे मत जाने दीजिए···।

डॉक्टरनी दीदी ने हारकर नींद की सुई लगाने का निर्देश दिया था—ऐसी दशा में इतनी उत्तेजना ठीक नहीं···! सुविमल, अब तो जैसे भी हो, तुम्हें इसे सँभालना होगा···!

मधुसूदन हतप्रभ थे—बड़की अम्मा, मैंने त्रिलोचन पंडितजी से पूछ लिया है—शेष क्रिया-कर्म बनारस जाकर भी निपटाया जा सकता है। मेरी राय मानो तो हम सब इकट्ठे ही···

बड़ी डॉक्टरनी दीदी और वकील साहब बनारस तक साथ आए थे—

इसे पूरे आराम की जरूरत है नंदू···अक्षयवर की फरारी का मामला नहीं होता, तो हम दोनों एक-दो दिन रुक जाते···!

गाँववाले घर और पाठशाला की चिंता हम पर छोड़िए, आजी, बक्सर थाना के दो सिपाही वहाँ ड्यूटी देंगे···। हमने थानेदार को ताकीद कर दी है—किसी किस्म की गड़बड़ी नहीं होने पाएगी···!

सुगित्रा काकी ने बाँहें फैलाकर श्यामा को समेट लिया था—ना धिया, ऐसे सोग नहीं मनाते···। जानेवाली को सांती नहीं मिल पाएगी···। तेरी काया दो जान से है—मन पोख्ता कर बच्ची···!

अक्षयवर की गिरफ्तारी की खबर जलालुद्दीन लेकर आया था—

चची, हत्यारा पकड़ा गया। पटना जेल में है···। उकील साहिब कह रहे थे, घर की कुर्की-जब्ती का हुकुम सुनकर रातोरात गाँव पहुँचा था—जरूरी कागज-पत्तर और गहनों की पोटली ठिकाने लगाने का खयाल था—

सफेदपोश सिपाही वहीं घात में बैठे थे—दाढ़ीजार मौके पे पकड़ा गया···! खुदा गवाह है—नंदू बच्ची, उसकी शान में गुस्ताख़ी करनेवाला बचकर जाएगा कहाँ···?

बिंदा के श्राद्धवाले दिन श्यामा ने सुविमल की पहली कमाई का रेशमी जोड़ा निकाला था—उसने एक बार बड़े चाव से कहा था—

भाभी, छठी-पूजन के दिन वही पीली वाली चुनरी पहनने का मन है, दोगी न···!

लाल पाढ़ की पीली रेशमी साड़ी—सुविमल ने धीरे-से पोटली उठा ली थी—इसे गंगाजी के किनारे बैठी किसी दुखियारी बालिका को दे आओ···! मेरी बिंदा तो···

नंदिनी के लाख एहतियात के बावजूद होनी होकर रही थी—

असमय प्रसव-पीड़ा उठी थी और आधी बेहोशी की दशा में श्यामा को सदर अस्पताल पहुँचाया गया था। डॉक्टरनी दीदी को सूचना भेजने के पहले ही अघटित घटित हो गया था—सतमासी कन्या-संतान को जन्म देकर श्यामा ने हमेशा के लिए आँखें मूँद ली थीं—

लो नंदिनी दीदी, सँभालो, इस अमानत को, हम तो चले···! अत्यधिक रक्तस्राव से साँवले पड़ गए चेहरे पर यंत्रणा का नामोनिशान नहीं था—

सुविमल, यह ठीक अपनी बिंदा जैसी है—है न···इसे वैसी ही बनाना, निडर-निश्शंक···!

गीता का ज्ञान भी विरत हो गया था—आजी बेसुध थीं—उसे घाट पर से उठाकर इस कोख में सहेजा था हमने क्या फिर उसी घाट पर पहुँचाने के लिए···! श्यामा, तूने सुविमल का भी सोच नहीं किया बचियाऽ···

मधुसूदन ने सुविमल को सँभाला था—मेरी ओर देखो बेटे, तुम्हारा तो घर-संसार उजड़ गया—पर उस अभागी ने हमारी ममता का भी मोल नहीं पहचाना—संतान की अर्थी पिता के कंधे पर···!

नंदिनी की साँसें श्यामा की नवजात संतान के साथ जुड़ गई थीं—

यह बच तो जाएगी न, डॉक्टरनी दीदी? विजयानंद बाबा बरम बाबा की भभूत ले आए थे—इसे बच्ची के सिरहाने धर देना, नंदू बिटिया···और यह रही मणिकर्णिका घाट की नाव में जड़ी कील···रोग-बला छू मंतर करेगी···! इस नन्ही जान की हिफाजत कर, बच्ची, सुविमल के लिए···हम सबके लिए···बिंदा और श्यामा की आत्मा को धारण करके यही तो रहेगी हमारे साथ···!

मधुसूदन ने रोकने का प्रयास किया था—बड़की अम्मा, नंदिनी की दशा देख रही हो न···! ऊपर से भले शांत दिखाई दे; लेकिन उसके भीतर की थाह मुझे है—वह सुहास की संतान है—मन की सात तहों में बड़ा-से-बड़ा दर्द समेटकर नीरव रह जानेवाली—

श्यामा का शोक जिस सहजता से झेल गई वह आसान बात नहीं है—मुझे डर है कहीं वह···

आजी ने कहना चाहा था—नंदिनी सुहास की संतान है, बस इतना ही भर···? नहीं मधु, उसे अपने प्राणों का बूँद-बूँद रस देकर सहेजा है हमने···! बड़ी पोख्ता है हमारी नंदू··· तुम अपनी देह का चेत करो, मधु बेटे···! नंदिनी अपनी सार-सँभाल स्वयं कर लेगी—हमें पता है···

सुविमल पहले ही कलकत्ता वापस जा चुका था—मेरी कलंक-गाथा मुझसे एक कदम आगे चलती है, गुरुजी···अपावन हूँ मैं। जिनसे जुड़ा, वे सब साथ छोड़ गए···। उस बच्ची को देखकर भी क्या होगा···? कौन जाने, मेरे तन का अशुभ उसे भी न छू ले···नहीं बाबूजी···आप लोग मुझे यहाँ से चुपचाप जाने दीजिए···! उसे आश्रय मिल गया है···। नंदिनी दी के होते हुए···

नंदिनी ने स्वयं ही प्रस्ताव रखा था—

आजी, तुम्हारी ऊहापोह कभी खत्म भी होगी···। बच्ची को सुमित्रा आजी के हवाले करके आई हूँ। मेरी बात ध्यान से सुनो···

हल की फाल से उकेरी गई वैदेही के प्राणों का चिरसंचित उत्ताप नंदिनी की आँखों में था—

वाल्मीकि, तुलसी जैसे संत-शिरोमणियों की वाणी को अपनी अभिशप्त दशा का प्रमाणक मत मानो आजी···धरती में समा जाना सतयुगी सीता की इति भले ही रही हो— लेकिन हर 'इति' क्या एक नए 'अथ' बीजरूपा शक्ति नहीं देती··· ? झुकी हुई ग्रीवाओं पर शताब्दियों पुराने लांछन का भार ढोती रहें, तो क्या जीवन सार्थक होगा··· ? पूजन का छद्म नहीं, समादर का संतुलन चाहिए···आजी···तुमने ठीक ही कहा था—सड़े हुए अन्न के दाने में अंकुरण की सामर्थ्य नहीं होती, जीवन-तट पर निश्चेष्ट पड़ी सीपी-सी मनोदशाएँ नियति के विवश स्वीकार के सिवा और कुछ नहीं! मैंने तुम्हें दहिवर जाने से बार-बार रोका था। अब कहती हूँ—

जाओ आजी···उस ग्राम-भूमि का अंतहीन समर तुम्हें प्रतिपल अपनी ओर बुला रहा है—सुहास माँ के लिए, बिंदा के लिए···मेरे लिए···हम सबके लिए झोली-भर प्रार्थनाएँ लेकर तुम्हें कर्मरत होना है, सर्वग्रासी विघटन के अँधेरे को तुम्हारा दिया आखर-ज्ञान ही सहार पाएगा··· !

卐

कृशकाय मधुसूदन संकल्प के बलबूते आश्रम का कायाकल्प करने में जुटे हुए थे—अनाथ बालिकाओं का छोटा-सा परिवार··· ! नंदिनी ने सादगी-भरे ओज के साथ सब कुछ सहेज लिया था···। श्यामा की प्रतिरूप नन्ही बिंदा धीरे-धीरे बड़ी होने लगी थी। उसे थपकी देकर सुलाती तो आजी का वय-जर्जर पीत मुख सामने आ जाता—

जानती है नंदू, आदमी का मनोबल, उसका विश्वास, उसका हर क्रिया-कर्म दैवी विधान से संचालित होता है—जीवन-रथ की डोर क्या अपने हाथ में होती है ?

कृष्णकांत भी यही कहा करते थे—प्रस्तर मुद्राओं में जीवन-कंपन का आभास, खंडित प्रतिमाओं में साँसों के संचरण का एहसास, कुछ तो है जो इस जन्म की अनंतता का साक्षी बना साथ-साथ चलता है। नंदिनी, सोचकर देखो तो, विराम के बाद भी विराम नहीं होता···तभी तो श्यामा का कायांतरण इस नन्ही-सी कोमल देह में···

नंदिनी ने सामने रखे छोटे से दर्पण को उठा लिया था—

अपना ही चेहरा इस कदर अनदीखा-सा··· ? रूखे-सूखे बालों में हलकी दूधिया लकीरें···आँखों के नीचे काली झाईं···बाबूजी ठीक ही कहते थे—इस तरह लगातार श्रम करती रहेगी तो तेरी सेहत··· .

सुमित्रा काकी का गहरा अफसोस उससे छिपा हुआ नहीं था—

नंदू बिटिया की उमिर की तमाम छोकरियाँ अपने घर-बार की हुईं। मधु बबुआ, जैसे भी हो—इसे राजी-खुशी दूसरे घर···जरा सोचो तो, लोग क्या कहेंगे! जात-बिरादरी, गोतिया-दयाद···

बाबूजी का क्षीण स्वर उसके कानों में देर तक गूँजता रहा था—उसके मान-अपमान को मुझसे बढ़कर कौन समझ सकता है—काकी···अपनी बिरादरी में कोई सुपात्र

तो मिले···

विजयानंदजी के मौसेरे भाई एक रिश्ता लेकर आए थे—

लड़का दुहाजू है—लेकिन खूब खाते-पीते घर का—पढ़े-लिखे लोग हैं—नंदिनी राज करेगी। दान-दहेज नाहीं के बराबर···मंजूर हो, तो लग्न-पत्री के मिलान का प्रबंध करें···!

नंदिनी की गोद में छह मास की बिंदा थी—

तिलकधारी बाबा, वरपक्ष से मेरी एक ही विनती होगी—इस बच्ची के साथ ही मुझे स्वीकारना होगा। बोलिए···मंजूर हो तो···

तिलकधारी पंडित के माथे का त्रिपुंड संकुचित हो गया था—

यह बच्ची कौन है, मधु···और तुम्हारी बेटी इस तरह की ऊटपटाँग बात कर रही है! इतनी बड़ी हो गई, तुम लोगों ने इसे इतना भी सऊर नहीं सिखलाया—अपने से बड़े-जेठे के आगे···

अजनबी की घरघराती हुई तेज आवाज ने बच्ची की नींद में खलल डाल दिया था। उसे रोती देख मधुसूदन बाँहें फैलाकर आगे बढ़े थे—

ला नंदू, इसे मुझे दे···। तू पंडितजी के भोजन का प्रबंध कर, जा, भीतर जा···।

सब कुछ सुन लेने के बाद भी तिलकधारी पंडितजी का रोष यथा-स्थान था—

तुलसी बाबा क्या गलत लिख गए हैं—

स्वतंत्र होई बिगरइ नारी—

तुमने धिया जात को माथे पर चढ़ाया, उसी का कुफल यह!

कहो भला, आन जात की कुल-गोतविहीन इस बित्ते-भर की जान के लिए ऐसा मोह-छोह! पाँव की पनही माथे धरोगे, तो यही नतीजा होगा—देख ली नौटंकी पढ़ी-लिखी छोकरियों की···इतनी उमिर हो गई, अब गिरहस्ती की नकेल डालो भी तो किस काम की···अच्छा भाई, हम तो चले···तुम्हारे भले के लिए ही कहते हैं—दो दिन के भीतर मन स्थिर करो तो चार आखर लिख देना—हम तो फिर भी कहेंगे, मधु बबुआ, जिनगी के हिसाब में तुम कोरे ही रहे!

कृष्णकांत एक दुःसंवाद लेकर आए थे—नंदिनी सुनेगी तो···आइए···बैठकघर की ओर चलें···! अपनी कोठरी के बरामदे पर खड़ी नंदिनी ने आँख उठाकर देखा भर था—बाबूजी और कृष्णकांतजी को जब भी किसी गंभीर विषय पर मशविरा करना होता है, तब आश्रम के पश्चिमी छोर पर बने बाहरी बैठकखाने की शरण लेते हैं···। दोनों की गुरु गंभीर बतकही का कोई ओर-छोर भी हो, तब तो—

दुनिया की महाशक्तियाँ निरस्त्रीकरण की आड़ में कैसे-कैसे अत्याचार कर रही हैं···। पाकिस्तानी सरकार की अगली नीयत क्या हो सकती है···? भारत कब तक धर्मनिरपेक्ष बना रह सकता है? चीन कैलास के तीर्थयात्रियों का मार्ग बंद कर देना चाहता

है···जागेश्वरी आजी की पाठशाला में नई शिक्षिकाओं की नियुक्ति होनी है। मौसम-वैज्ञानिकों की भविष्यवाणी निष्फल होने जा रही है—इस बार भी मानसून वक्त पर नहीं आया तो···!

सुमित्रा आंजी वामनदेव के हाथों दुबारा-तिवारा चाय की प्यालियाँ भिजवाती थक जाती हैं—

अब जाकर कह दे वामन, चाह-चूह से कलेजा फूँकेंगे कि आकर रोटी जीमेंगे···। सारी रसोई ठंडी पड़ जाएगी···नंदू बिटिया बिना खाए-पिए न जाने क्या-क्या लिखने बैठी है! यहाँ सब-के-सब पगलाए बैठे हैं—जिसे देखो, वही काकभुसुंडी बने हैं। अपनी कथा—अपने ही मुख से कहे जावे है···धन्न भाग हमारे—अब हम भी हियाँ नहीं रहेंगी—जागेश्वरी बहिनी के गिराम चली जावेंगी···हाँ···

हर बार की तरह इस बार भी वामनदेव चाय की ट्रे लेकर बाहरी बैठकखाने की ओर गए थे। भरी प्यालियाँ वापस आती देखकर काकी का माथा ठनका था—

काहे रे बामन पूता, सब कुसल तो है—मधु बबुआ और गुरुजी···

उन लोगों ने भीतर से किवाड़ बंद कर लिये हैं आजी, पहले तो कभी ऐसे···हमें डर लगा सो हम बाहिर से ही लौट आए।

कृष्णकांतजी के दबे हुए स्वर में अकूत वेदना थी—

सुविमल के स्वभाव में इतनी बड़ी विकृति···जो कुछ मैंने सुना है, वह मेरी कल्पना से भी परे है। मेरे अग्रज सरीखे लाहिड़ी महाशय की ससुराल लेक टाउन में है—उन्होंने अपनी आँखों से···

मधुसूदन हतवाक् थे—सुविमल और दूसरा विवाह···साल बीतते-न-बीतते इतना बड़ा बदलाव···। तभी···सुमित्रा काकी का संदेह अकारण नहीं था—

मधु, छह महीने से ऊपर हो गए, सुविमल ने कोई खोज-खबर नहीं ली, बिटिया के लिए कुछ भेजा भी नहीं···वह जादूगरिनियों के देस में बसता है—हे राम जी, कहीं ऐसा तो नहीं कि···

नंदिनी ने आँखों से बरज दिया था—चुप भी रहो, सुमित्रा आजी—तुम भी गाँववाली झारी आजी की तरह जो मन में आए बोलती चली जाती हो। अभी पिछले हफ्ते तो सुविमल की चिट्ठी आई थी—तुम्हें पढ़कर सुनाया था न···

अरे हाँ बचिया, क्या कहें—मँझधार में डगमग डोलती नइया-सी हमारी मति क्या-क्या उलटबाँसी कढ़ जाती है इस जुबान से, जिए हमारा सुविमल बचवा वहीं तो, जोगी-जती जैसा कठिन सुभाव और परवत-सी जिनगी—जनमजले का इतना-सा सुख ठाकुरजी से नहीं देखा गया।

मधुसूदन चेतनाशून्य से हो गए थे—

सुविमल के ऑफिस में काम करती है—श्यामा से परिचय के बहाने पहले से

आया-जाया करती थी—अब तो दोनों खुल्लम-खुल्ला साथ-साथ—

और श्यामा की नन्ही-सी बच्ची, उसके भविष्य के विषय में कुछ भी नहीं सोचा सुविमल ने··· ?

कृष्णकांत बाहर-ही-बाहर लौट गए थे···

नंदिनी से मिलने फिर आ जाऊँगा। मन बेहद भारी है।

रात को सारे कामों से निबट चुकने के बाद नंदिनी जागेश्वरी आजी को पत्र लिखने बैठी थी—

आजी, कभी सेमल के फूल को अगोरिया कर रहे हीरामन की कहानी सुनाई थी तुमने···। हमारे फकीर पुरखे भी यही फरमा गए हैं—

यह संसार फूल सेमल को···

फिर भी इसके प्रति इतनी ललक क्यों··· ?

जिंदगी का एक-एक रेशा उधेड़कर यह कौन-सी नई कंथा सिलने में जुटे हुए हैं हम सब···! अच्छा, एक बात बताओ--

अपने दहिवर गाँव की सुनयना बाल विधवा है न···! उसकी खुरदुरी साँसों को सपनों की रेशमी छुअन ने क्या कभी नहीं भरमाया होगा··· ? फिर··· ? विशेष पढ़ी-लिखी भी तो नहीं है वह—उसकी आँखें अब तक निष्पाप हैं—किस तरह··· ? और जो खूब ज्ञानी-ध्यानी कहे जाते हैं—उनका मन सहसा कर्मनाशा कैसे हो जाता है ?

नंदिनी के पत्र का उत्तर स्वयं सुनयना ने दिया था—

तुमने आजी से पूछा है दीदी, जिंदगी मेरी है, कहना मुझे भी बहुत कुछ है। कौन कहता है कि मेरी साँसों में सावन-भादों के ताल-तलैया की हिलोर नहीं उठती या कि निखहरी शीतलपाटी पर चतुर्दशी का चंद्रमा बनकर कोई स्वर्गलोक मेरे सिरहाने-पायताने नहीं खड़ा होता···। तब एक बात है—इस तिरिया जनम की मरजाद तो देखो—कसकर बँधी हुई दुःख की पोटली और संस्कारों के पोरसा-भर ऊँचे कगार···इस सफर में पाँवों को बड़ी मजबूती से साधना होता है नंदू दीदी, आँखों में तप की आँच हो तो मायामृग भटकाएगा किस तरह—और जो बावरा मन भटकना भी चाहे, तो कर्मों के बंधन से जकड़ दो उसे···इन साँसों में कस्तूरी बसानी हो तो भीतर की आँच पर चुपचाप दहकना होगा···

छोड़ो इस आपबीती को! कभी दहिवर आकर देखो—कैसा कायाकल्प हो गया है गाँव का···

विजयानंदजी की चिट्ठियों से सारी सूचनाएँ मिलती रहती थीं—

अक्षयवर को दस वर्षों की जेल हो गई है। घर की कुर्की-जब्ती के बाद सुनयना जागेश्वरी आजी के साथ रहने लगी है। झारी आजी की आँखों में रोशनी लगभग नहीं के बराबर है। डॉक्टरनी दीदी की पहल पर काली थान के ठीक सामने स्वास्थ्य-केंद्र खुल गया है। जलालुद्दीन की बड़ी बेटी नजमा दहिवर बालिका विद्यालय से मैट्रिक पास कर

गई।

आजी विद्यालय के काम-धाम को लेकर बहुत व्यस्त हैं—आप लोगों की राजी-खुशी पूछ रही हैं। हमारी ओर से सबको आशीर्वाद पहुँचे!

नंदिनी जान-बूझकर सुविमलवाली बात छिपा गई थी। सुमित्रा आजी की आँसुओं-भरी बड़बड़ाहट ने सारा भरम खोल दिया था—

गंगाजी में रेत पड़ जाए, ऐसा किसी ने देखा-सुना है कभी···न जाने किस कंगली का पूत ठहरा, तनिक चिकनाहट देखते ही फिसल गया—हे बाबा बिसुनाथ, क्या कहेंगे इस नन्ही जान से—महतारी जनम देते सिधार गई और बाप···हुगली की भँवर में भसबिला गया···!

छोटी बिंदा धीरे-धीरे बड़ी होने लगी थी—कभी वामनदेव अपनी गोद में उठाकर ठुमकते हुए पूरे आश्रम का चक्कर काट आते, कभी छोटी-छोटी बालिकाएँ घेरा बनाकर बैठ जातीं—

चारों ओर धान बीच में भगवान्—

चारों ओर आरी बीच में केतारी···

सब जोर-जोर से हँसतीं और बिंदा उन्हें छूने के लिए घुटनों के बल तेज-तेज लपकती···

नंदिनी का मन न जाने किस अज्ञात आशंका से अनायास सिहर उठता—

कौन है यह मेरी? क्या अधिकार है मेरा इस पर···?

मान लो—अभी सुविमल आ जाए और कहे—इसे अपने साथ ले जाऊँगा—तब···?

महीनों की उधेड़बुन के बाद नंदिनी ने सुविमल के नाम कलम उठाई थी—

तुम्हारे आज के जीवन-क्रम के विषय में मुझे कुछ भी ज्ञात नहीं। डॉ. लाहिड़ी ने तुम्हारे कृष्णकांत गुरुजी को जो कुछ बताया है, उसे जानते-सुनते हुए भी तुम्हें यह पत्र लिख रही हूँ। नन्ही दो वर्षों की हो चुकी है। उसने स्नेह की भाषा पहचानना सीख लिया है। मैं नहीं समझती कि तुम्हारे लिए उस अबोध का होना या नहीं होना कोई अर्थ रखता है। लेकिन मेरे जीवन का पर्याय तो छोटी बिंदा ही है। सुविमल, क्या ऐसा नहीं हो सकता कि वह मेरी, केवल मेरी होकर रहे···

वह पत्र अनुत्तरित रह गया था। सुमित्रा आजी ने दोटूक निष्कर्ष दे डाला था—पूत होता तो माथे के बल दौड़ा आता। धिया जात···जानबूझकर इतना बड़ा ग्रहण अपनी जिनगी के साथ जोड़ेगा? ना, नंदू बचिया, तुम निसा खातिर रहो··· वह अब यहाँ कभी नहीं आएगा···

卐

नंदिनी जानती है—

अभिव्यक्ति और मौन के परे भी एक अनुभव-स्तर होता है। चेतना के सप्तद्वार पार का गहन सत्य बना हुआ वही अनंत जीवन-स्मरण काल की अखंडता का कथा-पर्व बुनता रहता है। है कोई परिभाषा इस गहन जीवन-सत्य की? मृत्तिका और शून्य के बीच का अंतराल पाटती, मरण पर जीवन-जय रचती साँसों का यह अतिक्रमण—गंगा के उदास तटबंध को सुमित्रा आजी हर साँझ एक नन्हा-सा दीया सौंपकर वापस चली आती हैं—रोशनी की अनहद खोज में लगे जीवन का एक और दिन चुपके से बिदा ले लेता है।

आजी कहती हैं—कितना कुछ बदल गया, काशी की गंगा मइया का पाट जस-का-तस है—बाबा विश्वनाथ की पगधूलि लेती भागीरथी की प्रार्थना बनी लहर-देह सती के सटा-सी कगार बँधी मंदाकिनी की मरजाद।

एक लहर छोटी गुलथुल सी—

दूसरी बड़ी हिलोर माई के ममता-भरे आँचर-सी—कितने रूप हैं इस पयस्विनी गंगा के··· ?

हर दिन साँझा-बाती के बाद जागेश्वरी आजी की दी हुई तुलसीकृत रामचरितमानस पोथी का बेठन खुलता है और सुमित्रा आजी की अपंग देह न जाने किस रक्षा-कवच की अलौकिकता का अनुभव सहेजती सियाराममय हो जाया करती है—

दीन दयाल बिरिदु संभारी
हरहू नाथ मम संकट भारी···

प्रभु श्रीराम ही सब प्रकार से पूरनकाम हैं—जानकी की रक्षा करनेवाले, इस दुखियारी की गलित देह का त्राण भवजाल से दूसरा कौन कर सकता है··· ?

नंदिनी वेदना-विस्मित सोचती रह जाती है—अनलकुंड से निकली तपस्विनी सीता···जनक-नंदिनी कमनीया सीता—निशाचरियों के मायाजाल में विवश बँधी भयभीता सीता···और विवर-प्रवेश के पहले जनसमुदाय की ओर उन्मुख सीता—

यथाहं राघवादन्यं मनसापि न चिन्तये
... ...

मनसा कर्मणा वाचा यथा रामं समर्चये
... ...

यथैतत् सत्यमुक्तं मे वेद्मि रामात् परं न च
—तथा मे माधवी देवी विवरं दातुमर्हति

श्री रघुनाथ के अतिरिक्त किसी अन्य पुरुष का मन से चिंतन तक नहीं किया हो, मन, वाणी और कर्म से राम के अलावा किसी की आराधना नहीं की—यदि यह सत्य है कि मैं राम के सिवा किसी अन्य की नहीं तो पृथ्वी अपनी कोख में मुझे शरण दे···

किशोरावस्था की नंदिनी का तार्किक मन ढेर सारे प्रश्नों से आक्रांत जागेश्वरी आजी को हर समय घेरे रहता था—

लेकिन राम भी तो सीताजी के बिना अकेले जहाँ-तहाँ भटकते रहे—धरती में समा जाने की नियति उनकी क्यों नहीं हुई··· ? सीताजी ने पलटकर यह क्यों नहीं पूछा—कैसा अनोखा चिंतन है पुरुष देहधारी इस जीव का··· ? नारी स्वर्ण-प्रतिमा का शृंगार बनी पार्श्व में सुशोभित हो, तो पुरुष यज्ञ-याग के समस्त दाय सहज भाव से निपटा ले जाए और नारी हलफ उठाकर भी जी न सके···।

राम का 'रामत्व' सीता से सार्थक हुआ—तब भी मानापमान की अनगिनत प्रतीतियाँ सीता के ही प्रारब्ध में··· ? ऐसा क्यों··· ? नंदिनी को आज भी अच्छी तरह याद है—

जागेश्वरी आजी उसके अधपके सोच को धीरे से सहलाती भोजपुरिहा लोकगीत की उस छतनार छाँह तले बिठाने का उपक्रम करतीं जो जनक-नंदिनी के स्वाभिमान की ऊँचाई थाहता स्वर के संधान को करुणा के अनहद शिखर तक पहुँचाकर सहसा नीरव हो जाया करता था—न जाने क्यों, मँझरिया गाँव की उस धिया के राग-रस में डूबे श्री रघुवर का अस्तित्व उन दिनों नंदिनी को एक अनोखे विश्रांति-लोक में ले जाता था।

नंदिनी दाहिनी करवट बदलकर श्यामा की अबोध बालिका को अपने निकट खींच लेती है। उसका स्वर अतीत से खिंचकर आते जागेश्वरी आजी के स्वर से न जाने कब एकाकार हो जाता है—

आगिल घोड़वा वशिष्ठ रिखि, पछिला पर लछुमन हो
ताही पीछे चलि भइले राम, त सीता के मनावन हो
एक बन गइले, दोसर बने, अवरू तीसर बने हो
आहो, दुअरा पर चंदन गाछ, तहाँ सीता तप करे हो
पीछवा उलटि सीता देखेली, राम के निहारेली हो
सीता छोड़ि देहु जियरा कलेश, अजोध्या पग धारहू हो
सीता तोरा बिन्ना जग अंधियार, त जनम अकारथ हो
अंखिया में भरेली बिरोग त एकटक देखेली हो
सीता धरती में गइली समाई कुछो नाहीं बोलेली हो

—अगले घोड़े पर वसिष्ठ ऋषि, उनके पीछे देवर लक्ष्मण और सबसे पीछे राम मानिनी सीता को मनाने वन की ओर चले। पहला, दूसरा और फिर तीसरा—वीहड़ वन, चंदन-वृक्षों की पंक्ति सजी है और सीता तप कर रही हैं। वे पीछे मुड़ती हैं, तो राम पर दृष्टि पड़ती है। राम अनुनय करते हैं—सीता, मन का दुःख त्याग दो, अयोध्या के राजभवन में पाँव धरो···! तुम्हारे बिना दुनिया अँधेरी है, जीवन व्यर्थ है। सीता की आँखों में गहन विराग है, निर्वेद-जड़ित वह दृष्टि निष्पलक है—वे कुछ भी नहीं कहतीं, चुपचाप धरती की शरण में चली जाती हैं।

नंदिनी के मन-प्राण बेसुध हैं—शत-सहस्र बार कायांतरण फलित हो रहा है। उर्विजाएँ ऐसे ही देह धारण करती काल-विवर में समाती चली जा रही हैं···

आसक्ति और क्षोभ, पुलक और पीड़ा, अनुरक्ति और विरक्ति ऐसे ही मानसिक विभ्रमों के हाथों प्राणों की झंकृति सौंपकर चलते बनो—जितने जन्म, उतनी पीड़ाएँ, जितनी इच्छाएँ, उतनी अपूर्णताएँ। फिर भी जिंदगी को जीने योग्य बनाने के कैसे-कैसे विलक्षण बहाने तलाश किए जाते हैं!

कृष्णकांत कहते हैं—बंद आँखें के सामने कोई महाभाव तो हो—जीवन की समस्त बीभत्सताओं में अपने लिए सौंदर्य का कोई तथ्य चुन लेना ही क्या बड़ी सार्थकता नहीं है?

रस गगन गुफा से अजर झरै—भोर की पहली उजास के साथ धीरे से जागती नदी की सिंदूरी सतह-सा वह पारदर्शी आलोक भीतर उमड़ता है। धवल राजहंसों की जमात से बिछुड़े हुए किसी शिशु राजहंस-सा क्षीरोज्ज्वल कोई अनुभव, मन की किसी कोमल शाख पर चुपचाप बसेरा लेने लगता है। संसार कितना भी असुंदर हो, उसकी कोमलता की अन्यतम परिचिति मन के निभृत एकांत में ही जन्म लिया करती है—

टूटकर बरसते हुए आकाश की पुलक से जुड़ी आश्रम की मिट्टी नवजीवन की गंध से भरी-पूरी है—जागेश्वरी आजी की सदा हँसती रहनेवाली आँखें दहिवर का सिवान लाँघकर उनके बिलकुल सामने हैं—

राम ने जनक-सुता का मोल नहीं समझा हो—ऐसी बात नहीं···खोया और पाया का अंकगणित हम तिरियाओं के लिए नहीं होता, बचिया, जो पाया वह अपने प्रारब्ध का था, जो दिया वह सचमुच देय ही तो था, और जिसे खोती रहीं—वह शायद खो देने के लिए ही था।

नंदू, मेरा या तेरी माँ सुहास का जीवन ही तेरी साँसों का साखी बनकर रह जाए, ऐसा उचित नहीं···माना कि आश्रम के व्यापक कर्तव्य का भार तुम्हारे ऊपर है; लेकिन तप की ज्वाला में अपनी निजी इच्छाओं का परिशोधन किसलिए···? तुम्हारे विचारों को सम्मान देते हुए हम सबों का कहना है—जथायोग का ही वरण करो···। हमारी ओर से कोई भी मनाही नहीं···

नंदिनी अपनी ओर प्रश्नोन्मुख होती है—

और नंदिनी तुम···क्या तुम्हारे भीतर भी 'निजत्व' का कोई आलोड़न होता है? साहित्य और दर्शन की परख है तुममें···जानती हो—

ममस्य न ममस्येति—

—जो मेरा है वह भी मेरा नहीं है···

फिर···संसार को आगे बढ़ाने का, कुल-वृद्धि का ऐसा सघन कौतूहल किसलिए···? इक्ष्वाकु वंश की बूढ़ी परंपराओं के मान-रक्षण हेतु राम ने जानकी का तिरस्कार किया। सीता भूमिजा थीं—प्रकृति के हर रंग-रूप से परिचित, जीवन की प्रत्येक छोटी-बड़ी आपदा को झेलने के लिए सद्यः प्रस्तुत आत्मबल से युक्त नारी-संज्ञा, तो क्या उन्होंने

अच्छी तरह समझ-बूझकर इच्छा-मृत्यु का वरण किया था—लेकिन क्यों… ?

यूरोपीय देशों के प्रवास से कृष्णकांतजी लिखते हैं—

यहाँ की स्वच्छंद जीवन-शैली हमारे तनिक पुराने मन को ठीक-ठीक रास नहीं आ सकती। वासना की बुनियाद पर टिके हुए नर-नारियों के उच्छल संबंध—झूठे, दंभ और मत्सर से भरे इस संसार में ऐश्वर्य का चरमाधिक्य है—कंप्यूटर तरंगों-सी तेज-तेज भागती जिंदगी…एक साँस में सब कुछ समेट लेने की तीखी हवस। पश्चिम का यही उतावलापन मनुष्य की चंदनी चेतना को विषाक्त किए जा रहा है, और इसी का संक्रमण अपने देश में भी…तो…मेरे मेजबान मुझे एक दिन यहाँ के एक बड़े नृत्य-गृह में ले गए थे…मुझे संकोच छोड़कर कहना पड़ा—हमारे यहाँ इसे बेहयाई कहते हैं…क्या लाभ ऐसे सांगीतिक आयोजनों का? मनुज देहधारी पशुवृत्तियों का जुगुप्सा-जनित किल्लोल-नर्तन…! हमारे यहाँ संगीत को, काव्य को ब्रह्मानंद-सहोदर कहा गया है न…डॉ. स्मिथ बता रहे हैं—यहाँ हर तीसरे महीने जोड़े बनते और टूटते देखे जाते हैं—संबंधों का सर्द एहसास किसी नए आस्वाद की खोज में भटकाता अवश्य है—लेकिन वितृष्णा ही हाथ लगती है—मानसिक संताप क्या यूँ दूर हो सकता है?

कृष्णकांतजी आगे लिखते हैं—

तुम्हारी जागेश्वरी आजी ने घट-घट व्यापी राम को ठीक ही परखा है—सोलह हजार गोपिकाओंवाले यहाँ के छैल-छबीले रसिकों को देख लो तो…

राम का एक पत्नीव्रत हमारे देश की ही मर्यादित जीवन-शैली है। नंदिनी, तुम्हें भले ही मेरी इस बात से एतराज हो, मैं फिर भी यही कहूँगा—राम का पक्षधर बनकर उन्हें सर्वथा उचित ठहराना मेरा मंतव्य नहीं; तब भी…वे मेरे आदर्श हैं, उनकी समदृष्टि को अलौकिकता के दैवी विभ्रम से मुक्त कर के देखा जाए, तो वे सिद्ध पुरुष थे…परम साधु…सीता उनकी विवशता थीं और वे ही उनकी शक्ति भी थीं। कल डॉ. स्मिथ ने भी यही प्रश्न पूछा था—राजा राम ने एक मामूली आदमी के कहने पर पत्नी को त्याग दिया—यह उचित था क्या… ?

मुझे लगता है—राम और सीता दोनों ही लोक-मर्यादाओं के अखंड व्रती थे—अवचेतन के स्नेह-सूत्र कसकर बँधे होंगे—राम की प्रजा-पालकता अक्षुण्ण रह सके, इसलिए श्रीजानकी ने स्वयं ही निश्चय किया होगा—

जीवन सहचर की पथ बाधा नहीं बनना है मुझे…!

विदेह-नंदिनी की निरासक्त जीवन-गाथा ने इच्छा-मृत्यु की इति पाई होगी—वह विवर-प्रवेश देवी सीता का नहीं, उस मिथ्या कलंक का हुआ, जो अयोध्या-निवासियों की किंवदंतियों को मनस्ताप की आँच में हमेशा के लिए सुलगता छोड़ गया।

और क्या स्वयं राम अपने हर वंशधर को प्रायश्चित की भूमिका नहीं सौंप गए…शून्यत्व प्राप्त करने के पहले राम ने पूर्व-वियुक्ता सीता का स्मरण किया होगा—

दिव्य देह धारिणी सीते, तुम्हारी स्मृतियों में लीन ये अधम प्राण अब अपनी मुक्तिबेला में तुम्हारा आवाहन करते हैं···प्रिये, कोई भूल-चूक हो गई हो तो क्षमा···

लोकापवाद से कलुषित चित्त की कठोरता बहुत पीछे छूट चुकी है—राजसी कार्यों के तटबंध छोड़ सरयू-जल में बैठकर लहरों के अधीन मैं तुम्हारी प्रतीक्षा कर रहा हूँ।

बाईस वर्षों से भार्या सुहासिनी के बिना दहकता हुआ एकाकी जीवन बिताते नंदिनी के पिता मधुसूदन—

वह मुझ पर अविश्वास रखकर मौन चली गई। उसका सुख मेरा था—तो दुःख और अपमान भी मेरा ही होता न···किसी भी तरह की संशयग्रस्तता का कोई प्रश्न ही नहीं था—दहिवर गाँव की उस कलंक-कोठरी से हमेशा के लिए कहीं दूर चले जाते हम सब। नंदू, तेरी अम्मा जीवित होती, तो जीवन की दिशा शायद यह नहीं होती···

सन्मनुष्य मनो यथा—गंगा के निष्कलुष जल-सा अपना चिंतन-मनन और आचार रखनेवाले मधुसूदन—

जीवित क्रौंच की अंतर्व्यथा को नीरव अंतर्हित किए हुए···

आततायी कहीं बाहर से आकर अपराध करे तो समाज का बड़े-से-बड़ा दंड-विधान उसके लिए नियत होता है—लेकिन व्याध घात लगाए घर में ही बैठा हो तब···? उस कलंक-गाथा को कहीं उजागर कर सकते हैं मधुसूदन···?

वासना-लोलुप अपने पुरखे का कलुष धोने के लिए उन्हें आखिरी साँस तक दहकना है—निःश्वास बनकर जीवित रहना है। प्रारब्ध को मानते हैं मधुसूदन···! कठोपनिषद् को गुनते रहते हैं—

मन को उत्तम कोटि का अश्व बनाया जाए, सद्विवेक सारथि रहे तो जीवन के पापबोध से मुक्ति पाई जा सकती है। ऐसा नहीं कि दुर्बलताएँ आती नहीं, इंद्रियों की डोर सतत सख्ती के साथ खिंची हुई नहीं हो तो अक्षयवर बनते कितनी देर लगती है?

उनके साथ के कितने ही बागी आले दरजे के सुविधाभोगी बने बैठे हैं—सुशांत सेन—बंगाल के वित्त मंत्री, हरिनिवास—हिमाचल प्रदेश के गृहमंत्री—मणि प्रभाकर—केंद्रीय कुटीर उद्योग योजना के उपाध्यक्ष···

राजभवन से संदेश आया था—महामहिम महोदय ने आपको बुलाया है। वे गए भी थे—

मुझे पहचाना मधु···उत्तरकाशी के जंगलों में पंद्रह दिनों तक भूखे-प्यासे भटकते रहे थे—हम तीनों, तुम, मणि दा और मैं···

खान-पान के जबरदस्त एहतियात का असर माणिक पटेल के गौर वर्ण मुख पर था—

तुम कहो तो तुम्हारे लिए आलाकमान से बातचीत करूँ···आजादी की लड़ाई में तुम्हारा योगदान किसी से कम तो नहीं रहा है? और सुना है, तुम्हें तो पेंशन भी नहीं

मिलती! ऐसा क्यों··· ?

मधुसूदन टाल गए थे—माणिक पटेल की पत्नी गहनों से लदी कमरे में आई थीं—कितनी अस्त-व्यस्त-सी—डॉक्टर मलिक ने क्या कहा था—समय पर सूई-दवाई नहीं लेंगे···तो···

अपने शरीर का भार किसी तरह सँभालते वे उठ खड़े हुए थे—

रत्ना, ये मेरे क्रांतिकारी दिनों के प्रिय साथी हैं—मधुसूदन···

अच्छा भाई, मधुमेह ने कसकर जकड़ रखा है। घड़ी की सूई के हिसाब से दवाइयों और सूइयों का क्रम चलता ही रहता है। तुम अपने बारे में सोचना और निश्चय करके मुझे खबर करना न भूलना···

अत्यंत चुस्त-दुरुस्त देहवाले पुराने माणिक पटेल को पीछे से पुकारने का मन हुआ था—

गंगा की उफनती हुई धार में घंटों तैरते रहते थे—बरगद की वायव्य जड़ों से उलटे झूलकर शीर्षासन करते थे—ईंट-पत्थर तक पचा जाने की सामर्थ्य रखनेवाले उस माणिक पटेल को मधुमेह, रक्तचाप की उच्चता, हृदय रोग की आशंका—यानी कि सारी राजसी व्याधियाँ एक साथ···

न जाने क्यों, माणिक की पत्नी का अन्यमनस्क भाव उन्हें ऐशो-आराम के उस कृत्रिम परिवेश से अनायास विरक्त कर गया था—

तुलसी तहाँ न जाइए,
जहाँ कंचन बरसे मेह···!

अपनी क्रांति की इतनी बड़ी त्रासदी को गंगाजी में विसर्जित करके हलका दिल-दिमाग लिये आश्रम लौट आए थे।

अब सोचते हैं—क्या बुरा जीवन जिया उन्होंने··· ? शानदार मोटरगाड़ी, मुसाहिबों का अमला-काफिला, वैभव-विलास का आधिक्य—यह सब नहीं है—तो क्या हुआ··· ? मन की उज्ज्वलता का वरदान पाया है मधुसूदन ने···। सीधी-सादी जीवन-शैली, न अभाव की यंत्रणा और न ही बेशुमार का प्रलोभन···

बड़ी डॉक्टरनी दीदी ने ठीक ही परामर्श दिया है—

नंदिनी जैसी विदुषी और गंभीरमना संतान के होते हुए आप अधूरे कहाँ हैं···आपकी समस्त आशाएँ-आकांक्षाएँ नंदिनी में फलित होंगी, ऐसा हम दोनों का विश्वास है। हाँ—उसके और दहिवर गर्ल्स हाई स्कूल के भविष्य को देखते हुए आपको एक निर्णय लेना होगा। दहिवर गाँव की कुल स्थावर संपत्ति के तात्कालिक वारिस आप हैं—बाग-बगीचा, मकान और जमीन···आप नंदिनी को जो भी देना चाहें, स्वयं तय करें···शेष संपत्ति बालिका विद्यालय ट्रस्ट के खाते में रहे, ऐसी युक्ति भी सोच लेनी होगी। आपकी जागेश्वरी काकी अपने मुँह से कुछ भी नहीं कहेंगी···निर्णय का सारा भार आप पर

डालकर वे निश्चिंत हैं।

मधुसूदन को अच्छी तरह पता है—नंदिनी अपने नाम कुछ भी नहीं रखना चाहेगी—

मुझे दहिवर गाँव की सीमा मे कभी मत बाँधिएगा, बाबूजी—ठीक है, मेरी जन्मभूमि है वह; लेकिन मैं यह कभी नहीं भूल सकती—जागेश्वरी आजी और मेरी अम्मा की दहन-भूमि भी तो है वह…इस आश्रम की आय कुछ न होते हुए भी हम तीनों प्राणियों के लिए पर्याप्त है—आप, मैं और यह नन्ही बिंदा। मेरी राय मानिए तो डॉक्टरनी दीदी और वकील भाई साहब की अगुवाई में सुनयना को वहाँ का सारा भार सौंप दीजिए…

सुमित्रा काकी को एक ही आशंका हुई थी—सुनयना अक्षयवर की संतान है, उसकी ससुराल में लालची जेठ और देवर दोनों ही मौजूद हैं। कहीं ऐसा न हो कि धन के लालच में…

जागेश्वरी आजी को पूरा इत्मीनान था—

अक्षयवर की बहुरिया के सारे गुन सुनयनी में हैं—हमने उसे अच्छी तरह आजमाकर देख लिया है सुमित्रा बहिन, कउड़ी की माया उसे छू तक नहीं गई। फिर भी जो फैसला करना है, अच्छी तरह सोच-समझकर…

वकील साहब ने बड़े एहतियात से वह जायदादनामा तैयार किया था—

मँझरिया गाँव के पंडित राधाकांत शास्त्री की एकमात्र कन्या संतान श्रीमती जागेश्वरी देवी लिहाजा, उनकी समूची चल-अचल संपत्ति की वारिस होने के नाते उन्हें यह अधिकार प्राप्त है कि वे जैसे चाहें इस संपत्ति का उपयोग कर सकती हैं। दहिवर ग्राम की कुल पुश्तैनी जायदाद के दो वारिस थे—जगदानंद और उनके छोटे भाई…जगदानंद की तीन पुत्रियाँ हुईं। तीनों में से एक भी जीवित नहीं है—उनकी कोई संतान भी नहीं है—बचीं जगदानंदजी की मुसम्मात श्रीमती जागेश्वरी देवी और भतीजा—श्री मधुसूदन।

जागेश्वरी देवी दहिवर गाँव का मकान अपने भतीजे श्री मधुसूदन तथा उनकी वयस्क संतान नंदिनी की रजामंदी से पहले ही बालिका विद्यालय को दान कर चुकी हैं। यह दानपत्र अदालत के कायदे-कानून के मुताबिक पंजीकृत एवं स्वीकृत है तथा इस पर माकूल गवाहों के दस्तखत के साथ-साथ अदालती मुहरबंदी भी है।

शेष जायदाद के बँटवारे का क्रम इस प्रकार है—दहिवर की पाँच बीघे की बँसवारी, दस बीघे में फैला हुआ चुरामनपुर का फलदार वृक्षों का बगीचा—कुल पंद्रह बीघे की जायदाद—श्री मधुसूदन की एकमात्र संतान सुश्री नंदिनी के नाम…। बीस बीघे की धनहर खेती का प्रबंध श्रीमती जागेश्वरी देवी के हक में रहेगा—वे दहिवर बालिका विद्यालय ट्रस्ट की अजुवा हैं, इसलिए उनकी देखरेख में इस खेत से उपजी पैदावार का कुल लाभ उन्हें और उनके विद्यालय को मिल सकेगा। वे चाहें तो इस संपत्ति को अदालती कार्रवाई के बाद किसी सुयोग्य व्यक्ति के नाम कर सकती हैं—लेकिन इसके लिए उन्हें ट्रस्ट के दूसरे सदस्यों की मंजूरी लेनी होगी।

सुमित्रा काकी का कायांतरण हुआ है। मियादी बुखार से तपती हुई देह हिम-शीतल पड़ी है—अपंगता का अभिशाप प्रलाप की अर्द्धचेतनता में भी संग-संग जुड़ा रहा—

हे ठाकुरजी, देह की यह बिथा तुम्हीं हरो···अरे देख तो नंदिनी बचिया, यह इतना बड़ा बिमान—किसके लिए···

मधु, सुन तो बचवा, ये कहते हैं—हमारे लिए और यह लाल बनारसी पहिरन भी···यह पहिरें कि वह अपनी पुरानी पीतांबरी···लेकिन जाएँगे—कहाँ··· ?

अच्छा चल पूता···जैसी पंचों की मरजी···

एकादश-कर्म के दिन—गाँव से सब लोग आए हैं—जागेश्वरी आजी, सुनयना, जलालुद्दीन और उसकी बड़ी बिटिया नौशाबा भी···

आजी की ताकीद है—कोखजायी बहन न सही, सुमित्रा की ममता उससे कहीं बढ़कर थी—क्रिया-कर्म में तनिक भी चूक नहीं रहने पाए···

जिंदगी के उदास क्षण सुमित्रा आजी के आँसुओं का भरम खोल दिया करते थे—

कवन कह सकत है कि इत्ती बड़ी दुनिया में हमार पुछवइया कोई नहीं—तनी मान के तो देखो, धरम के नाते से बड़ कवनो नाता होइ सकत है भला! इ मधु बचवा, किशुनकांत गुरुजी—जगेसरा बहिनी, नंदिनी और यह छुटकी···मेरे प्राण इन्हें देखकर संची जुड़ा जात हैं—कोखजायों से बढ़कर ठहरे ये सब! देख लेना, इस सुगितरा देई की रंथी ऐसी धूमधाम से मचमचाती हुई निकलेगी कि···

आश्रम के सूने पड़ गए उस बरामदे में वामन देव चुपचाप बैठा रहता है—क्यों वामन, सुमित्रा आजी की याद आ रही है ? आ, इधर हमारे पास बैठ···

मधुसूदन अपनी क्लांति छिपा नहीं पाते—

जीने की साध ही चुक गई होगी—नहीं तो इतने साधारण-से बुखार में—

नंदिनी साफ-साफ देख पा रही है—रेहल पर खुली पोथी का राम-वन-गमन प्रसंग—

गौतम नारि श्राप बस उपल देह धरि धीर

अपने जानते तो हमने कोई भी अपराध नहीं किया था, तब भी विकलांगता का अभिशाप···हे राम, इस काया को कंचन कब करोगे··· ?

सुमित्रा आजी की सूनी कोठरी में दीया जलाए जागेश्वरी मौन बैठी हैं—नंदिनी, उनकी तीसरी पीढ़ी का तिरिया-जन्म दूध का कटोरा लिये समक्ष है—उठो, आजी···चिंतन की खिंची हुई प्रत्यंचा-सी नंदिनी की दीप्त आँखें—आजी के बिलकुल निकट हैं—याद है नंदू, एक बार तुझसे हमारा करार हुआ था—यदि राम-कथा लिखने का हक तुझे मिल जाए, तो क्या लिखेगी तू··· ?

और तूने उत्तर दिया था—सीता वनवास से उस कथा का अथ होगा···जगज्जननी के

आँसुओं से…

नंदिनी छोटी-सी बालिका बनकर आजी की गोद में सिमट जाना चाहती है—वह पुरानी बात हुई—अब जो कोई मुझसे पूछे तो मैं कहूँगी—

मैं अपनी जागेश्वरी आजी के आँसुओं का ऋण चुकाना चाहूँगी…जन्म-जन्म वनवास…साँस-साँस दुःखों की अनहदता का अनथक आभास…तब भी केतकी-सी सदा बिहँसती अथ जागेश्वरी कथा…

चेतना की महातरंगों पर चढ़ी दो तिरियाओं का कैसा नीरव-संलाप—

परे हट पगली, मेरी जीवन-कथा में ऐसा क्या धरा है भला? हर देहधारी के जीवन की इति होती है—हमारी भी तय है…

नंदू, सच बता बच्ची, दूसरों की कथा-कहानियाँ ही गुनती रहेगी या कभी तू भी…

पाँच देशों की यात्रा से थके-हारे कृष्णकांत स्वदेश लौट आए हैं—सुमित्रा आजी के सद्कर्मों से निवृत्त होकर मधुसूदन ने सूचना दी है—

कृष्णकांत रुग्ण हैं…उन्होंने कहलवाया है—थोड़ी-सी तबीयत सुधरे तो वे स्वयं ही…

जागेश्वरी आजी में धैर्य नहीं—मधु, इसी बखत चलें तो…कृष्ण के घर में दूसरा कोई मरद-मानुख नहीं…कौन जाने, उसे हमारी जरूरत हो…नंदू, तू भी चलेगी बचियाऽ…?

कुछ भी कहने-सुनने की स्थिति में नहीं है नंदिनी…। कृष्णकांत ने अपने पिछले पत्र में लिखा था—

मेरा चित्त अविश्वासी नहीं है, नंदिनी…नियति अवश्य मेरे साथ छलना करती रहती है—कोटि योजनों की दूरी पर हूँ। अनुमान था कि देश या घर-परिवार के नाम पर जो शेष हैं—उनका कुशल-संवाद तो मिलेगा! अब लगता है—अवश्य तुम्हारी कोई व्यस्तता रही होगी…मधु काकाजी तो पहले से ही शब्द-कृपण हैं—तब भी, ऑस्ट्रिया के दूतावास में उनकी छोटी-सी पाती मिली थी—अपने विषय में क्या लिखूँ—विश्व परिक्रमा पूरी कर रहा हूँ, जीवन-परिक्रमा कौन जाने कहाँ पूरी हो…

सुना है—तुम्हारा शोध-ग्रंथ पूरा हो गया—मेरी बधाई स्वीकार करो। लेकिन नंदिनी, हर तप का एक निष्कर्ष होता है—अपने पिता से पूछना—

श्री जानकी का लांछन सिद्ध करना ही 'रामत्व' था क्या? सभी पुरुष सुविमल नहीं होते…शायद तुम्हें पता नहीं हो—वह स्त्री उसे छलकर अन्यत्र चली गई है—मनस्ताप की अग्नि में जल रहा है सुविमल…खोने और पाने की अतिभौतिकता ने डँस लिया उसे! लेकिन नंदू, अच्छी तरह सोचकर कहना—दूसरों के उद्धरणों से आशंका का विषैला निष्कर्ष लेकर अपनी जिंदगी को सलीब पर चढ़ाना कहाँ तक उचित होगा?

आस्था की उजास को एक बार अपने भीतर स्थान देकर देखो तो सही—निर्विकल्पता तुम्हें अभयदान देगी…और मैं मिथ्या किस प्रकार कहूँ…। अग्नि-वर्ण होने के लिए हर

चेतना क्या अपने-आप से ही युद्ध नहीं करती—प्रतीक्षा का परिधान पहनकर शत-सहस्र पीड़ाओं के महावरण में ही कोई संकल्प फलित होता है—साध यदि उभयपक्षीय हो तो···

कई बार आवाज दे चुकने के बाद आजी अकेली ही गोदौलिया के लिए निकल चुकी हैं। खुली चौखट पर देह का भार टिकाए नंदिनी के मन-प्राणों में यह कैसा स्फुरण···

बुद्धि-विभ्रम की यह कैसी नई दशा?

उसकी समग्र तर्कशक्तियों का शमन भाव—किसलिए··· ?

अंधकार के सघन-जाल को चीरती हुई किंशुक किरणें पूरब के आकाश में खिंचने लगी हैं। एक कोमल पाखी-स्वर शून्य को टेरता हुआ आकाश की ऊँचाइयों में विलीन हो जाता है।

धीरे-धीरे तिरोहित हो रहे नैशांधकार की साक्षी नंदिनी का रोम-रोम निष्पलक है—

तमसा तट पर स्नान करते वाल्मीकि ने क्रौंच-युगल का उन्मुक्त विहार देखा। नर क्रौंच की निर्मम हत्या के प्रमाणक हुए और क्रौंची का करुणासिक्त रुदन सुना। सर्वथा नवल भाव का यहीं से उद्रेक हुआ—

मा निषाद प्रतिष्ठाम्···

एक प्रतिकूलता नंदिनी की अवश देह को झकझोरती चली गई—

यदि कृष्णकांत को कुछ हो गया तो··· ?

नहीं···!!

उसका पूरा वजूद चइता की हिलोर बनकर गंगा मइया के सूने वक्ष पर डूबती-उतराती नन्ही-सी डोंगी की शक्ल अख्तियार कर लेता है—

अरे रामा चइत मासे बिरह अगिनि उपजावे रे रामा···!

कृपण के घर में गाड़ी हुई अकूत संपदा की तरह आँसुओं की सौगात उमड़ती ही चली आ रही है।

जागेश्वरी आजी ने बचपन की पोर-पोर में कुंजिका, अर्गला, कवच, कीलक और देवी स्तोत्र का सत्य भरा था—

समस्त संशयग्रस्तता से मुक्ति का एकमात्र आधार—जब कभी मन अनिर्वचनीय विकलता का अनुभव करने लगे, आँखें बंद करके योग की अंत:प्रक्रिया से जुड़ जाया करो, समाधान समक्ष होता है···। चेतना के विश्व में कोई भी द्वैत कहाँ··· ?

युग-द्वार खोलती स्वर्ण-वर्णा यह कौन-सी प्रतिमा अपने 'स्व' भाव का विलयन सुख सँजाती नंदिनी के भीतर से कढ़ती हुई उसका पर्याय बनती चली जा रही है—

लोक में अलौकिकता का वरण···यही तो हैं वैदेही! कितने जन्म, कितनी युग-संधियाँ···शाश्वत अनुराग के ऊँचे सोपान पर—समाधिस्थ प्राणों की सुरभित विदेह वाटिका—

लोचन मग रामहि उर आनी

दीन्हें पलक कपाट सयानी।

नंदिनी! जीवन धारण करना ही यदि अपराध है तो यह अपराध हम सबने किया है। यह मत भूलो कि हर शाप की एक मियाद होती है और हर मियाद कभी-न-कभी पूरी होने के लिए ही बनती है—अपनी सीमाओं का भ्रम टूटने दो, तब मेरी कही-अनकही पर विश्वास करने की इच्छा तुम्हारे भीतर स्वतः उद्भूत होगी। जड़ता की यह मियाद टूटेगी ही!

आँखें अक्षय अश्रुकोष बनी बैठी हैं—उस पुरातन गाथा का यह नवीन अथ कैसा— ?

जागेश्वरी आजी के साथ-साथ जो चले आ रहे हैं—वे कृष्णकांत ही हैं न···

ऐसी बावरी-सी अवश बैठी किस दुनिया में खो गई नंदू···देख तो सही···कौन आए हैं··· ?

नंदिनी जानती है—इस क्षण श्रवणों की सार्थकता के लिए मौन से बढ़ती दूसरी कोई शास्ति नहीं। सुहास माँ की आँखें पूरे आकाश का पुलकित आभास बनकर उसके भीतर उग आई हैं—

हथवा में कुस लेले बाबा जे काँपिले

कवन घड़ी उग्रह होई जी···।

कन्यादान की करुणा पुलकित वेला—हाथ में कुश लेकर पिता प्रभु से निवेदन कर रहे हैं—इस ऋण से कब उऋण होना है··· ?

नंदू के बाबूजी, दूर खड़े इस तरह टुकुर-टुकुर क्या निहार रहे हो? मंगलोत्सव का विधान क्यों नहीं रचते?

अब धिया भइली पराई जी···

पुत्री को पराए हाथों में सौंपने का मुहूर्त सन्निकट है।

जागेश्वरी आजी की आत्मा लग्न-वेदी बनी हुई है—हमारी सिया सुंदरी श्रीराम का वरण करेंगी।

ना धिया, ऐसे नहीं रोते।

आजी के बावरे नयनों से झर-झरकर बिखरते मोतियों की सौगात नंदिनी के आँचल में सिमटती जा रही है—

कत विधि सृजी नारि जग माँही···

मधुसूदन और कृष्णकांत स्पष्ट देख रहे हैं—यह कायांतर भी है और मन्वंतर भी···!

जागेश्वरी देई की कथा कभी विराम पा सकती है क्या?

□□□